OS FILHOS DA NOITE

A marca FSC® é a garantia de que a madeira utilizada na fabricação do papel deste livro provém de florestas que foram gerenciadas de maneira ambientalmente correta, socialmente justa e economicamente viável, além de outras fontes de origem controlada.

DENNIS LEHANE

OS FILHOS DA NOITE

Tradução:
FERNANDA ABREU

COMPANHIA DAS LETRAS

Grafia atualizada segundo o Acordo Ortográfico da Língua Portuguesa de 1990, que entrou em vigor no Brasil em 2009.

Título original:
Live by Night

Projeto gráfico de capa:
João Baptista da Costa Aguiar
Alceu Chiesorin Nunes

Capa:
Alceu Chiesorin Nunes

Foto de capa:
© *Valentino Sani/ Trevillion Images*

Preparação:
Leny Cordeiro

Revisão:
Angela das Neves
Valquíria Della Pozza

Dados Internacionais de Catalogação na Publicação (CIP)
(Câmara Brasileira do Livro, SP, Brasil)

Lehane, Dennis
Os filhos da noite / Dennis Lehane ; tradução Fernanda Abreu. — 1ª ed. — São Paulo : Companhia das Letras, 2013.

Título original: Live by Night.
ISBN 978-85-359-2344-5

1. Ficção norte-americana I. Título.

13-10732 CDD-813.5

Índice para catálogo sistemático:
1. Ficção : Literatura norte-americana 813.5

2013

Todos os direitos desta edição reservados à
EDITORA SCHWARCZ S.A.
Rua Bandeira Paulista, 702, cj. 32
04532-002 — São Paulo — SP
Telefone: (11) 3707-3500
Fax: (11) 3707-3501
www.companhiadasletras.com.br
www.blogdacompanhia.com.br

Por Angie
eu dirigiria a noite inteira...

Homens de Deus e homens de armas têm estranhas afinidades.

Cormac McCarthy, *Meridiano de sangue*

É tarde demais para ser bom.

Lucky Luciano

PARTE I

BOSTON 1926-9

1

UM ESTRANHO NO NINHO

Alguns anos mais tarde, a bordo de um rebocador no golfo do México, os pés de Joe Coughlin foram mergulhados em uma banheira de cimento. Doze atiradores esperavam a embarcação se distanciar o suficiente da costa para jogá-lo no mar enquanto ele escutava o resfolegar do motor e via a água revirada embranquecer na popa. Ocorreu-lhe então que quase todas as coisas dignas de nota que haviam acontecido em sua vida — fossem boas ou ruins — tinham sido postas em movimento naquela manhã em que seu caminho cruzara pela primeira vez o de Emma Gould.

Os dois se conheceram pouco depois do raiar do dia, em 1926, quando Joe e os irmãos Bartolo assaltaram o salão de jogos nos fundos de um bar clandestino de Albert White no sul de Boston. Antes de lá entrarem, Joe e os Bartolo não faziam a menor ideia de que o bar pertencesse a Albert White. Se fizessem, teriam batido em retirada em três direções distintas de modo a dificultar ao máximo que seguissem seu rastro.

Descer pela escada dos fundos foi bem fácil. Passaram sem incidentes pela área vazia do bar. O bar e a sala de jogos ocupavam os fundos de um armazém de móveis no cais do porto que Tim Hickey, chefe de Joe, garantira pertencer a uns gregos inofensivos recém-chegados de Maryland. Ao adentrar a sala dos fundos, porém, os três se depararam com uma partida de pôquer em pleno andamento, com os cinco jogadores bebendo uísque canadense em pesados copos de cristal encimados por um tapete cinza de fumaça. Uma pilha de dinheiro ocupava o centro da mesa.

Nenhum dos cinco homens parecia grego. Ou inofensivo. Haviam pendurado os paletós no encosto das cadeiras, deixando ver as armas enfiadas no cós das calças. Quando Joe, Dion e Paolo entraram com as pistolas em riste, nenhum deles fez menção de sacar a arma, mas Joe pôde perceber que um ou dois cogitaram fazê-lo.

Uma mulher servia as bebidas à mesa. Ela pousou a bandeja, pegou seu cigarro em um cinzeiro, deu uma tragada e pareceu prestes a bocejar na mira de três armas. Como se fosse pedir para ver algo mais impressionante no bis.

Joe e os irmãos Bartolo usavam chapéus bem enterrados na cabeça para esconder os olhos, e lenços pretos lhes cobriam a metade inferior do rosto. Uma sorte, pois se alguém daquela sala os reconhecesse lhes restaria mais ou menos metade de um dia de vida.

Brincadeira de criança, tinha dito Tim Hickey. Ataquem no amanhecer, quando não vai haver mais ninguém lá a não ser um par de imbecis contando dinheiro.

E não cinco capangas armados jogando pôquer.

Um dos jogadores perguntou: "Vocês sabem de quem é este lugar?".

Joe não reconheceu o cara que falou, mas conhecia o homem sentado ao seu lado: era o ex-boxeador Brenny Loomis, integrante da máfia de Albert White, o maior rival de Tim Hickey no contrabando de bebidas. Os boatos mais recentes diziam que Albert estava estocando metralhadoras Thompson para uma guerra iminente. A notícia havia se espalhado — tem que escolher um lado, não pode ficar em cima do muro.

"Se todo mundo se comportar direitinho, ninguém vai sofrer sequer um arranhão", disse Joe.

O cara ao lado de Loomis tornou a falar. "Porra, seu imbecil, eu perguntei se vocês sabem de quem é esta mesa."

Dion Bartolo o acertou na boca com a pistola. Acertou-o com força suficiente para derrubá-lo da cadeira e tirar um pouco de sangue. Isso fez todos os outros pensarem no quanto era preferível ser aquele que não estava sendo agredido com uma pistola a ser aquele que estava.

"De joelhos, todo mundo menos a garota", disse Joe. "Mãos atrás da cabeça, dedos entrelaçados."

Brenny Loomis cravou os olhos nos de Joe. "Quando tudo isso terminar, moleque, vou procurar sua mãe. Vou sugerir um belo terno escuro para o seu caixão."

Ex-boxeador da Associação de Mecânicos e *sparring* de Mean Mo Mullis, Loomis era famoso por ter um soco igual a um saco de bolas de bilhar. Matava gente a mando de Albert White. Não como ganha-pão nem de forma exclusiva, mas dizia-se que, caso algum dia a ocupação viesse a se tornar um cargo em tempo integral, ele queria que Albert soubesse que tinha primazia por tempo de serviço.

Joe nunca havia sentido tanto medo quanto sentiu ao encarar os diminutos olhos castanhos de Loomis, mas mesmo assim usou a arma para indicar o chão, bastante surpreso ao constatar que sua mão não tremia. Brendan Loomis entrelaçou os dedos atrás da cabeça e se ajoelhou. Quando o fez, os outros o imitaram.

"Senhorita, venha cá", disse Joe para a moça. "Não vamos machucar você."

Ela apagou o cigarro no cinzeiro e olhou para ele como se estivesse pensando em acender outro, ou quem sabe se servir de outra dose de bebida. Atravessou o recinto na sua direção; era mais ou menos da sua idade, uns vinte anos talvez, tinha olhos invernais e uma pele tão branca que ele quase conseguia ver o sangue e os tecidos que esta recobria.

Ele a observou se aproximar enquanto os irmãos Bartolo recolhiam as armas dos jogadores. As pistolas emitiram baques pesados quando eles as jogaram sobre uma mesa vizinha de vinte e um, mas a moça nem sequer tomou conhecimento. Faíscas dançavam por trás do cinza de seus olhos.

Ela chegou bem perto da pistola dele e disse: "O que o cavalheiro vai querer hoje para acompanhar seu assalto?".

Joe lhe entregou um dos sacos de lona que trouxera consigo.

"O dinheiro que está em cima da mesa, por favor."

"É para já, cavalheiro."

Enquanto ela tornava a cruzar a sala em direção à mesa, ele tirou um par de algemas do outro saco e lançou o saco para Paolo. Este se agachou junto ao primeiro jogador e algemou-lhe os punhos na base das costas, passando então ao seguinte.

A moça recolheu o pote do centro da mesa — Joe reparou que não havia apenas notas de dinheiro, mas relógios e joias também —, e em seguida foi catando as apostas de cada jogador. Paolo terminou de algemar os homens e passou a amordaçá-los.

Joe correu os olhos pelo recinto — atrás dele a roleta, encostada na parede sob a escada, a mesa de dados. Contou três mesas de vinte e um e uma de bacará. Seis caça-níqueis ocupavam a parede dos fundos. Uma mesa baixa com uns dez telefones em cima fazia as vezes de central de apostas, e um quadro atrás dela listava os cavalos do décimo segundo páreo da noite anterior em Readville. A única outra porta além daquela pela qual eles haviam entrado tinha um T de *toalete* escrito a giz, o que fazia sentido, pois as pessoas precisavam mijar quando bebiam.

Ao entrar pelo bar, porém, Joe tinha visto dois banheiros, número sem dúvida suficiente. E aquele banheiro ali estava trancado com um cadeado.

Olhou para Brenny Loomis deitado no chão, amordaçado, mas mesmo assim consciente do raciocínio de Joe. Joe, por sua vez, teve consciência do raciocínio de Loomis. E então entendeu o que havia entendido assim que vira aquele cadeado: o banheiro não era um banheiro.

Era a tesouraria do bar.

A tesouraria de Albert White.

A julgar pelo movimento dos cassinos de Hickey nos últimos dois dias — o primeiro fim de semana frio de outubro —, Joe desconfiava que atrás daquela porta houvesse uma pequena fortuna.

A pequena fortuna de Albert White.

A moça voltou até o seu lado com o saco de dinheiro do pôquer. "Sua sobremesa, cavalheiro", falou, entregando-lhe o saco. Ele não conseguia se acostumar com a firmeza daquele olhar. Ela não apenas olhava para ele: olhava através dele. Teve certeza de que a moça era capaz de ver seu rosto por trás do lenço e do chapéu enterrado. Um dia de manhã, cruzaria o seu caminho indo comprar cigarros e a ouviria gritar: "É ele!". Não teria tempo sequer de fechar os olhos antes que as balas o acertassem.

Pegou o saco e suspendeu o par de algemas com o dedo. "Vire de costas."

"Pois não, cavalheiro. Agora mesmo, cavalheiro." Ela virou as costas para ele e cruzou os braços atrás do corpo. Os nós de seus dedos encostaram na base das costas, e as pontas dos dedos ficaram penduradas em frente à bunda, o que fez Joe se dar conta de que a última coisa em que deveria estar se concentrando era na bunda de alguém, e fim de papo.

Prendeu a primeira algema em volta do pulso dela. "Vou ser delicado."

"Não se incomode por minha causa." Ela olhou para trás e o encarou por cima do ombro. "Só tente não deixar marcas."

Meu Deus.

"Qual é o seu nome?"

"Emma Gould", respondeu ela. "E o seu?"

"Procurado."

"Por todas as moças ou só pela lei?"

Ele não conseguia acompanhar a conversa dela e vigiar o salão ao mesmo tempo, de modo que a virou de frente para si e sacou a mordaça do bolso. As mordaças eram meias masculinas que Paolo Bartolo havia roubado da Woolworth's, onde trabalhava.

"Vai pôr uma meia dentro da minha boca."

"Vou."

"Uma meia. Dentro da minha boca."

"Nunca foi usada", disse Joe. "Eu juro."

Ela arqueou uma sobrancelha. Esta tinha o mesmo tom de bronze oxidado de seus cabelos, e era macia e lustrosa feito a pelagem de um arminho.

"Eu não mentiria para você", disse Joe, e sentiu, nesse instante, que estava dizendo a verdade.

"Em geral é isso que dizem os mentirosos." Ela abriu a boca feito uma criança resignada a tomar uma colherada de remédio, e ele pensou em lhe dizer mais alguma coisa, mas não conseguiu pensar em nada. Cogitou lhe fazer alguma pergunta só para poder tornar a ouvir sua voz.

Os olhos dela tremeram um pouco quando Joe enfiou a meia em sua boca, e ela então tentou cuspi-la — como em geral acontecia — e balançou a cabeça ao ver o pedaço de fita adesiva na mão dele, mas ele estava preparado. Tapou-lhe a boca com a mão e colou as pontas da fita em suas bochechas. Ela o encarou como se até então a interação toda houvesse sido perfeitamente confiável — agradável, até —, mas ele agora a houvesse desonrado.

"É cinquenta por cento seda", disse Joe.

Outro arquear de sobrancelha.

"A meia", explicou ele. "Vá para junto dos seus amigos."

Ela se ajoelhou ao lado de Brendan Loomis, que não havia desgrudado os olhos de Joe nem uma vez durante todo o tempo.

Joe olhou para a porta da tesouraria; olhou para o cadeado que a trancava. Deixou que Loomis acompanhasse seu olhar, e então o encarou nos olhos. Os de Loomis ficaram baços enquanto ele aguardava para ver qual seria o próximo lance.

Joe sustentou seu olhar e disse: "Vamos embora, rapazes. Já acabamos".

Loomis piscou uma única vez, devagar; Joe decidiu interpretar isso como uma oferta de paz — ou uma possível oferta de paz — e deu o fora dali.

* * *

Depois de sair, os três seguiram de carro pelo cais. O céu exibia um tom ofuscante de azul riscado de amarelo-escuro. Gaivotas desciam e subiam, grasnando. A caçamba de um guindaste de navio passou depressa por cima da rua que dava acesso ao cais, depois retornou com um ruído metálico enquanto Paolo atropelava sua sombra com o carro. Operários do cais, estivadores e caminhoneiros, em pé junto a suas cargas, fumavam no frio radioso. Um grupo deles jogava pedras nas gaivotas.

Joe baixou a janela do carro e sentiu o vento frio no rosto e nos olhos. O ar tinha cheiro de sal, sangue de peixe e gasolina.

Do banco da frente, Dion Bartolo virou-se e olhou para ele: "Perguntou o nome da boneca?".

"Estava só jogando conversa fora", respondeu Joe.

"E algemou as mãos dela como se estivesse lhe pregando um broche no vestido e convidando para dançar?"

Joe pôs a cabeça para fora da janela aberta por alguns instantes e sorveu o ar sujo o mais profundamente que foi capaz. Paolo guiou o carro para fora do cais e subiu em direção à Broadway; o Nash Roadster chegava fácil perto dos cinquenta por hora.

"Já vi aquela garota antes", comentou Paolo.

Joe tornou a pôr a cabeça para dentro do carro. "Onde?"

"Sei lá. Mas que vi, vi. Tenho certeza." Ele entrou com o Nash na Broadway fazendo o carro dar um tranco, e os três sacolejaram junto. "Quem sabe você não escreve um poema para ela?"

"Que porra de poema o quê", retrucou Joe. "Por que não vai mais devagar e para de dirigir como se a gente tivesse feito alguma coisa?"

Dion virou-se para Joe e apoiou o braço no encosto do banco. "Na verdade o meu irmão chegou a escrever um poema para uma garota uma vez."

"Sério?"

Paolo o encarou nos olhos pelo retrovisor e aquiesceu, solene.

"E o que aconteceu?"

"Nada", respondeu Dion. "Ela não sabia ler."

Foram para o sul em direção a Dorchester e ficaram presos no tráfego por causa de um cavalo que caiu morto logo depois de Andrew Square. O tráfego teve de ser desviado ao redor do animal e de sua carroça de gelo virada. Lascas de gelo cintilavam nas fendas do calçamento como aparas de metal, e o vendedor de gelo, postado junto à carroça, chutava o cavalo nas costelas. Joe passou o caminho inteiro pensando nela. Suas mãos eram secas e macias. Bem pequenas e rosadas na base das palmas. As veias do pulso eram cor de violeta. A orelha direita tinha uma sarda preta na parte de trás, mas não a esquerda.

Os irmãos Bartolo moravam na Dorchester Avenue, logo acima de um açougueiro e de um sapateiro. O açougueiro e o sapateiro haviam desposado duas irmãs, e se detestavam com intensidade só um pouco menor do que detestavam as próprias esposas. O que não os impedia, entretanto, de administrar um bar clandestino em seu porão compartilhado. Todas as noites o local era frequentado por moradores dos dezesseis outros condados de Dorchester, além de condados tão distantes quanto a região costeira de North Shore, para beber os melhores destilados ao sul de Montreal e ouvir uma vocalista negra chamada Delilah Deluth cantar desilusões amorosas em um lugar oficiosamente batizado de Cadarço, nome que enfurecia tanto o açougueiro a ponto de lhe ter custado todos os cabelos. Os irmãos Bartolo iam ao Cadarço quase todo dia, o que não era nenhum problema, mas chegar ao cúmulo de residir em cima do bar parecia uma idiotice, na opinião de Joe. Bastaria uma única incursão legítima de policiais ou agentes do Tesouro honestos, por mais improvável que isso fosse, e não seria nenhum sacrifício derrubar a porta de Dion e Paolo e descobrir lá dentro dinheiro, armas e joias que dois imigrantes italianos, respectivamente funcionários de uma loja de departamentos e de uma mercearia, jamais teriam dinheiro para comprar.

Era bem verdade que as joias logo saíam porta afora para as mãos de Hymie Drago, a mula que os dois vinham usando desde que tinham quinze anos de idade, mas o dinheiro não costumava ir além de uma mesa de carteado nos fundos do Cadarço, isso quando não ia parar dentro de seus colchões.

Joe se encostou na geladeira e ficou observando Paolo guardar lá dentro sua parte e a do irmão, simplesmente afastando o lençol manchado de suor para revelar uma das muitas fendas abertas na lateral do colchão; Dion foi entregando os maços de dinheiro para Paolo, e este os enfiou lá dentro como se estivesse recheando uma ave para celebrar um feriado.

Aos vinte e três anos, Paolo era o mais velho dos três. Dion, dois anos mais novo que o irmão, parecia mais velho, porém, talvez por ser mais inteligente, ou quem sabe por ser mais cruel. Joe, que faria vinte anos no mês seguinte, era o mais novo do grupo, mas fora reconhecido como líder da operação desde que os três haviam juntado forças para destruir bancas de jornal quando Joe tinha treze anos.

Paolo levantou-se do chão. "Já sei onde vi a garota." Deu uns tapas nos joelhos para tirar a poeira.

Joe se afastou da geladeira. "Onde?"

"Imagina se ele gostasse dela", comentou Dion.

"Onde?", repetiu Joe.

Paolo apontou para o assoalho. "Lá embaixo."

"No Cadarço?"

Paolo aquiesceu. "Ela veio com o Albert."

"Que Albert?"

"Albert, rei de Montenegro", respondeu Dion. "Que Albert você acha?"

Infelizmente, havia apenas um Albert em Boston que se podia citar sem sobrenome. Albert White, o homem que eles haviam acabado de assaltar.

Ex-herói na guerra contra os muçulmanos das Filipinas e ex-policial que, assim como o irmão do próprio Joe, havia perdido o emprego após a greve de 1919, Albert atualmente era dono da Oficina e Reparos de Vidros Automotivos White (antiga Pneus e Automotiva Halloran), do Café White's Downtown (antiga Lanchonete Halloran), e da Fretes e Transportes Transcontinentais White (antiga Caminhões Halloran). Segundo se dizia, havia eliminado Bitsy Halloran pessoalmente. Bitsy levara onze tiros em uma cabine telefônica de carvalho dentro de uma drogaria da rede Rexall em Egleston Square. Dizia-se que Albert havia comprado os restos chamuscados da cabine, mandado restaurar e instalado no escritório de sua casa em Ashmont Hill, e que era de lá que dava todos os seus telefonemas.

"Quer dizer que ela namora Albert." Joe ficou decepcionado ao pensar nela como apenas mais uma namorada de gângster. Já estava tendo visões dos dois juntos percorrendo o país a bordo de um carro roubado, sem o peso de um passado nem de um futuro nas costas, perseguindo um céu escarlate e um sol poente até o México.

"Já vi os dois juntos três vezes", disse Paolo.

"Então agora são três vezes."

Paolo baixou os olhos para os próprios dedos em busca de confirmação. "É."

"Então o que ela estava fazendo servindo bebida em uma partida de pôquer dele?"

"O que mais ela pode fazer?", indagou Dion. "Se aposentar?"

"Não. Mas..."

"Albert é casado", disse Dion. "Vá saber quanto tempo uma garota fácil dura na mão dele."

"Você achou ela com cara de garota fácil?"

Sem tirar os olhos de Joe, Dion usou o polegar para destampar lentamente uma garrafa de gim canadense. "Não achei ela com cara de nada, a não ser de uma fulana que ensacou nosso dinheiro. Não saberia nem dizer a cor dos cabelos dela. Não saberia..."

"Louro escuro. Quase castanho-claro, mas não exatamente."

"Ela é namorada de Albert." Dion serviu uma bebida aos três.

"Pois é", retrucou Joe.

"Já basta a gente ter assaltado o bar do cara. Não vá você inventar de pegar mais nada dele. Tá bom?"

Joe não respondeu.

"Tá bom?", repetiu Dion.

"Tá bom." Joe estendeu a mão para pegar a bebida. "Tudo bem."

Ela não apareceu no Cadarço nas três noites seguintes. Joe tinha certeza — passou as três noites inteirinhas lá, da hora de abrir até a de fechar.

Albert, porém, apareceu, usando um daqueles ternos risca de giz cor de marfim que eram sua marca registrada. Como se estivesse em Lisboa ou algo assim. Usava os ternos com chapéus fedora marrons, que combinavam com os sapatos marrons, que por sua vez combinavam com as riscas marrons do terno. Quando nevava, vestia ternos marrons com riscas de giz cor de marfim, um chapéu cor de marfim e polainas brancas e marrons. Quando chegava fevereiro, passava aos ternos marrom-escuros com sapatos também marrom-escuros e chapéus pretos, mas Joe pensou que, na maior parte do tempo, ele seria um alvo fácil à noite. Daria para acertá-lo em um beco usando uma pistola barata de uma distância de sete metros. Não seria sequer preciso um poste de rua para ver o branco virar vermelho.

Albert, Albert, pensou Joe ao vê-lo passar com seu passo manso pelo banco em que estava sentado no balcão do Cadarço na terceira noite, se entendesse alguma coisa sobre matar, eu bem que mataria você.

O problema era que Albert não era um grande frequentador de becos e, quando o fazia, era acompanhado por quatro guarda-costas. Mesmo que você conseguisse passar pelos quatro e matá-lo — e Joe, que não era um assassino, perguntou-se por que diabo estava pensando em matar Albert White para começo de conversa —, tudo o que conseguiria fazer seria prejudicar um império de negócios para os sócios de Albert White, que incluíam a polícia, os italianos, as máfias judaicas de Mattapan e vários comerciantes legítimos, entre os quais banqueiros e investidores com interesses na indústria canavieira de Cuba e da Flórida. Prejudicar negócios desse naipe em uma cidade pequena como aquela seria como alimentar animais selvagens em cativeiro com as mãos cheias de cortes ainda sangrando.

Albert olhou para ele uma vez. Olhou de um jeito que fez Joe pensar: Ele sabe, ele sabe. Sabe que eu o assaltei. Sabe que eu quero a garota dele. Ele sabe.

Mas o que Albert perguntou foi: "Tem fogo?".

Joe riscou um fósforo no balcão e acendeu o cigarro de Albert.

Quando Albert apagou o fósforo, soprou fumaça no rosto de Joe. "Obrigado, moleque", disse ele antes de se afastar, pele clara como o terno, lábios rubros como o sangue que entrava e saía de seu coração.

No quarto dia depois do assalto, Joe resolveu seguir um palpite e voltou ao armazém de móveis. Quase se desencontrou dela; aparentemente, o turno das secretárias acabava junto com o dos operários, e as secretárias pareciam pequeninas enquanto os operadores de empilhadeiras e os trabalhadores da estiva lançavam sombras mais largas. Os homens saíam carregando nos ombros dos casacos sujos os ganchos de pendurar carga, falando alto e rodeando as moças, assobiando e fazendo gracinhas das quais só eles riam. As mulheres, porém, já deviam estar acostumadas, pois conseguiram extrair seu círculo menor de dentro do maior, e alguns dos homens ficaram para trás enquanto outros as seguiram e uns poucos se afastaram em direção ao segredo mais mal guardado das docas — um barco ancorado que servia bebida alcoólica desde o raiar do primeiro dia da Lei Seca em Boston.

O grupo de mulheres permaneceu unido e foi margeando depressa o cais, e Joe só a viu porque outra moça com os cabelos da mesma cor que os dela parou para ajeitar o salto e o rosto de Emma assumiu seu lugar em meio aos outros.

Joe saiu do lugar em que estava, perto da plataforma de carga da empresa Gillette, e pôs-se a andar no mesmo ritmo uns cinquenta metros atrás das mulheres. Disse a si mesmo que aquela era a namorada de Albert White. Disse a si mesmo que estava maluco e tinha de parar com aquilo agora mesmo. Não só não deveria estar seguindo a namorada de Albert White pelo cais do porto do sul de Boston, como nem sequer deveria estar em Massachusetts até saber com certeza que ninguém conseguiria identificá-lo como responsável pelo assalto à mesa de pôquer. Tim Hickey estava no Sul acertando uma compra de rum e não podia explicar como eles haviam acabado invadindo a partida errada, os irmãos Bartolo estavam se mantendo discretos e andando na linha até entenderem tudo direitinho, mas ali estava Joe, supostamente o mais inteligente dos três, correndo atrás de Emma Gould como um cão faminto que fareja o cheiro de comida no fogo.

Saia daqui, saia daqui, saia daqui.

Joe sabia que a voz estava certa. Era a voz da razão. Se não da razão, pelo menos do seu anjo da guarda.

O problema era que nesse dia ele não estava interessado em anjos da guarda. Estava interessado nela.

O grupo de mulheres se afastou do cais do porto e se dispersou na estação de metrô de Broadway Station. A maioria caminhou até um banco do lado em que passava o bonde, mas Emma desceu para dentro do metrô. Joe a deixou abrir um pouco de distância, depois a seguiu pelas roletas, desceu mais uma escada e embarcou em um trem com destino ao Norte. O vagão estava lotado e quente, mas ele não desgrudou os olhos dela, o que foi uma boa coisa, já que ela desceu na parada seguinte, South Station.

South Station era uma estação de baldeação na qual se cruzavam três linhas de metrô, duas do metrô de superfície, uma de bonde, duas de ônibus e a ferrovia de trens de subúrbio. Descer do vagão para a plataforma transformou Joe em uma bola de bilhar em movimento — ele foi empurrado, imprensado e empurrado de novo. Perdeu-a de vista. Não era um homem alto como os irmãos, um dos quais era alto e o outro altíssimo. Graças a Deus, contudo, tampouco era baixo, apenas de estatura mediana. Ficou na ponta dos pés e tentou se espremer assim pelo meio da multidão. Isso diminuiu sua velocidade, mas ele conseguiu ver um clarão de seus cabelos cor de caramelo se balançando no túnel de transferência que conduzia à estação do metrô de superfície da Atlantic Avenue.

Chegou à plataforma no momento exato em que os vagões pararam. Ela estava duas portas à sua frente, no mesmo vagão, quando o trem saiu da estação e a cidade se descortinou diante deles, com os azuis, marrons e o vermelho dos tijolos escurecendo com a chegada do crepúsculo. As janelas dos prédios de escritório já estavam amarelas. Postes se acendiam na rua, quarteirão por quarteirão. O porto sangrava pelos cantos da linha de prédios. Emma estava apoiada em uma janela, e foi atrás dela que Joe viu tudo isso desfilar. Ela fitava o vagão lotado com um olhar inexpressivo, sem se demorar em coisa alguma, mas mesmo assim atenta. Tinha uns olhos muito claros, mais claros ainda do que a pele. Tão claros quanto um gim bem gelado. Tanto o maxilar quanto o nariz eram levemente pontudos e cobertos de sardas. Nada nela convidava a uma abordagem. Ela parecia trancada atrás do próprio rosto frio e belo.

O que o cavalheiro vai querer hoje para acompanhar seu assalto?

Só tente não deixar marcas.

Em geral é isso que dizem os mentirosos.

Quando passaram pela estação de Batterymarch e seguiram sacolejando pela parte norte da cidade, Joe olhou para o gueto lá embaixo, formigando de italianos — pessoas, dialetos, costumes, comidas italianas —, e não pôde evitar pensar no irmão mais velho, Danny, o policial irlandês que adorava tanto o gueto italiano a ponto de lá morar e trabalhar. Danny era um cara alto, mais alto do que quase todo mundo que Joe já tivesse conhecido. Tinha sido um boxeador e tanto, um policial e tanto, e mal sabia o que era o medo. Ativista e vice-presidente do sindicato dos policiais, tivera o mesmo destino de todos os agentes da corporação que haviam decidido fazer greve em setembro de 1919 — perdera o emprego sem esperança de ser aceito novamente e adentrara a lista negra de todos os cargos de segurança pública da Costa Leste. Nunca se recuperou. Pelo menos assim rezava a lenda. Acabara indo parar em um bairro negro de Tulsa, Oklahoma, arrasado por um incêndio cinco anos antes. Desde então, a família de Joe ouvira apenas boatos sobre o paradeiro dele e da esposa, Nora — Austin, Baltimore, Filadélfia.

Quando era pequeno, Joe tinha adoração por Danny. Depois passara a odiá-lo. Agora quase nunca pensava no irmão. Quando o fazia, tinha de admitir que sentia falta da sua risada.

Na outra ponta do vagão, Emma Gould começou a dizer "Com licença, com licença" enquanto abria caminho em direção às portas. Joe olhou pela janela e viu que estavam chegando a City Square, em Charlestown.

Charlestown. Não era de espantar que ela não tivesse se abalado sob a mira de uma arma. Em Charlestown, as pessoas levavam seus revólveres calibre 38 para a mesa do jantar e usavam o cano para misturar açúcar no café.

Seguiu-a até uma casa de dois andares no final de Union Street. Pouco antes de lá chegar, ela dobrou à direita por uma passagem de pedestres que margeava a lateral do imóvel e, quando Joe chegou ao beco que ficava atrás deste, ela havia sumido. Ele olhou para um lado e para outro do beco — não havia nada a não ser construções semelhantes de dois andares, a maioria quadrada e modesta, com caixilhos podres nas janelas e remendos de piche nos telhados. Ela poderia ter entrado em qualquer uma, mas havia escolhido a última passagem de pedestres do quarteirão. Ele concluiu então que devia morar na casa cinza-azulada bem na sua frente, com portas da frente de aço acima de um alçapão de madeira de duas folhas.

Logo depois da casa ficava um portão de madeira. Estava trancado, de modo que ele segurou a parte superior e suspendeu o próprio corpo até se deparar com outro beco, mais estreito do que aquele em que estava. Com exceção de umas poucas latas de lixo, estava vazio. Tornou a se abaixar e vasculhou o bolso à procura de um dos grampos de cabelo sem os quais raramente saía de casa.

Meio minuto depois, já do outro lado do portão, pôs-se a aguardar.

Não demorou muito. Àquela hora do dia — fim da jornada de trabalho —, raramente demorava. Dois pares de passos vieram subindo o beco; eram dois homens conversando sobre o último avião que tinha caído tentando atravessar o Atlântico sem deixar nenhum sinal do piloto, um inglês, ou de destroços. Em um segundo estava no ar, no segundo seguinte havia sumido. Um dos homens bateu no alçapão, e alguns segundos depois Joe o ouviu dizer: "Ferreiro".

Uma das folhas do alçapão se levantou com um rangido, e instantes depois voltou ao lugar e tornou a ser trancada.

Joe aguardou cinco minutos, cronometrando o tempo, então saiu do segundo beco e foi bater no alçapão.

Uma voz abafada perguntou: "Quem é?".

"Ferreiro."

Ouviu-se um barulho metálico quando alguém abriu o trinco, e Joe ergueu a porta do alçapão. Pisou na escada estreita e pôs-se a descer os degraus, abaixando a porta do alçapão atrás de si. No pé da escada, deparou-se com uma segunda porta. Esta se abriu quando ele estendeu a mão para tocá-la. Um velho meio careca, com o nariz parecendo uma couve-flor, vasinhos estourados cobrindo as bochechas e a boca contorcida em um esgar sombrio, acenou para que entrasse.

Era um porão inacabado, com um balcão de madeira no centro do piso nu. As mesas eram barris de madeira, e as cadeiras eram feitas do pinho mais vagabundo.

No balcão, Joe sentou-se na ponta mais próxima da porta, onde uma mulher de cujos braços pendiam banhas semelhantes a ventres prenhes lhe serviu um balde de cerveja quente com um gosto que lembrava um pouco sabão e um pouco serragem, mas não muito cerveja nem muito bebida alcoólica. Ele procurou Emma Gould na penumbra do porão, mas tudo o que viu foram trabalhadores do cais, uns marinheiros e umas prostitutas. Na parede debaixo da escada estava encostado um piano sem uso, com algumas teclas quebradas. Não era o tipo de bar clandestino que proporcionasse algum entretenimento além das brigas que iriam se armar entre os marinheiros e os trabalhadores do cais quando eles percebessem que faltavam duas prostitutas para contemplar a todos.

Ela surgiu pela porta atrás do balcão amarrando um lenço atrás da cabeça. Havia trocado a blusa e a saia por um suéter de pescador marfim e uma calça de *tweed* marrom. Percorreu o balcão esvaziando cinzeiros e enxugando bebida derramada, enquanto a mulher que havia servido Joe tirava o avental e desaparecia pela porta atrás do balcão.

Quando ela chegou perto de Joe, seus olhos olharam de relance para o balde quase vazio na sua frente. "Quer mais um?"

"Aceito."

Ela olhou de relance para o rosto dele e não pareceu

gostar do resultado. “Quem falou com o senhor sobre este lugar?”

“Dino Cooper.”

“Não conheço”, disse ela.

Então somos dois, pensou Joe, perguntando-se onde cacete fora desencavar um nome idiota daqueles. *Dino?* Melhor teria sido chamar logo o cara de “dinossauro”.

“Ele é de Everett.”

Ela limpou o pedaço de balcão na sua frente com o pano, ainda sem se mexer para providenciar a bebida. “Ah, é?”

“É. Estava trabalhando na margem do Mystic para os lados de Chelsea na semana passada. Serviços de dragagem.”

Ela fez que não com a cabeça.

“Enfim, Dino apontou para o outro lado do rio e me falou sobre este lugar. Disse que a cerveja aqui era boa.”

“Agora sei que está mentindo.”

“Porque alguém disse que a cerveja aqui era boa?”

Ela o encarou do mesmo jeito que o havia encarado na sala em que Albert White guardava seu dinheiro, como se pudesse ver os intestinos enrolados dentro de sua barriga, o cor-de-rosa dos pulmões, os pensamentos que corriam pelos sulcos de seu cérebro.

“A cerveja não é *tão* ruim assim”, comentou ele, erguendo o balde. “Já tomei uma aqui outro dia. Juro que...”

“A manteiga não deve derreter na sua boca, não é?”, indagou ela.

“Como é, senhorita?”

“Derrete ou não derrete?”

Ele decidiu tentar a tática da indignação resignada. “Não estou mentindo, senhorita. Mas posso ir embora. Com certeza posso ir embora.” Levantou-se. “Quanto devo pela primeira?”

“Vinte centavos.”

Ela estendeu a mão, ele depositou ali as duas moedas e ela as guardou no bolso da calça masculina.

“Só que não vai.”

“O quê?”, estranhou Joe.

"Embora. Quer que eu fique tão impressionada com o fato de ter *dito* que vai embora que chegue à conclusão de que o senhor é um cara honesto e lhe peça para ficar."

"Nada disso." Ele vestiu o casaco. "Vou embora mesmo."

Ela se debruçou por cima do balcão. "Venha cá."

Ele inclinou a cabeça.

Ela curvou um dedo, chamando. "Venha cá."

Ele tirou uns dois bancos do caminho e se aproximou do balcão.

"Está vendo aqueles caras ali no canto, sentados perto da mesa feita de caixote de maçã?"

Ele nem sequer precisou virar a cabeça. Tinha visto os homens assim que entrara — eram três. Pela aparência, deviam ser estivadores: ombros feito mastros de navio, mãos feito pedras, olhar que dava medo de cruzar.

"Estou."

"Eles são meus primos. Dá para notar um ar de família, não dá?"

"Não."

Ela deu de ombros. "Sabe o que eles fazem da vida?"

Seus lábios estavam tão próximos que, se eles abrissem a boca e esticassem a língua, as pontas teriam se tocado.

"Não faço ideia."

"Vão atrás de caras como você, que mentem sobre outros caras chamados Dino, e matam de pancada." Ela chegou os cotovelos mais para a frente, e seus rostos se aproximaram ainda mais. "Depois jogam no rio."

Joe sentiu uma coceira no couro cabeludo e atrás das orelhas. "Uma senhora profissão."

"Melhor do que assaltar mesas de pôquer, não é?"

Por alguns instantes, Joe não conseguiu mover o rosto.

"Diga alguma coisa inteligente", falou Emma Gould. "Quem sabe sobre aquela meia que você pôs na minha boca. Quero ouvir algum comentário elegante e inteligente."

Joe não disse nada.

"E, enquanto estiver pensando no que dizer, pense no seguinte: eles estão olhando para cá agora mesmo", disse Emma Gould. "Se eu puxar este lóbulo da orelha aqui, você não chega nem à escada."

Ele olhou para o lóbulo da orelha que ela havia indicado com um relancear dos olhos claros. Era o direito. Parecia um grão-de-bico, só que mais macio. Joe se perguntou que gosto teria aquele lóbulo de manhã bem cedo.

Olhou para baixo em direção ao balcão. "E se eu puxar este gatilho?"

Ela seguiu seu olhar e viu a pistola que ele havia posicionado entre os dois.

"Você não vai ter *tempo* de alcançar o lóbulo", disse ele.

Os olhos dela se afastaram da pistola e subiram por seu braço de um jeito que ele pôde sentir os pelos se abrindo. Foram seguindo pelo meio do seu peito, depois subiram pela garganta e pelo queixo. Quando encontraram os seus, estavam maiores e mais penetrantes, acesos com algo que havia surgido no mundo bem antes das coisas civilizadas.

"Eu largo à meia-noite", disse ela.

2
AQUILO QUE FALTA NELA

Joe morava no último andar de uma casa de cômodos no bairro de West End, poucos minutos a pé da confusão de Scollay Square. A casa de cômodos pertencia e era gerida pela máfia de Tim Hickey, presente havia muito tempo na cidade mas que prosperara nos seis anos após a implementação da Décima Oitava Emenda à Constituição.

O primeiro andar em geral era ocupado por irlandeses recém-desembarcados com suas calças de lã e corpos emaciados. Uma das tarefas de Joe era ir buscá-los no porto e conduzi-los aos refeitórios públicos de Hickey, onde lhes dava pão preto, sopa branca de mariscos e batatas cinzentas. Então os levava para a casa de cômodos, onde eram acomodados três em cada quarto sobre colchões firmes e limpos enquanto suas roupas eram lavadas no subsolo pelas putas mais velhas. Dali a cerca de uma semana, quando já houvessem recuperado parte das forças e livrado os cabelos dos piolhos e as bocas dos dentes podres, eles assinavam cartões de registro eleitoral e juravam apoio irrestrito aos candidatos de Hickey nas eleições do ano seguinte. Então eram soltos na rua com nomes e endereços de outros imigrantes das mesmas aldeias ou condados de seu país que lhes pudessem arrumar um emprego imediato.

No primeiro andar da casa de cômodos, acessível apenas por uma entrada independente, ficava o cassino. No segundo ficavam as putas. Joe morava no terceiro, em um quarto no fim do corredor. Havia um bom banheiro no andar que ele dividia com quaisquer figuras importantes que estivessem visitando a cidade na ocasião e com Penny Palumbo, a puta mais valiosa da coleção de Tim Hickey. Penny tinha vinte e cinco anos mas aparentava dezessete, e seus cabelos eram da cor do mel engarrafado banhado pela luz do sol. Um homem já havia pulado de um telhado por causa de Penny Palumbo; outro se jogara de um navio; um terceiro, em vez de se matar, tinha matado outro homem. Joe gostava bastante de Penny: ela era simpática e sensacional de se olhar. No entanto, se o seu rosto aparentava dezessete anos, ele poderia apostar que o cérebro aparentava dez. Até onde Joe podia constatar, a única coisa que havia lá dentro eram três canções e um vago desejo de se tornar costureira.

Certas manhãs, dependendo de quem descesse primeiro ao cassino, um deles comprava café para o outro. Nessa manhã, foi ela quem lhe levou o café, e os dois se sentaram junto à janela do quarto dele, com vista para Scollay Square e seus toldos listrados, imensos letreiros, e os primeiros caminhões de leite que passavam engasgando por Tremont Row. Penny lhe contou que, na noite anterior, uma cartomante havia lhe garantido que das duas, uma: ou ela morreria jovem, ou então viraria devota da igreja pentecostal trinitarista no Kansas. Quando Joe lhe perguntou se ela sentia medo de morrer, Penny respondeu que sim, claro, mas não tanto quanto de se mudar para o Kansas.

Quando ela saiu, ele a ouviu conversando com alguém no corredor, e em seguida Tim Hickey apareceu na soleira do seu quarto. Tim estava usando um colete escuro risca de giz, desabotoado, calça do mesmo feitio, e uma camisa branca com o colarinho aberto e sem gravata. Era um homem esbelto, com uma bela cabeleira toda branca e os olhos tristes e sem esperança de um capelão no corredor da morte.

"Bom dia, sr. Hickey."

"Bom dia, Joe." Hickey tomava café em um copo antiquado que refletiu a luz da manhã entrando pelos peitoris. "Sabe aquele banco em Pittsfield?"

"O que tem?", indagou Joe.

"O cara com quem você tem de falar vem aqui às terças, mas na maioria das outras noites pode ser encontrado no bar de Upham Corner. Ele costuma manter um chapéu de feltro no balcão, à direita da bebida. Vai lhe dar a planta do prédio e a rota de fuga."

"Obrigado, sr. Hickey."

Hickey retribuiu a frase com um gesto do copo.

"Mais uma coisa... lembra aquele crupiê sobre quem conversamos no mês passado?"

"Lembro", respondeu Joe. "Carl."

"Ele está fazendo de novo."

Carl Laubner, um de seus crupiês de vinte e um, tinha vindo de um estabelecimento que praticava o jogo sujo, e eles não conseguiam convencê-lo a jogar limpo, não se algum dos jogadores presentes tivesse um aspecto que não fosse cem por cento branco. Assim, sempre que um italiano ou grego se sentava à mesa, pronto. Num passe de mágica, Carl começava a puxar dez e ases para a banca a noite inteira, ou pelo menos até o pessoal mais escurinho ir embora.

"Mande o cara embora", ordenou Hickey. "Assim que ele chegar."

"Sim, senhor."

"Não praticamos essa merda aqui. Certo?"

"Certíssimo, sr. Hickey. Certíssimo."

"E conserte o caça-níqueis doze, sim? Está meio solto. Nós somos uma casa honesta, mas também não somos uma porra de uma instituição beneficente, não é, Joe?"

Joe escreveu um lembrete para si mesmo. "Não, senhor, não somos."

Tim Hickey administrava um dos poucos cassinos honestos de Boston, o que o tornava um dos mais populares da cidade, sobretudo para os jogos mais altos. Tim havia ensinado a Joe que jogos marcados conseguiam depenar um cliente talvez duas, três vezes no máximo antes de ele entender o que estava acontecendo e parar de jogar. Tim não queria depenar um cliente um par de vezes; queria sangrá-lo até o fim da vida. Se os clientes puderem continuar a jogar e a beber, dizia ele a Joe, vão lhe entregar todo seu dinheiro e ainda agradecer por você tê-los livrado do peso.

"Sabe os nossos clientes?", dissera Tim mais de uma vez. "Eles visitam a noite. Nós não: nós vivemos na noite. Eles alugam o que nos pertence. Isso significa que, quando eles vêm brincar no nosso quintal, nós lucramos com cada operação."

Tim Hickey era um dos homens mais inteligentes que Joe já conhecera. No início da Lei Seca, quando as máfias da cidade eram divididas por etnia — italianos só se misturavam com italianos, judeus com judeus, irlandeses com irlandeses —, Hickey se misturava com todo mundo. Aliara-se a Giancarlo Calabrese, que administrava a máfia de Pescatore enquanto o velho Pescatore estava na prisão, e juntos os dois haviam começado a contrabandear rum caribenho quando todo o resto contrabandeava uísque. Na época em que as gangues de Detroit e Nova York aumentaram seu poder o suficiente para transformar todos os outros em seus fornecedores no mercado ilegal de uísque, as máfias de Hickey e Pescatore já haviam dominado o mercado de álcool de cana e melaço. Os produtos vinham principalmente de Cuba, cruzavam os estreitos da Flórida, eram transformados em rum no território americano e transportados na calada da noite Costa Leste acima para serem vendidos com um lucro de oitenta por cento.

De volta de sua mais recente viagem a Tampa, Tim havia conversado com Joe sobre o malogrado ataque ao armazém de móveis no sul de Boston. Elogiara Joe por ter tido a inteligência de não arrombar a tesouraria para pegar o dinheiro da casa ("Essa decisão evitou uma guerra", foi seu comentário), e lhe dissera que, quando eles descobrissem por que haviam recebido uma dica tão ruim e perigosa, alguém se veria enforcado em vigas tão altas quanto a torre da Alfândega.

Joe quis acreditar nele, pois a alternativa era crer que Tim os havia mandado para aquele armazém justamente porque *queria* começar uma guerra com Albert White. Tim bem que seria capaz de sacrificar homens que vinha formando desde que eram meninos com o objetivo de dominar de uma vez por todas o mercado de rum. Na verdade, Tim seria capaz de qualquer coisa. Toda e qualquer coisa. Para estar no topo era preciso ser assim — todo mundo tinha de saber que você já tinha amputado a própria consciência fazia muito tempo.

Agora no quarto de Joe, Tim despejou um pouco de rum de sua garrafinha dentro do café e tomou um gole. Ofereceu a garrafinha a Joe, mas este balançou a cabeça. Tim tornou a guardar a garrafinha no bolso. "Por onde você tem andado ultimamente?"

"Por aqui mesmo."

Hickey sustentou seu olhar. "Você saiu todas as noites desta semana, e da semana passada também. Está namorando?"

Joe pensou em mentir, mas não conseguiu pensar em nenhum motivo para fazê-lo. "É, estou."

"Moça simpática?"

"Cheia de vida. Ela é..." — Joe não conseguiu atinar com a palavra exata — "é uma moça e tanto."

Hickey se afastou do batente. "Arrumou uma daquelas que entram na veia, hein?" Fez a mímica de quem espeta uma agulha no braço. "Dá para notar." Chegou mais perto e segurou a nuca de Joe com uma das mãos. "Nós em geral não temos muitas chances com as boas. Não na nossa profissão. Ela sabe cozinhar?"

"Sabe." A verdade era que Joe não tinha a menor ideia.

"Isso é importante. Pouco importa se elas cozinham bem ou mal, contanto que se disponham." Hickey soltou o pescoço dele e tornou a se aproximar da porta. "Converse com o tal cara sobre a história de Pittsfield."

"Sim, senhor."

"Bom rapaz", disse Tim, e começou a descer a escada em direção ao escritório que ficava atrás do caixa do cassino.

Carl Laubner acabou trabalhando mais duas noites antes de Joe se lembrar de mandá-lo embora. Vinha esquecendo algumas coisas ultimamente, entre as quais dois encontros marcados com Hymie Drago para passar adiante a mercadoria do roubo à fábrica de peles Karshman. Lembrara-se de ir até o caça-níqueis e apertar os parafusos bem apertados, mas, quando Laubner chegou nessa noite para o seu turno, Joe já tinha saído com Emma Gould outra vez.

Desde aquela noite no bar clandestino do porão em Charlestown, ele e Emma tinham se visto quase todas as noites. Quase todas, mas não todas. Nas outras ela saía com Albert White, situação que Joe até então conseguira qualificar de incômoda, embora estivesse rapidamente evoluindo para intolerável.

Quando não estava com Emma, tudo em que Joe conseguia pensar era quando tornaria a estar. Então, quando se encontravam, não se agarrar deixava de ser uma possibilidade improvável e passava a ser impossível. Quando o bar clandestino de seu tio estava fechado, os dois transavam lá. Quando os pais e irmãos dela estavam fora do apartamento que dividia com a família, transavam lá. Transavam no carro de Joe e também no seu quarto depois de ele a fazer se esgueirar pela escada dos fundos. Transaram no alto de um morro frio, no meio de um bosque de árvores sem folhas com vista para o rio Mystic, e em uma praia fria de novembro com vista para a enseada de Savin Hill em Dorchester. Em pé, sentados, deitados — para eles não fazia muita diferença. Dentro de casa, ao ar livre — era a mesma coisa. Quando tinham o luxo de uma hora inteira juntos, preenchiam-na com quantos novos truques e posições conseguissem inventar. Quando só tinham alguns minutos, porém, alguns minutos bastavam.

O que raramente faziam era falar. Pelo menos não sobre nada fora dos limites daquele vício aparentemente insaciável de um pelo outro.

Por trás dos olhos e da pele claros de Emma havia algo encolhido, enjaulado. E não enjaulado de uma forma que quisesse sair. Enjaulado de uma forma que proibia qualquer outra coisa de entrar. A jaula se abria quando ela o recebia dentro de si e enquanto durasse o ato do amor. Nessas horas, seus olhos bem abertos se mostravam atentos, e ele podia ver lá dentro sua alma, a luz vermelha de seu coração, e quaisquer sonhos que ela pudesse ter acalentado quando criança, temporariamente soltos e libertos de seu calabouço de paredes escuras e porta fechada a cadeado.

Quando ele saía, porém, e a respiração dela voltava ao normal, Joe via essas coisas se distanciarem como se fossem a maré.

Mas pouco importava. Começava a desconfiar que estava apaixonado por ela. Naqueles raros instantes em que a jaula se abria e ele era convidado a entrar, descobria uma pessoa doida para confiar, doida para amar, caramba, doida para viver. Ela precisava apenas ver que ele era digno de fazê-la arriscar aquela confiança, aquele amor, aquela vida.

E ele seria.

Completou vinte anos nesse inverno e soube o que queria fazer com o resto de sua vida. Queria se tornar a pessoa em quem Emma Gould iria depositar toda a sua confiança.

À medida que o inverno avançou, os dois se arriscaram a aparecer juntos em público algumas vezes. Apenas nas noites em que ela ouvira de fontes seguras que Albert White e seus principais capangas estavam fora da cidade, e apenas em estabelecimentos de propriedade de Tim Hickey ou seus sócios.

Um dos sócios de Tim era Phil Cregger, dono do restaurante Venetian Garden, situado no térreo do Hotel Bromfield. Joe e Emma foram lá em uma noite gelada na qual, ainda que o céu estivesse limpo, um cheiro de neve pairava no ar. Haviam acabado de entregar seus casacos e chapéus na chapelaria quando um grupo saiu da salinha privativa atrás da cozinha, e Joe soube quem eram antes mesmo de ver seus rostos pela fumaça dos charutos e pela afabilidade ensaiada de suas vozes — políticos.

Dignitários, conselheiros locais e municipais, capitães do corpo de bombeiros, capitães de polícia, procuradores — a reluzente, sorridente e podre pilha que mantinha mal e porcamente acesas as luzes da cidade. Que fazia os trens saírem no horário e os sinais de trânsito funcionarem, mal e porcamente. Que mantinha o povo consciente de que esses serviços e mil outros, grandes e pequenos, poderiam se extinguir — *se extinguiriam* de fato — não fosse a sua constante vigilância.

Viu o pai no mesmo instante em que o pai reparou na sua presença. Como sempre quando passavam algum tempo sem se ver, foi perturbador, fosse pelo simples fato de que os dois eram o retrato um do outro. O pai de Joe tinha sessenta anos. Tivera Joe depois de produzir dois filhos em uma idade mais jovem e respeitável. No entanto, embora Connor e Danny carregassem os traços genéticos de pai e mãe no rosto e no corpo, e com certeza na altura (herança do lado Fennessey da família, cujos homens eram altos), Joe saíra à imagem e semelhança do pai. Mesma altura, mesma corpulência, mesmo maxilar marcado, mesmo nariz e maçãs do rosto saltados e olhos afundados nas órbitas só um pouco além do normal, o que tornava ainda mais difícil para os outros saber o que ele estava pensando. A única diferença entre Joe e o pai era o colorido. Os olhos de Joe eram azuis, os do pai, verdes; os cabelos de Joe tinham a cor do trigo, os do pai eram brancos feito linho. Tirando isso, o pai de Joe olhava para o filho e via a própria juventude zombando da sua cara. Joe olhava para o pai e via manchas senis e pele flácida, e a Morte postada ao pé de sua cama às três da manhã, impaciente, batucando no chão com o pé.

Depois de alguns apertos de mão e tapinhas nas costas à guisa de despedida, seu pai se separou do grupo enquanto os homens faziam fila para pegar os casacos. Parou diante do filho. Estendeu a mão. "Como vai?"

Joe apertou a mão dele. "Nada mal. E o senhor?"

"Muito bem. Fui promovido no mês passado."

"Subcomandante do Departamento de Polícia de Boston", disse Joe. "Fiquei sabendo."

"E você? Onde anda trabalhando?"

Era preciso conhecer Thomas Coughlin há muito tempo para detectar nele os efeitos do álcool. Estes nunca se manifestavam na dicção, que permanecia fluente, firme e com volume regular mesmo após meia garrafa de um bom uísque irlandês. Nunca se manifestavam em nenhum aspecto anuviado nos olhos. Para quem soubesse onde procurar, contudo, era possível detectar algo predatório e travesso no brilho do rosto bonito, algo que avaliava seu interlocutor, identificava suas fraquezas, e ponderava se deveria se banquetear com elas.

"Pai, esta é Emma Gould", apresentou Joe.

Thomas Coughlin segurou a mão da jovem e beijou-lhe os nós dos dedos. "Muito prazer, srta. Gould." Meneou a cabeça para o maître. "Gerald, por favor, a mesa do canto." Então sorriu para Joe e Emma. "Vocês se importam se eu jantar com vocês? Estou faminto."

Conseguiram passar pela salada em relativa harmonia.

Thomas contou histórias sobre a infância de Joe, cujo invariável objetivo era mostrar que malandrinho Joe tinha sido, como ele era incontrolável e cheio de energia. A tirar por esse relato, eram histórias inacreditáveis dignas dos curtas-metragens de Hal Roach nas matinês de sábado. Seu pai deixou de fora o fim habitual das histórias — uma palmada ou o cinto.

Emma sorriu e deu risadas nos momentos certos, mas Joe pôde ver que estava fingindo. Os três estavam fingindo. Joe e Thomas se fingiam ligados pelo amor entre pai e filho, e Emma fingia não notar que eles não o eram.

Depois da história de Joe aos seis anos de idade no jardim do pai — contada tantas vezes ao longo dos anos que Joe era capaz de prever com exatidão cada pausa que o pai fazia —, Thomas perguntou a Emma de onde vinha sua família.

"Charlestown", respondeu ela, e Joe cismou ter detectado um quê de desafio no tom de sua voz.

"Não, eu quis dizer antes de virem para cá. A senhorita claramente é irlandesa. Sabe onde nasceram seus antepassados?"

O garçom retirou os pratos de salada, e Emma falou: "O pai da minha mãe era de Kerry e a mãe do meu pai era de Cork".

"Eu nasci pertinho de Cork", disse Thomas com um deleite inabitual.

Emma tomou um gole d'água, mas não disse nada; de repente, foi como se uma parte sua estivesse faltando. Joe já tinha visto isso antes — a moça sabia se desconectar de uma situação que não lhe agradava. Seu corpo permanecia presente, como algo esquecido na cadeira durante a fuga, mas sua essência, aquilo que fazia de Emma *Emma*, desaparecia.

"Qual era o nome de solteira da sua avó?"

"Não sei", respondeu ela.

"Não *sabe*?"

Emma deu de ombros. "Ela já morreu."

"Mas são suas raízes." Thomas parecia confuso.

Emma tornou a dar de ombros. Acendeu um cigarro. Thomas não esboçou reação, mas Joe sabia que estava consternado. Moças modernas o indignavam sob incontáveis aspectos — as que fumavam, as que deixavam as coxas à mostra, as que usavam decotes ou apareciam embrigadas em público sem vergonha ou temor da reprovação cívica.

"Há quanto tempo a senhorita conhece meu filho?", Thomas sorriu.

"Alguns meses."

"Vocês dois são...?"

"Pai."

"Joseph?"

"Não sabemos o que somos."

No íntimo, ele nutrira esperanças de que Emma fosse aproveitar aquela oportunidade para esclarecer o que os dois de fato eram, mas em vez disso ela lhe lançou um rápido olhar que perguntava por quanto mais tempo teriam de ficar ali sentados e voltou a fumar, com os olhos esquivos a passear sem rumo pelo grandioso salão.

Os primeiros pratos chegaram à mesa, e os três passaram os vinte minutos seguintes discorrendo sobre a qualidade dos bifes e do molho *béarnaise*, e sobre o novo carpete que Cregger mandara colocar recentemente no restaurante.

Durante a sobremesa, Thomas acendeu seu próprio cigarro. "Mas então, meu bem, o que você faz da vida?"

"Trabalho na empresa de móveis Papadikis."

"Em que departamento?"

"Sou secretária."

"Meu filho roubou um sofá? Foi assim que vocês dois se conheceram?"

"Pai", interveio Joe.

"Só estou querendo saber como vocês se conheceram", insistiu seu pai.

Emma acendeu outro cigarro e olhou para o salão. "Este lugar é bem chique, mesmo."

"É que eu sei muito bem como o meu filho ganha a vida. Só posso imaginar que, se a senhorita veio a ter contato com ele, das duas, uma: ou foi durante um crime, ou então em um estabelecimento frequentado por indivíduos grosseiros."

"Pai, pensei que fôssemos ter um jantar agradável", disse Joe.

"Achei que tivéssemos tido. Srta. Gould?"

Emma olhou para ele.

"Minhas perguntas desta noite a deixaram constrangida?"

Emma cravou nele aqueles seus olhos frios, olhos capazes de congelar uma camada fresca de piche no telhado.

"Não sei aonde o senhor está querendo chegar. E, para falar a verdade, não estou nem aí."

Thomas se recostou na cadeira e tomou um gole de café. "Estou falando sobre a senhorita ser o tipo de moça que convive com criminosos, o que talvez não seja a melhor coisa do mundo para a sua reputação. O fato de o criminoso em questão por acaso ser meu filho não vem ao caso. O que importa é que meu filho, criminoso ou não, continua sendo meu filho, e tenho por ele sentimentos paternos, sentimentos que me levam a questionar o bom senso de ele frequentar o tipo de mulher que sabidamente convive com criminosos." Thomas tornou a pousar a xícara sobre o pires e sorriu para ela. "Entendeu o raciocínio?"

Joe se levantou da mesa. "Certo, vamos indo."

Mas Emma não se mexeu. Apoiou o queixo na base da mão e passou algum tempo observando Thomas, com a brasa do cigarro a se consumir junto à orelha. "Meu tio comentou sobre um policial que o estava subornando chamado Coughlin. Seria o senhor?" Lançou-lhe um sorriso de lábios contraídos semelhante ao que ele exibia e deu uma tragada no cigarro.

"Esse tio seria seu tio Robert, aquele que todos chamam de Bobo?"

Ela confirmou com um bater das pálpebras.

"O policial ao qual a senhorita está se referindo chama-se Elmore Conklin. Ele é lotado em Charlestown e é conhecido por aceitar subornos de estabelecimentos ilegais como os de Bobo. Eu, por minha parte, raramente vou a Charlestown. Como subcomandante, porém, ficarei feliz em dedicar um interesse mais específico ao estabelecimento do seu tio." Thomas apagou o cigarro no cinzeiro. "Isso a deixaria contente, meu bem?"

Emma estendeu a mão para Joe. "Preciso retocar a maquiagem."

Joe lhe deu dinheiro para a gorjeta da funcionária do toalete feminino, e os dois a observaram cruzar o restaurante. Joe se perguntou se ela voltaria para a mesa ou simplesmente pegaria o casaco e iria embora.

Seu pai sacou do colete o relógio de bolso e o abriu com um movimento do polegar. Em seguida o fechou com a mesma rapidez e tornou a guardá-lo no bolso. O relógio era seu bem mais precioso, um Patek Philippe dezoito quilates, presente de um presidente de banco agradecido mais de duas décadas antes.

"Isso era mesmo necessário?", perguntou-lhe Joe.

"Não fui eu quem comecei a briga, Joe, então não me critique pela forma como a terminei." Seu pai se recostou na cadeira e cruzou uma perna por cima da outra. Alguns homens usavam o próprio poder como se fosse um casaco que não conseguissem fazer caber direito ou parar de causar comichão. Thomas Coughlin usava o seu como se houvesse sido feito sob medida para ele por um alfaiate de Londres. Correu os olhos pelo salão e meneou a cabeça para alguns conhecidos antes de tornar a olhar para o filho. "Se eu pensasse que você está apenas trilhando um caminho pouco convencional no mundo, acha que eu iria me importar?"

"Acho", respondeu Joe.

Seu pai esboçou um sorriso suave e deu de ombros de forma ainda mais suave. "Faz trinta e sete anos que sou policial, e aprendi uma coisa mais importante do que todas as outras."

"Que o crime não compensa a não ser quando cometido em escala institucional", disse Joe.

Outro sorriso suave, e uma leve inclinação da cabeça. "Não, Joseph. Não. O que aprendi foi que a violência procria. E que os filhos gerados pela sua violência voltarão para perseguí-lo como criaturas selvagens, irracionais. Você não vai reconhecê-los, mas eles vão reconhecer você. E vão considerá-lo merecedor da sua punição."

Ao longo dos anos, Joe já havia escutado variações desse discurso. O que seu pai era incapaz de perceber — além do fato de estar se repetindo — era que teorias genéricas nem sempre se aplicavam a indivíduos específicos. Não se o indivíduo — ou indivíduos — em questão fosse determinado o bastante para criar as próprias regras e inteligente o bastante para fazer todos os outros obedecer-lhes.

Joe tinha só vinte anos, mas já sabia que era esse tipo de pessoa.

No entanto, ainda que fosse unicamente para agradar ao pai, perguntou: "E por que motivo exatamente essas crias violentas estão me punindo, mesmo?".

"Pelo descuido da sua reprodução." Seu pai se inclinou para a frente, cotovelos sobre a mesa, palmas das mãos unidas. "Joseph."

"Joe."

"Joseph, violência gera violência. Não há escapatória." Ele separou as mãos e encarou o filho. "O que você põe no mundo vai sempre voltar para buscá-lo."

"Sim, pai, eu conheço o catecismo."

Seu pai inclinou a cabeça em um gesto de reconhecimento enquanto Emma saía do toalete e atravessava o salão em direção à chapelaria. Acompanhando-a com os olhos, disse a Joe: "Mas nunca de uma forma que você possa prever".

"Tenho certeza de que não."

"Você não tem certeza de nada a não ser da própria certeza. A segurança que você não fez por merecer é sempre a mais radiosa." Thomas observou Emma entregar o recibo da chapelaria à atendente. "Ela é bem bonita."

Joe não disse nada.

"Tirando isso, porém, não consigo entender o que viu nela", continuou seu pai.

"Porque ela é de Charlestown?"

"Bom, isso não ajuda", respondeu Thomas. "O pai dela costumava ser cafetão, e o tio matou pelo menos dois homens até onde nós sabemos. Mas, Joseph, eu poderia ignorar isso tudo se ela não fosse tão..."

"Tão o quê?"

"Tão morta por dentro." Seu pai tornou a consultar o relógio e mal conseguiu disfarçar o tremor de um bocejo. "É tarde."

"Ela não é morta por dentro", disse Joe. "Tem algo adormecido dentro dela, só isso."

"Adormecido?", falou seu pai enquanto Emma voltava para a mesa com seus casacos. "Filho, isso nunca mais vai acordar."

Na rua, a caminho do carro, Joe comentou: "Será que você não poderia ter sido um pouco mais...?".

"Um pouco mais o quê?"

"Entretida na conversa? Sociável?"

"Em todo esse tempo desde que estamos juntos, você só fala no quanto odeia esse homem", disse ela.

"O tempo *todo*?"

"Praticamente."

Joe balançou a cabeça. "E eu nunca falei que odiava o meu pai."

"Então o que você falou?"

"Que nós não nos damos bem. Que nunca nos demos bem."

"E por quê?"

"Porque somos parecidos pra cacete."

"Ou porque você o odeia."

"Eu não o odeio", afirmou Joe, sabendo que, acima de todo o resto, isso era verdade.

"Então talvez você devesse dormir com ele hoje à noite."

"Como é?"

"Quem ele acha que é para ficar sentado ali me olhando como se eu fosse lixo? Para perguntar sobre a minha família como se soubesse que ninguém presta desde a Irlanda? Para me chamar de *meu bem*?" Parada na calçada, ela tremia enquanto os primeiros flocos de neve surgiam do céu negro acima deles. "Nós não somos gente. Não somos respeitáveis. Somos apenas os Gould de Union Street. Lixo de Charlestown. Somos nós quem tecemos a renda das porras das *suas* cortinas."

Joe levantou as mãos. "Que conversa é essa?" Estendeu a mão na sua direção, mas ela deu um passo para trás.

"Não toque em mim."

"Tá bom."

"É a conversa de uma vida inteira, entendeu? Uma vida inteira sendo esnobada e menosprezada por gente feito o seu pai. Gente que, que, que... que confunde ter sorte na vida com ser uma pessoa melhor. Nós não somos menos do que vocês. Nós não somos merda."

"Eu não disse que eram."

"*Ele* disse."

"Não disse, não."

"Eu não sou merda", sussurrou ela, com a boca entreaberta para a noite, e a neve a se misturar com as lágrimas que escorriam por seu rosto.

Ele a envolveu com os braços e chegou mais perto. "Posso?"

Ela aceitou o abraço, mas manteve os próprios braços junto ao corpo. Ele a segurou apertado e ela chorou encostada em seu peito, e ele lhe disse e repetiu que ela não era merda, que não era menos importante do que ninguém e que ele a amava, que a amava.

Mais tarde, estavam deitados na cama dele enquanto grossos e úmidos flocos de neve se chocavam contra as vidraças como mariposas.

"Foi uma fraqueza", disse ela.

"O quê?"
"Na rua. Eu fui fraca."
"Você não foi fraca. Foi sincera."
"Eu não choro na frente das pessoas."
"Bom, na minha pode chorar."
"Você disse que me amava."
"Foi."
"E ama mesmo?"
Ele a encarou nos olhos muito, muito claros. "Amo."
Ela demorou um minuto para falar: "Não posso dizer a mesma coisa".
Ele disse a si mesmo que aquilo não era como falar que ela não sentia amor. "Tudo bem."
"Tudo bem mesmo? Porque alguns caras precisam ouvir também."
Alguns caras? Quantos caras teriam lhe dito que a amavam antes de ele aparecer?
"Eu sou mais forte do que eles", falou, e desejou que fosse verdade.
A janela chacoalhou com as rajadas escuras do vento de fevereiro, uma sirene de nevoeiro ecoou, e em Scollay Square várias buzinas soaram, zangadas.
"O que você quer?", perguntou-lhe ele.
Ela deu de ombros, roeu uma das unhas e olhou por cima do corpo dele em direção à janela.
"Queria que várias coisas nunca tivessem me acontecido."
"Que coisas?"
Ela balançou a cabeça, já se distanciando dele.
"E sol", balbuciou depois de algum tempo, com os lábios inchados de sono. "Eu queria sol, muito sol."

3

O CUPIM DE HICKEY

Tim Hickey certa vez tinha dito a Joe que o menor dos erros às vezes é o que tem consequências mais graves. Joe se perguntou o que Tim teria dito sobre devanear ao volante do carro de fuga parado em frente a um banco. Ou melhor, devanear não — ficar obcecado. Obcecado pelas costas de uma mulher. Mais especificamente, pelas costas de Emma. Pela pinta que tinha visto ali. Tim provavelmente teria dito: pensando bem, às vezes são os maiores erros que têm as consequências mais graves, seu imbecil.

Outra coisa que Tim gostava de dizer era que, quando uma casa desabava, o primeiro cupim a tê-la roído era tão culpado quanto o último. Essa Joe não entendia — o primeiro cupim já devia ter morrido muito antes de o último cupim cravar os dentes na madeira. Ou será que não? Sempre que Tim fazia essa comparação, Joe decidia pesquisar sobre a expectativa de vida dos cupins, mas depois esquecia o assunto até a vez seguinte em que Tim mencionava o fato, geralmente quando estava bêbado e havia um hiato na conversa, e todos ao redor da mesa ficavam com a mesma expressão no rosto: afinal de contas, por que é que Tim tanto fala nessas porras desses cupins?

Uma vez por semana, Tim Hickey ia cortar o cabelo no barbeiro Aslem's de Charles Street. Em uma determinada terça-feira, alguns desses fios de cabelo acabaram indo para dentro de sua boca quando ele levou um tiro na nuca a caminho da cadeira do barbeiro. Ficou caído no chão preto e branco de ladrilhos enquanto o sangue escorria e passava da ponta do seu nariz, e o assassino saía de trás do cabide de casacos, trêmulo e com os olhos esbugalhados. O cabide desabou com estardalhaço no chão de ladrilhos, e um dos barbeiros deu um pulo sem sair do lugar. O assassino passou por cima do cadáver de Tim Hickey e lançou às testemunhas uma série de meneios de cabeça com os ombros encolhidos, como se estivesse encabulado, antes de sair porta afora.

Quando Joe ouviu a notícia, estava na cama com Emma. Depois de ele desligar o telefone, Emma se sentou na cama enquanto ele lhe contava. Enrolou um cigarro e olhou para Joe enquanto lambia o papel — sempre olhava para ele quando lambia o papel —, acendendo-o em seguida. "Ele significava alguma coisa para você? Tim?"

"Não sei", respondeu Joe.

"Como assim, não sabe?"

"Acho que não é nem uma coisa nem outra."

Tim havia descoberto Joe e os irmãos Bartolo ainda crianças, tacando fogo em bancas de jornal. Um dia de manhã, eles recebiam dinheiro do *Globe* para incendiar uma das bancas do *Standard*. No dia seguinte, aceitavam dinheiro do *American* para queimar a do *Globe*. Tim os contratou para pôr fogo no Café 51. Eles então passaram para o estágio de assaltos vespertinos a residências em Beacon Hill, cujas portas dos fundos eram deixadas destrancadas por faxineiras ou faz-tudos vendidos a Tim. Sempre que faziam um dos trabalhos que Tim lhes dava, ele estabelecia um preço fixo; no caso de fazerem os próprios serviços, pagavam um tributo a Tim e ficavam com a parte do leão. Nesse aspecto, Tim fora um ótimo patrão.

Apesar disso, Joe o tinha visto estrangular Harvey Boule. Fora por causa de ópio, de uma mulher ou de um *pointer* alemão de pelo curto; até hoje, Joe só tinha ouvido boatos. Mas Harvey aparecera no cassino, ele e Tim começaram a conversar, e então Tim pegara o fio de uma das luminárias de mesa verdes e o passara em volta do pescoço de Harvey. Harvey era um cara grande, e havia carregado Tim pelo cassino durante cerca de um minuto enquanto todas as putas corriam para se proteger e todos os capangas de Hickey apontavam as armas para Harvey. Joe viu a compreensão surgir nos olhos de Harvey Boule — mesmo que ele conseguisse fazer Tim parar de esganá-lo, os capangas esvaziariam quatro revólveres e uma pistola automática nele. Harvey então caiu de joelhos e sujou as calças com um barulho alto de ar escapando. Ficou deitado de bruços, arquejando, enquanto Tim pressionava o joelho entre suas escápulas e enrolava o excesso de fio bem apertado em volta de uma das mãos. Torceu o fio e puxou mais ainda, e Harvey chutou com força suficiente para fazer ambos os sapatos saírem dos pés.

Tim estalou os dedos. Um de seus capangas lhe passou uma pistola, e Tim a levou à orelha de Harvey. Uma das putas falou: "Ai, meu Deus", mas na hora em que Tim ia puxar o gatilho o olhar de Harvey se tornou indefeso e confuso, e ele soltou gemendo um último suspiro no tapete oriental falsificado que cobria o chão. Sentado em cima das costas de Harvey, Tim se inclinou para trás e devolveu a pistola ao capanga. Então se pôs a examinar o perfil do homem que acabara de matar.

Era a primeira vez que Joe via uma pessoa morrer. Menos de dois minutos antes, Harvey tinha pedido à garçonete que servira seu martíni para se informar para ele sobre o placar da partida do Sox. Dera-lhe uma bela gorjeta, também. Verificara as horas no relógio e tornara a guardá-lo no colete. Tomara um gole de martíni. Menos de dois minutos antes... e agora estava *morto*? Para onde ele tinha ido? Ninguém sabia. Encontrar Deus ou o diabo, para o purgatório ou coisa pior, ou talvez para lugar nenhum. Tim havia se levantado, alisado os cabelos brancos como a neve, e apontado de forma genérica para o gerente do cassino. "Mais uma rodada geral. Na conta de Harvey."

Algumas pessoas riram de nervoso, mas a maioria pareceu nauseada.

Não era a única pessoa que Tim havia matado ou mandara matar nos últimos quatro anos, mas era a primeira que Joe assistira morrer.

E agora o próprio Tim. Morto. Para nunca mais voltar. Como se jamais houvesse existido.

"Você já viu alguém ser morto?", perguntou Joe a Emma.

Ela o encarou com firmeza por alguns instantes, fumando o cigarro e roendo uma das unhas. "Já."

"Para onde você acha que eles vão?"

"Para a funerária."

Ele a encarou até ela sorrir aquele seu sorriso pequenino, com os cachos dos cabelos dependurados em frente aos olhos.

"Acho que eles não vão para lugar nenhum", ela disse.

"Estou começando a achar isso também", disse Joe. Sentando-se, deu-lhe um beijo sôfrego, e ela retribuiu com a mesma sofreguidão. Seus tornozelos se cruzaram nas costas dele. Ela passou a mão por seus cabelos e ele olhou para dentro dela com a sensação de que, se parasse de olhar, perderia alguma coisa, alguma coisa importante que iria acontecer no rosto dela, algo que ele nunca mais esqueceria.

"E se não houver nenhum depois? E *isto aqui*", ela pressionou o corpo contra o dele, "for tudo o que existe?"

"Eu adoro isto aqui", disse ele.

Ela riu. "Eu também adoro."

"Em geral? Ou comigo?"

Ela apagou o cigarro. Segurou o rosto dele com as mãos para beijá-lo. Balançou-se para a frente e para trás. "Com você."

Mas não era só com ele que ela fazia aquilo, era?

Ainda havia Albert. Havia Albert.

Alguns dias depois, na sala de sinuca anexa ao cassino, Joe estava jogando sozinho quando Albert White adentrou o recinto com a segurança de alguém que esperava a remoção de qualquer obstáculo antes da sua chegada. Caminhando junto com ele vinha seu principal capanga, Brenny Loomis, que olhou direto para Joe do mesmo jeito que olhara para ele do chão da sala de pôquer.

Joe sentiu o coração ser transpassado por uma faca. E parar de bater. "Você deve ser o Joe", disse Albert White.

Joe obrigou-se a se mexer. Apertou a mão estendida de Albert. "Isso, Joe Coughlin. Prazer em conhecê-lo."

"É bom poder dar rosto a um nome, Joe." Albert sacudiu sua mão como se estivesse bombeando água para apagar um incêndio.

"Sim, senhor."

"Este é Brendan Loomis", apresentou Albert. "Um amigo meu."

Joe apertou a mão de Loomis, e foi como pôr a mão entre dois carros que estivessem dando ré um na direção do outro. Loomis inclinou a cabeça de lado, e seus olhos castanhos e miúdos passearam por seu rosto. Quando Joe conseguiu reaver a própria mão, teve de resistir ao impulso de esfregá-la. Enquanto isso, Loomis limpou a sua com um lenço de seda; de tão inexpressivo, seu rosto parecia uma pedra. Os olhos se afastaram de Joe e olharam para a sala de sinuca como se ele tivesse planos para o lugar. Era bom no manejo de armas e excelente no de facas, diziam, mas matava a maioria de suas vítimas de pancada mesmo.

"Já vi você antes, não é?", indagou Albert.

Joe vasculhou sua expressão em busca de sinais de brincadeira. "Acho que não."

"Já, sim. Bren, você já viu este cara antes?"

Brenny Loomis pegou a bola nove e a examinou. "Não."

Joe sentiu um alívio tão avassalador que teve medo de perder o controle da própria bexiga.

"No Cadarço." Albert estalou os dedos. "Você vai lá de vez em quando, não vai?"

"Vou", respondeu Joe.

"É isso, é isso." Albert deu um tapinha no ombro de Joe. "Quem administra esta casa agora sou eu. Sabe o que isso significa?"

"Não."

"Que preciso que você saia do quarto em que mora." Ele ergueu um dedo indicador. "Mas não quero que ache que estou pondo você na rua."

"Tá bom."

"É que este é um bom lugar. Temos várias ideias para ele."

"Com certeza."

Albert levou uma das mãos ao braço de Joe, logo acima do cotovelo. Sua aliança de casamento cintilou com a luz. Era de prata. Gravada com motivos de serpentes celtas. E com alguns diamantes incrustados também, dos pequenos.

"Pode ir pensando em que tipo de trabalho você quer fazer. Tá bom? Pense no assunto, só isso. Sem pressa. Mas saiba o seguinte: você não vai poder trabalhar sozinho. Não nesta cidade. Não mais."

Joe desviou o olhar da aliança e da mão em seu braço para encarar os olhos simpáticos de Albert White.

"Não tenho a menor vontade de trabalhar sozinho, meu senhor. Chovesse ou fizesse sol, eu sempre pagava tributo a Tim Hickey."

Albert White assumiu uma expressão de quem não tinha gostado de ouvir o nome de Tim Hickey ser pronunciado no local que agora lhe pertencia. Deu alguns tapinhas no braço de Joe.

"Eu sei que pagava. Sei também que fazia um bom trabalho. De primeira categoria. Mas nós não fazemos negócios com gente de fora. E sabe o que é um fornecedor independente? Uma pessoa de fora. Joe, nós estamos formando uma ótima equipe. Prometo a você... uma equipe *incrível.*" Ele se serviu uma bebida do decantador de Tim sem oferecer a mais ninguém. Levou a bebida até a mesa de sinuca e, tomando impulso, sentou-se na beirada e olhou para Joe. "Vou dizer uma coisa sem rodeios: você é inteligente demais para os trabalhos que tem feito. Essa sua parceria com dois patetas... escute, eles são ótimos amigos, tenho certeza, mas são burros, são carcamanos e vão morrer antes dos trinta. Mas você? Você pode continuar no caminho em que está. Sem compromissos, mas sem amigos. Com casa, mas sem lar." Ele desceu da mesa de sinuca. "Se não quiser ter um lar, tudo bem. Prometo que tudo bem. Mas não vai poder atuar em lugar nenhum dentro dos limites da cidade. Se quiser cavar um lugar ao sol no litoral sul, vá em frente. Pode tentar também o litoral norte, se os italianos o deixarem vivo depois de saberem que você existe. Mas aqui, na cidade?" Ele apontou para o chão. "Isto aqui agora está organizado, Joe. Ninguém mais paga tributo; agora são todos funcionários. E patrões. Alguma parte do que eu disse ficou difícil de entender?"

"Não."

"Ou confusa?"

"Não, sr. White."

Albert White cruzou os braços e aquiesceu com um movimento de cabeça, olhando para os próprios sapatos. "Você tem alguma coisa em vista? Algum trabalho sobre o qual eu deva saber?"

Joe tinha gastado a última parte do dinheiro de Tim Hickey pagando o sujeito que lhe dera as informações de que precisava para o serviço de Pittsfield.

"Não", respondeu. "Nada em vista."

"Está precisando de dinheiro?"

"Como assim, senhor White?"

"Dinheiro." Albert levou ao bolso a mão que já havia tocado o osso púbico de Emma. Que já havia segurado seus cabelos. Tirou duas notas de dez do bolo de dinheiro e as depositou na palma da mão de Joe com um estalo. "Não quero você pensando de barriga vazia."

"Obrigado."

Albert usou a mesma mão para dar um tapinha na bochecha de Joe. "Espero que tudo isso termine bem."

* * *

"A gente podia ir embora", disse Emma.

"Embora?", repetiu ele. "Como assim, juntos?"

Os dois estavam no quarto dela no meio do dia, única hora em que suas três irmãs, três irmãos, mãe amargurada e pai feroz saíam de casa ao mesmo tempo.

"A gente podia ir embora", repetiu Emma, como se ela própria não acreditasse.

"E ir para onde? Viver de quê? E juntos, você quer dizer?"

Ela não respondeu nada. Duas vezes ele lhe fizera a mesma pergunta, e duas vezes ela a havia ignorado.

"Não entendo muita coisa de trabalho honesto", disse ele.

"Quem disse que precisa ser honesto?"

Ele passeou os olhos pelo quarto desenxabido que ela dividia com duas irmãs. Junto à janela, o papel de parede havia descolado da camada de gesso reforçado com crina, e duas das vidraças estavam rachadas. Eles podiam ver o vapor de sua respiração dentro do quarto.

"Teríamos de ir para bem longe", disse ele. "Nova York é uma cidade fechada. Filadélfia também. Detroit, pode esquecer. Chicago, Kansas City, Milwaukee... são todas fechadas para um cara como eu, a menos que eu queira entrar para uma máfia qualquer como o mais chinfrim carregador de piano."

"Então vamos para o Oeste, como já disse alguém. Ou para o Sul." Ela encostou o nariz na lateral de seu pescoço e inspirou fundo; uma suavidade pareceu brotar dentro dela. "Vamos precisar de dinheiro para começar."

"Temos um serviço agendado para sábado. Você está livre no sábado?"

"Para ir embora?"

"É."

"No sábado à noite tenho que encontrar Você Sabe Quem."

"Ele que se foda."

"Bom, é, a ideia é essa mesmo", retrucou ela.

"Não, eu quis dizer..."

"Eu sei o que você quis dizer."

"Esse cara é mau para caralho", disse Joe com os olhos pregados nas costas dela, naquela pinta cor de areia molhada.

Ela o fitou com um leve ar desapontado, mais desdenhoso ainda por ser tão leve. "Não é, não."

"Está defendendo ele?"

"Estou dizendo que ele não é um cara mau. Não é o *meu* cara. Não é alguém que eu ame, nem admire nem nada. Mas ele não é *mau*. Pare de viver tentando tornar as coisas simples."

"Ele matou Tim. Ou mandou matar."

"E Tim por acaso ganhava a vida doando perus para os órfãos?"

"Não, mas..."

"Mas o quê? Ninguém é bom nem mau. Todo mundo só está tentando seguir o seu caminho." Ela acendeu um cigarro e sacudiu o fósforo até este ficar preto e soltar fumaça. "Pare com essa mania escrota de julgar as pessoas."

Ele não conseguia parar de olhar para a pinta, de se perder em sua areia, de rodopiar junto com ela. "Você vai mesmo se encontrar com ele."

"Não comece. Se fôssemos mesmo sair da cidade, nesse caso..."

"Nós vamos sair da cidade." Se fosse para garantir que nenhum outro homem jamais voltasse a tocá-la, Joe sairia até do país.

"E ir para onde?"

"Para Biloxi", respondeu ele, percebendo assim que falou que na verdade não era má ideia. "Tim tinha vários amigos lá. Caras que eu conheci. Que mexem com rum. Albert compra a bebida dele no Canadá. Ele é um cara de uísque. Então, se formos para a Costa do Golfo... Biloxi, Mobile, quem sabe até Nova Orleans, e comprarmos as pessoas certas... talvez fique tudo bem. Aquilo lá é área de rum."

Ela pensou no assunto por um tempo, e a pinta estremecia toda vez que ela se esticava em direção à cabeceira da cama para bater a cinza do cigarro. "Marquei de encontrar com ele para a inauguração daquele hotel novo. Aquele em Providence Street, sabe?"

"O Statler?"

Ela aquiesceu. "Dizem que todos os quartos têm rádio. Que o mármore é italiano."

"E daí?"

"Se eu for lá, ele vai estar com a mulher. Só quer que eu vá porque, sei lá, porque fica excitado ao me ver quando está de braços dados com a mulher. E, depois disso, eu sei com certeza que ele vai passar uns dias em Detroit para conversar com novos fornecedores."

"E daí?"

"E daí que isso vai nos dar o tempo de que precisamos. Quando ele voltar a me procurar, já teremos tido uma frente de três ou quatro dias."

Joe pensou a respeito. "Nada mau."

"Eu sei", disse ela com outro sorriso. "Você acha que consegue ficar apresentável e passar no Statler no sábado? Umas sete, por aí?"

"É claro que consigo."

"Aí nós vamos embora", disse ela, olhando para ele por cima do ombro. "Mas chega de dizer que Albert é um cara mau. Meu irmão arrumou emprego por causa dele. No inverno passado, ele comprou um sobretudo para minha mãe."

"Tudo bem, então."

"Eu não quero brigar."

Joe tampouco queria brigar. Sempre que o fazia, ele perdia, e se pegava pedindo desculpas por coisas que não tinha feito, que nem sequer pensara em fazer, pedindo desculpas por não as ter feito nem pensado em fazê-las. Chegava a ficar com dor de cabeça.

Deu-lhe um beijo no ombro. "Então não vamos brigar."

Ela bateu os cílios para ele. "Oba."

Na fuga após o assalto ao banco First National de Pittsfield, Dion e Paolo haviam acabado de pular para dentro do carro quando Joe deu ré e bateu no poste de rua porque estava pensando na pinta. Na cor de areia molhada, no jeito como a pinta se movia entre suas escápulas quando ela se virava para trás para olhar para ele e lhe dizer que talvez o amasse, no jeito como também havia se movido quando ela dissera que Albert White não era um cara assim tão mau. Porra, na verdade o velho Albert era um cara nota dez. Um amigo dos pobres, que comprava um sobretudo de inverno para a sua mãe contanto que você usasse o seu corpinho para garantir o calor *dele*. A pinta tinha a forma de uma borboleta, mas era irregular e bem definida nas bordas, e Joe pensou que isso talvez também pudesse resumir Emma, depois disse a si mesmo para esquecer tudo isso: os dois iriam embora da cidade nessa mesma noite, e todos os seus problemas estariam resolvidos. Ela o amava. Não era isso que importava? Tudo o mais iria desaparecer no retrovisor. Ele queria tudo o que dizia respeito a Emma Gould; queria no café da manhã, no almoço, no jantar e no lanche. Queria pelo resto da vida — as sardas em suas clavículas e no osso do nariz, a reverberação que sobrava em sua garganta quando ela terminava de rir, o jeito como ela conseguia transformar em duas sílabas a palavra quatro, *four*, que na realidade só tinha uma.

Dion e Paolo saíram correndo de dentro do banco.

Pularam no banco de trás.

"*Vamos*", disse Dion.

Um sujeito alto e careca, usando uma camisa cinza e suspensórios pretos, saiu do banco armado com um cassetete. Cassetete não era arma, mas mesmo assim podia causar problemas caso o cara chegasse bastante perto.

Joe enfiou uma primeira com a base da mão e pisou no acelerador, mas o carro foi para trás em vez de ir para a frente. Cinco metros para trás. Os olhos do cara do cassetete saltaram das órbitas de tanta surpresa.

"Ei! Ei!", gritou Dion.

Joe pisou no freio e na embreagem ao mesmo tempo. Desengatou violentamente a ré e engatou a primeira, mas mesmo assim bateram no poste. O impacto não foi grave, apenas constrangedor. O caipira de suspensórios passaria o resto da vida contando para a mulher e os amigos como havia assustado tanto três bandidos armados que eles tinham engatado a primeira, em vez de dar ré, só para fugir *dele*.

Quando o carro se projetou para a frente, os pneus levantaram poeira e pedrinhas do chão de terra batida e as lançaram no rosto do cara do cassetete. A essa altura, já havia outro cara em pé em frente ao banco. Estava de camisa branca e calça marrom. Ele estendeu o braço. Joe viu o cara no espelho retrovisor e notou que o braço dele dava um tranco. Por um instante não entendeu por quê, mas em seguida atinou. "Abaixem-se", falou, e Dion e Paolo se deitaram no banco de trás. O braço do cara deu outro tranco, depois um terceiro ou quarto, e o espelho lateral se estilhaçou, fazendo chover vidro no chão de terra batida.

Joe dobrou em East Street, encontrou o beco que eles haviam localizado na semana anterior, dobrou à esquerda para entrar nele e pisou com tudo no pedal do acelerador. Por vários quarteirões, foi seguindo em paralelo aos trilhos de trem que passavam atrás das fábricas. A essa altura, já podiam partir do princípio de que a polícia fora acionada, não a ponto de estar montando barreiras na estrada ou algo assim, mas o suficiente para seguir o rastro de pneus que saía da rua de terra batida perto do banco e saber a direção genérica que haviam tomado.

Eles haviam roubado três carros naquela manhã, todos

em Chicopee, pouco menos de cem quilômetros ao sul. Além do Auburn em que estavam agora, tinham roubado um Cole preto com pneus carecas e um Essex Coach 1924 com um motor que arranhava.

Joe atravessou a linha do trem e percorreu mais um quilômetro e meio margeando o Silver Lake até chegar a uma fundição que havia pegado fogo alguns anos antes, e cuja casca carbonizada pendia para a direita em meio a um campo de mato e tabua. Ambos os carros estavam à sua espera quando Joe entrou pelos fundos do prédio, onde a parede já havia desmoronado tempos antes, e eles estacionaram junto ao Cole e saltaram do Auburn.

Dion levantou Joe pelas lapelas do sobretudo e o empurrou para cima do capô do Auburn. "Que porra deu em você?"

"Foi um erro", disse Joe.

"*Semana passada* era um erro", retrucou Dion. "Esta semana já virou padrão, caralho."

Joe não podia negar. Mesmo assim falou: "Tire as mãos de mim."

Dion soltou as lapelas de Joe. Soltando o ar com força pelas narinas, apontou para Joe um dedo em riste. "Você está fazendo cagada."

Joe recolheu os chapéus, os lenços e as armas e os enfiou dentro de um saco junto com o dinheiro. Pôs o saco na traseira do Essex Coach. "Eu sei."

Dion estendeu as mãos gordas para a frente. "Nós somos parceiros desde moleques, porra, mas agora a coisa está preta."

"É." Joe concordou, pois não via motivo para mentir em relação ao óbvio.

Os carros de polícia — quatro ao todo — surgiram por uma parede de mato marrom na outra ponta do descampado, atrás da fundição. O mato tinha a cor de um leito de rio e uns dois metros de altura. As viaturas o achataram e revelaram mais atrás uma pequena comunidade formada por barracas. Uma mulher de xale cinza e seu bebê estavam inclinados por cima de uma fogueira recém-apagada, tentando atrair para dentro dos casacos o pouco de calor que restava.

Joe pulou para dentro do Essex e guiou o carro para longe da fundição. Os irmãos Bartolo passaram por ele a bordo do Cole, cuja traseira derrapou quando eles chegaram a um trecho de terra batida vermelha e seca. A terra acertou o para-brisa de Joe e o cobriu. Ele se debruçou pela janela e pôs-se a limpar a sujeira com o braço esquerdo enquanto continuava a dirigir com o direito. O chão irregular fez o Essex dar um pulo bem alto, e alguma coisa mordeu a orelha de Joe. Quando ele tornou a pôr a cabeça para dentro do carro, conseguiu ver bem melhor pelo vidro, mas agora sangue escorria de sua orelha, entrava por baixo da gola e descia pelo peito.

Uma série de pingues e tuns acertou a janela traseira, como o barulho de alguém atirando moedas em um telhado de zinco, e então a vidraça se espatifou e uma bala passou raspando no console. Uma viatura de polícia surgiu à esquerda de Joe, e então uma segunda à direita. A da direita tinha um policial no banco de trás que apoiou o cano de uma Thompson na moldura da janela e abriu fogo. Joe pisou no freio com tanta força que a mola de aço do assento fez pressão na parte de trás das costelas. As janelas do carona explodiram. Depois foi a vez do para-brisa dianteiro. O console cuspiu os próprios pedaços em cima de Joe e do banco dianteiro.

A viatura à direita tentou frear enquanto virava na sua direção. Seu nariz se levantou e ela decolou do chão como erguida por uma rajada de vento. Joe teve tempo de vê-la aterrissar de lado antes de a outra viatura bater na traseira de seu Essex e de um rochedo aparecer no meio do mato, pouco antes da linha das árvores.

A frente do Essex se espatifou e o resto do carro foi projetado para a direita, levando Joe consigo. Ele só sentiu que tinha saído do carro quando atingiu a árvore. Ficou caído ali por muito tempo, coberto de cacos de vidro e agulhas de pinheiro, todo grudento por causa do próprio sangue. Pensou em Emma e pensou no pai. A mata cheirava a cabelo queimado, e ele verificou os pelos do braço e a cabeça só para ter certeza, mas estava tudo bem. Sentou-se no meio das agulhas de pinheiro e ficou esperando a polícia de Pittsfield chegar para prendê-lo. Uma fumaça flutuava entre as árvores. Era preta, oleosa e não muito espessa. Movia-se entre os troncos das árvores como à procura de alguém. Depois de algum tempo, ele percebeu que talvez a polícia não fosse aparecer.

Quando se levantou e olhou para além do Essex destruído, não conseguiu ver a segunda viatura em lugar nenhum. Pôde ver a primeira, a que o tinha alvejado com a Tommy: estava caída de lado no descampado, a quase vinte metros de onde ele a vira quicar pela última vez.

Suas mãos tinham sido feridas por vidro ou fragmentos flutuantes no interior do carro. As pernas estavam bem. A orelha continuava sangrando. Ao encontrar a vidraça traseira do Essex do lado do motorista intacta, olhou para o próprio reflexo e viu por quê — não tinha mais o lóbulo esquerdo. Este fora removido como pelo golpe da navalha de um barbeiro. Para lá do reflexo, Joe viu a bolsa de couro que continha o dinheiro e as armas. A porta não quis abrir de primeira, e ele teve de apoiar os pés na porta do motorista, agora irreconhecível como tal. Puxou com força, porém, puxou até se sentir enjoado e tonto. Bem na hora em que estava pensando que provavelmente deveria ir procurar uma pedra, a porta se abriu com um rangido alto.

Pegou a bolsa e se afastou do descampado, mais para dentro da mata. Chegou a uma pequena árvore seca em chamas, com os dois galhos maiores curvados em direção à bola de fogo no centro, como um homem que tenta abafar labaredas na própria cabeça. Duas marcas pretas e oleosas de pneu achatavam a vegetação rasteira à sua frente, e algumas folhas flutuavam queimando pelo ar. Encontrou uma segunda árvore e um pequeno arbusto em chamas, e as marcas pretas de pneu foram ficando mais pretas e mais oleosas. Dali a uns quarenta e cinco metros, chegou a um pequeno lago. Um vapor ondulava ao longo das margens e se desprendia da superfície da água, e no início Joe não entendeu o que estava vendo. A viatura de polícia que havia batido nele por trás adentrara a água em chamas e agora estava no meio do lago com água até as janelas, o restante carbonizado, e algumas chamas azuis pegajosas ainda a dançar sobre o teto. As janelas haviam explodido. Os buracos abertos pela Thompson no console traseiro pareciam os fundilhos de latas de cerveja amassadas. O motorista estava meio dependurado para fora da porta. A única parte dele que não estava preta eram os olhos, tornados mais brancos ainda pelo fato de o resto estar carbonizado.

Joe entrou no lago até chegar junto à porta do carona da viatura, com água logo abaixo da cintura. Não havia mais ninguém dentro do carro. Embora isso significasse chegar bem mais perto do cadáver, enfiou a cabeça pela janela do carona. O calor emanava em ondas da carne queimada do motorista. Tirou a cabeça do carro, certo de ter visto dois policiais na viatura que o perseguira pelo descampado. Sentiu outra lufada com cheiro de carne queimada e abaixou a cabeça.

O outro policial estava caído no lago a seus pés. Olhos erguidos do leito arenoso, tinha o lado esquerdo do corpo tão carbonizado quanto o do companheiro, e a carne do lado direito estava chamuscada, mas ainda branca. Um rapaz mais ou menos da mesma idade de Joe, talvez um ano mais velho. Seu braço direito apontava para cima. Ele provavelmente havia usado o braço para sair do carro em chamas e caído na água de costas, e o braço ficara assim quando morrera.

Apesar disso, parecia estar apontando para Joe, e sua mensagem era clara:

Foi culpa sua.

Sua. De mais ninguém. De mais ninguém vivo, pelo menos.

Você é o primeiro cupim.

4

UM ROMBO NO CENTRO DAS COISAS

De volta à cidade, desovou o carro roubado em Lenox e o substituiu por um Dodge 126 que encontrou estacionado em Pleasant Street, Dorchester. Foi com ele até a K Street, no sul de Boston, e ficou sentado na mesma rua da casa em que fora criado para considerar suas alternativas. Não eram muitas. Quando a noite caísse, provavelmente estariam esgotadas.

A notícia saiu em todas as edições vespertinas:

TRÊS POLICIAIS DE PITTSFIELD MORTOS
(*The Boston Globe*)
TRÊS AGENTES DE POLÍCIA DE MASSACHUSETTS BRUTALMENTE ASSASSINADOS
(*The Evening Standard*)
MASSACRE DE POLICIAIS NO OESTE DE MASSACHUSETTS
(*The American*)

Os dois homens que Joe havia encontrado no lago foram identificados como Donald Belinski e Virgil Orten. Ambos haviam deixado esposas. Orten deixara também dois filhos. Após estudar suas fotos por algum tempo, Joe concluiu que Orten era o que estava ao volante e Belinski, o que havia apontado o dedo para ele da água.

Sabia que o verdadeiro motivo pelo qual eles estavam mortos era que um de seus companheiros da lei fora burro o suficiente para disparar a porra de uma Tommy de um carro sacolejando por uma estrada irregular. Isso ele sabia.

Sabia também que era o cupim de Hickey, e que Donald e Virgil jamais teriam estado naquele descampado caso ele e os irmãos Bartolo não tivessem ido à sua pequena cidade assaltar um de seus pequenos bancos.

O terceiro policial morto, Jacob Zobe, era um agente da patrulha do estado que havia parado um carro no limite da floresta estadual de October Mountain. Levara um tiro na barriga que o havia feito se curvar, e um segundo no alto da cabeça que pusera fim à sua vida. Ao fugir de carro, o assassino, ou assassinos, passara por cima de seu tornozelo, partindo o osso ao meio.

Os tiros pareciam obra de Dion. Era assim que ele brigava: primeiro socava o adversário na barriga para fazê-lo dobrar o corpo, depois golpeava a cabeça até derrubá-lo de vez. Até onde Joe sabia, Dion nunca matara ninguém antes, mas já chegara perto algumas vezes e odiava policiais.

Os investigadores ainda não haviam identificado nenhum suspeito, pelo menos não para o público. Dois deles eram descritos como "corpulentos" e "de ascendência e aspecto estrangeiros", enquanto o terceiro — possivelmente também estrangeiro — havia levado um tiro no rosto. Joe examinou o próprio reflexo no espelho retrovisor. Tecnicamente era verdade, pensou: o lóbulo da orelha fica preso à cabeça. Ou melhor, no seu caso, ficava.

Embora ninguém ainda soubesse os seus nomes, um artista do Departamento de Polícia de Pittsfield havia desenhado seus retratos falados. Assim, enquanto a maioria dos jornais publicou fotos dos três policiais mortos na metade inferior da primeira página, na metade superior foram publicados desenhos de Dion, Paolo e Joe. Dion e Paolo estavam mais papudos do que na realidade, e Joe teria de perguntar a Emma se o seu rosto era mesmo tão magro e tão emaciado assim ao vivo, mas, tirando isso, a semelhança era notável.

Uma busca havia sido lançada em quatro estados. A polícia federal fora consultada, e estavam dizendo que iria participar da caçada.

A essa altura, seu pai já devia ter visto os jornais. Seu pai, Thomas Coughlin, subcomandante do Departamento de Polícia de Boston.

Seu filho, que havia participado da morte de três policiais.

Desde a morte da mãe de Joe, dois anos antes, seu pai trabalhava até cair de exaustão seis dias por semana. Com o próprio filho sendo procurado, mandaria pôr uma cama de campanha no escritório, e provavelmente só voltaria para casa depois de solucionado o caso.

A residência da família era uma casa geminada de quatro andares. A estrutura impressionava: uma fachada curva feita de tijolos vermelhos, com todos os cômodos centrais dando para a rua e equipados com bancos também curvos nas janelas. Uma casa de escadarias de mogno, portas de correr e piso de tábuas corridas, com seis dormitórios, dois banheiros — ambos com água encanada — e uma sala de jantar digna do salão nobre de um castelo inglês.

Quando uma mulher certa vez perguntou a Joe como ele podia vir de um lar tão esplêndido e de uma família tão boa e mesmo assim ter virado gângster, sua resposta teve duas partes: (a) ele não era gângster, era um fora da lei; (b) vinha de uma casa esplêndida, não de um lar esplêndido.

Joe entrou na casa do pai. Do telefone da cozinha, ligou para a residência dos Gould, mas ninguém atendeu. A bolsa que levara consigo para dentro da casa continha sessenta e dois mil dólares. Mesmo dividida por três, a quantia bastava para qualquer homem razoavelmente frugal viver dez anos, talvez quinze. Joe não era um homem frugal, de modo que calculou que fosse durar quatro anos normais para ele. Se estivesse fugindo, porém, o dinheiro duraria um ano e meio. Não mais do que isso. Antes de terminado esse período, ele teria conseguido pensar em alguma coisa. Era esse o seu talento: raciocinar de improviso.

Não resta dúvida, disse uma voz que soou estranhamente parecida com a de seu irmão mais velho, *de que até agora isso funcionou muito bem.*

Joe ligou para o bar clandestino de tio Bobo, mas obteve o mesmo resultado da casa dos Gould. Então se lembrou que Emma deveria comparecer à festa de inauguração no Hotel Statler naquela tarde, às seis. Tirou o relógio do bolso do colete: faltavam dez para as quatro.

Duas horas para matar em uma cidade que, a essa altura, estava querendo matar a ele.

Era tempo demais para ficar exposto. Nesse intervalo, já teriam descoberto seu nome, seu endereço, e conseguido uma lista de comparsas conhecidos e locais por ele frequentados. Bloqueariam todas as estações de trem e terminais de ônibus, mesmo os rurais, e montariam todas as barreiras possíveis nas estradas.

Mas isso era uma faca de dois gumes. Os bloqueios rodoviários impediriam a entrada na cidade partindo do princípio de que ele ainda estava fora dela. Ninguém nunca iria imaginar que estivesse lá dentro, planejando tornar a sair sem que ninguém percebesse. E nunca iriam imaginar isso porque só o criminoso mais burro do mundo correria o risco de voltar para a única cidade que já havia chamado de lar após o maior crime cometido na região em cinco ou seis anos.

O que fazia dele o criminoso mais burro do mundo.

Ou então o mais inteligente. Porque decerto o único lugar em que *ninguém* estava procurando agora era aquele bem debaixo de seu nariz.

Ou pelo menos foi isso que ele disse a si mesmo.

O que ainda poderia fazer — o que deveria ter feito em Pittsfield — era sumir. Não dali a duas horas. Agora. Não depois de esperar por uma mulher que talvez decidisse não acompanhá-lo nas atuais circunstâncias. Simplesmente ir embora com a roupa do corpo e uma bolsa de dinheiro na mão. As estradas estavam todas sendo vigiadas, sim. Os trens e ônibus também. Além disso, mesmo que conseguisse chegar às terras agrícolas a sul e oeste da cidade e roubar um cavalo, de nada adiantaria, pois não sabia montar.

Restava então o mar.

Ele precisava de um barco, mas não uma embarcação de passeio nem uma obviamente dedicada ao contrabando de rum, como um esquife ou um *garvey* de fundo chato. Precisava de um barco de trabalhador, com cunhos enferrujados, velame puído e o convés ocupado por uma imensa pilha de gaiolas de lagosta amassadas. Que estivesse atracado em Hull, Green Harbor ou Gloucester. Se partisse às sete, provavelmente o pescador só daria pela falta do barco às três ou quatro da manhã.

Ou seja, ele agora estava roubando de trabalhadores.

Só que o barco estaria registrado. Teria de estar, caso contrário ele procuraria outro. Pegaria o endereço no registro e mandaria dinheiro suficiente para o dono comprar dois outros barcos, ou então largar de uma vez por todas a porra da pesca à lagosta.

Ocorreu-lhe que pensar assim talvez explicasse por que, mesmo depois de todos os trabalhos que fizera, ele raramente tinha muito dinheiro no bolso. Às vezes parecia que só roubava dinheiro de um lugar para entregá-lo em outro. Mas também roubava porque era divertido, porque era bom nisso, e porque roubar conduzia a outras coisas nas quais ele também era bom, como a venda ilegal de bebidas e o contrabando de rum, motivo pelo qual, aliás, entendia um pouco de barcos. No último mês de junho, conduzira um barco pelo lago Huron de uma aldeia de pescadores sem nome em Ontario até Bay City, em Michigan, outro de Jacksonville até Baltimore em outubro, e no inverno anterior mesmo transportara caixotes de rum recém-destilado de Sarasota até Nova Orleans pelo golfo do México, onde torrara todo seu lucro em um único fim de semana no Bairro Francês em pecados cuja lembrança até hoje se resumia a fragmentos.

Assim sendo, sabia pilotar a maioria das embarcações, ou seja, podia roubar a maioria das embarcações. Poderia sair por aquela porta e estar no litoral sul de Massachusetts dali a meia hora. Levaria um pouco mais para chegar ao litoral norte, mas, nessa época do ano, a escolha de barcos decerto seria maior lá. Se partisse de Gloucester ou Rockport, poderia chegar a Nova Scotia em três ou quatro dias. Então mandaria buscar Emma depois de um ou dois meses.

Tempo que lhe pareceu um pouco longo demais.

Mas ela iria esperar por ele. Ela o amava. Nunca tinha dito isso, era bem verdade, mas ele sentia que queria dizer. Ela o amava. Ele a amava.

Ela iria esperar.

Talvez devesse simplesmente passar no hotel. Entrar lá rapidinho, só para ver se a encontrava. Se desaparecessem os dois, seria impossível encontrá-los. Se ele desaparecesse e depois mandasse buscá-la, porém, a essa altura a polícia estadual ou federal já teria descoberto quem ela era e o que Emma significava para ele, e ela apareceria em Halifax acompanhada pelas autoridades. Ele abriria a porta para recebê-la, e ambos seriam abatidos por uma chuva de balas.

Ela não iria esperar.

Ou ele partia com ela agora, ou ficava sem ela para sempre.

Olhou-se no vidro do armário de louça da mãe e se lembrou do motivo pelo qual estava ali, para começo de conversa — aonde quer que decidisse ir, não chegaria muito longe vestido daquele jeito. O ombro esquerdo do sobretudo estava negro de sangue, os sapatos e barras das calças duros de lama, a camisa rasgada por causa do mato e salpicada de sangue.

Na cozinha, abriu a caixa de pão e tirou lá de dentro uma garrafa de rum A. Finke's Widow. Ou Finke's, como quase todo mundo dizia. Tirou os sapatos e, com eles e o rum na mão, subiu a escada dos fundos até o quarto de dormir do pai. No banheiro, lavou o máximo de sangue da orelha que conseguiu, tomando cuidado para não tocar o centro da casquinha. Quando teve certeza de que o ferimento não tornaria a sangrar, deu alguns passos para trás e o avaliou em comparação com a outra orelha e com o resto do próprio rosto. No quesito deformidades, aquilo não iria chamar a atenção de ninguém depois de a casquinha cair. Mesmo agora, a maior parte da casquinha preta estava presa à parte inferior da orelha; perceptível, sem dúvida, mas não do mesmo jeito que um olho roxo ou um nariz quebrado.

Tomou alguns goles do Finke's enquanto escolhia um terno no armário do pai. Havia quinze ao todo, uns treze a mais do que permitia o salário de um policial. O mesmo valia para os sapatos, camisas, gravatas e chapéus. Joe escolheu um terno marrom-avermelhado de listras, com abotoamento simples, da marca Hart Schaffner & Marx, e uma camisa branca da Arrow. A gravata de seda era preta com listras vermelhas diagonais a cada dez centímetros mais ou menos, os sapatos eram da Nettleton, pretos, e o chapéu, um feltro da Knapp macio como o peito de uma pomba. Joe despiu as próprias roupas e as dobrou cuidadosamente no chão. Pôs a pistola e os sapatos por cima, vestiu as roupas do pai, depois tornou a pôr a pistola no cós da calça, na base das costas.

A julgar pelo comprimento da calça, ele e o pai no final das contas não tinham exatamente a mesma altura. Seu pai era um pouco mais alto. E o tamanho do chapéu era um pouco menor que o de Joe. Ele resolveu o problema do chapéu posicionando-o um pouco para trás do cocuruto, para que parecesse elegante. Quanto ao comprimento da calça, dobrou as bainhas e usou alfinetes de segurança da mesa de costura da falecida mãe para prendê-las no lugar.

Levando as roupas usadas e a garrafa de rum de boa qualidade, desceu até o escritório do pai. Mesmo agora, não podia negar que cruzar o limiar daquele cômodo sem o pai presente parecia um sacrilégio. Ficou parado na soleira e escutou a casa — o tique-taque dos radiadores de ferro fundido, o arrastar dos martelos da campainha do relógio de pé no hall de entrada que se preparava para bater as quatro horas. Mesmo tendo certeza de que a casa estava vazia, sentiu-se observado.

Quando os martelos de fato bateram na campainha, Joe entrou no escritório.

A escrivaninha ficava em frente a um janelão alto, com vista para a rua. Era uma mesa com dois gaveteiros, daquelas feitas para serem usadas por duas pessoas sentadas frente a frente, vitoriana e rebuscada, fabricada em Dublin em meados do século anterior. O tipo de escrivaninha com o qual nenhum filho de meeiro do lado mais escroto de Clonakilty jamais poderia ter imaginado um dia enfeitar sua casa. O mesmo se podia dizer sobre o aparador de feitio semelhante posicionado abaixo da janela, sobre o tapete oriental, sobre as grossas cortinas cor de âmbar, os decantadores Waterford, as estantes de carvalho e os livros encadernados em couro que seu pai nunca se dava ao trabalho de ler, os varões de bronze das cortinas, o sofá e poltronas de couro antigos e o umidor de nogueira.

Joe abriu um dos armários abaixo das estantes e se agachou de frente para o cofre que encontrou ali. Fez a combinação — 3-12-10, os meses de nascimento dele e dos dois irmãos — e abriu o cofre. Lá dentro havia parte das joias da mãe, quinhentos dólares em dinheiro vivo, a escritura da casa, as certidões de nascimento dos pais, uma pilha de papéis que Joe não se deu ao trabalho de examinar, e pouco mais de mil dólares em títulos do Tesouro nacional. Joe retirou todos esses objetos, que arrumou no chão junto à porta do armário. No fundo do cofre havia uma parede feita do mesmo aço grosso que o restante. Joe a removeu usando os polegares para apertar com força os cantos superiores e a depositou no chão do primeiro cofre enquanto encarava o mostrador do segundo.

A segunda combinação fora bem mais difícil de descobrir. Havia tentado todos os aniversários da família sem chegar a lugar algum. Havia tentado os números das delegacias em que o pai trabalhara ao longo dos anos. Nada também. Ao se lembrar que o pai às vezes dizia que sorte, azar e morte sempre vinham em trincas, tentara todas as combinações do número três. Nada. Começara a tentar aos catorze anos. Um belo dia, quando estava com dezessete, havia reparado em uma correspondência deixada pelo pai em cima da escrivaninha — uma carta para um amigo que se tornara comandante do corpo de bombeiros em Lewiston, Maine. A carta fora datilografada na Underwood do pai e estava repleta de mentiras que davam voltas e mais voltas pelo papel como uma fita — "Ellen e eu somos abençoados, continuamos apaixonados como no dia em que nos conhecemos..." "Aiden se recuperou bastante bem dos sinistros acontecimentos de setembro de 19..." "Connor está cada vez melhor de sua doença..." e "Parece que Joseph vai entrar para Boston College no outono. Está falando em trabalhar no mercado de ações..." Ao final de toda essa baboseira, seu pai havia assinado *Seu amigo, TXC*. Era assim que assinava tudo. Nunca escrevia o nome completo, como se fazer isso fosse comprometê-lo.

TXC.

Thomas Xavier Coughlin.

TXC.

20-24-3.

Joe girou o mostrador até obter esses números, e o segundo cofre se abriu com um estalo agudo das dobradiças.

O espaço tinha cerca de meio metro de profundidade. Três quartos dele estavam cheios de dinheiro. Muitos tijolos de dinheiro, bem presos por elásticos vermelhos. Algumas notas tinham entrado no cofre antes mesmo de Joe nascer, e outras deviam ter sido postas ali na semana anterior. Uma vida inteira de subornos, propinas e vantagens ilícitas. Seu pai — um pilar da comunidade da Cidade na Colina, da Atenas da América, do Centro do Universo — era mais criminoso do que Joe jamais poderia almejar ser. Isso porque Joe nunca aprendera a mostrar mais de um rosto para o mundo, enquanto seu pai tinha tantos rostos à disposição que a questão era saber qual era o original e quais as imitações.

Joe sabia que, se limpasse o cofre agora, teria o suficiente para passar dez anos foragido. Ou então, se conseguisse chegar a um lugar longe o suficiente para que parassem de procurá-lo, poderia pagar para entrar no refino de açúcar cubano ou na destilação do melaço, virar um rei pirata dali a três anos, e passar o resto de seus dias sem nunca mais se preocupar com um teto ou com uma refeição quente.

Mas ele não queria o dinheiro do pai. Havia roubado suas roupas porque a ideia de sair da cidade vestido como o velho filho da puta lhe agradava, mas preferiria quebrar as próprias mãos a usá-las para gastar o dinheiro do pai.

Pôs as roupas cuidadosamente dobradas e os sapatos enlameados por cima do dinheiro sujo do pai. Pensou em deixar um bilhete, mas não conseguiu pensar em mais nada que quisesse dizer, de modo que fechou a porta e girou o mostrador. Recolocou no lugar a parede falsa do primeiro cofre e o trancou também.

Percorreu o escritório por alguns instantes, observando-o pela última vez. Tentar encontrar Emma durante um evento no qual estaria presente a maioria dos figurões da cidade, em que os participantes chegariam de limusine e só quem tivesse convite poderia entrar, seria o cúmulo da insanidade. No frescor do escritório do pai, talvez um pouco do pragmatismo do velho, por mais implacável que fosse, finalmente tenha surtido efeito em seu filho. Joe precisava usar o que os deuses lhe haviam oferecido — uma rota de fuga da mesma cidade na qual esperavam que entrasse. O tempo, contudo, não estava a seu favor. Precisava sair por aquela porta, entrar naquele Dodge roubado e seguir rumo ao norte como se a própria estrada estivesse pegando fogo.

Olhou pela janela para a K Street no entardecer úmido de primavera e lembrou a si mesmo que ela o amava e que iria esperar.

* * *

Na rua, sentado dentro do Dodge, ficou observando a casa em que nascera, a casa que havia moldado o homem que agora era. Pelos padrões dos irlandeses de Boston, fora criado em berço esplêndido. Nunca fora dormir com fome, nunca sentira o contato da rua através das solas dos sapatos. Recebera instrução, primeiro das freiras, depois dos jesuítas, até largar a escola no penúltimo ano. Em comparação com a maioria das pessoas que encontrava em sua atividade profissional, tivera uma criação decididamente privilegiada.

Havia porém um rombo no centro dessa criação, uma grande distância entre Joe e os pais que refletia a distância entre sua mãe e seu pai e entre sua mãe e o mundo em geral. Antes de ele nascer, os pais haviam travado uma guerra, guerra esta concluída com uma paz tão frágil que reconhecer sua existência a faria em pedaços, de modo que ninguém jamais tocava no assunto. Mas o campo de batalha entre os dois continuara a existir; ela se sentava de um lado, ele de outro. E Joe ficava no meio, entre as trincheiras, no chão de terra batida calcinado. O rombo no centro de sua casa era um rombo no centro de seus pais, e um dia esse rombo havia encontrado o centro de Joe. Houve um tempo, na realidade muitos anos inteiros de sua infância, em que ele tivera esperança de que tudo pudesse mudar. No entanto, não conseguia mais recordar por que se sentira assim. As coisas nunca eram como deveriam ser, elas eram o que eram: nisso consistia a simples verdade, verdade que não mudava só porque a pessoa assim o desejava.

Foi de carro até o terminal rodoviário da Viação Costa Leste, na St. James Avenue. Era um prédio baixo de tijolos amarelos cercado por outros bem mais altos, e Joe arriscou que qualquer agente da lei à sua procura deveria estar posicionado nos terminais rodoviários do lado norte do prédio, não perto dos guarda-volumes no canto sudoeste.

Entrou pela porta de saída que ficava desse lado e misturou-se à multidão do horário de pico. Deixou a multidão agir a seu favor, sem nunca contrariar o fluxo, sem nunca tentar passar na frente de ninguém. Pela primeira vez na vida, não teve do que reclamar em relação à baixa estatura. Assim que chegou ao ponto mais compacto da multidão, sua cabeça se tornou apenas mais uma a sacudir junto a tantas outras. Localizou dois policiais junto às portas do terminal e um no meio das pessoas, a uns vinte metros de onde estava.

Saiu do meio do mar de gente e adentrou a tranquilidade da área reservada aos guarda-volumes. Era ali, pelo simples fato de estar sozinho, que estava mais em evidência. Já havia retirado três mil dólares da bolsa e tornado a fechá-la com a fivela. Segurava a chave do escaninho 217 na mão direita, e a bolsa na esquerda. Dentro do 217 havia 7435 dólares, doze relógios de bolso e treze de pulso, dois grampos de dinheiro feitos de prata de lei, um prendedor de gravata de ouro e joias femininas variadas que ele nunca chegara a vender por desconfiar que os intermediários estivessem tentando lhe passar a perna. Foi até o escaninho com passos calmos, ergueu a mão direita que só tremeu de leve e o abriu.

Atrás dele, alguém chamou: "Ei!".

Joe manteve os olhos fixos à frente. O tremor em sua mão se transformou em um espasmo quando ele puxou a porta do escaninho para trás. "Ei, estou falando com você!"

Joe enfiou a bolsa dentro do escaninho e fechou a porta.

"Ei, você! Ei!"

Joe girou a chave, trancou a porta e pôs a chave no bolso.

"Ei!"

Joe se virou, já visualizando o policial à sua espera, com o revólver de serviço em punho, provavelmente jovem, provavelmente nervoso...

Um bêbado estava sentado no chão junto a uma lata

de lixo. Esquálido, parecia feito apenas de olhos vermelhos, bochechas também vermelhas e tendões. Projetou o maxilar na direção de Joe.

"Está olhando para quê, porra?", perguntou.

A risada escapou da boca de Joe feito um latido. Ele pôs a mão no bolso e com ela retirou uma nota de dez dólares. Abaixou-se e entregou o dinheiro ao velho bêbado.

"Para você, coroa. Estou olhando para você."

O homem respondeu com um arroto, mas Joe já estava se afastando, perdido na multidão.

Do lado de fora, tomou o rumo do leste pela St. James em direção à luz de dois holofotes que se moviam de um lado para o outro nas nuvens baixas acima do hotel novo. Acalmou-se por alguns instantes ao pensar no dinheiro guardado bem seguro dentro do escaninho até ele decidir voltar para buscá-lo. Decisão essa um tanto incomum quando se planejava passar uma vida inteira fugindo, pensou, ao virar na Essex Street.

Se vai sair do país, por que deixar o dinheiro aqui?

Para poder voltar e buscá-lo.

E por que precisaria voltar para buscá-lo?

Caso eu não consiga me safar hoje à noite.

Aí está sua resposta.

Não há resposta. Que resposta?

Você não queria que eles encontrassem o dinheiro com você.

Exatamente.

Porque sabe que vai ser pego.

5
TRABALHO BRAÇAL

Entrou no Hotel Statler pela porta dos empregados. Quando um carregador e depois um lavador de pratos lhe lançaram olhares curiosos, ergueu o chapéu e lhes lançou sorrisos seguros e saudações com os dois dedos erguidos, como um *bon vivant* evitando a aglomeração na porta da frente, e eles retribuíram com meneios de cabeça e sorrisos.

Ao passar pela cozinha, pôde ouvir um piano, uma clarineta aguda e um grave regular vindos do saguão. Subiu uma escada escura de concreto. Abriu a porta lá no alto e adentrou, ao lado de uma escadaria de mármore, um reino de luz, fumaça e música.

Joe já estivera em alguns saguões de hotéis de luxo na vida, mas nunca vira nada como aquilo. O clarinetista e o violoncelista estavam posicionados junto a portas de entrada de bronze tão perfeitamente polidas que a luz por elas refletida transformava em ouro a poeira suspensa no ar. Colunas coríntias se erguiam de pisos de mármore até sacadas de ferro forjado. As sancas eram de alabastro creme, e a cada dezena de metros pendia um pesado lustre com o mesmo formato de pingente dos candelabros encarapitados em pedestais de quase dois metros. Havia sofás vermelho-escuros dispostos sobre tapetes orientais. Dois pianos de cauda submersos em flores brancas de um lado a outro do saguão. Os pianistas dedilhavam de leve as teclas enquanto conversavam com os convidados e entre si.

Em frente à escadaria, a estação de rádio WBZ havia instalado três radiofones sobre pedestais pretos. Uma mulher corpulenta de vestido azul-claro em pé junto a um deles confabulava com um homem de terno bege e gravata-borboleta amarela. A mulher não parava de ajeitar os coques dos cabelos enquanto tomava goles de um copo de líquido claro e enevoado.

A maioria dos homens estava de smoking ou casaca. Havia também alguns de terno, de modo que Joe não era o único do recinto a destoar dos demais, mas era o único ainda de chapéu. Pensou em tirá-lo, mas isso deixaria totalmente à mostra o rosto que saíra na manchete de todos os jornais vespertinos do dia. Ergueu os olhos para o balcão; lá em cima havia muitos chapéus, pois era onde todos os repórteres e fotógrafos se misturavam com os grã-finos.

Encolheu o queixo junto ao peito e rumou para a escada mais próxima. Demorou a avançar, pois a multidão se adensava agora que vira os radiofones e a mulher roliça de vestido azul. Mesmo com a cabeça baixa, identificou os jogadores de beisebol Chappie Geygan e Boob Fowler conversando com o também jogador Red Ruffing. Torcedor fanático do Red Sox desde que se conhecia por gente, teve de lembrar a si mesmo de que talvez não fosse uma boa ideia um homem procurado abordar três craques para conversar sobre seu aproveitamento. Espremeu-se para passar por trás deles, porém, torcendo para entreouvir algo que desmentisse os boatos de negociação dos passes de Geygan e Fowler, mas tudo o que escutou foi uma conversa sobre o mercado de ações: Geygan dizia que o único jeito de se ganhar dinheiro era comprar na margem, qualquer outra maneira era para paspalhos que quisessem continuar pobres. Foi então que a mulher corpulenta de vestido azul-claro se aproximou do microfone e pigarreou para limpar a garganta. O homem ao seu lado foi até o outro radiofone e ergueu um braço para o público.

"Senhoras e senhores, para deleite de seus ouvidos, a Rádio WBZ de Boston, 1030 kHz no seu *dial*, passa a transmitir ao vivo do Grande Saguão do histórico Hotel Statler. Quem lhes fala é Edwin Mulver, e tenho o imenso prazer de apresentar Mademoiselle Florence Ferrel, meio-soprano da Ópera de San Francisco."

Edwin Mulver deu um passo para trás, com o queixo erguido, enquanto Florence Ferrel dava um último tapinha nos coques do penteado e em seguida expirava para dentro do radiofone. Sem nenhum aviso, a expiração se transformou em uma nota alta como o cume de uma montanha, que reverberou pela multidão e subiu três andares até o teto. Um som tão extravagante, e ao mesmo tempo tão autêntico, que fez Joe se sentir tomado por uma terrível solidão. Aquela mulher estava trazendo ao mundo algo divino que, ao sair do corpo dela para adentrar o seu, fez Joe perceber que um dia iria morrer. Ele compreendeu esse fato de um jeito diferente do que sabia quando entrou. Ao entrar, isso era uma possibilidade remota. Agora era um fato insensível, indiferente à sua consternação. Diante de tal manifestação do outro mundo, ele compreendeu, sem margem para argumentação, que era mortal e insignificante, e que vinha tomando providências para sair do mundo desde o dia em que entrara nele.

À medida que a cantora seguiu cantando a ária, as notas foram ficando cada vez mais agudas, e Joe imaginou a voz dela como um oceano escuro, sem fim, sem fundo. Olhou em volta e viu os homens de smoking e as mulheres com seus cintilantes vestidos justos de tafetá ou seda e suas guirlandas de renda, viu o champanhe que brotava de uma fonte no meio do saguão. Reconheceu um juiz, o prefeito Curley, o governador Fuller e outro jogador do Sox chamado Baby Doll Jacobson. Junto a um dos pianos, viu Constante Flagstead, estrela de teatro da cidade, flertando com Ira Bumtroth, conhecido contador. Algumas pessoas riam, e outras faziam tanto esforço para parecer respeitáveis que dava vontade de rir. Viu homens sisudos com fartas suíças, e matronas emaciadas com saias no formato de sinos de igreja. Identificou membros das ricas famílias tradicionais de Boston, gente de sangue azul e integrantes da associação voluntária Filhas da Revolução Americana.

Reparou em contrabandistas de bebidas, seus advogados, e até mesmo o tenista Rory Johannsen, que chegara às quartas de final de Wimbledon no ano anterior após derrotar o francês Henri Cochet. Viu intelectuais de óculos tentando não ser pegos olhando para frívolas moças moderninhas, cujos dotes para a conversação eram insípidos, mas cujos olhos reluziam e pernas enfeitiçavam... e todos eles em breve iriam desaparecer da face da terra. Dali a cinquenta anos, alguém iria olhar para uma foto dessa noite, e a maioria das pessoas naquele salão estaria morta e o resto estaria quase lá.

Enquanto Florence Ferrel terminava sua ária, ele ergueu os olhos para o mezanino e viu Albert White. Postada obedientemente atrás de seu cotovelo direito estava a esposa. Era uma mulher de meia-idade magra feito um varapau, sem nada do peso generoso de uma abastada matrona. Perceptíveis até mesmo de onde Joe estava, os olhos eram seu traço mais marcante. Eram saltados e frenéticos, mesmo quando ela sorriu para algo que Albert disse ao risonho prefeito Curley, que subira até lá com um copo de uísque escocês na mão.

Joe avançou os olhos alguns metros pelo balcão e viu Emma. Ela usava um vestido justo prateado e estava em pé no meio de um grupo perto da balaustrada de ferro forjado, com um copo de champanhe na mão esquerda. Sob aquela luz, sua pele tinha o mesmo branco do alabastro, e ela parecia aflita e sozinha, perdida em um pesar só seu. Seria essa a mulher que era quando achava que ele não estava olhando? Traria encravada no coração alguma perda indizível? Por alguns instantes, Joe temeu que ela fosse pular da balaustrada do balcão, mas então a angústia em sua expressão se transformou em um sorriso. E ele entendeu o que havia posto aquela tristeza em seu rosto: ela não esperava vê-lo nunca mais.

O sorriso se alargou e ela o disfarçou com a mão. Foi a mesma mão que segurava o copo de champanhe, de modo que este se inclinou e fez cair algumas gotas sobre o público do térreo. Um homem levantou a cabeça e levou a mão à nuca. Uma senhora imponente limpou a testa e em seguida piscou os olhos várias vezes.

Emma se inclinou um pouco mais para longe da balaustrada e meneou a cabeça em direção à escadaria localizada do lado do saguão em que Joe estava. Ele aquiesceu. Ela se pôs a andar para longe da balaustrada.

Ele a perdeu na multidão do andar de cima enquanto abria caminho pelo de baixo. Tinha reparado que a maioria dos jornalistas no balcão usava os chapéus inclinados para trás e nós tortos nas gravatas. Assim, empurrou o chapéu para trás e afrouxou a gravata enquanto se espremia pelo último aglomerado de pessoas até chegar à escadaria.

O agente de polícia Donald Belinski desceu correndo na sua direção, um fantasma que, não se sabe como, havia se levantado do leito do lago, raspado a carne queimada dos ossos, e agora descia rapidamente os degraus na direção de Joe — os mesmos cabelos louros, a mesma tez manchada de vermelho, os mesmos lábios ridiculamente rubros e olhos ridiculamente claros. Não, espere: aquele cara ali era mais parrudo, e os cabelos louros já tinham começado a recuar na testa e estavam mais para o ruivo do que para o louro puro. Além disso, embora Joe só tivesse visto Belinski deitado de costas, teve quase certeza de que o policial era mais alto do que aquele homem ali. E provavelmente tinha um cheiro melhor, também, pois aquele ali recendia a cebola, como Joe pôde sentir de tão perto que passou dele ao se cruzarem na escada, e os olhos do homem se estreitaram. Ele afastou da testa uma mecha de cabelos oleosos entre o louro e o ruivo, segurando o chapéu na mão livre com uma credencial do *Boston Examiner* presa na fita de gorgorão. Joe saiu da sua frente no último segundo, e o homem se atrapalhou com o chapéu.

"Desculpe", disse Joe.

E o cara respondeu: "Queira me desculpar", mas Joe pôde sentir seus olhos a observá-lo quando subiu a escada depressa, pasmo com a própria estupidez não só de ter encarado alguém nos olhos, mas também de ter encarado um jornalista.

Mais acima na escada, o cara chamou: "Com licença, com licença. O senhor deixou cair uma coisa", mas Joe não tinha deixado cair porra nenhuma. Continuou andando, e um grupo surgiu na escadaria acima dele já levemente embriagado, uma mulher jogada por cima de outra como uma túnica solta, e então Joe passou no meio deles sem olhar para trás, sem olhar para trás, olhando apenas para a frente.

Para ela.

Emma segurava uma bolsinha que combinava com o vestido e com a pena e a faixa prateadas dos cabelos. Uma pequena veia pulsava em sua garganta. Seus ombros subiam e desciam; os olhos chispavam. Ele teve de se esforçar para não segurar aqueles ombros e tirá-la do chão até ela envolver seu corpo com as pernas e baixar o rosto em direção ao seu. Em vez disso, porém, passou por ela sem se deter e disse: "Um cara acabou de me reconhecer. Tenho que sair daqui".

Ela foi atrás quando ele se pôs a percorrer um tapete vermelho e passou pelo salão de baile principal. A multidão ali era compacta, mas não tão densa quanto no saguão do térreo. Foi relativamente fácil avançar pela periferia da multidão.

"Tem um elevador de serviço logo depois do próximo balcão", disse ela. "Vai dar no subsolo. Não acredito que você está aqui."

Ele dobrou à direita no vão seguinte, com a cabeça baixa, e empurrou o chapéu para cima da testa, com força. "O que mais eu poderia ter feito?"

"Fugido."

"Para quê?"

"Não sei. Meu Deus. É isso que as pessoas fazem."

"Não é o que eu faço."

A multidão ficou mais compacta quando eles margearam os fundos do balcão. Lá embaixo, o governador havia assumido o radiofone e estava decretando a data como Dia do Hotel Statler no estado de Massachusetts, e um viva ecoou da multidão já totalmente embriagada, bem na hora em que Emma passou na sua frente e o cutucou com o cotovelo para fazê-lo dobrar à esquerda.

Foi então que ele viu, depois do ponto onde o corredor encontrava outro — um nicho escuro atrás das mesas de banquete, das luzes, do mármore e do tapete vermelho.

No térreo, um naipe de metais começou a tocar, e o público do balcão passou a dançar e os flashes, a disparar, estalar e silvar. Ele se perguntou se algum daqueles fotógrafos de jornal iria voltar para a redação e reparar no cara que aparecia ao fundo de algumas de suas imagens, o cara de terno marrom e chapéu de feltro na cabeça.

"Esquerda, esquerda", disse Emma.

Ele dobrou à esquerda entre duas mesas de banquete, e o piso de mármore deu lugar a finas lajotas pretas. Mais uns dois degraus e chegaram ao elevador. Ele apertou o botão para descer.

Quatro homens embriagados margearam a borda do balcão. Eram alguns anos mais velhos do que Joe e estavam cantando "Soldiers Field", um hino da Universidade de Harvard.

"*O'er the stands of flaming Crimson the Harvard banners fly*", entoavam eles, desafinados.

Joe tornou a apertar o botão para descer.

Um dos homens o encarou nos olhos, em seguida lançou um olhar cobiçoso para a bunda de Emma. Cutucou o companheiro enquanto os dois seguiam cantando: "*Cheer on cheer like volleyed thunder echoes to the sky*".

Emma encostou a mão na lateral da sua. "Merda, merda, merda", falou.

Ele tornou a apertar o botão.

Um garçom irrompeu com estardalhaço pelas portas duplas da cozinha à sua esquerda, segurando uma imensa bandeja suspensa em frente ao corpo. Passou a um metro de onde eles estavam, mas não olhou na sua direção.

Os universitários tinham passado, mas eles ainda podiam escutá-los: "*Then fight, fight, fight! For we win tonight*".

Emma estendeu a mão na sua frente e apertou o botão para descer.

"*Old Harvard forevermore!*"

Joe cogitou passar pela cozinha, mas desconfiou que aquilo fosse um anexo, com no máximo um garçom estúpido para trazer os pratos da cozinha principal, dois andares abaixo. Pensando bem, o mais inteligente teria sido Emma ir encontrá-lo, não o contrário. Se ao menos tivesse pensado com clareza, mas não conseguia se lembrar da última vez em que fizera tal coisa.

Estendeu a mão para apertar o botão outra vez, mas então ouviu o elevador subindo na sua direção.

"Se tiver alguém, vire as costas para eles", instruiu. "Vão estar com pressa."

"Não depois que virem as minhas costas", retrucou ela, e apesar do peso da preocupação ele sorriu.

O elevador chegou e ele aguardou, mas as portas permaneceram fechadas. Contou cinco batidas do próprio coração. Abriu a grade metálica. Puxou a porta e se deparou com o elevador vazio. Olhou por cima do ombro para Emma. Ela entrou na frente e ele a seguiu. Fechou a grade, depois a porta. Acionou a alavanca, e começaram a descer.

Ela encostou a palma da mão no seu pau, que endureceu na mesma hora enquanto ela tapava a boca dele com a sua. Joe enfiou a mão livre por baixo de seu vestido e no meio do calor entre as coxas, e ela soltou um gemido em sua boca. As lágrimas dela molharam as bochechas de Joe.

"Por que você está chorando?"

"Porque talvez eu ame você."

"Talvez?"

"É."

"Então ria."

"Não consigo, não consigo", disse ela.

"Sabe a rodoviária na St. James Avenue?"

Ela estreitou os olhos para ele. “Hã? Claro. É claro que sei.”

Ele depositou a chave do escaninho em sua mão. “Se alguma coisa acontecer.”

“O quê?”

“Entre aqui e a liberdade.”

“Não, não, não, não”, disse ela. “Não, não. Fique você com isso. Eu não quero.”

Ele recusou a sugestão com um gesto. “Ponha dentro da bolsa.”

“Joe, eu não quero isso.”

“É dinheiro.”

“Eu sei o que é e não quero.” Ela tentou lhe entregar a chave, mas ele manteve as mãos erguidas bem alto.

“Fique com ela.”

“Não”, disse Emma. “Nós vamos gastar esse dinheiro juntos. Eu estou com você agora. Estou com você, Joe. Pegue a chave.”

Ela tentou lhe entregar a chave outra vez, mas eles já tinham chegado ao subsolo.

A janela na porta do elevador estava escura, pois por algum motivo as luzes não foram acesas.

Não estavam apagadas por “algum” motivo, entendeu Joe. Só havia um motivo possível.

Estendeu a mão para a alavanca ao mesmo tempo que a grade foi aberta com violência pelo lado de fora e Brendan Loomis pôs o braço dentro do elevador e o puxou pela gravata. Ele tirou a pistola de Joe da base das costas e a fez deslizar pelo chão de cimento para dentro da escuridão. Então o socou no rosto e na lateral da cabeça mais vezes do que Joe foi capaz de contar, e tudo aconteceu tão depressa que Joe mal conseguiu erguer as mãos.

Quando o fez, esticou-as para trás na direção de Emma, pensando que de alguma forma fosse conseguir protegê-la. Brendan Loomis, porém, tinha o punho feito o martelo de um açougueiro. A cada vez que este acertava a cabeça de Joe — pá-pá-pá-pá —, ele sentia o cérebro se anestesiar e a visão embranquecer. Seus olhos escorregaram para dentro desse branco, sem conseguir focar em coisa alguma. Ele ouviu o próprio nariz se quebrar, e então — pá-pá-pá — Loomis o acertou no mesmo ponto mais três vezes.

Quando Loomis soltou sua gravata, Joe caiu de quatro no chão de cimento. Ouviu uma série de pingos regulares, como torneiras mal fechadas, abriu os olhos e viu o próprio sangue pingando no cimento, gotas do tamanho de moedas de um centavo, mas que se acumularam bem depressa até se transformar em amebas, e de amebas, em poças. Virou a cabeça para ver se por acaso, de algum jeito, Emma teria usado o tempo da surra para fechar a porta do elevador e fugir dali, mas o elevador não estava onde ele o havia deixado, ou então ele não estava onde havia deixado o elevador, pois tudo o que viu foi uma parede de cimento.

Foi então que Brendan Loomis lhe desferiu um chute na barriga forte o suficiente para erguê-lo do chão. Quando ele aterrissou, em posição fetal, não conseguiu respirar. Arquejou tentando sorver o ar, mas este não veio. Tentou ficar de joelhos, mas as pernas não o sustentaram, então ele usou os cotovelos para erguer o peito do cimento e pôs-se a arquejar feito um peixe para tentar fazer algum ar descer pela traqueia, mas constatou que o próprio peito parecia uma pedra preta, sem aberturas, sem fendas, sem nada ali a não ser a pedra e sem espaço para nenhuma outra coisa, pois não conseguia respirar nem por um caralho.

A pressão foi subindo por seu esôfago como o sifão de uma caneta-tinteiro, apertou seu coração, esmagou os pulmões, fechou a garganta, mas então, por fim, passou pelas amígdalas de uma só vez e saiu pela boca. Trouxe um assobio em seu encalço, um assobio e vários arquejos, mas tudo bem, não tinha problema, pois ele conseguia respirar de novo, finalmente conseguia respirar.

Loomis lhe deu um chute na virilha, por trás.

Joe pressionou a cabeça no chão de cimento e tossiu, e talvez tenha até vomitado, não saberia dizer, pois a dor foi algo que não poderia ter imaginado até então. Seus testículos foram parar dentro dos intestinos; labaredas lamberam as paredes do estômago; o coração pôs-se a bater tão depressa que com certeza iria parar em breve, tinha de parar; parecia que alguém havia fendido seu crânio com as mãos; seus olhos sangraram. Ele vomitou, vomitou com certeza, vomitou bile e fogo pelo chão. Pensou que tivesse acabado, mas então vomitou outra vez. Caiu de costas no chão e ergueu os olhos para Brendan Loomis.

"Você está mesmo...", Loomis acendeu um cigarro, "uma lástima."

Brendan se balançava de um lado para o outro junto com o espaço à sua volta. Joe permaneceu onde estava, mas tudo o mais parecia preso a um pêndulo. Brendan olhou para Joe caído no chão enquanto sacava um par de luvas pretas e flexionava os dedos dentro delas até o caimento ficar do seu agrado. Albert White apareceu ao seu lado, preso ao mesmo pêndulo, e ambos baixaram os olhos para Joe.

"Infelizmente, acho que vou ter que transformar você em um recado", disse Albert.

Joe olhou para cima e, através do sangue nos olhos, viu Albert de casaca branca.

"Para todo mundo por aí que achar que não tem problema ignorar o que eu digo."

Joe tentou localizar Emma, mas o balanço e os rodopios eram tão fortes que não conseguiu encontrar o elevador.

"Não vai ser um recado agradável", disse Albert White. "Lamento muito por isso." Albert se agachou em frente a Joe com uma expressão triste e cansada no rosto. "Minha mãe sempre dizia que nada acontece sem motivo. Não tenho certeza de que tivesse razão, mas de fato penso que as pessoas muitas vezes acabam se tornando o que deveriam ser. Eu achava que devia virar policial, mas aí a prefeitura tirou meu emprego e virei isto que sou agora. E na maioria das vezes o que eu sou não me agrada, Joe. Para falar a verdade, eu odeio essa porra, mas não posso negar que é um talento natural. O que eu sou se encaixa comigo. No seu caso, infelizmente, o seu talento é fazer cagada. Tudo o que você tinha de fazer era fugir, mas não fugiu. E tenho certeza... olhe para mim."

Os olhos de Joe tinham se desviado para a esquerda. Ele os trouxe de volta e encarou o olhar bondoso de Albert.

"Tenho certeza de que, quando estiver morrendo, dirá a si mesmo que agiu por amor." Ele abriu um sorriso pesaroso para Joe. "Mas não foi por isso que você fez cagada. Você fez cagada porque essa é a sua natureza. Porque bem lá no fundo você se sente culpado pelo que faz, então quer ser pego. Na área em que atuamos, porém, é preciso encarar nossa culpa ao fim de cada noite. Manuseá-la, formar com ela uma bola. E depois jogá-la no fogo. Só que *você*, você não faz isso, então passou a sua curta vida inteira esperando alguém vir puni-lo pelos seus pecados. Bem, esse alguém sou eu."

Albert se levantou de onde estava agachado, e o foco de Joe se desfez por alguns instantes, transformando tudo em um borrão. Ele viu um clarão prateado, depois outro, e estreitou os olhos até o borrão ficar mais nítido e tudo entrar em foco outra vez.

E desejou que não tivesse entrado.

Albert e Brendan ainda cintilavam de leve, mas o pêndulo havia desaparecido. Emma estava em pé ao lado de Albert, com a mão em seu braço.

Joe passou alguns instantes sem entender. E então entendeu.

Ergueu os olhos para Emma, e o que iriam fazer com ele passou a não ter importância. Já não se importava em morrer, pois viver era doloroso demais.

"Eu sinto muito", sussurrou ela. "Sinto muito."

"Ela sente muito", disse Albert White. "Todos nós sentimos muito." Albert gesticulou em direção a alguém que Joe não via. "Tire ela daqui."

Um cara parrudo de casaco de lã grosseira aberto na frente e um gorro enfiado por cima da testa segurou Emma pelo braço.

"Você falou que não o mataria", disse Emma a Albert.

Este deu de ombros.

"Albert", insistiu Emma. "Foi esse o acordo."

"E eu vou honrá-lo", disse Albert. "Não se preocupe."

"Albert", repetiu ela, e sua voz engasgou na garganta.

"Sim, meu bem?", a voz de Albert estava excessivamente calma.

"Eu nunca o teria trazido até aqui se..."

Albert lhe deu um tapa na cara com uma das mãos enquanto usava a outra para alisar a camisa. Um tapa forte o suficiente para ferir os lábios dela.

Então baixou os olhos para a própria camisa. "Acha que *você* está segura? Acha que vou ser humilhado por uma puta? Você está crente que estou gamado por você. Talvez ontem estivesse, mas passei a noite em claro. E já substituí você. Entendeu? Vai ver só."

"Você disse..."

Albert limpou o sangue dela em sua mão com um lenço. "Ponha ela na porra do carro, Donnie. Agora, Donnie."

O cara parrudo envolveu Emma em um abraço de urso e começou a andar de costas. "Joe! Por favor, não o machuque mais. Joe, eu sinto muito. Sinto muito." Ela gritava, chutava e arranhava a cabeça de Donnie. "Joe, eu te amo! Eu te amo!"

A grade se fechou com um baque, e o elevador subiu para longe do subsolo.

Albert se agachou ao lado de Joe e pôs um cigarro entre seus lábios. Um fósforo se acendeu, o fumo estalou, e Albert disse: "Trague. Vai recuperar os sentidos mais depressa".

Joe tragou. Durante um minuto, ficou sentado no chão fumando, com Albert agachado ao seu lado fumando o próprio cigarro e Brendan Loomis em pé, observando.

"O que vai fazer com ela?", perguntou Joe quando teve certeza de que conseguia falar.

"Com ela? Ela acaba de apunhalar você pelas costas."

"Por um bom motivo, aposto." Olhou para Albert. "Foi por um bom motivo, não foi?"

Albert deu uma risadinha. "Você é mesmo um jeca, não é?"

Joe arqueou a sobrancelha machucada, e o sangue escorreu para dentro de seus olhos. Ele o limpou. "O que vai fazer com ela?"

"Deveria estar mais preocupado com o que vou fazer com você."

"E estou", admitiu Joe, "mas quero saber o que vai fazer com ela."

"Ainda não sei." Albert deu de ombros, tirou um pedacinho de fumo da língua e dispensou com um piparote. "Mas você, Joe, você vai ser o recado." Virou-se para Brendan. "Levante ele do chão."

"Que recado?", indagou Joe enquanto Brendan Loomis passava os braços debaixo dele por trás e o erguia até ele ficar de pé.

"O que aconteceu com Joe Coughlin é o que vai acontecer com quem desagradar a Albert White e sua gangue."

Joe não disse nada. Nada lhe ocorreu. Tinha vinte anos de idade. Era tudo o que conseguiria desse mundo — vinte anos. Não chorava desde os catorze, mas foi preciso um esforço descomunal para encarar os olhos de Albert e não perder o controle e implorar pela própria vida.

A expressão de Albert se fez mais suave. "Não posso deixar você vivo, Joe. Se conseguisse ver algum jeito de fazer isso, eu tentaria. E não tem nada a ver com a garota, se isso for algum consolo. Posso arrumar putas em qualquer lugar. Tenho uma novinha e bonita esperando por mim assim que eu terminar de cuidar de você." Ele passou alguns instantes estudando as próprias mãos. "Mas você atacou uma cidade pequena e roubou sessenta mil dólares sem o meu consentimento, e deixou três policiais mortos. Isso faz uma chuva de merda desabar em cima de todos nós. Porque agora todos os policiais da Nova Inglaterra acham que os gângsteres de Boston são uns cachorros loucos, a serem abatidos como cachorros loucos. E eu preciso fazer todo mundo entender que isso simplesmente não é verdade." Ele falou com Loomis. "Onde está Bones?"

Bones era Julian Bones, outro capanga de Albert.

"No beco, com o motor ligado."

"Vamos."

Albert foi na frente até o elevador, abriu a grade, e Brendan Loomis arrastou Joe para dentro.

"Vire-o."

Joe foi girado sem sair do lugar, e o cigarro caiu de sua boca quando Loomis o segurou pela nuca e empurrou seu rosto de encontro à parede. Puxaram suas mãos até as costas. Uma corda áspera envolveu seus pulsos, e Loomis a apertou a cada volta antes de amarrar as pontas. Joe, de certa forma um especialista no assunto, sabia distinguir um bom nó quando o sentia. Mesmo que eles o deixassem sozinho ali naquele elevador e só voltassem em abril, ele não teria conseguido se soltar.

Loomis tornou a virá-lo antes de ir acionar a alavanca, e Albert sacou outro cigarro de uma cigarreira de estanho, colocou-o entre os lábios de Joe e acendeu. À luz do fósforo, Joe pôde ver que Albert não estava obtendo prazer nenhum daquilo tudo e que, quando ele estivesse afundando em direção ao leito do rio Mystic com uma corda de couro em volta do pescoço e sacos cheios de pedra amarrados nos tornozelos, Albert iria lamentar o preço de fazer negócios em um mundo sujo.

Pelo menos por uma noite.

No térreo, eles saíram do elevador e desceram um corredor de serviço vazio, aonde o barulho da festa chegava através das paredes — um duelo de pianos, o naipe de sopros tocando a plenos pulmões, muitas e alegres risadas.

Chegaram à porta no final do corredor. A palavra ENTREGAS fora escrita no centro com tinta amarela fresca.

"Vou checar se o caminho está livre." Loomis abriu a porta para uma noite de março que agora havia esfriado bastante. Uma leve garoa caía, fazendo as escadas de incêndio de ferro exalarem um cheiro de papel-alumínio. Joe sentiu também o cheiro do prédio, do revestimento novo da fachada, como se a poeira de calcário levantada pelas furadeiras ainda pairasse no ar.

Albert virou Joe de frente para ele e ajeitou sua gravata. Lambeu as palmas das duas mãos e alisou os cabelos de Joe. Parecia perdido. "Eu nunca quis crescer e me tornar um homem que mata pessoas para manter a margem de lucro, mas é isso que sou. Nunca consigo ter uma noite de sono decente... porra, Joe, umazinha sequer. Acordo com medo todos os dias, e é do mesmo jeito que deito a cabeça no travesseiro à noite." Ele ajeitou o colarinho de Joe. "E você?"

"Hã?"

"Já quis ser alguma outra coisa?"

"Não."

Albert catou alguma coisa do ombro de Joe e jogou longe com o dedo. "Falei para ela que, se ela nos entregasse você, não iria matá-lo. Ninguém mais acreditava que você teria a burrice de aparecer aqui hoje, mas eu quis me garantir. Então ela aceitou me levar até você para salvá-lo. Ou pelo menos foi o que disse a si mesma. Mas você e eu sabemos que eu preciso matá-lo, não é, Joe?" Ele o fitou com olhos tomados de pesar, luzidios de umidade. "Não é?"

Joe aquiesceu.

Albert também aquiesceu. Inclinando-se para a frente, sussurrou no ouvido de Joe: "E depois vou matá-la também".

"O quê?"

"Porque eu também a amava." Albert levantou e abaixou as sobrancelhas. "E porque sabe qual era o único jeito de você conseguir a informação para assaltar minha mesa de pôquer naquela manhã específica? Se ela tivesse lhe dado a dica."

"Espere aí", disse Joe. "Olhe. Ela não me deu dica nenhuma."

"E o que mais você iria dizer?" Albert ajeitou seu colarinho, alisou sua camisa. "Pense da seguinte forma... se o amor dos dois pombinhos for *de verdade*? Então vão se encontrar hoje à noite no céu."

Ele enterrou um punho na barriga de Joe, fazendo-o afundar até o plexo solar. Joe dobrou o corpo e tornou a ficar sem ar. Deu um tranco na corda que lhe prendia os pulsos e tentou acertar Albert com uma cabeçada, mas este só fez afastar seu rosto com um tapa e abrir a porta que dava para o beco.

Segurando Joe pelos cabelos, endireitou-lhe o corpo, de modo que Joe pôde ver o carro à sua espera, com a porta de trás aberta e Julian Bones postado ao lado. Loomis atravessou o beco, segurou Joe pelo cotovelo, e os dois o arrastaram pela porta. Joe sentiu o cheiro do piso do banco de trás. Um cheiro de trapos embebidos em óleo e de terra.

Bem na hora em que estavam prestes a colocá-lo dentro do carro, deixaram-no cair. Ele desabou de joelhos nas pedras do calçamento e ouviu Albert gritar: "Vai! Vai! Vai!" Ouviu também seus passos nas pedras do calçamento. Talvez eles já tivessem lhe dado um tiro na nuca, porque o céu desceu sobre ele na forma de barras de luz.

Seu rosto se saturou de branco, os prédios do beco explodiram em azul e vermelho, pneus cantaram, alguém gritou alguma coisa por um megafone e outro alguém disparou uma arma, depois outra arma.

Um homem atravessou a luz branca em direção a Joe, um homem esbelto e seguro de si, um homem que usava o poder como se fosse um sinal de nascença.

Seu pai.

Outros homens surgiram do branco atrás dele, e Joe logo se viu rodeado por uma dezena de agentes do Departamento de Polícia de Washington.

Seu pai inclinou a cabeça de lado. "Quer dizer então, Joseph, que você agora mata policiais."

"Eu não matei ninguém", disse Joe.

Seu pai ignorou a resposta. "Parece que os seus cúmplices estavam prestes a levar você para um passeio da morte. Concluíram que você era um risco grande demais, foi isso?"

Vários dos policiais haviam sacado os cassetetes.

"Emma está na traseira de um carro. Eles vão matá-la."

"Eles quem?"

"Albert White, Brendan Loomis, Julian Bones e um cara chamado Donnie."

Nas ruas próximas ao beco, várias mulheres gritaram. A buzina de um carro soou, seguida pelo baque sólido de uma batida. Mais gritos. No beco, a garoa se transformou em toró.

O pai de Joe olhou para seus homens, depois de novo para o filho. "Um pessoal de categoria esse com quem você convive, filho. Mais alguma história da carochinha para me contar?"

"Não é história da carochinha." Joe cuspiu sangue pela boca. "Pai, eles vão matá-la."

"Bom, já *nós* não vamos matar você, Joe. Na verdade, eu não vou nem tocar em você. Mas alguns dos meus colegas gostariam de dar uma palavrinha."

Thomas Coughlin se inclinou para a frente, mãos nos joelhos, e encarou o filho.

Em algum lugar por trás daquele olhar de ferro vivia um homem que havia passado três dias dormindo no chão do quarto de hospital de Joe quando este tivera uma febre em 1911, que havia lido para ele cada um dos oito jornais da cidade, de cabo a rabo, que lhe havia dito que o amava, que lhe havia dito que, se Deus quisesse o seu filho, teria de passar por cima dele, Thomas Xavier Coughlin, e Deus com certeza devia saber que dura tarefa isso poderia se tornar.

"Pai, escute. Ela está..."

Seu pai cuspiu na sua cara.

"Ele é todo seu", falou para seus homens, e afastou-se.

"Encontre o carro!", gritou Joe. "Encontre Donnie! Ela está em um carro com Donnie!"

O primeiro golpe — um punho — acertou a mandíbula de Joe. O segundo, que ele teve quase certeza foi desferido com um cassetete, o acertou na têmpora. Depois disso, toda a luz desapareceu da noite.

6

E TODOS OS PECADORES SÃO SANTOS

O motorista da ambulância deu a Thomas o primeiro indício do pesadelo de publicidade prestes a se abater sobre o Departamento de Polícia de Boston.

Quando estavam prendendo Joe na maca de madeira para suspendê-lo até a traseira da ambulância, o motorista perguntou: "Vocês jogaram esse menino do telhado?".

A chuva caía fazendo um alarde tão grande que todos precisavam gritar.

Quem respondeu foi o ajudante e motorista de Thomas, sargento Michael Pooley: "As lesões dele foram sofridas antes da nossa chegada".

"Ah, é?" O motorista da ambulância olhou de um para o outro enquanto a água se derramava pela aba preta de seu quepe branco. "Conta outra."

Thomas podia sentir a temperatura aumentando no beco, mesmo debaixo de chuva, de modo que apontou para o filho deitado na maca. "Este homem participou do assassinato daqueles três policiais em New Hampshire."

"Está se sentindo melhor agora, babaca?", indagou o sargento Pooley.

Com os olhos pregados no relógio de pulso, o motorista da ambulância verificava a pulsação de Joe. "Eu leio o jornal. Na maioria dos dias, é quase só o que faço... fico sentado na ambulância lendo a porra do jornal. Esse menino era quem estava dirigindo. E quando eles o estavam perseguindo, alvejaram outro carro de polícia e despacharam os agentes para o inferno." Ele pousou o pulso de Joe sobre o peito. "Mas não foi *ele* quem fez isso."

Thomas olhou para o rosto de Joe — lábios pretos partidos, nariz achatado, olhos fechados de tão inchados, um osso malar afundado, sangue negro endurecido nos olhos, orelhas, nariz e cantos da boca. O sangue do sangue de Thomas. Sua cria.

"Mas, se ele não tivesse assaltado o banco, eles não estariam mortos", falou.

"Se os outros policiais não tivessem usado a porra de uma metralhadora, eles não estariam mortos." O motorista fechou as portas da ambulância, olhou para Pooley e Thomas, e Thomas ficou surpreso pela repulsa que detectou em seus olhos. "Vocês provavelmente acabaram de matar esse menino de porrada. Mas o criminoso é *ele*?"

Dois carros de polícia encostaram atrás da ambulância, e os três sumiram noite adentro. Thomas teve de se lembrar diversas vezes de pensar no rapaz espancado dentro da ambulância como "Joe". Pensar nele como "filho" era avassalador demais. Sua carne e sangue, e muito daquele sangue e parte daquela carne jaziam agora no chão daquele beco.

"Lançou o aviso de busca em nome de Albert White?", perguntou ele a Pooley.

O sargento aquiesceu. "E de Loomis, Bones e Donnie não sei das quantas, mas imaginamos que seja Donnie Gishler, um dos homens de White."

"Dê prioridade a Gishler. Avise a todas as unidades que ele talvez esteja com uma mulher no carro. Onde está Forman?"

Pooley fez um gesto com o queixo. "Lá dentro do beco."

Thomas começou a andar e Pooley foi atrás. Quando chegaram ao grupo de policiais junto à porta de serviço do hotel, Thomas evitou olhar para a poça de sangue de Joe perto de seu pé direito, poça esta volumosa o suficiente para receber a chuva e mesmo assim conservar um tom vivo de vermelho. Em vez disso, concentrou-se no chefe de seus investigadores, Steve Forman.

"Alguma informação sobre os carros?"

Forman abriu seu bloquinho de taquigrafia.

"Segundo o lavador de pratos, um Cole Roadster ficou parado no beco entre oito e quinze e oito e meia. Depois disso, o lavador de pratos disse que o carro sumiu e foi substituído por um Dodge."

O Dodge era o carro para dentro do qual estavam tentando arrastar Joe quando Thomas e a cavalaria chegaram.

"Quero que seja lançado um aviso de busca prioritário pelo Roadster", disse Thomas. "O motorista se chama Donald Gishler. Talvez haja uma mulher no banco de trás, Emma Gould. Ela é dos Gould de Charlestown, Steve. Sabe de quem estou falando?"

"Ah, sei sim", respondeu Forman.

"Não a filha de Bobo. Ela é filha de Ollie Gould."

"Certo."

"Mandem alguém verificar se ela não está sã e salva na cama em Union Street. Sargento Pooley?"

"Sim, comandante?"

"Já viu esse tal de Donnie Gishler ao vivo?"

Pooley fez que sim com a cabeça. "Deve ter um metro e sessenta e sete de altura e pesar uns oitenta e seis quilos. Costuma usar gorros de lã preta. Na última vez em que o vi, estava usando um bigode com as pontas curvas. A décima sexta deve ter uma foto dele."

"Mande alguém buscar. E passe essa descrição para todas as unidades."

Ele olhou para a poça de sangue do filho. Um dente boiava nela.

Thomas e Aiden, seu filho mais velho, não se falavam havia muitos anos, embora ele recebesse uma carta de vez em quando cheia de fatos neutros, mas sem informação pessoal alguma. Não sabia onde ele morava, ou sequer se estava vivo ou morto. O filho do meio, Connor, ficara cego durante as revoltas ligadas à greve da polícia em 1919. Fisicamente, havia se adaptado à enfermidade com uma presteza louvável, mas mentalmente esta havia exacerbado sua tendência à autocomiseração, e ele logo se refugiara no álcool. Depois de não conseguir se matar de tanto beber, havia encontrado a religião. Pouco depois de abandonar esse flerte (ao que parece Deus exigia mais de seus adoradores do que um caso de amor com o martírio), Connor fora morar no Educandário para Cegos e Aleijados Silas Abbotsford. Recebera um emprego de zelador — isso para um homem que fora o promotor público assistente mais jovem da história do estado, nomeado promotor principal em um caso de pena capital — e lá passava os seus dias, esfregando pisos que não conseguia ver. De tempos em tempos, ofereciam-lhe um cargo de professor no educandário, mas ele havia recusado todas as propostas sob o pretexto de que era tímido. Não havia nada de tímido em nenhum dos três filhos de Thomas. Connor simplesmente havia decidido se isolar de todas as pessoas que o amavam. O que, nesse caso, significava Thomas.

E agora ali estava o seu caçula, dedicado a uma vida no crime, uma vida de putas, contrabandistas de bebidas e capangas armados. Uma vida que sempre parecia prometer glamour e riqueza, mas que raramente proporcionava alguma das duas coisas. E agora, por causa de seus companheiros de atividade e dos homens do próprio Thomas, ele talvez não sobrevivesse àquela noite.

Parado debaixo da chuva, Thomas não conseguia sentir cheiro nenhum exceto o horrendo fedor de si mesmo.

"Encontrem a garota", falou para Pooley e Forman.

Um agente de patrulha de Salem localizou Donnie Gishler e Emma Gould. Quando a perseguição terminou, nove viaturas já estavam envolvidas, todas de pequenas cidades do litoral norte de Massachusetts — Beverly, Peabody, Marblehead. Muitos policiais viram uma mulher no banco de trás do carro; muitos deles não viram; um alegou ter visto duas ou três moças no carro, mas posteriormente ficou confirmado que havia bebido. Depois de Donnie Gishler tirar duas viaturas da estrada em alta velocidade, danificando ambas, e depois de os agentes serem por ele alvejados (ainda que a mira tenha sido sofrível), eles revidaram.

O Cole Roadster de Donnie Gishler saiu da estrada às nove e cinquenta da noite, sob forte chuva. Estavam descendo a toda a Ocean Avenue de Marblehead, margeando a enseada de Lady's Cove, quando um dos policiais por sorte acertou um tiro no pneu de Gishler, ou então — mais provável, a sessenta e cinco quilômetros por hora e debaixo de chuva — o pneu simplesmente estourou de tanto atrito. Nesse trecho da Ocean Avenue, havia bem pouca avenida e muito oceano. O Cole saiu da estrada sobre três rodas, caiu pelo acostamento e tombou; os pneus perderam o contato com o chão. O carro então mergulhou em dois metros e meio de água com duas das janelas espatifadas e afundou antes mesmo de a maioria dos policiais conseguir descer de seus veículos.

Um agente de patrulha de Beverly chamado Lew Burliegh se despiu até ficar só de roupa de baixo e entrou na água, mas estava escuro, mesmo depois de alguém ter a ideia de apontar os faróis das viaturas para lá. Lew Burliegh entrou na água gélida quatro vezes, o suficiente para ficar com hipotermia e passar um dia no hospital, mas não encontrou o carro.

Os mergulhadores o encontraram na tarde seguinte, pouco depois das duas, com Gishler ainda sentado no banco do motorista. Um pedaço do volante havia se soltado e entrado em seu corpo pela axila. A alavanca de marchas tinha perfurado a virilha. Mas não foi isso que o matou. Uma das mais de cinquenta balas disparadas pela polícia nessa noite o havia acertado atrás da cabeça. Mesmo que o pneu não houvesse estourado, o carro teria caído na água.

Encontraram uma faixa prateada e uma pena da mesma cor presas ao teto do carro, mas nenhum outro sinal de Emma Gould.

O tiroteio entre a polícia e os três gângsteres atrás do Hotel Statler entrou para a bruma da história da cidade uns dez minutos depois de ocorrido. E isso apesar de ninguém ter sido atingido e de, no meio da confusão, na realidade poucas balas terem sido disparadas. Os criminosos tiveram a sorte de fugir do beco no exato momento em que o público do teatro estava deixando os restaurantes e se encaminhando para o Colonial ou o Plymouth. Uma reencenação de *Pigmalião* em cartaz no Colonial tivera a lotação esgotada por três semanas, e o Plymouth havia provocado a ira da organização de censura Watch and Ward com uma montagem de *O playboy do mundo ocidental*. A organização havia despachado dezenas de manifestantes, mulheres desenxabidas com lábios contraídos de quem chupou limão e cordas vocais incansáveis, o que só fizera chamar atenção para a peça. A presença exaltada e estridente dessas mulheres não foi apenas um alento para as bilheterias; foi também um presente dos deuses para os gângsteres. O trio saiu do beco, com as rodas do carro a girar loucamente, e a polícia partiu pela rua em seu encalço mas, quando as mulheres da censura viram as armas, puseram-se a gritar, guinchar e apontar. Muitos casais a caminho do teatro foram se abrigar de forma estabanada e violenta em vãos de portas, e um chofer tentando se desviar bateu o Pierce-Arrow do patrão em um poste ao mesmo tempo que uma garoa fina se transformava subitamente em pé-d'água. Quando os agentes de polícia conseguiram se recuperar do susto, os gângsteres já tinham roubado um carro em Piedmont Street e se embrenhado na cidade agora fustigada por uma chuva inclemente.

O "Tiroteio do Statler" rendeu boas matérias. A narrativa começava de forma simples — heroicos policiais enfrentavam de arma em punho malfeitores responsáveis pelo assassinato de seus colegas, e conseguiam dominar e prender um deles. Logo, porém, ficava mais complicada. Oscar Fayette, motorista de ambulância, afirmava que o malfeitor preso tinha sido espancado pela polícia com tamanha violência que talvez não passasse daquela noite. Pouco depois da meia-noite, boatos não confirmados se espalharam pelas redações de Washington Street, segundo os quais uma mulher fora vista trancada em um carro que havia mergulhado nas águas de Lady's Cove em Marblehead na velocidade máxima e desaparecido lá no fundo em menos de um minuto.

Então se espalhou a notícia de que um dos gângsteres envolvidos no Tiroteio do Statler era ninguém menos que o negociante Albert White. Até então, Albert White ocupava uma posição invejável na sociedade bostoniana — a de um *possível* contrabandista de bebidas, *provável* traficante de rum, *talvez* fora da lei. Todos partiam do princípio de que ele tinha participação nas atividades ilegais, mas a maioria conseguia acreditar que fosse capaz de se manter ao largo do caos que agora imperava nas ruas de toda grande cidade. Albert White era considerado um contrabandista de bebidas "do bem". Afável provedor de um vício inofensivo, sempre muito distinto com seus ternos claros, capaz de deliciar uma plateia com histórias sobre seu heroísmo na guerra e seus dias de policial. Depois do Tiroteio do Statler, porém (apelido que E. M. Statler tentou sem sucesso fazer os jornais reconsiderarem), esse sentimento se extinguiu. A polícia emitiu um mandado de prisão para Albert. Quer acabasse conseguindo ou não escapar da lei, seus dias de convivência com pessoas respeitáveis pertenciam ao passado. O consenso nas saletas e salões de Beacon Hill era que as emoções proporcionadas pelas experiências alheias e transgressoras tinham seus limites.

Houve então a sina que coube ao subcomandante de polícia Thomas Coughlin, outrora considerado candidato certo ao cargo de secretário de Segurança e possivelmente ao Legislativo do estado. Quando as edições do dia seguinte revelaram que o malfeitor preso e espancado na cena do crime era filho do próprio Coughlin, a maioria dos leitores se absteve de julgá-lo em questões ligadas à paternidade, uma vez que a maioria conhecia as vicissitudes de se tentar criar filhos virtuosos na Gomorra do mundo atual. Mas então o colunista Billy Kelleher, do *Examiner*, escreveu sobre seu encontro com Joseph Coughlin na escadaria do Statler. Fora Kelleher quem chamara a polícia para relatar o que vira, e fora ele quem chegara ao beco a tempo de ver Thomas Coughlin entregar o filho às feras sob seu comando. Isso o público rejeitou — não conseguir criar o filho direito era uma coisa. Mandar espancá-lo até ele entrar em coma era outra bem diferente.

Quando Thomas foi convocado à sala do secretário de Segurança, em Pemberton Square, já sabia que jamais viria a ocupá-la.

Em pé atrás de sua mesa, o secretário de Segurança Herbert Wilson acenou para Thomas se sentar. Ele administrava a corporação desde 1922, depois de o secretário anterior, Edwin Upton Curtis, que causara mais danos à polícia do que o cáiser à Bélgica, ter o obséquio de sucumbir a um ataque cardíaco. "Sente-se, Tom."

Thomas Coughlin detestava que o chamassem de Tom; detestava o caráter diminutivo do apelido, sua familiaridade insensível.

Sentou-se.

"Como está seu filho?", perguntou-lhe o comandante Wilson.

"Em coma."

Wilson aquiesceu e expirou lentamente pelas narinas. "E cada dia que ele passa assim, Tom, mais parece um santo." O secretário olhou para ele por cima da mesa. "Você está um caco. Tem dormido direito?"

Thomas fez que não com a cabeça. "Não desde..." Havia passado as duas noites anteriores junto ao leito de hospital do filho, enumerando os próprios pecados e rezando a um Deus no qual praticamente já não acreditava. Segundo lhe dissera o médico, mesmo que Joe saísse do coma, era possível que ficasse com sequelas cerebrais. Enfurecido — tomado por aquela fúria incandescente que com razão metia medo em todo mundo, desde o merda do seu pai aos próprios filhos, passando pela mulher —, Thomas havia ordenado a outros homens que espancassem seu filho. Agora, pensava na própria vergonha como uma lâmina deixada sobre carvões em brasa até o aço enegrecer e espirais de fumaça rastejarem pelas bordas feito cobras. A ponta lhe perfurava a barriga abaixo da caixa torácica e penetrava as entranhas, cortando, cortando, até ele não conseguir mais ver nem respirar.

"Alguma outra informação sobre os outros dois, os Bartolo?", indagou o secretário.

"Pensei que o senhor já soubesse."

Wilson fez que não com a cabeça. "Estive em reunião de orçamento a manhã inteira."

"Acabou de chegar no teletipo. Pegaram Paolo Bartolo."

"Pegaram?"

"A polícia estadual de Vermont."

"Vivo?"

Thomas fez que não com a cabeça.

Por algum motivo que eles talvez nunca viessem a entender, Paolo Bartolo estava dirigindo um carro lotado de presuntos em lata; o banco de trás estava repleto, e latas se empilhavam pelo piso do banco do carona. Quando ele furou um sinal vermelho em South Main Street na cidade de St. Alban's, a uns vinte e quatro quilômetros da fronteira canadense, um agente de patrulha do estado tentou pará-lo. Paolo fugiu. O agente foi atrás, outros policiais do estado entraram na perseguição e acabaram fazendo o carro sair da estrada perto de uma fazenda de gado leiteiro em Enosburg Falls.

Ainda era preciso estabelecer se Paolo havia puxado uma arma ao sair do carro naquela aprazível tarde de primavera. Era possível que tivesse levado a mão ao cós. Também era possível que simplesmente não tivesse levantado as mãos depressa o suficiente. Levando em conta que Paolo ou seu irmão Dion haviam executado o agente de patrulha Jacob Zobe no acostamento de uma estrada bem parecida com aquela, os patrulheiros não se arriscaram. Cada um dos agentes disparou o revólver de serviço pelo menos duas vezes.

"Quantos policiais responderam ao chamado?", indagou Wilson.

"Sete, secretário, acho eu."

"E quantas balas atingiram o criminoso?"

"Ouvi dizer onze, mas só uma autópsia dentro dos conformes dirá a verdade."

"E Dion Bartolo?"

"Imagino que esteja escondido em Montreal. Ou em algum lugar por perto. Dion sempre foi o mais inteligente dos dois. Quem teria a maior probabilidade de pôr a cabeça a prêmio é Paolo."

O secretário pegou uma folha de papel de uma pequena pilha em cima da mesa e a pôs em cima de outra pequena pilha. Olhou pela janela, parecendo fascinado pela torre da Alfândega a alguns quarteirões dali. "Tom, o departamento não pode permitir que você saia desta sala com a mesma patente que entrou. Entende isso?"

"Entendo, secretário." Thomas correu os olhos pela sala que passara os dez anos anteriores cobiçando e não experimentou nenhuma sensação de perda.

"E se eu o rebaixasse a capitão, teria que ter uma divisão para pôr sob o seu comando."

"Coisa que o senhor não tem."

"Coisa que eu não tenho." O secretário se inclinou para a frente, com as mãos unidas. "A partir de agora você pode rezar exclusivamente pelo seu filho, Thomas, porque daqui a sua carreira não passa."

"Ela não morreu", disse Joe.

Fazia quatro horas que ele saíra do coma. Thomas havia chegado ao Hospital Geral de Massachusetts dez minutos depois da ligação do médico. Levara consigo o advogado Jack D'Jarvis, um homem baixinho, de idade avançada, sempre vestido com ternos de lã nos tons mais fáceis possíveis de esquecer — marrom cor de casca de árvore, cinza cor de areia úmida, pretos que pareciam ter sido deixados no sol por tempo demais. As gravatas em geral combinavam com os ternos; os colarinhos das camisas eram sempre amarelados e, nas raras ocasiões em que ele usava chapéu, este parecia demasiado grande para sua cabeça e ficava apoiado nas pontas das orelhas. Jack D'Jarvis parecia pronto para se aposentar e já fazia quase três décadas que exibia essa aparência, mas só as pessoas de fora tinham a burrice de acreditar nisso. Ele era o melhor advogado de defesa criminal da cidade, e pouca gente conseguia citar um segundo que chegasse perto. Ao longo dos anos, Jack D'Jarvis havia desmantelado pelo menos duas dezenas de casos sólidos que Thomas apresentara à promotoria pública. As pessoas diziam brincando que, quando Jack D'Jarvis morresse, passaria seu tempo no céu tentando tirar todos os seus ex-clientes do inferno.

Os médicos passaram duas horas examinando Joe enquanto Thomas e D'Jarvis descansavam do trajeto no corredor junto com o jovem agente de polícia que vigiava a porta do quarto.

"Não vou conseguir livrar a cara dele", disse D'Jarvis.

"Eu sei."

"Pode ficar descansado: a acusação de assassinato em segundo grau é uma farsa e o promotor do estado sabe disso. Mas o seu filho vai ter de cumprir pena."

"De quanto?"

D'Jarvis deu de ombros. "Uns dez anos, eu chutaria."

"Em Charlestown?" Thomas balançou a cabeça. "Não vai sobrar nada dele para sair por aquela porta."

"Thomas, três policiais morreram."

"Mas não foi ele quem matou."

"E é por isso que ele não vai para a cadeira elétrica. Mas imagine que fosse qualquer outra pessoa que não o seu filho... *você mesmo* iria querer que ele pegasse vinte anos."

"Mas ele *é* meu filho", disse Thomas.

Os médicos saíram do quarto.

Um deles parou para falar com Thomas. "Não sei de que material o crânio dele é feito, mas estamos achando que não é osso."

"Como assim, doutor?"

"Ele está bem. Não há sangramento craniano, nem perda de memória ou deficiências de fala. O nariz e metade das costelas estão quebrados, e ele vai levar algum tempo antes de urinar sem ver sangue na latrina, mas não há nenhuma sequela cerebral que eu possa constatar."

Thomas e Jack D'Jarvis entraram no quarto e foram se sentar ao lado da cama de Joe, que os observou pelos olhos negros e inchados.

"Eu errei", disse Thomas. "Errei feio. E com certeza não há desculpa para o que fiz."

Joe falou por entre lábios pretos e cobertos de pontos. "Não deveria ter deixado eles me espancarem?"

Thomas aquiesceu. "Não deveria."

"Por acaso está ficando banana comigo, coroa?"

Thomas fez que não com a cabeça. "Eu mesmo deveria ter espancado."

A leve risada de Joe saiu pelas narinas. "Com todo o respeito, senhor, fico feliz por terem sido os seus homens. Se tivesse sido o senhor, eu poderia estar morto."

Thomas sorriu. "Quer dizer que você não me odeia?"

"É a primeira vez que me lembro de gostar do senhor em dez anos." Joe tentou se erguer do travesseiro, mas não conseguiu. "Onde está Emma?"

Jack D'Jarvis abriu a boca, mas Thomas o deteve com um aceno. Encarou o filho direto nos olhos e lhe contou o que havia acontecido em Marblehead.

Joe passou alguns instantes absorvendo, ruminando a informação. Então disse, com um tom de leve desespero: "Ela não morreu".

"Morreu sim, filho. Mesmo que tivéssemos agido imediatamente naquela noite, Donnie Gishler não estava com disposição para ser capturado vivo. Ela morreu assim que entrou naquele carro."

"Não há corpo", disse Joe. "Então ela não morreu."

"Joseph, eles nunca chegaram a encontrar metade dos corpos do *Titanic*, mas mesmo assim aqueles pobres coitados já não estão mais entre nós."

"Não consigo acreditar nisso."

"Não consegue? Ou não vai?"

"É a mesma coisa."

"Muito pelo contrário." Thomas balançou a cabeça. "Nós conseguimos reconstituir um pouco do que aconteceu naquela noite. Ela era amante de Albert White. Ela traiu você."

"É, traiu", disse Joe.

"E então?"

Apesar dos lábios costurados, Joe sorriu. "E eu estou cagando. Sou louco por ela."

"Loucura não é amor", falou seu pai.

"Então é o quê?"

"Loucura."

"Com todo o respeito, pai, eu testemunhei seu casamento por dezoito anos, e aquilo não era amor."

"Não, não era", concordou seu pai. "Portanto, eu sei do que estou falando." Ele deu um suspiro. "De toda forma, filho, ela se foi. Está tão morta quanto a sua mãe, que Deus a tenha."

"E Albert?", indagou Joe.

Thomas se sentou na beira da cama. "Foragido."

"Mas dizem os boatos que está negociando um retorno", disse Jack D'Jarvis.

"Quem é o senhor?", perguntou-lhe Joe.

O advogado estendeu a mão. "John D'Jarvis, sr. Coughlin. A maioria das pessoas me chama de Jack."

Os olhos inchados de Joe ficaram mais arregalados do que nunca desde a chegada de Thomas e Jack ao quarto.

"Caramba", disse ele. "Já ouvi falar do senhor."

"Eu também já ouvi falar do senhor", retrucou D'Jarvis.

"Infelizmente, o estado inteiro também ouviu. Por outro lado, uma das piores decisões que o seu pai já tomou talvez acabe se revelando a melhor coisa que poderia ter lhe acontecido."

"Como assim?", indagou Thomas.

"Por ter quase o matado de pancada, o senhor transformou seu filho em vítima. O promotor do estado não vai querer processá-lo. Ele *vai* processá-lo, mas não vai querer."

"O atual promotor do estado é Bondurant, certo?", perguntou Joe.

D'Jarvis aquiesceu. "O senhor o conhece?"

"De ouvir falar", disse Joe, e o medo transpareceu em seu rosto machucado.

"Thomas?", perguntou D'Jarvis, observando-o com cuidado. "Você conhece Bondurant?"

"Conheço, sim", respondeu Thomas.

Calvin Bondurant havia desposado uma Lenox de Beacon Hill e gerado três graciosas filhas, uma das quais se casara recentemente com um Lodge, para grande interesse das colunas sociais. Ferrenho defensor da Lei Seca, Bondurant era um destemido cruzado no combate a qualquer forma de vício, que afirmava ser um produto das classes inferiores e das raças inferiores que vinham aportando naquela grande nação ao longo dos últimos setenta anos. Os últimos setenta anos de imigração haviam se limitado basicamente a duas raças — irlandeses e italianos —, de modo que o recado de Bondurant não primava pela sutileza. Dali a alguns anos, porém, quando ele se lançasse governador, os doadores de campanha de Beacon Hill e Back Bay saberiam que era o homem certo.

O secretário de Bondurant conduziu Thomas para dentro da sala do promotor em Kirby e fechou as portas atrás deles. Bondurant se virou de onde estava em pé junto à janela e encarou Thomas com um olhar sem emoção.

"Estava esperando você."

Dez anos antes, Thomas havia detido Calvin Bondurant durante a batida a uma casa de cômodos. Bondurant estava se divertindo com várias garrafas de champanhe e um rapaz nu de ascendência mexicana. Além de uma próspera carreira na prostituição, o mexicano se revelou um ex-integrante da División del Norte de Pancho Villa, procurado em seu país natal sob acusações de alta traição. Thomas havia deportado o revolucionário de volta a Chihuahua e providenciara para que o nome de Bondurant fosse riscado dos autos.

"Bem, aqui estou."

"Conseguiu transformar seu filho de criminoso em vítima. Um truque espantoso. Será que é tão inteligente assim, subcomandante?"

"Ninguém é tão inteligente assim", respondeu Thomas.

Bondurant balançou a cabeça. "Não é verdade. Algumas pessoas são. E você pode muito bem ser uma delas. Diga a ele para se declarar culpado. Três policiais morreram naquela cidade. Os funerais vão dominar as manchetes de amanhã. Se ele se declarar culpado pelo assalto a banco e, sei lá eu, conduta imprudente, recomendarei doze."

"Anos?"

"Por três policiais mortos? É uma pena leve, Thomas."

"Cinco."

"Como disse?"

"Cinco anos", repetiu Thomas.

"Sem chance." Bondurant balançou a cabeça.

Thomas permaneceu sentado na cadeira, sem se mexer.

Bondurant tornou a balançar a cabeça.

Thomas pousou o tornozelo de uma perna sobre a outra.

"Olhe aqui", disse Bondurant.

Thomas inclinou a cabeça de leve.

"Permita que eu esclareça uma ou duas falsas impressões, subcomandante."

"Investigador-chefe."

"Como disse?"

"Fui rebaixado ontem para investigador-chefe."

O sorriso não chegou aos lábios de Bondurant, mas atravessou seu olhar. Só uma centelha, depois sumiu. "Então não precisamos falar sobre a falsa impressão que eu ia esclarecer."

"Não tenho nenhuma falsa impressão ou ilusão", disse Thomas. "Sou um homem prático." Ele sacou uma fotografia do bolso e a pôs sobre a mesa de Bondurant.

O promotor baixou os olhos para a imagem. Uma porta vermelha, desbotada, com o número 29 no centro. Era a porta de uma casa geminada em Back Bay. Dessa vez, a expressão que atravessou o olhar de Bondurant foi o oposto da alegria.

Thomas encostou um dedo na mesa do outro homem. "Se você transferir seus encontros para outro imóvel, eu vou saber em menos de uma hora. Pelo que ouvi dizer, está enchendo um cofre de guerra e tanto para a candidatura a governador. É melhor esse cofre ser bem fundo, excelência. Um homem com um cofre de guerra bem fundo é capaz de enfrentar qualquer adversário." Thomas pôs o chapéu na cabeça. Ajeitou o centro da aba até se certificar de que estava direito.

Bondurant seguiu olhando para o pedaço de papel sobre a mesa. "Vou ver o que posso fazer."

"*Ver* o que você pode fazer tem muito pouco interesse para mim."

"Eu sou um só."

"Cinco", disse Thomas. "Ele vai pegar cinco anos."

Foi preciso mais quinze dias antes de um antebraço de mulher ir dar na costa de Nahant. Três dias depois disso, um pescador ao largo de Lynn capturou um fêmur em sua rede. O médico-legista declarou que o fêmur e o antebraço pertenciam ao mesmo indivíduo — uma mulher de vinte e poucos anos, provavelmente de origem norte-europeia, sardenta e de pele clara.

No caso estado de Massachusetts *versus* Joseph Coughlin, Joe se declarou culpado de incitação ao crime e assalto à mão armada. Foi condenado a cinco anos e quatro meses de prisão.

Tinha certeza de que ela estava viva.

Tinha certeza porque a alternativa era algo com o qual não conseguia viver. Tinha fé na existência dela porque não ter essa fé o fazia sentir-se desamparado, amputado.

"Ela morreu", disse-lhe o pai pouco antes de ele ser transferido da Cadeia do Condado de Suffolk para a Penitenciária de Charlestown.

"Não morreu, não."

"Seja sensato."

"Ninguém a viu dentro do carro quando ele saiu da estrada."

"Em alta velocidade, debaixo de chuva e à noite? Eles a puseram naquele carro, filho. O carro saiu da estrada. Ela morreu e foi levada para o mar."

"Só acredito quando vir o corpo."

"As *partes* do corpo não bastaram?" Seu pai ergueu uma das mãos para se desculpar. Quando tornou a falar, a voz saiu mais suave. "O que vai ser preciso para você escutar a voz da razão?"

"A voz da razão não diz que ela morreu. Não quando eu sei que ela está viva."

Quanto mais Joe repetia isso, mais certeza tinha de que ela estava morta. Sentia isso do mesmo jeito que podia sentir que ela o havia amado, embora o tivesse traído. Mas, se admitisse, se encarasse esse fato, o que lhe restaria a não ser cinco anos na pior prisão do nordeste do país? Sem amigos, sem Deus, sem família.

"Ela está viva, pai."

O pai passou algum tempo a observá-lo. "O que você amava nela?"

"Não entendi."

"O que você amava naquela mulher?"

Joe buscou as palavras certas. Acabou topando com algumas que lhe pareceram menos inadequadas do que as outras. "Comigo, ela estava se transformando em algo diferente do que mostrava para o resto do mundo. Algo mais suave, sei lá."

"Isso é amar uma possibilidade, não uma pessoa."

"E como é que o senhor iria saber?"

Ouvir isso fez seu pai inclinar a cabeça. "Você foi o filho que deveria ter encurtado a distância entre sua mãe e mim. Sabia disso?"

"Eu sabia sobre a distância", respondeu Joe.

"Então viu como o plano deu certo. As pessoas não consertam umas às outras, Joseph. E elas nunca se transformam em nada a não ser no que sempre foram."

"Não acredito nisso", disse Joe.

"Não acredita? Ou não quer acreditar?" Seu pai fechou os olhos. "Cada respiração que damos é uma sorte, filho." Quando os abriu, estavam rosados nos cantos. "Realização profissional? Depende da sorte... de nascer no lugar certo, na hora certa, com a cor certa. De viver tempo suficiente para estar no lugar certo na hora certa e fazer fortuna. Sim, sim, trabalho árduo e talento podem compensar a diferença. São coisas cruciais, e você sabe que eu jamais iria afirmar o contrário. Mas a *base* de todas as vidas é sorte. Boa ou má. Sorte é vida, e vida é sorte. E a sorte começa a escorrer no mesmo instante em que chega à sua mão. Não desperdice a sua se consumindo por uma mulher morta que nunca mereceu você."

Joe contraiu o maxilar, mas tudo o que disse foi: "Cada um faz a própria sorte, pai".

"Às vezes", concordou Thomas. "Mas outras vezes é a sorte que faz você."

Os dois passaram algum tempo sentados em silêncio. O coração de Joe nunca tinha batido tão forte. Desferia socos em seu peito como um punho descontrolado. Ele sentiu pena do próprio coração como sentiria pena de algo externo a si mesmo, um cão vadio em noite de chuva, talvez.

Seu pai conferiu o relógio e tornou a guardá-lo no colete. "Na sua primeira semana lá dentro, alguém provavelmente vai ameaçar você. Ou na segunda, no máximo. Você vai ver o que ele quer nos olhos, quer ele diga ou não."

Joe sentiu a boca muito seca.

"Então alguma outra pessoa, um cara bacana de verdade, vai defender você no pátio ou no refeitório. E, depois de fazer o outro sujeito recuar, vai lhe oferecer proteção pelo resto da sua pena. Escute o que vou dizer, Joe: é esse cara que você precisa machucar. Machucar tanto que ele nunca mais consiga ficar forte o suficiente para machucar você. Mire no cotovelo ou no joelho. Ou nos dois."

Os batimentos cardíacos de Joe chegaram a uma artéria em seu pescoço. "E aí eles vão me deixar em paz?"

Seu pai lhe deu um sorriso contraído e começou a menear a cabeça, mas o sorriso desapareceu e o meneio de cabeça foi junto. "Não, não vão."

"Então o que vai fazer eles pararem?"

Seu pai desviou os olhos por um instante, com a mandíbula contraída. Quando tornou a encarar o filho, tinha os olhos secos. "Nada."

7
NA BOCA

A distância da Cadeia do Condado de Suffolk até a Pentenciária de Charlestown não chegava a dois quilômetros. O tempo que levaram para colocá-los no ônibus e prender no chão do veículo as correntes que lhes cingiam os tornozelos daria para terem ido a pé. Foram quatro prisioneiros transportados nessa manhã — um negro magro e um russo gordo cujos nomes Joe nunca chegou a saber, Norman, um garoto branco molenga e trêmulo, e Joe. Norman e Joe já tinham conversado na cadeia algumas vezes, porque a cela de Norman ficava em frente à de Joe. Norman tivera o infortúnio de sucumbir aos encantos da filha do homem de cujo estábulo de cavalos cuidava, em Pinckney Street, no alto de Beacon Hill. A menina, que tinha quinze anos, engravidou, e Norman, que tinha dezessete e era órfão desde os doze, pegou três anos por estupro em um presídio de segurança máxima.

Contou a Joe que vinha lendo a Bíblia, e que estava disposto a se redimir das transgressões que cometera. Disse a Joe que o Senhor iria acompanhá-lo e que todo homem carregava o bem dentro de si, que mesmo no mais reles dos homens era possível encontrar uma grande quantidade de bem, e que ele desconfiava que fosse encontrar mais bem atrás dos muros do presídio do que havia encontrado fora deles.

Joe nunca tinha visto uma criatura mais aterrorizada em toda a vida.

Enquanto o ônibus sacolejava pela Charles River Road,

um guarda tornou a verificar as correntes em seus tornozelos e se apresentou como sr. Hammond. Informou-lhes que suas celas ficariam localizadas na Ala Leste, com exceção, naturalmente, do crioulo, que ficaria na Ala Sul junto com os outros da sua espécie.

"Mas as regras se aplicam a todos vocês, seja qual for sua cor ou seu credo. Jamais encarem nenhum guarda nos olhos. Jamais questionem a ordem de nenhum guarda. Jamais cruzem o caminho de terra batida que margeia o muro. Jamais toquem em si mesmos ou uns nos outros de forma antinatural. Cumpram sua pena como bons marinheiros de primeira viagem, sem reclamações nem má vontade, e assim vamos poder conviver em harmonia ao longo do caminho rumo à sua libertação."

O presídio tinha mais de cem anos; as construções originais, de granito escuro, haviam sido incrementadas com estruturas mais recentes feitas de tijolo vermelho. O coração do complexo disposto em formato de cruz era composto de quatro alas que partiam de uma torre central. No alto da torre ficava uma cúpula, ocupada o tempo inteiro por guardas armados com fuzis, apontando para cada direção em que os detentos pudessem fugir. Era cercado por trilhos de trem e fábricas, fundições e tecelagens que desciam o rio margeando o lado norte da cidade até Somerville. As fábricas produziam fogões, as tecelagens, tecidos, e as fundições impregnavam o ar com vapores de magnésio, cobre e ferro fundido. Quando o ônibus desceu a colina e chegou ao terreno plano, o céu se escondeu por trás de um teto de fumaça. Um trem da Eastern Freight apitou, e tiveram de esperar que passasse antes de poderem atravessar a via férrea e percorrer os últimos trezentos metros até o presídio.

O ônibus parou, o sr. Hammond e outro guarda soltaram suas correntes, e Norman começou a tremer e em seguida a chorar copiosamente; lágrimas escorriam por sua mandíbula como suor.

"Norman", disse Joe.

O garoto olhou para ele.
"Não faça isso."
Mas Norman não conseguia parar.

Sua cela ficava na galeria superior da Ala Leste. Passava o dia inteiro fritando debaixo do sol, e conservava o calor durante a noite inteira. As celas em si não tinham energia elétrica. Esta se limitava aos corredores, refeitório, e a cadeira elétrica na Casa da Morte. As celas eram iluminadas por luz de velas. A Penitenciária de Charlestown tampouco recebera encanamento, de modo que os detentos mijavam e cagavam em baldes de madeira. A cela de Joe fora construída para um único prisioneiro, mas quatro camas tinham sido empilhadas lá dentro. Seus três companheiros de cela se chamavam Oliver, Eugene e Tooms. Oliver e Eugene eram assaltantes à mão armada típicos de Revere e Quincy, respectivamente. Ambos já haviam trabalhado para a máfia de Hickey. Nunca lhes acontecera trabalhar com Joe ou nem sequer tinham ouvido falar dele, mas, depois de uma troca geral de nomes de parte a parte, ficaram convencidos de que ele era legal o suficiente para não expulsá-lo da cela apenas para marcar uma posição.

Tooms era mais velho e mais calado. Tinha cabelos sebentos e membros finos, e atrás de seus olhos vivia algo imundo para o qual ninguém queria olhar. Quando o sol se pôs na primeira noite que iriam passar juntos, Tooms ficou sentado em seu beliche de cima, pernas dependuradas pela borda, e de vez em quando Joe via aquele olhar inexpressivo se voltar na sua direção e era preciso um esforço hercúleo para sustentá-lo e em seguida desviar casualmente os próprios olhos.

Joe dormia em um dos beliches inferiores, em frente a Oliver. Tinha o pior colchão de todos, a cama era afundada no meio e o lençol áspero, roído por traças e com cheiro de cachorro molhado. Ele deu cochilos intermitentes, mas não chegou a dormir.

Pela manhã, Norman foi falar com ele no pátio. Seus olhos estavam roxos e o nariz parecia quebrado, e Joe estava prestes a lhe perguntar o que tinha acontecido quando Norman fez uma careta, mordeu o lábio inferior e lhe deu um soco no pescoço. Joe deu dois passos para a direita, ignorou a ardência e pensou em perguntar por quê, mas não teve tempo. Norman partiu para cima dele, os braços erguidos em uma postura canhestra. Se evitasse a cabeça e começasse a lhe bater no corpo, Joe estaria perdido. As costelas ainda não haviam se recuperado; sentar na cama de manhã ainda provocava tanta dor que ele chegava a ver estrelas. Ele se esquivou, revirando a terra batida com os calcanhares. Bem acima deles, os guardas da torre de vigia fitavam o rio a oeste ou o oceano a leste. Norman desferiu um soco do outro lado de seu pescoço, e Joe levantou o pé e o fez descer sobre a patela de Norman.

O garoto caiu de costas, com a perna direita formando um ângulo esquisito. Rolou pelo chão de terra batida, e então usou o cotovelo para tentar se levantar. Quando Joe lhe deu um segundo pisão no joelho, metade do pátio ouviu a perna de Norman se quebrar. O som que saiu da boca dele não foi propriamente um grito. Foi algo mais suave e mais grave, um som abafado, como o que um cachorro emitiria depois de rastejar para baixo de uma casa para morrer.

Norman ficou caído no chão, seus braços caíram junto às laterais do corpo e as lágrimas escorreram de seus olhos para dentro das orelhas. Joe sabia que poderia ajudá-lo a se levantar agora que ele já não representava perigo, mas que isso seria visto como fraqueza. Afastou-se. Atravessou o pátio, que às nove da manhã já estava um forno, e sentiu os olhos pregados nele, mais olhos do que foi capaz de contar, todos observando, decidindo qual seria o próximo teste, por quanto tempo iriam brincar com o rato antes de darem um golpe de verdade com as garras.

Norman não era nada. Norman era um aquecimento. E se alguém ali percebesse quanto as costelas de Joe estavam machucadas — no momento, o simples fato de respirar doía pra cacete; andar também doía —, pela manhã nada restaria exceto ossos.

Joe tinha visto Oliver e Eugene perto do muro oeste, mas agora observou as costas dos dois homens sumirem no meio de uma multidão. Nenhum dos dois queria se meter com ele antes de ver como aquilo iria acabar. Pegou-se, portanto, caminhando em direção a um grupo de homens que não conhecia. Se parasse de repente e olhasse em volta, ficaria com cara de bobo. E ali, ter cara de bobo equivalia a ser fraco.

Chegou ao grupo de homens e ao lado mais afastado do pátio, junto ao muro, mas eles também se afastaram.

Foi assim o dia inteiro — ninguém quis falar com ele. Fosse qual fosse a sua doença, ninguém queria pegá-la.

Nessa noite, ele voltou para uma cela vazia. Seu colchão — aquele cheio de calombos — estava no chão. Os outros haviam desaparecido. As camas tinham sido retiradas. Tudo havia sido retirado, exceto o colchão, o lençol áspero e o balde para cagar. Joe olhou para trás em direção ao sr. Hammond enquanto este trancava a porta atrás de si.

"Para onde foram os outros?"

"Eles foram", respondeu o sr. Hammond, e começou a descer a galeria.

Pela segunda noite seguida, Joe ficou deitado na cela quente e mal conseguiu dormir. Não foi só por causa das costelas, nem só por causa do medo — o fedor do presídio só era igualado pelo fedor das fábricas lá fora. No alto da cela, a uns três metros de altura, havia uma janelinha. Talvez a ideia de colocá-la ali fosse dar ao prisioneiro um misericordioso gostinho do mundo exterior. Agora, porém, não passava de um duto para a fumaça da fábrica, para o cheiro fétido de tecidos e carvão queimado. No calor da cela, enquanto insetos corriam pelas paredes e homens grunhiam no meio da noite, Joe não conseguiu imaginar como conseguiria sobreviver cinco dias ali dentro, que dirá cinco anos. Havia perdido Emma, havia perdido a liberdade, e agora podia sentir a própria alma começar a ratear e perder força. O que estavam lhe tirando era tudo o que ele possuía.

O dia seguinte foi mais do mesmo. E mais ainda no dia subsequente. Todos de quem ele se aproximava se afastavam. Todos com quem cruzava olhares desviavam os olhos. No entanto, podia sentir que o observavam assim que ele olhava para longe. Era tudo o que estavam fazendo, todos os detentos do presídio — observando Joe.

E esperando.

"Esperando o quê?", indagou ele no apagar das luzes, enquanto o sr. Hammond virava a chave na porta da cela. "O que eles estão esperando?"

O sr. Hammond o encarou por entre as barras com seus olhos baços.

"É que eu estou disposto a esclarecer as coisas com quem quer que tenha ofendido", disse Joe. "Isso se é que eu ofendi alguém. Porque, se ofendi, não foi por querer. Assim sendo, estou disposto a..."

"Você está bem na boca", disse o sr. Hammond. Olhou para as galerias dispostas acima e atrás dele. "Ela talvez decida ficar revirando você na língua, para lá e para cá. Ou talvez morda com bastante força e crave os dentes em você. Ou então vai deixar você escalar os dentes e pular para fora. Mas quem decide é ela. Não você." O sr. Hammond balançou seu enorme molho de chaves em círculo antes de prendê-lo ao cinto. "É só esperar."

"Quanto tempo?", quis saber Joe.

"Até a boca decidir." O sr. Hammond pôs-se a subir a galeria.

O menino que foi atrás dele no dia seguinte não passava disso: um menino. Trêmulo, olhos esquivos, mas não menos perigoso por causa disso. Joe estava a caminho do banho de sábado quando o garoto saiu da fila, uns dez homens à frente, e foi andando na sua direção.

Na mesma hora em que o garoto saiu da fila, Joe entendeu que ele estava indo atacá-lo, mas não havia nada que pudesse fazer para impedi-lo. O garoto usava suas calças e casaco listrados de presidiário e carregava toalha e sabonete como os outros, mas trazia também na mão direita um descascador de batatas com as pontas afiadas por uma pedra de amolar.

Joe saiu da fila na direção do garoto e este fez que iria seguir em frente, mas então largou a toalha e o sabonete, plantou o pé no chão e avançou o braço em direção à cabeça de Joe. Joe se esquivou para a direita e o garoto deve ter previsto isso, pois mirou do lado esquerdo e plantou o descascador de batatas na parte interna de sua coxa. Joe nem sequer teve tempo de registrar a dor antes de escutar o garoto puxar a arma. Foi o barulho que o enfureceu. Parecia um barulho de pedaços de peixe se esvaindo pelo ralo. Sua carne, seu sangue, nacos dele mesmo pendiam da ponta daquela arma.

No golpe seguinte, o garoto tentou acertar a barriga ou a virilha de Joe: ele não soube dizer ao certo, tantas foram as respirações ofegantes e os movimentos rápidos à esquerda e direita, direita e esquerda. Avançou para o vão entre os braços do garoto, segurou sua cabeça por trás e a puxou em direção ao próprio peito. O garoto desferiu um novo golpe, dessa vez no seu quadril, mas foi uma punhalada fraca, sem energia. Mesmo assim, doeu mais do que a mordida de um cão. Quando o garoto retirou o braço para pegar mais impulso, Joe o empurrou para trás até rachar sua cabeça contra o muro de granito.

O garoto deu um suspiro e deixou cair o descascador, e Joe bateu com sua cabeça no muro mais duas vezes, para ter certeza. O garoto escorregou para o chão.

Joe nunca o tinha visto antes.

Na enfermaria, um médico limpou suas feridas, costurou a da coxa e envolveu-a com uma atadura bem apertada. O médico recendia a algum produto químico, e lhe disse para não fazer força com a perna nem com o quadril por algum tempo.

"E como faço isso?", quis saber Joe.

O médico seguiu falando como se Joe não tivesse dito nada. "E mantenha os ferimentos limpos. Troque o curativo duas vezes por dia."

"O senhor tem mais ataduras para me dar?"

"Não", respondeu o médico, parecendo ressentido com a estupidez da pergunta.

"Nesse caso..."

"Prontinho", disse o médico, recuando alguns passos.

Ele esperou os guardas virem administrar sua punição pela briga. Esperou para saber se o garoto que o havia atacado estava vivo ou morto. Mas ninguém lhe disse nada. Foi como se ele houvesse imaginado o incidente todo.

No apagar das luzes, perguntou ao sr. Hammond se ele ouvira falar na briga a caminho dos chuveiros.

"Não."

"Não, não ouviu falar?", indagou Joe. "Ou não, não houve briga?"

"Não", repetiu o sr. Hammond, e se afastou.

Alguns dias depois da agressão com o descascador, um detento o abordou. Não havia nada de especial em sua voz — um leve sotaque (italiano, avaliou ele) e um timbre rascante — mas, depois de uma semana de silêncio quase total, esta lhe soou tão linda que a garganta de Joe se contraiu e seu peito se encheu de emoção.

O detento era um velho de óculos grossos demasiado grandes para o seu rosto. Aproximou-se dele no pátio enquanto Joe o atravessava mancando. Estivera na fila do chuveiro no sábado anterior. Joe se lembrou disso porque o velho lhe parecera tão frágil que mal dava para imaginar os horrores que aquele lugar lhe havia infligido ao longo dos anos.

"Acha que vai demorar para eles ficarem sem homens para brigar com você?"

Ele tinha mais ou menos a altura de Joe. Era calvo no topo da cabeça, com tufos de cabelos prateados nas laterais do mesmo tom de um finíssimo bigode. Pernas compridas e um tronco curto e atarracado. Mãos miúdas. Havia certa delicadeza em seu jeito de andar quase na ponta dos dedos, como um ladrão sorrateiro, mas os olhos eram tão inocentes e esperançosos quanto os de uma criança no primeiro dia de escola.

"Não acho que eles vão ficar sem", respondeu Joe. "Há muitos candidatos."

"Você não vai se cansar?"

"É claro que vou", disse Joe. "Mas acho que vou aguentar quanto puder."

"Você é muito rápido."

"Sou rápido, não *muito* rápido."

"É, sim." O velho abriu uma bolsinha de lona e pegou dois cigarros. Estendeu um deles para Joe. "Assisti às suas duas brigas. Você é tão rápido que a maioria desses homens não percebeu que está protegendo as costelas."

Joe parou de andar enquanto o velho acendia ambos os cigarros com um fósforo que riscou na unha. "Não estou protegendo nada."

O velho sorriu. "Há muito tempo, em outra vida, antes disto aqui", ele gesticulou para além dos muros e do arame, "eu agenciei alguns boxeadores. Alguns praticantes de luta livre também. Nunca ganhei muito dinheiro, mas conheci muitas mulheres bonitas. Boxeadores atraem mulheres bonitas. E mulheres bonitas viajam acompanhadas por outras mulheres bonitas." Ele deu de ombros, e os dois recomeçaram a andar. "Então eu sei quando alguém está protegendo as costelas. Estão quebradas?"

"Não há nada de errado com elas", respondeu Joe.

"Prometo que, se eles me mandarem brigar com você, vou me limitar a segurar seus tornozelos e segurar com força", disse o velho.

Joe deu uma risadinha. "Só os tornozelos, é?"

"Talvez o nariz, caso surja uma chance."

Joe observou o velho. Ele devia estar ali havia tanto tempo que já vira todas as esperanças morrerem e experimentara todo tipo de degradação, e agora todos o deixavam em paz porque ele tinha sobrevivido a tudo o que fora feito contra ele. Ou talvez porque fosse apenas um saco de rugas, sem atrativo algum para fins de troca. Inofensivo.

"Bom, para proteger o meu nariz...", Joe tragou fundo o cigarro. Tinha se esquecido de como um cigarro podia ser bom quando não se sabia de onde viria o próximo. "Faz alguns meses que quebrei seis costelas e fraturei ou desloquei o resto."

"Faz alguns meses. Então faltam só uns dois meses."

"Não. Sério?"

O velho aquiesceu. "Costelas quebradas são como corações partidos... levam pelo menos seis meses para cicatrizar."

É esse o tempo que leva, pensou Joe?

"Quem dera as refeições durassem tanto assim." O velho esfregou a pequena pança. "Como as pessoas o chamam?"

"Joe."

"Nunca Joseph?"

"Só meu pai."

O homem aquiesceu e soltou uma nuvem de fumaça com vagaroso deleite. "Não existe esperança neste lugar. Mesmo estando aqui há tão pouco tempo, tenho certeza de que já chegou à mesma conclusão."

Joe assentiu.

"Este lugar devora as pessoas. Nem sequer as cospe depois."

"Quanto tempo faz que o senhor está aqui?

"Ah, parei de contar já faz muitos anos", respondeu o velho. Ergueu os olhos para o céu azul engordurado e cuspiu um pedaço de fumo preso na língua. "Não há nada neste lugar que eu não conheça. Se precisar de ajuda para entender alguma coisa, é só perguntar."

Joe duvidou que o velhote estivesse tão sintonizado com a vida do presídio quanto imaginava estar, mas não viu problema em dizer: "Pode deixar. Obrigado. Agradeço pela confiança".

Chegaram ao fim do pátio. Quando estavam se virando para percorrer de volta o caminho pelo qual tinham vindo, o velho passou um braço ao redor dos ombros de Joe.

O pátio inteiro os observava.

O velho jogou o cigarro no chão e estendeu a mão. Joe a apertou.

"Meu nome é Tommaso Pescatore, mas todos me chamam de Maso. Pode se considerar meu protegido."

Joe conhecia esse nome. Maso Pescatore mandava na parte norte de Boston e na maioria da jogatina e prostituição do litoral norte de Massachusetts. De trás daqueles muros, ele controlava grande quantidade da bebida que vinha da Flórida. Tim Hickey já trabalhara muito com ele ao longo dos anos e costumava dizer que a extrema cautela era a única atitude sensata ao se relacionar com aquele homem.

"Eu não pedi para ser seu protegido, Maso."

"Quantas coisas na vida, sejam elas boas ou más, aparecem para nós quer as tenhamos pedido ou não?" Maso retirou o braço do ombro de Joe e levou uma das mãos ao cenho para proteger os olhos do sol. Onde antes Joe vira apenas inocência naquele olhar, agora viu astúcia. "Pode me chamar de sr. Pescatore de agora em diante, Joseph. E dê isto ao seu pai da próxima vez que o vir." Maso passou discretamente um pedacinho de papel para a mão de Joe.

Joe olhou o endereço rabiscado ali: *1417, Blue Hill Ave.* Só isso — nenhum nome, nenhum número de telefone, apenas o endereço.

"Entregue ao seu pai. Só desta vez. É tudo o que vou lhe pedir."

"E se eu não entregar?", perguntou Joe.

Maso pareceu genuinamente desconcertado com a pergunta. Inclinou a cabeça para um dos lados e olhou para Joe, e um pequeno e esquisito sorriso se formou em seus lábios. O sorriso foi se alargando até se transformar em uma risada baixinha. Ele balançou a cabeça várias vezes. Cumprimentou Joe com uma saudação usando os dedos indicador e médio e voltou para junto do muro, onde seus homens o aguardavam.

Na sala de visitas, Thomas observou o filho entrar mancando e se sentar.

"O que houve?"

"Um cara me apunhalou na perna."

"Por quê?"

Joe balançou a cabeça. Deslizou a palma da mão pela mesa, e Thomas viu o pedacinho de papel debaixo dela. Fechou a mão por cima da do filho por alguns instantes, saboreando aquele contato e tentando se lembrar da razão de haver passado mais de uma década sem tomar a iniciativa de fazê-lo. Pegou o pedaço de papel e guardou no bolso. Olhou para o filho, para os olhos cercados de olheiras escuras e para o espírito conspurcado, e de repente entendeu tudo.

"Tenho que fazer o que alguém está mandando", falou.

Joe ergueu os olhos da mesa e encarou o pai.

"Quem é, Joseph?"

"Maso Pescatore."

Thomas se recostou na cadeira e se perguntou quanto exatamente amava o filho.

Joe leu a pergunta nos olhos do pai. "Não tente me dizer que o senhor é honesto, pai."

"Eu faço negócios civilizados com pessoas civilizadas. Você está me pedindo para obedecer a um bando de carcamanos recém-saídos das cavernas."

"Não estou pedindo isso."

"Não? O que tem neste pedaço de papel?"

"Um endereço."

"Só um endereço?"

"É. Não sei nada além disso."

Seu pai aquiesceu repetidas vezes, soltando o ar pelas narinas.

"Não sabe porque você é uma criança. Um italiano qualquer lhe passa um endereço para entregar ao seu pai, funcionário graduado da polícia, e você não entende que a única coisa que esse endereço pode indicar é a localização do estoque ilícito de um rival."

"Estoque de quê?"

"Mais provavelmente um armazém abarrotado de bebida até o teto." Seu pai ergueu os olhos para o teto e passou uma das mãos pelos cabelos brancos cortados curtos.

"Ele disse que era só desta vez."

Seu pai lhe lançou um sorriso mau. "E você acreditou."

Thomas saiu da prisão.

Desceu o caminho em direção a seu carro, rodeado pelo cheiro de produtos químicos. Fumaça saía das chaminés das fábricas. Era cinza-escura na maioria dos pontos, mas pintava o céu de marrom e a terra de preto. Trens resfolegavam pelos arredores; por algum motivo estranho, fizeram Thomas pensar em lobos rodeando uma barraca de atendimento médico.

Já tinha mandado pelo menos mil homens para aquele presídio ao longo de sua carreira. Muitos haviam morrido entre as paredes de granito. Caso lá chegassem com alguma ilusão em relação à decência humana, não demoravam a perdê-la. Havia detentos demais e guardas de menos para que a prisão fosse administrada como algo diferente do que era — um local de despejo, e em seguida um campo de provas, para animais. Se você entrasse lá homem, saía fera. Se entrasse animal, aperfeiçoava seus talentos.

Temia que o filho fosse mole demais. Apesar de todas as suas transgressões ao longo dos anos, apesar de ele ignorar a lei, apesar de ser incapaz de obedecer a Thomas ou às regras ou a praticamente qualquer outra coisa, Joseph era o menos defendido de seus filhos. Mesmo através do mais grosso casaco de inverno, dava para ver seu coração.

Thomas chegou a um telefone reservado para uso da polícia no fim do caminho. Sua chave estava presa à corrente do relógio, e ele a usou para abrir a caixa do telefone. Olhou para o endereço que tinha na mão: 1417, Blue Hill Avenue, Mattapan. Bairro de judeus. O que significava que o armazém devia pertencer a Jacob Rosen, conhecido fornecedor de Albert White.

White a essa altura já estava de volta à cidade. Não passara sequer uma noite na cadeia, provavelmente porque havia contratado Jack D'Jarvis para cuidar de sua defesa.

Thomas tornou a olhar para a prisão que era agora o lar de seu filho. Uma tragédia, mas nada que surpreendesse muito. Seu filho havia escolhido o caminho que o conduzira até ali durante anos de firme objeção e reprovação de Thomas. Se Thomas usasse aquele telefone, estaria casado com a máfia de Pescatore para o resto da vida — com uma raça de pessoas que fizera aportar nas costas daquela nação o anarquismo e seus especialistas em bombas, assassinos e a Mano Nera, e agora, organizados em algo que segundo os boatos se chamava *omertà organiza*, haviam dominado à força todo o comércio de bebida ilegal.

E ele deveria lhes dar mais ainda?

Trabalhar para eles?

Beijar seus anéis?

Fechou a caixa do telefone, tornou a guardar o relógio no bolso e andou até o carro.

Passou dois dias pensando no pedaço de papel. Dois dias rezando para o Deus que temia não existir. Rezou para ser guiado. Rezou pelo filho atrás daqueles muros de granito.

* * *

Sábado era sua folga, e Thomas estava trepado em uma escada retocando a pintura dos caixilhos pretos das janelas da casa na K Street quando o homem apareceu lá embaixo pedindo informações. A tarde estava quente, úmida, e algumas nuvens roxas ondulavam na sua direção. Ele olhou por uma das janelas do segundo andar, no que antigamente tinha sido o quarto de Aiden. O cômodo passara três anos vazio antes de sua mulher, Ellen, transformá-lo em quarto de costura. Ela morrera dormindo fazia dois anos, de modo que agora não havia mais nada no quarto a não ser uma máquina de costura movida a pedal e uma estante vazada de madeira na qual estavam penduradas as mesmas roupas que aguardavam conserto dois anos antes. Thomas mergulhou o pincel na lata de tinta. Aquele sempre seria o quarto de Aiden.

"Estou meio perdido."

Thomas olhou de cima da escada para o homem em pé na calçada, dez metros abaixo. Vestia um terno de anarruga azul-claro, uma camisa branca e uma gravata-borboleta vermelha, e não usava chapéu.

"Posso ajudá-lo?", indagou Thomas.

"Estou procurando os banhos públicos da L Street."

Lá de cima, Thomas podia ver a casa de banhos, e não apenas o telhado — podia ver o edifício de tijolos inteiro. Via a pequena lagoa mais adiante e, além da lagoa, o oceano Atlântico que se estendia a perder de vista até a terra em que nascera.

"No final da rua." Thomas apontou, meneou a cabeça para o homem e tornou a se virar para o pincel.

"Logo no final da rua, é?", indagou o homem. "Por ali?"

Thomas tornou a se virar para ele e aquiesceu, agora com os olhos pregados no homem.

"Às vezes eu me atrapalho todo", disse o estranho. "Já aconteceu com o senhor? Quando sabe o que tem de fazer, mas simplesmente se atrapalha todo?"

O homem era louro e sem graça, bonito, mas de um jeito fácil de esquecer. Nem alto nem baixo, nem gordo nem magro.

"Eles não vão matá-lo", falou ele em um tom amigável.

"Como disse?", perguntou Thomas, largando o pincel dentro da lata de tinta.

O homem encostou a mão na escada.

De onde ele estava, não seria preciso muita coisa.

O homem estreitou os olhos para Thomas, depois olhou para a rua mais adiante.

"Mas vão fazê-lo desejar que tivesse morrido. Fazê-lo desejar isso todos os dias de sua vida."

"O senhor sabe qual é a minha patente no Departamento de Polícia de Boston, não sabe?", indagou Thomas.

"Ele vai pensar em suicídio", prosseguiu o homem. "É claro que vai. Mas eles o manterão vivo prometendo matar o senhor caso ele o faça. E sabe o que mais? A cada dia vão pensar em algo novo para testar com ele."

Um Ford T preto afastou-se do meio-fio e ficou parado no meio da rua, com o motor ligado. O homem desceu da calçada, entrou, e o carro foi embora, dobrando na primeira à esquerda que encontraram.

Thomas desceu da escada, surpreso ao constatar que os antebraços tremiam mesmo depois de entrar em casa. Estava ficando velho, muito velho. Não deveria trepar em escadas. Não deveria se ater a princípios.

Ficar velho era permitir que o novo descartasse você demonstrando o máximo de cortesia de que fosse capaz.

Ligou para Kenny Donlan, capitão do terceiro distrito policial de Mattapan. Durante cinco anos, Kenny fora tenente de Thomas no sexto distrito do sul de Boston. Assim como muitos dos membros graduados da corporação, devia a ele o seu sucesso.

"E na sua folga, ainda por cima", comentou Kenny depois de a sua secretária transferir a ligação de Thomas.

"Ah, pessoas como nós não têm folga, rapaz."

“Verdade”, disse Kenny. “Em que posso ajudá-lo, Thomas?”

“Um quatro um sete Blue Hill Avenue”, disse Thomas. “Um armazém, supostamente para estocar equipamentos de jogo.”

“Mas não é isso que tem lá”, falou Kenny.

“Não.”

“Até que ponto você quer que estouremos o lugar?”

“Até a última garrafa”, respondeu Thomas, e algo dentro dele soltou um grito ao morrer. “Até a última gota.”

8

NA PENUMBRA

Nesse verão, na Penitenciária de Charlestown, o estado de Massachusetts se preparou para executar dois célebres anarquistas. Protestos globais não conseguiram desviar o estado de sua missão, tampouco uma profusão de recursos, suspensões e novos recursos. Uma semana depois de Sacco e Vanzetti serem levados de Dedham para Charlestown e abrigados na Casa da Morte para aguardar a cadeira elétrica, o sono de Joe foi interrompido por turbas de cidadãos indignados reunidos do outro lado dos muros escuros de granito. Às vezes passavam a noite inteira lá, entoando canções, gritando em megafones e cantando seus slogans. Em muitas noites Joe imaginou que deviam ter levado tochas para dar um aspecto medieval ao protesto, pois acordou sentindo cheiro de piche queimado.

Tirando algumas noites de sono entrecortado, porém, o destino dos dois condenados não teve nenhum impacto na vida de Joe nem na de ninguém que ele conhecesse com exceção de Maso Pescatore, forçado a sacrificar seus passeios noturnos em cima dos muros da prisão até o mundo parar de observar.

Na famosa noite de fim de agosto, o excesso de energia usado nos infelizes italianos prejudicou o resto da eletricidade do presídio, e as luzes das galerias piscaram e diminuíram de intensidade, isso quando não se apagaram por completo. Os anarquistas mortos foram levados para o cemitério de Forest Hills e lá cremados. Os manifestantes minguaram, depois se foram.

Maso voltou à rotina noturna que vinha seguindo havia dez anos — caminhar pelo alto dos muros ao longo do arame grosso e espiralado, das torres escuras que davam para o pátio interno e da paisagem desolada de fábricas e barracos do lado de fora.

Muitas vezes levava Joe consigo. Para surpresa de Joe, ele havia se tornado uma espécie de símbolo para Maso — como escalpo e troféu do graduado agente de polícia que agora lhe obedecia, como potencial integrante de sua organização, ou então apenas como animal de estimação; Joe não sabia nem perguntou. Por que perguntar, quando sua presença no alto dos muros à noite com Maso afirmava claramente uma coisa acima de todas as outras: que ele estava protegido.

"Acha que eles eram culpados?", perguntou Joe certa noite.

Maso deu de ombros. "Não faz diferença. O que importa é o recado."

"Que recado? Executaram dois caras que talvez fossem inocentes."

"Foi esse o recado", disse Maso. "E todos os anarquistas do mundo escutaram."

Nesse verão, a Penitenciária de Charlestown derramou uma enorme quantidade de sangue sobre si mesma. No início, Joe pensou que a selvageria fosse intrínseca, a maldade inútil do cada um por si, de homens se matando por orgulho — orgulho do próprio lugar na fila, do direito de continuar a andar pelo pátio no caminho que você havia escolhido, de não levar empurrões nem cotoveladas nem ter o pé pisado por ninguém.

A coisa se revelou mais complicada do que isso.

Um detento da Ala Leste perdeu os olhos quando alguém esfregou neles punhados de cacos de vidro. Na Ala Sul, os guardas encontraram um cara com doze facadas abaixo das costelas cujos ferimentos no local, a julgar pelo cheiro, haviam perfurado seu fígado. Detentos a duas galerias de distância sentiram o cheiro do cara morrendo. Joe escutou orgias de estupro vararem a noite no bloco Lawson, assim chamado porque três gerações da família Lawson — o avô, um de seus filhos e três netos — tinham ficado encarceradas lá ao mesmo tempo. O último do clã, Emil Lawson, fora um dia o mais jovem dos detentos Lawson, mas sempre fora o pior e não iria sair dali nunca. Suas penas somavam cento e catorze anos. Boa notícia para Boston, e má notícia para a Penitenciária de Charlestown. Quando não estava comandando estupros coletivos de novos detentos, Emil Lawson cometia assassinatos para quem pagasse, embora, segundo os boatos, estivesse trabalhando exclusivamente para Maso nos distúrbios recentes.

O motivo da guerra era o rum. Uma guerra travada do lado de fora, é claro, para certa consternação do público, mas também do lado de dentro, onde ninguém se lembrava de olhar e não teria derramado uma só lágrima caso tivesse olhado. Albert White, importador de uísque do Norte, decidira se expandir para a importação de rum do Sul antes de Maso Pescatore ser solto. Tim Hickey tinha sido a primeira baixa da guerra White-Pescatore. Quando o verão terminou, porém, o total de mortos chegava a doze.

No campo do uísque, as disputas ocorriam em Boston, Portland, e nas estradas secundárias que partiam da fronteira com o Canadá. Motoristas eram tirados da estrada em cidades como Massena, no estado de Nova York; Derby, em Vermont; e Allagash, no Maine. Alguns eram sequestrados e só levavam uma surra, embora um dos motoristas mais velozes de White tivesse sido obrigado a se ajoelhar sobre um leito de agulhas de pinheiro e levado um tiro na articulação do maxilar por ter sido malcriado.

No caso do rum, a batalha era para impedir sua entrada. Caminhões eram abordados mais ao sul, às vezes até nas Carolinas, e mais ao norte, até Rhode Island. Depois de serem desviados para o acostamento e de os motoristas serem convencidos a descer, as gangues de White tacavam fogo nos veículos. Os caminhões de rum queimavam feito barcos fúnebres dos vikings, amarelando o ventre da noite por muitos quilômetros em todas as direções.

"Ele tem um estoque guardado em algum lugar", disse Maso durante uma de suas caminhadas. "Está esperando eliminar todo o rum da Nova Inglaterra, e então vai aparecer com a própria mercadoria, como um salvador da pátria."

"E quem seria burro o suficiente para vender rum a ele?" Joe conhecia a maior parte dos fornecedores do sul da Flórida.

"Não é burrice", disse Maso. "É inteligência. É o que eu faria se tivesse que escolher entre um negociante esperto feito Albert e um velho que está trancado em uma prisão desde que o tsar perdeu a Rússia."

"Mas o senhor tem olhos e ouvidos por toda parte."

O velho aquiesceu. "Mas não são propriamente os *meus* olhos nem propriamente os *meus* ouvidos, e assim sendo não estão conectados à minha mão. E quem administra o poder é a minha mão."

Nessa noite, um dos guardas pagos por Maso estava de folga em um bar clandestino do sul de Boston quando saiu com uma mulher que ninguém nunca tinha visto antes. Lindíssima, porém, e uma verdadeira profissional. O guarda foi encontrado três horas depois em Franklin Square, sentado em um banco, com um verdadeiro cânion aberto no pomo de adão, mais morto do que Thomas Jefferson.

A pena de Maso iria terminar dali a três meses, e Albert estava começando a aparentar certo desespero, desespero este que só fazia tornar as coisas mais perigosas. Na noite anterior mesmo, Boyd Holter, o melhor falsário de Maso, fora jogado do alto do Edifício Ames, no centro da cidade. Caíra com o cóccix no chão, e pedaços de sua coluna vertebral haviam sido projetados para dentro da caixa craniana feito cascalho.

O pessoal de Maso reagiu mandando pelos ares um dos estabelecimentos de fachada de Albert, um açougue em Morton Street. O cabeleireiro e o armarinho que ladeavam o açougue também pegaram fogo, e vários carros estacionados na rua perderam as janelas e a pintura.

Até agora não havia vencedor, apenas uma baita bagunça.

Junto ao muro do presídio, Joe e Maso pararam para admirar uma lua cor de laranja grande como o próprio céu surgir acima das chaminés das fábricas e dos campos de cinza e veneno negro, e Maso entregou a Joe um pedacinho de papel dobrado.

Joe nem olhava mais para os papéis, apenas os dobrava mais uma ou duas vezes e os escondia em um buraco que havia recortado na sola do sapato até a visita seguinte do pai.

"Abra", disse Maso antes que ele pudesse guardar o papel.

Joe o encarou; a lua fazia parecer que era dia ali em cima.

Maso confirmou com a cabeça.

Joe virou o pedaço de papel na mão e levantou a dobra de cima com o polegar. No início não conseguiu entender as duas palavras que leu:

Brendan Loomis.

"Ele foi preso ontem à noite", disse Maso. "Espancou um homem em frente à loja de departamentos Filene's. Porque os dois queriam comprar o mesmo sobretudo. Porque ele é um selvagem irracional. A vítima tem amigos, então o braço direito de Albert White não vai voltar para o ombro de Albert em momento algum do futuro imediato." Ele olhou para Joe, com a lua pintando de laranja a pele de seu rosto. "Você o odeia?"

"É claro que odeio", respondeu Joe.

"Ótimo." Maso lhe deu um único tapinha no braço. "Entregue o bilhete para o seu pai."

Na base da tela de cobre que ficava entre Joe e o pai

havia uma fenda grande o suficiente para se poder passar bilhetes para lá e para cá. Joe pretendia pôr o recado de Maso do seu lado da fenda e empurrar, mas não conseguiu se forçar a tirá-lo de cima do joelho.

Nesse verão, o rosto de seu pai havia ficado translúcido, feito a casca de uma cebola, e as veias de suas mãos adquiriram um brilho fora do normal — azul vivo, vermelho vivo. Seus olhos e ombros estavam caídos. Os cabelos haviam rareado. Ele aparentava cada dia dos sessenta anos que tinha, e até mais.

Nessa manhã, porém, algo havia feito sua fala recobrar um pouco de energia, e o verde tristonho dos olhos, um pouco de vida.

"Você nunca vai adivinhar quem está chegando à cidade", disse Thomas.

"Quem?"

"Ninguém menos do que o seu irmão Aiden."

Ah. Estava explicado. O filho preferido. O amado filho pródigo.

"Quer dizer que Danny vai chegar? Por onde ele andava?"

"Ah, ele andou por toda parte", respondeu Thomas. "Me escreveu uma carta que levei quinze minutos para ler. Esteve em Tulsa, Austin e até no México. Ultimamente, parece que estava em Nova York. Mas vai chegar a Boston amanhã."

"Com Nora?"

"Ele não falou nada sobre ela", disse Thomas, com um tom que indicava que preferia fazer o mesmo.

"Ele disse por que estava vindo?"

Thomas fez que não com a cabeça. "Só disse que está de passagem." Sua voz se extinguiu enquanto ele olhava para as paredes em volta como se não conseguisse se acostumar com elas. E provavelmente não conseguia mesmo. Quem conseguiria, a menos que fosse obrigado? "Está aguentando firme?"

"Estou...", Joe deu de ombros.

"Está o quê?"

"Tentando, pai. Estou tentando."

"Bom, é tudo o que você pode fazer."

"É."

Ficaram se encarando através da grade, e Joe encontrou coragem para tirar o bilhete de cima do joelho e o empurrar até o outro lado na direção do pai.

Thomas desdobrou o papel e olhou para o nome ali escrito. Por um bom tempo, Joe não soube dizer ao certo se o pai ainda estava respirando. E então...

"Não."

"Como é?"

"Não." Thomas tornou a empurrar o bilhete pela mesa e repetiu. "Não."

"Maso não gosta dessa palavra, pai."

"Ah, então agora é 'Maso'?"

Joe não disse nada.

"Eu não mato por encomenda, Joseph."

"Não é isso que eles estão pedindo", disse Joe, pensando: *será que é?*.

"Até onde será que vai a sua ingenuidade antes de se tornar imperdoável?" Seu pai exalava o ar pelas narinas. "Quando eles lhe passam o nome de um homem que está preso, querem que esse homem seja encontrado enforcado na cela ou baleado nas costas 'tentando fugir'. Assim sendo, Joe, levando em conta o grau de ignorância ao qual você parece voluntariamente se ater nessas questões, preciso que ouça com atenção o que tenho a dizer."

Joe cruzou o olhar do pai, espantado com a profundidade do amor e da perda que viu neles. Pareceu-lhe claro que o pai agora se encontrava no fim de sua jornada de vida, e as palavras prestes a sair de sua boca eram um resumo dessa vida.

"Não vou tirar a vida de outra pessoa sem motivo."

"Nem mesmo a de um assassino?", indagou Joe.

"Nem mesmo a de um assassino."

"E do homem responsável pela morte de uma mulher que eu amava."

"Você me disse achar que ela está viva."

"A questão não é essa", retrucou Joe.

"Não, de fato não é", concordou seu pai. "A questão é que eu não cometo assassinato. Para ninguém. E certamente não para esse demônio carcamano ao qual você jurou fidelidade."

"Eu tenho que sobreviver aqui dentro", disse Joe. "*Aqui dentro.*"

"E faça o que tiver de fazer." Seu pai meneou a cabeça, com os olhos verdes mais brilhantes do que o normal. "Nunca irei julgá-lo por isso. Mas não vou cometer homicídio."

"Nem mesmo por mim?"

"Principalmente não por você."

"Então eu vou morrer aqui dentro, pai."

"Sim, é possível."

Joe baixou os olhos para a mesa e viu a madeira ficar turva junto com todo o resto. "Em breve."

"E se isso acontecer", a voz de seu pai era um sussurro, "eu vou morrer em seguida de tanta tristeza. Mas não vou cometer assassinato por você, filho. Matar por você? Sim. Mas assassinato? Jamais."

Joe ergueu os olhos. Sentiu vergonha do tom choroso da própria voz ao pedir: "Por favor".

Seu pai fez que não com a cabeça. Um gesto suave. Lento.

Bem, era isso. Não havia mais nada a dizer.

Joe fez menção de se levantar.

"Espere", falou seu pai.

"O que foi?"

Seu pai olhou para o guarda postado junto à porta atrás de Joe. "Aquele guarda é vendido a Maso?"

"É. Por quê?"

Seu pai tirou o relógio do bolso do colete. Removeu a corrente do relógio.

"Não, pai. Não."

Thomas tornou a pôr a corrente no bolso e fez o relógio deslizar por cima da mesa.

Joe tentou impedir que as lágrimas lhe escorressem dos olhos.

"Não posso fazer isso."

"Pode, sim. Pode e vai fazer." Seu pai o encarou através da grade como se estivesse ardendo em chamas, sem mais nenhum indício de exaustão no rosto ou tampouco desesperança. "Esse pedaço de metal vale uma fortuna. Mas é só o que é... um pedaço de metal. Compre sua vida com ele. Entendeu bem? Entregue isso para aquele demônio carcamano e compre sua vida."

Joe fechou a mão por cima do relógio que ainda conservava o calor do bolso do pai, sentindo-o bater dentro de sua palma feito um coração.

Falou com Maso no refeitório. Não pretendia falar; não pensou que o assunto fosse surgir. Pensou que teria tempo. Durante as refeições, Joe sentava-se com integrantes do grupo de Pescatore, mas não com os da mesa principal, que comiam na companhia do próprio Maso. Ficava na mesa ao lado, com caras como Rico Gastemeyer, responsável pela contabilidade, e Larry Kahn, que fabricava gim no subsolo do alojamento dos guardas. Voltou do encontro com o pai e sentou-se em frente a Rico e Ernie Howland, um falsário de Saugus, mas eles foram obrigados a se deslocar no banco por Hippo Fasini, um dos soldados mais próximos de Maso, e Joe acabou sentado bem em frente ao próprio Maso, ladeado por Naldo Aliente de um lado e Hippo Fasini do outro.

"Então, quando vai ser?", perguntou Maso.

"Como?"

Maso adquiriu uma expressão frustrada, como sempre acontecia quando lhe pediam para repetir o que tinha dito. "Joseph."

Joe sentiu o peito e a garganta se contraírem em volta da resposta. "Ele não vai fazer."

Naldo Aliente riu bem baixinho e balançou a cabeça.

"Ele disse não?", indagou Maso.

Joe aquiesceu.

Maso olhou para Naldo, em seguida para Hippo Fasini. Ninguém disse nada por algum tempo. Joe baixou os olhos para a própria comida, consciente de que ela estava esfriando, consciente de que deveria comer, porque ali, se você pulasse uma refeição, enfraquecia muito depressa.

"Joseph, olhe para mim."

Joe olhou para o outro lado da mesa. O rosto que o encarava de volta parecia bem-humorado e curioso, como o de um lobo que acaba de se deparar com uma ninhada de pintinhos recém-nascidos onde menos esperava.

"Por que não foi mais convincente com seu pai?"

"Eu tentei, sr. Pescatore", respondeu Joe.

Maso olhou para seus homens, um depois do outro. "Ele tentou."

Quando Naldo Aliente sorriu, expôs uma fileira de dentes que pareciam morcegos pendurados em uma caverna. "Não tentou o suficiente."

"Olhe, ele me deu uma coisa", disse Joe.

"Ele o quê...?" Maso levou uma das mãos até atrás da orelha.

"Ele me deu uma coisa para dar para o senhor." Joe fez o relógio deslizar até o outro lado da mesa.

Maso reparou na tampa de ouro. Abriu o relógio e avaliou o mecanismo em si, depois o interior da tampa no qual as palavras *Patek Philippe* tinham sido gravadas com uma caligrafia delicada. Suas sobrancelhas se arquearam em sinal de aprovação.

"É o de 1902, dezoito quilates", falou para Naldo. Então se virou para Joe. "Só foram fabricados dois mil relógios destes. Isto vale mais do que a minha casa. Como é que um policial conseguiu ter um?"

"Ele impediu um assalto a banco em 1908", respondeu

Joe, repetindo uma história que seu tio Eddie havia contado uma centena de vezes, embora o pai jamais comentasse a respeito. "Em Codman Square. Matou um dos assaltantes antes de o cara conseguir matar o gerente do banco."

"E o gerente do banco deu este relógio ao seu pai?"

Joe fez que não com a cabeça. "Foi o presidente. O gerente era filho dele."

"Então agora ele está me dando o relógio para salvar o próprio filho?"

Joe assentiu com a cabeça.

"Eu mesmo tenho três filhos. Você sabia?"

"Sim, ouvi falar", respondeu Joe.

"De modo que sei alguma coisa sobre pais e como eles amam seus filhos."

Maso se recostou na cadeira e passou algum tempo examinando o relógio. No fim das contas, deu um suspiro e o pôs no bolso. Estendeu a mão por cima da mesa e deu três tapinhas na mão de Joe.

"Torne a falar com seu pai. Diga a ele que eu agradeço o presente." Maso se levantou da mesa. "E depois diga a ele para fazer a porra do que eu mandei."

Os homens de Maso se levantaram todos juntos e saíram do refeitório.

Ao voltar para a cela após seu trabalho na oficina de fabricar correntes, Joe estava com calor, imundo, e três homens que nunca tinha visto esperavam por ele lá dentro. As camas continuavam faltando, mas os colchões haviam sido recolocados no chão. Os homens estavam sentados em cima desses colchões. O de Joe estava depois deles, encostado na parede sob a janela no alto, do lado mais afastado das grades. Dois dos sujeitos ele nunca tinha visto, teve certeza, mas o terceiro lhe pareceu conhecido. Tinha cerca de trinta anos e era baixo, mas com um rosto bem comprido e um queixo tão pontudo quanto o nariz e as pontas das orelhas. Joe passou em revista todos os nomes e rostos que ficara conhecendo naquela prisão e se deu conta de que estava diante de Basil Chigis, um dos integrantes do grupo de Emil Lawson, condenado à prisão perpétua assim como o chefe, sem chance de condicional. Diziam que ele havia comido os dedos de um menino que matara em um porão de Chelsea.

Joe encarou cada um dos homens por tempo suficiente para mostrar que não estava com medo, embora estivesse, e os três o encararam de volta, piscando os olhos de vez em quando, mas sem dizer nada. Assim, ele tampouco falou.

Em determinado momento, os homens pareceram se cansar de encará-lo e começaram a jogar cartas. As fichas eram feitas de osso. Ossos miúdos, como os de codorna, frango, ou pequenas aves de rapina. Os homens carregavam os ossos dentro de saquinhos de lona. Fervidos até ficarem totalmente brancos, eles estalavam ao serem reunidos pelo vencedor. Quando a luz diminuiu, os homens continuaram jogando, só abrindo a boca para dizer "sobe", ou "pago para ver", ou "estou fora". De tanto em tanto, um deles relanceava os olhos para Joe, mas nunca por muito tempo, e em seguida voltava ao carteado.

Quando a escuridão se fez total, as luzes da galeria foram desligadas. Os três homens ainda tentaram terminar a mão, mas então a voz de Basil Chigis emergiu do breu — "Que se foda essa porra" — e as cartas farfalharam quando eles as recolheram do chão, e os ossos estalaram ao serem devolvidos aos saquinhos.

Ficaram os quatro sentados no escuro, respirando.

Nessa noite, o tempo foi algo que Joe não soube medir. Poderia ter passado meia hora sentado no escuro ou duas horas. Não fazia a menor ideia. Os três homens estavam sentados em semicírculo na sua frente, e ele podia sentir o cheiro de seu hálito e de seus corpos. O que estava à sua direita tinha um cheiro particularmente ruim, como um suor seco tão velho que havia se transformado em vinagre.

Conforme seus olhos se adaptaram à escuridão, pôde distingui-los, e o negro profundo se transformou em penumbra. Os três estavam sentados de pernas cruzadas, braços apoiados nos joelhos. Tinham os olhos pregados nele.

Em uma das fábricas atrás de Joe, um apito soou.

Mesmo que tivesse uma arma branca, duvidava que fosse conseguir apunhalar todos eles. Como nunca tinha apunhalado ninguém na vida, talvez não tivesse conseguido sequer alcançar um deles antes de o desarmarem e usarem sua arma contra ele.

Sabia que estavam esperando que ele falasse. Não sabia como sabia isso, mas sabia. Seria o sinal para que fizessem o que quer que pretendessem fazer com ele. Se ele falasse, estaria implorando. Mesmo que nunca pedisse nada nem suplicasse pela própria vida, falar com aqueles homens seria uma súplica em si. E eles ririam dele antes de o matarem.

Os olhos de Basil Chigis eram do mesmo azul de um rio pouco antes de congelar. No escuro, foi preciso algum tempo antes de a cor voltar, mas ela acabou voltando. Joe imaginou sentir a queimação daquela cor nos polegares quando os usasse para afundar os olhos de Basil.

Eles são homens, não demônios, falou para si mesmo. Um homem pode ser morto. Até mesmo três. Só é preciso agir.

Encarando as pálidas chamas azuis dos olhos de Basil Chigis, sentiu o poder que tinham sobre ele diminuir quanto mais lembrava a si mesmo que aqueles homens não tinham nenhum poder especial, não mais do que ele, pelo menos — mente, membros e força de vontade, tudo funcionando junto —, e que, portanto, era totalmente possível conseguir derrotá-los.

Mas e depois? Para onde ele iria? Sua cela tinha pouco mais de dois metros de comprimento por uns três e meio de largura.

Você tem de estar disposto a matá-los. Ataque agora.

Antes que eles ataquem. Quando estiverem no chão, quebre a porra do pescoço deles.

Já quando estava imaginando isso, soube que seria impossível. Se tivesse apenas um adversário e agisse antes do esperado, *talvez* tivesse uma chance. Mas atacar três oponentes de uma posição sentada e ter sucesso?

O medo se espalhou por seus intestinos e subiu pela garganta. Apertou seu cérebro como se fosse a mão de alguém. Ele não conseguia parar de suar, e seus braços tremiam dentro das mangas.

O movimento veio da direita e da esquerda ao mesmo tempo. Quando ele sentiu, as pontas dos pedaços de metal já estavam encostadas em seus tímpanos. Não conseguiu vê-los, mas conseguiu ver o que Basil Chigis sacou de dentro das dobras do uniforme de presidiário. Era uma fina haste de metal, com metade do comprimento de um taco de sinuca, e Basil teve de encolher o cotovelo quando encostou sua ponta na base da garganta de Joe. Levou a mão às costas e tirou alguma coisa do cós da calça, e Joe desejou não ter visto aquilo, pois não queria acreditar que o objeto estivesse dentro da cela com eles. Basil Chigis ergueu um martelo bem alto atrás da parte traseira da longa haste de metal.

Ave Maria, pensou Joe, cheia de graça...

Esqueceu o resto. Tinha sido coroinha por seis anos, mas esqueceu.

A expressão nos olhos de Basil Chigis não havia mudado. Nenhuma intenção clara transparecia neles. O punho esquerdo segurava a haste de metal. O direito segurava o cabo do martelo. Bastava um gesto do braço para a ponta de metal perfurar a garganta de Joe e descer direto até o coração.

... o Senhor esteja convosco. Abençoai-nos, ó Senhor, e estas Vossas dádivas...

Não, não. Aquilo era o agradecimento que se rezava antes do jantar. A Ave-Maria era diferente. Dizia assim...

Ele não conseguiu se lembrar.

Pai nosso, que estais no céu, perdoai as nossas ofensas, assim como nós...

A porta da cela se abriu e Emil Lawson entrou. Atravessou o círculo, ajoelhou-se à direita de Basil Chigis e inclinou a cabeça na direção de Joe.

"Me disseram que você era bonito", disse ele. "Não mentiram." Ele coçou a barba por fazer que lhe cobria as faces. "Consegue pensar em alguma coisa que eu *não* possa tirar de você agora?"

Minha alma, perguntou-se Joe? Só que naquele lugar, com aquela escuridão, eles provavelmente conseguiriam lhe tirar isso também.

Mas ele preferiria ir para o inferno a responder.

"Ou você responde à pergunta, ou arranco um de seus olhos e dou para o Basil comer", disse Emil Lawson.

"Não", respondeu Joe. "Não há nada que você não possa me tirar."

Emil Lawson usou a palma da mão para limpar o chão antes de se sentar.

"Quer que a gente vá embora? Que a gente saia da sua cela hoje?"

"Sim, quero."

"Pediram para você fazer algo para o sr. Pescatore, e você recusou."

"Não fui eu quem recusei. A decisão final não era minha."

A haste de metal encostada na garganta de Joe escorregou em seu suor e raspou a lateral de seu pescoço, levando consigo um pedaço de pele. Basil Chigis tornou a posicioná-la na base de sua garganta.

"O seu paizinho", Emil Lawson assentiu. "O policial. O que ele tinha de fazer?"

Como assim?

"Você sabe o que ele tinha de fazer."

"Finja que não sei e responda à pergunta."

Joe inspirou fundo, devagar. "Brendan Loomis."

"O que tem ele?"

"Está preso. Vai ser indiciado depois de amanhã."

Emil Lawson entrelaçou as mãos atrás da cabeça e sorriu. "E o seu paizinho tinha de matá-lo, mas disse não."

"É."

"Não, ele disse sim."

"Ele disse não."

Emil Lawson fez que não com a cabeça. "Você vai dizer ao primeiro homem de Pescatore que vir pela frente que o seu pai mandou notícias por intermédio de um guarda. Ele vai cuidar de Brendan Loomis. E ele descobriu também onde Albert White tem passado as noites. E você tem o endereço para dar ao Velho Pescatore. Mas só pessoalmente. Entendeu até agora, menino bonito?"

Joe aquiesceu.

Emil Lawson entregou a Joe algo envolto em um oleado. Joe desembrulhou o pano — era outro pedaço de metal, quase tão fino quanto uma agulha. Em determinado momento, tinha sido uma chave de fenda daquelas que se usam para apertar os parafusos dos óculos. Só que esse tipo de chave de fenda não era afiado como aquela ali. A ponta parecia um espinho de rosa. Joe passou a palma da mão de leve por cima da ponta, e esta marcou sua mão.

Os homens afastaram os pedaços de metal de suas orelhas e garganta.

Emil chegou mais perto. "Quando se aproximar o suficiente para sussurrar o tal endereço no ouvido de Pescatore, enfie esse pedaço de metal bem fundo na porra do cérebro dele." Ele deu de ombros. "Ou na garganta. Contanto que o mate."

"Achei que você trabalhasse para ele", disse Joe.

"Eu trabalho para mim." Emil Lawson balançou a cabeça. "Fiz uns trabalhos para o grupo dele quando fui pago para isso. Agora outra pessoa está pagando."

"Albert White", disse Joe.

"É esse o meu chefe." Emil Lawson se inclinou para a frente e deu um leve tapa na bochecha de Joe. "E agora é o seu também."

* * *

No pequeno terreno atrás de sua casa na K Street, Thomas Coughlin cultivava um jardim. Ao longo dos anos, seus esforços para mantê-lo haviam tido graus diversos de sucesso e fracasso mas, nos dois anos desde o falecimento de Ellen, sobrava tempo; agora a produção do jardim era tão abundante que ele obtinha um pequeno lucro anual com a venda do excedente.

Anos antes, quando devia ter cinco ou seis anos, Joe decidira ajudar o pai na colheita do início de julho. Thomas estava dormindo para se recuperar de dois plantões seguidos e das várias saideiras consumidas depois na companhia de Eddie McKenna. Acordou com o barulho do filho falando no quintal dos fundos. Na época, Joe falava muito sozinho, ou talvez falasse com um amigo imaginário. Fosse como fosse, Thomas agora admitia para si mesmo que o filho precisava falar com alguém, pois com certeza ninguém falava muito com ele em casa. Thomas trabalhava demais, e Ellen, bem, àquela altura Ellen já havia firmado sua predileção pela Tintura número 23, elixir cura-tudo que lhe fora apresentado após um dos abortos espontâneos anteriores ao nascimento de Joe. Na época, a número 23 ainda não era o problema em que iria se transformar para Ellen, ou pelo menos era assim que Thomas gostava de pensar. No entanto, devia questionar essa avaliação mais do que gostava de admitir, pois soubera sem precisar perguntar que não havia ninguém olhando Joe nesse dia de manhã. Ficou deitado na cama, ouvindo o caçula tagarelar sozinho enquanto entrava e saía da varanda, e começou a se perguntar *o que* o estaria fazendo ir e vir tanto assim.

Levantou-se da cama, vestiu um roupão e encontrou os chinelos. Atravessou a cozinha (onde Ellen, sorridente, mas sem nenhuma expressão nos olhos, estava sentada diante de uma xícara de chá) e abriu a porta dos fundos com um empurrão.

Quando viu a varanda, o primeiro impulso que teve

foi gritar. Literalmente. Ajoelhar-se no chão e vociferar contra os céus. Suas cenouras, pastinacas e tomates — todos ainda verdes — jaziam espalhados pelo chão da varanda, as raízes espalhadas feito cabelos em meio à terra e à madeira. Joe subia do quintal trazendo nas mãos mais uma leva da colheita — dessa vez as beterrabas. Havia se transformado em uma toupeira, e tinha a pele e os cabelos cobertos de terra. A única parte branca que restava nele eram os olhos e os dentes quando sorria, coisa que fez assim que viu Thomas.

"Oi, papai."

Thomas não soube o que dizer.

"Estou ajudando você, papai." Joe depositou uma beterraba aos pés de Thomas e voltou para pegar mais.

Com o trabalho de um ano inteiro arruinado e o lucro do outono evaporado, Thomas observou o filho marchar varanda abaixo para concluir sua destruição, e a gargalhada que subiu pelo centro de seu corpo e o fez estremecer não espantou a ninguém mais do que a ele próprio. Ele gargalhou tão alto que fez os esquilos fugirem dos galhos baixos da árvore mais próxima. Gargalhou tanto que pôde sentir a varanda tremer.

Agora, essa lembrança o fez sorrir.

Tinha dito ao filho recentemente que a vida era sorte. Mas a vida, como ele passara a perceber à medida que envelhecia, era também memória. A recordação de alguns momentos muitas vezes se mostrava mais rica do que os momentos em si.

Por hábito, estendeu a mão para pegar o relógio antes de se lembrar que não o tinha mais no bolso. Sentiria sua falta, ainda que a verdade a seu respeito fosse um pouco mais complexa do que a lenda que havia se criado ao seu redor. Era verdade que fora um presente de Barrett W. Stanford Pai. E Thomas, sem sombra de dúvida, havia arriscado a vida para salvar Barrett W. Stanford Filho, gerente do banco First Boston em Codman Square. Era verdade também que, no exercício de suas funções, havia disparado seu revólver de serviço uma única vez no cérebro de um homem chamado Maurice Dobson, vinte e seis anos, pondo fim à sua vida na hora.

Um segundo antes de puxar aquele gatilho, contudo, Thomas tinha visto algo que ninguém mais vira: a verdadeira natureza da intenção de Maurice Dobson. Falaria a respeito primeiro com o refém, Barrett W. Stanford Filho, depois contaria a mesma história a Eddie McKenna, depois ao comandante do seu plantão, e em seguida aos outros membros do Comitê de Tiro da corporação. Com a sua permissão, contaria a mesma história aos profissionais da imprensa e também a Barrett W. Stanford Pai, cuja gratidão foi tão avassaladora que ele deu a Thomas um relógio que ganhara de presente em Zurique de Joseph Emile Philippe em pessoa. Thomas tentou três vezes recusar um presente tão extravagante, mas Barrett W. Stanford Pai não quis nem ouvir falar no assunto.

Assim, ele carregava o relógio, não com o orgulho que tantos supunham, mas com um respeito íntimo e solene. Segundo a lenda, a intenção de Maurice Dobson era matar Barrett W. Stanford Filho. E quem poderia contestar essa interpretação, uma vez que ele encostara uma pistola na garganta de Barrett?

No entanto, a intenção que Thomas lera no olhar de Maurice Dobson naquele instante final — e foi rápido assim: um instante apenas — tinha sido a de se render. Estava a pouco mais de um metro de distância, com o revólver de serviço apontado e firme, dedo no gatilho, tão pronto para puxá-lo — e era preciso estar pronto, caso contrário, de que adiantava apontar a arma? — que, quando viu uma aceitação do próprio destino atravessar os olhos cinza-claros de Maurice Dobson, uma aceitação de que ele seria preso, de que estava tudo acabado, Thomas se sentiu preterido de forma injusta. Não soube dizer exatamente de imediato preterido em quê. Assim que puxou o gatilho, porém, entendeu.

A bala perfurou o olho esquerdo do infeliz Maurice

Dobson, do *finado* Maurice Dobson, antes mesmo de ele cair no chão, e o calor por ela gerado queimou a pele de Barrett W. Stanford Filho, formando uma listra logo abaixo da têmpora. Quando a conclusão do objetivo da bala se conjugou com a conclusão de seu uso, Thomas entendeu o que lhe tinha sido negado, e por que havia tomado providências tão permanentes para retificar essa negação.

Quando dois homens apontavam armas um para o outro, um contrato era assinado aos olhos de Deus, e o único cumprimento aceitável desse contrato era um deles despachar o outro ao Seu encontro.

Ou pelo menos assim lhe parecera na época.

Ao longo dos anos, nem mesmo em seus porres mais memoráveis, nem mesmo com Eddie McKenna, que conhecia a maioria de seus segredos, Thomas nunca havia contado a ninguém que tipo de intenção de fato vira nos olhos de Maurice Dobson. E, embora não se orgulhasse de suas ações nesse dia, e por conseguinte tampouco experimentasse orgulho com a posse do relógio de bolso, jamais saía de casa sem ele, pois o relógio era testemunha da profunda responsabilidade que definia sua profissão — nós não aplicamos as leis dos homens; aplicamos a vontade da natureza. Deus não era nenhum rei das nuvens vestido com uma túnica branca e sujeito a um envolvimento sentimentalista nas questões humanas. Ele era, isso sim, o ferro que constituía seu núcleo, o fogo no interior das fornalhas escaldantes que ardiam por cem anos. Deus era a lei do ferro e a lei do fogo. Deus era a natureza, e a natureza era Deus. Um não podia existir sem o outro.

E você, Joseph, meu caçula, meu romântico desvirtuado, meu coração cheio de espinhos — agora é você quem tem de lembrar aos homens essas leis. Aos piores dos homens. Ou então morrer de fraqueza, de fragilidade moral, de falta de força de vontade.

Rezarei por você, pois a prece é tudo o que resta quando o poder se extingue. E eu não tenho mais poder. Não posso esticar o braço para dentro desses muros de granito. Não posso diminuir a velocidade do tempo nem fazê-lo parar. Caramba: no momento, nem sequer posso medir o tempo e saber que horas são.

Olhou para seu jardim lá fora, tão próximo da colheita. Rezou por Joe. Rezou por toda uma enxurrada de antepassados, a maioria desconhecida para ele, mas mesmo assim pôde vê-los com grande clareza: uma diáspora de almas vergadas marcadas pela bebida, pela fome e por pulsões sombrias. Pediu que o seu descanso eterno fosse em paz, e desejou um neto.

Joe encontrou Hippo Fasini no pátio e lhe disse que o pai havia mudado de ideia.

"Acontece", comentou Hippo.

"Ele também me deu um endereço."

"Ah, é?" O gordo recuou ligeiramente nos calcanhares, e seus olhos se perderam ao longe sem foco específico. "Endereço de quem?"

"De Albert White."

"Albert White mora em Ashmont Hill."

"Ouvi dizer que ele não tem passado muito tempo lá."

"Então me dê o endereço."

"Vá se foder."

Hippo Fasini olhou para o chão, e todos os seus três papos encostaram nas listras do uniforme de presidiário. "Como é?"

"Diga a Maso que levarei o endereço para o muro hoje à noite."

"Você não está em condições de negociar, garoto."

Joe ficou olhando para ele até Hippo o encarar nos olhos. Então disse: "É claro que estou". E saiu andando pelo pátio.

Uma hora antes do encontro com Pescatore, vomitou duas vezes dentro do balde de carvalho. Seus braços tremiam. Às vezes, o queixo e os lábios tremiam também. Seu sangue se transformou em um potente latejar de punhos contra as orelhas. Havia amarrado o pedaço de metal no pulso com um cadarço de bota feito de couro fornecido por Emil Lawson. Pouco antes de sair da cela, deveria tirá-lo de lá e colocá-lo entre as nádegas. Lawson havia sugerido enfaticamente que o enfiasse inteiro no cu, mas ele imaginou um dos capangas de Maso forçando-o a sentar por um motivo qualquer e decidiu que seriam as nádegas ou nada feito. Imaginou que faria a transferência faltando dez minutos para sair, de modo a se acostumar a andar com aquilo, mas um guarda apareceu em sua cela quarenta minutos mais cedo para lhe avisar que ele tinha visita.

O sol já estava se pondo. O horário de visita já terminara havia muito tempo.

"Quem é?", perguntou ele enquanto descia a galeria atrás do guarda, só então lembrando que o pedaço de metal continuava preso ao seu pulso.

"Alguém que sabe molhar as mãos certas."

"Sim, mas quem?", Joe tentava acompanhar o ritmo do guarda, que andava depressa.

Este destrancou a porta da ala e fez Joe passar. "Disse que era seu irmão."

Ele entrou no recinto tirando o chapéu. Ao passar pela porta, teve de se abaixar, pois era uma cabeça inteira mais alta do que a maioria dos outros homens. Os cabelos escuros exibiam algumas entradas e estavam levemente grisalhos acima das orelhas. Joe fez as contas e calculou que ele tivesse agora trinta e cinco anos. Continuava muito atraente, embora o rosto estivesse mais marcado do que na lembrança de Joe.

Usava um terno de três peças escuro, um pouco surrado, com lapelas de cantos arredondados. Um terno de gerente de armazém de cereais, ou então de um homem que passava muito tempo na estrada — vendedor itinerante ou sindicalista. Por baixo do terno Danny usava uma camisa branca, sem gravata.

Ele pôs o chapéu em cima da mesa e olhou através da grade que os separava.

"Caramba", comentou, "você não tem mais treze anos, não é?"

Joe reparou como os olhos do irmão estavam vermelhos. "E você não tem mais vinte e cinco."

Danny acendeu um cigarro, e o fósforo estremeceu entre seus dedos. Uma grande cicatriz franzida no centro cobria as costas de sua mão.

"Mas ainda tiraria o seu couro."

Joe deu de ombros. "Pode ser que não. Estou aprendendo a brigar sujo."

Danny reagiu à frase com um arquear de sobrancelhas e soltou uma nuvem de fumaça. "Ele foi embora, Joe."

Joe sabia quem era "ele". Uma parte de si já sabia da última vez em que pousara os olhos nele, ali naquele recinto. Mas outra parte não conseguia aceitar. Não quis aceitar.

"Ele quem?"

Seu irmão olhou para o teto por alguns instantes, depois tornou a olhar para ele. "O pai, Joe. O pai morreu."

"Como?"

"Na minha opinião? Ataque cardíaco."

"Você...?"

"Hem?"

"Você estava lá?"

Danny fez que não com a cabeça. "Cheguei meia hora depois. Ele ainda estava quente quando o encontrei."

"Tem certeza de que não houve...", começou Joe.

"De que não houve o quê?"

"Alguma ação criminosa?"

"Que porra estão fazendo com você aí dentro?", Danny correu os olhos pelo recinto. "Não, Joe, foi um ataque cardíaco ou um derrame."

"Como é que você sabe?"

Danny estreitou os olhos. "Ele estava sorrindo."

"Como é?"

"Isso mesmo." Danny deu uma risadinha. "Sabe aquele sorriso pequenininho que ele tinha? Como se estivesse escutando uma piada só sua, ou relembrando alguma coisa lá do passado, anterior a qualquer um de nós? Sabe qual era?"

"Sei, sim", respondeu Joe, e ficou surpreso ao se ouvir repetir com um sussurro. "Sei, sim."

"Mas ele estava sem o relógio."

"Ahn?" A cabeça de Joe zumbia.

"O relógio", repetiu Danny. "Não estava com ele. Nunca o vi andar sem..."

"Está comigo", disse Joe. "Ele me deu. Para o caso de eu ter problemas. Aqui dentro, sabe?"

"Então está com você."

"Está", disse ele, e a mentira fez seu estômago queimar. Viu a mão de Maso se fechar em torno do relógio, e quis bater com a própria cabeça na parede até fazê-la penetrar o concreto.

"Ótimo", disse Danny. "Isso é bom."

"Não é, não", discordou Joe. "É uma merda. Mas é essa a situação atual."

Nenhum dos dois disse nada por alguns instantes. Um apito de fábrica soou ao longe, do outro lado dos muros.

"Sabe onde posso encontrar Con?", indagou Danny.

Joe aquiesceu. "Ele está no Abbotsford."

"O educandário para cegos? O que está fazendo lá?"

"Ele mora lá", respondeu Joe. "Simplesmente acordou um belo dia e desistiu de tudo."

"Bom, o tipo de lesão que ele sofreu é capaz de deixar qualquer um amargurado", comentou Danny.

"Ele já era amargurado muito antes da lesão", disse Joe.

Danny deu de ombros, concordando, e os dois passaram alguns instantes em silêncio.

"Onde ele estava quando você o encontrou?", quis saber Joe.

"Onde você acha?" Danny largou o cigarro no chão e pisou em cima, soltando a fumaça pela boca por baixo do lábio superior curvado. "Nos fundos, sentado naquela cadeira da varanda, sabe? Olhando para aquele seu..." Danny abaixou a cabeça e sacudiu a mão no ar.

"Jardim", completou Joe.

9

O VELHO SAI DE CENA

Mesmo na prisão, notícias do mundo exterior acabavam entrando. Nesse ano, todas as conversas sobre esportes diziam respeito aos Yankees de Nova York e seu Corredor de Assassinos formado por Combs, Koenig, Ruth, Gehrig, Meusel e Lazzeri. Ruth sozinho foi responsável pelo acachapante número de sessenta *home runs*, e os outros cinco rebatedores eram tão melhores do que os demais que a única dúvida a sanar era qual seria o nível de humilhação da derrota que eles iriam infligir aos Pirates no campeonato nacional de beisebol.

Joe, enciclopédia ambulante do esporte, teria adorado ver esse time jogar, pois sabia que um screte assim talvez nunca mais tornasse a aparecer. No entanto, o tempo passado em Charlestown também fizera surgir dentro dele um desprezo reacionário por qualquer um capaz de batizar um grupo de jogadores de beisebol de Corredor de Assassinos.

É o Corredor de Assassinos que vocês querem?, pensou ele naquela noite, logo depois de escurecer. Estou *andando* por ele. A entrada da passarela que margeava o alto dos muros da prisão ficava do outro lado de uma porta no final do Bloco F, na galeria mais alta da Ala Norte. Era impossível chegar lá sem ser visto. Não era possível sequer alcançar a galeria sem passar por três portões distintos. Uma vez feito isso, ele se deparou com a galeria vazia. Mesmo em uma prisão superlotada como aquela, as doze celas dessa galeria estavam vazias e mais limpas do que uma igreja antes de um batizado.

Ao percorrer a galeria, Joe viu como a mantinham tão limpa — um detento encarregado passava pano no chão de cada cela. As janelas altas, idênticas às de sua própria cela, expunham um quadradinho de céu. Os quadrados tinham todos um azul tão escuro que quase chegava a ser preto, o que fez Joe se perguntar quanto os faxineiros conseguiam ver dentro das celas. Toda a luz estava no corredor. Talvez os guardas fossem trazer lamparinas dali a alguns minutos, quando o crepúsculo se transformasse em noite.

Mas não havia guarda nenhum. Apenas o que o conduzia pela galeria, o mesmo que o tinha conduzido na ida e na volta da sala de visitas, o que andava depressa demais, fato que um dia lhe causaria problemas uma vez que o objetivo era manter o detento sempre à sua frente. Se você andasse na frente do detento, ele poderia se dedicar a todo tipo de atividade execrável, e fora justamente assim que Joe conseguira transferir o pedaço de metal do pulso para as nádegas cinco minutos antes. Desejou ter treinado mais, porém. Tentar andar com as nádegas contraídas e parecer natural não era fácil.

Mas onde estariam os outros guardas? Nas noites em que Maso passeava pelo muro, havia poucos guardas lá em cima; nem todos tinham sido comprados por Pescatore, mas os que não se encaixavam nessa descrição jamais entregariam os outros. No entanto, Joe olhou em volta enquanto seguiam pela galeria e confirmou o que temera: não havia guarda nenhum lá em cima agora. Então deu uma olhada mais atenta nos detentos que estavam limpando as celas.

De fato, um Corredor de Assassinos.

O que o alertou foi a cabeça pontuda de Basil Chigis. Nem mesmo o gorro do uniforme da prisão conseguia disfarçá-la. Basil manejava um esfregão na sétima cela da galeria. O cara fedido que havia encostado o pedaço de metal na orelha direita de Joe passava um esfregão na oitava. O que empurrava um balde pela décima cela vazia era

Dom Pokaski, que tinha queimado viva a própria família — mulher, duas filhas e sogra, sem contar os três gatos que trancara na despensa.

No final da galeria, Hippo e Naldo Aliente estavam em pé junto à porta da escada. Caso estivessem achando algo estranho naquela presença de detentos maior do que o normal e na presença de guardas menor do que nunca, estavam sendo muito eficientes em ocultar o fato. Na realidade, nada transparecia em seus rostos a não ser a arrogância altiva da classe dominante.

Rapazes, pensou Joe, talvez vocês devessem se preparar para mudanças.

"Mãos para cima", disse Hippo a Joe. "Tenho que revistar você."

Joe não hesitou, mas se arrependeu de não ter enfiado o pedaço de metal no cu. O cabo, por menor que fosse, estava encostado na base de sua coluna, mas Hippo poderia sentir uma protuberância anormal ali, levantar sua camisa e usar a arma contra ele. Joe manteve os braços levantados, surpreso com a calma que aparentava: sem tremores, sem suor, sem nenhum sinal externo de medo. Hippo subiu pelas pernas de Joe dando tapas com as mãozorras, depois apalpou as costelas e desceu uma das mãos pelo peito enquanto a outra descia pelas costas. A ponta de seu dedo roçou o cabo do pedaço de metal, e Joe pôde senti-lo se deslocar para trás. Contraiu-se ainda mais, consciente de que sua vida dependia de algo tão absurdo quanto a força com a qual era capaz de contrair a bunda.

Hippo segurou os ombros de Joe e o virou de frente para ele. "Abra a boca."

Joe abriu.

"Mais."

Joe obedeceu.

Hippo espiou dentro de sua boca. "Ele está limpo", falou, e deu um passo para trás.

Quando Joe ia passar, Naldo Aliente se interpôs entre

ele e a porta. Encarou o rosto de Joe como se conhecesse todas as mentiras por trás dele.

"A sua vida depende da vida desse velho", disse ele. "Entendeu?"

Joe aquiesceu, consciente de que, fosse qual fosse o seu destino e o de Pescatore, Naldo estava vivendo seus últimos minutos de vida naquela hora. "Pode apostar que entendi."

Naldo deu um passo de lado, Hippo abriu a porta e Joe entrou. Do outro lado não havia nada a não ser uma escada de ferro em espiral. Esta se erguia da caixa de concreto até um alçapão que fora deixado aberto para aquela noite. Joe removeu o pedaço de metal dos fundilhos da calça e o pôs no bolso da camisa listrada de tecido áspero. Quando chegou ao alto da escada, cerrou o punho da mão direita, levantou os dedos indicador e médio e passou a mão pelo buraco até o guarda na torre mais próxima poder vê-la. A luz da torre se moveu para a esquerda, para a direita, e de novo para a esquerda e para a direita em rápido zigue-zague — sinal de que a barra estava limpa. Joe subiu pela abertura, saiu para a passarela e olhou em volta até distinguir Maso junto ao muro pouco menos de quinze metros à frente, diante da torre de vigia central.

Andou até ele, sentindo o pedaço de metal balançar de leve contra o quadril. O único ponto cego da torre de vigia central era o espaço imediatamente abaixo dela. Contanto que Maso continuasse onde estava, os dois ficariam invisíveis. Quando Joe chegou lá, Maso estava fumando um dos cigarros franceses amargos que eram seus prediletos, daqueles amarelos, e olhava para o oeste através da névoa suja.

Virou os olhos na direção de Joe por alguns instantes e não disse nada, apenas inspirou e expirou a fumaça do cigarro com um chiado úmido.

Então disse: "Sinto muito pelo seu pai".

Joe parou no meio o movimento de pegar ele próprio um cigarro. O céu noturno caiu sobre seu rosto feito uma capa, e o ar à sua volta se evaporou até a falta de oxigênio lhe apertar a cabeça.

Maso não tinha como saber. Mesmo com todo o seu poder, mesmo com todas as suas fontes. Danny tinha dito a Joe que recorrera a ninguém menos do que o comandante Michael Crowley, que havia galgado os escalões da polícia junto com seu pai desde as rondas a pé e cujo cargo Thomas esperava herdar antes daquela noite atrás do Statler. Thomas Coughlin fora tirado de casa pelos fundos, posto dentro de um carro de polícia sem identificação e levado para o necrotério municipal por uma entrada subterrânea.

Sinto muito pelo seu pai.

Não, pensou Joe. Não. Ele não pode saber. Impossível.

Joe encontrou o cigarro e o pôs entre os lábios. Maso riscou um fósforo no parapeito e o acendeu para ele, e os olhos do velho adquiriram aquela expressão generosa da qual eram capazes quando lhe convinha.

"Sente muito por quê?", perguntou Joe.

Maso deu de ombros. "Nenhum homem jamais deveria ser obrigado a fazer algo que vai contra a sua natureza, Joseph, mesmo que seja para ajudar alguém que ele ama. O que pedimos a ele, o que pedimos a você não foi justo. Mas o que é justo nesta porra de mundo?"

As batidas do coração de Joe desceram de suas orelhas e da garganta.

Ele e Maso apoiaram os cotovelos no parapeito e ficaram fumando. As luzes das barcas que singravam o Mystic chispavam pelo cinza espesso e distante feito estrelas exiladas. Serpentes brancas de fumaça das fundições davam piruetas na sua direção. O ar recendia a calor retido e a uma chuva que se recusava a cair.

"Nunca mais vou pedir nada tão difícil para você ou para o seu pai, Joseph." Maso aquiesceu com firmeza. "Prometo isso."

Joe o encarou nos olhos. "É claro que vai, Maso."

“Sr. Pescatore, Joseph.”

“Mil perdões”, disse Joe, e seu cigarro lhe escapou dos dedos. Ele se curvou na direção da passarela para pegá-lo.

Em vez disso, envolveu os tornozelos de Maso com os braços e puxou para cima com força.

“Não grite.” Ele se levantou, e a cabeça do velho adentrou o espaço além da borda do parapeito. “Se gritar, eu largo você.”

A respiração do velho estava acelerada. Seus pés chutaram as costelas de Joe.

“E eu também pararia de me debater, ou não vou conseguir segurar.”

Foi preciso alguns instantes, mas os pés de Maso pararam de se mexer.

“Está armado? Não minta.”

A voz veio flutuando da borda da passarela na sua direção. “Estou.”

“Quantas armas?”

“Uma só.”

Joe soltou seus tornozelos.

Maso agitou os braços como se, naquele instante, fosse aprender a voar. Seu peito deslizou para a frente, e a escuridão engoliu sua cabeça e tronco. Ele provavelmente teria gritado, mas Joe enfiou a mão no cós do uniforme de presidiário de Maso, calçou um calcanhar na parede do parapeito e se inclinou para trás.

Maso emitiu uma série de estranhos ruídos arfantes, muito agudos, como um recém-nascido abandonado em um campo.

“Quantas armas?”, repetiu Joe.

Um minuto se passou sem nada a não ser aquele arfar, e então: “Duas”.

“Onde estão?”

“Navalha no tornozelo, pregos no bolso.”

Pregos? Joe tinha de ver isso. Apalpou os bolsos de Maso com a mão livre e encontrou uma protuberância esquisita. Pôs a mão lá dentro com cuidado e retirou algo que, à primeira vista, poderia ter confundido com um pente. Eram quatro pregos curtos soldados a uma barra que, por sua vez, estava soldada em quatro anéis deformados.

"É para encaixar no punho?", indagou Joe.

"É."

"Que horror."

Pôs o objeto sobre o parapeito e em seguida encontrou a navalha dentro da meia de Maso, uma Wilkinson com cabo de madrepérola. Depositou-a junto ao soco-inglês feito de pregos.

"Já está ficando tonto?"

"Estou", foi a resposta abafada.

"É natural." Joe ajustou a pegada no cós da calça. "Estamos de acordo, Maso, que se eu abrir os dedos você já era?"

"Sim."

"Abriram um buraco na minha perna com uma porra de um *descascador de batatas* por sua causa."

"Eu... eu... você."

"O quê? Fale direito."

A voz saiu com um sibilo: "Eu salvei você".

"Para poder controlar meu pai." Joe pressionou o cotovelo entre as escápulas de Maso. O velho soltou um ganido.

"O que você quer?" A voz de Maso começava a ratear devido à falta de oxigênio.

"Já ouviu falar em Emma Gould?"

"Não."

"Albert White a matou."

"Nunca ouvi falar."

Joe o puxou de volta e em seguida o virou de costas. Deu um passo para trás e deixou o velho recuperar o fôlego.

Estendeu a mão e estalou os dedos. "Me dê o relógio."

Maso não hesitou. Tirou o relógio do bolso da calça e o entregou. Joe o segurou com força dentro do punho fechado, sentindo o tique-taque se mover através da palma e para dentro de seu sangue.

"Meu pai morreu hoje", falou, consciente de que não devia estar parecendo muito racional ao passar do pai para Emma e de novo para o pai. Mas não ligou para isso. Precisava articular em palavras algo para o qual não havia palavras.

Os olhos de Maso se moveram rapidamente por um instante, e ele voltou a esfregar a garganta.

Joe aquiesceu. "Ataque do coração. Eu me considero culpado." Deu um tapa no sapato de Maso, e isso fez o velho se sobressaltar o suficiente para levar as palmas das duas mãos com força ao parapeito. Joe sorriu. "Mas também considero você culpado. Considero você culpado para caralho."

"Então me mate", disse Maso, mas não havia muita força em sua voz. Ele olhou por cima do ombro, depois de volta para Joe.

"Foi isso que me mandaram fazer."

"Quem?"

"Lawson", respondeu Joe. "Ele está com um exército inteiro lá fora esperando por você... Basil Chigis, Pokaski, todas aquelas aberrações comparsas de Emil. Sabe os seus caras? Naldo e Hippo?" Joe balançou a cabeça. "Com certeza a esta altura já estão de papo para o ar. Tem um batalhão de caça inteiro esperando você no pé daquela escada se eu fracassar."

Um pouco do antigo ar de desafio retornou à expressão de Maso. "E acha que vão deixar você vivo?"

Joe tinha pensado bastante no assunto. "Provavelmente. Essa guerra de vocês já pôs uma porção de gente a sete palmos. Não sobraram muitos de nós capazes de soletrar a palavra *chiclete* e mascar ao mesmo tempo. Além do mais, eu conheço Albert. Nós já tivemos algo em comum. Acho que essa foi a oferenda de paz dele... mate Maso e volte ao rebanho."

"Então por que você não matou?"

"Porque eu não quero matar você."

"Não?"

Joe fez que não com a cabeça. "Eu quero destruir Albert."

"Quer matá-lo?"

"Isso eu não sei", respondeu Joe. "Mas destruí-lo com certeza."

Maso levou a mão ao bolso para pegar os cigarros franceses. Tirou um e acendeu, ainda recuperando o fôlego. Depois de algum tempo, encarou Joe nos olhos e aquiesceu. "Quanto a essa aspiração, você tem a minha bênção."

"Eu não preciso da sua bênção", retrucou Joe.

"Não vou tentar convencê-lo a não fazer isso, mas nunca vi muito lucro em se vingar", disse Maso.

"Não se trata de lucro."

" Tudo na vida de um homem tem relação com lucro. Ou lucro ou sucessão." Maso ergueu os olhos para o céu, depois tornou a baixá-los. "Então, como vamos descer daqui vivos?"

"Algum dos guardas da torre é inteiramente agradecido a você?"

"Aquele ali, logo acima de nós", respondeu Maso. "Os outros dois são fiéis ao dinheiro."

"O seu guarda poderia entrar em contato com outros guardas lá dentro e mandá-los cercar o bando de Lawson e atacá-lo agora mesmo?"

Maso fez que não com a cabeça. "Basta um guarda chegar perto de Lawson para a notícia se espalhar até os detentos lá embaixo e eles invadirem esta passarela."

"Que merda." Joe expirou lenta e demoradamente, olhando em volta. "Vamos fazer do jeito sujo e pronto."

Enquanto Maso conversava com o guarda da torre, Joe margeou o muro de volta ao alçapão. Se fosse morrer, provavelmente seria agora. Não conseguia se livrar da desconfiança de que cada passo seu estava prestes a ser interrompido por uma bala que lhe vararia o cérebro ou explodiria em mil pedaços sua coluna vertebral.

Olhou para trás na direção de onde viera. Maso já tinha saído da passarela, de modo que não havia nada para ver a não ser a escuridão cada vez mais densa e as torres de vigia. Nem estrelas nem a lua, apenas um breu cerrado.

Abriu o alçapão e chamou lá para baixo. "Ele já era."

"Você está ferido?", chamou de volta Basil Chigis.

"Não. Mas vou precisar de roupas limpas."

Alguém deu uma risadinha no escuro.

"Então desça."

"Subam vocês. Temos que tirar o corpo dele daqui."

"Nós podemos..."

"O sinal é com a mão direita, indicador e médio erguidos juntos. Se alguém não tiver um desses dedos, não mande subir."

Ele se afastou do alçapão antes de qualquer um poder contestar.

Cerca de um minuto se passou antes de ouvir o primeiro homem subir. A mão se estendeu para fora do buraco, com dois dedos erguidos conforme as instruções de Joe. A luz da torre traçou um arco por cima da mão e em seguida se moveu de volta na outra direção. "Barra limpa", disse Joe.

Foi Pokaski, o que havia queimado a família inteira, quem pôs a cabeça para fora com cuidado e olhou em volta.

"Ande logo", disse Joe. "E mande os outros subirem. Vai ser preciso mais dois para arrastá-lo. Ele é um peso morto, e minhas costelas estão machucadas."

Pokaski sorriu. "Pensei que você tivesse dito que não estava ferido."

"Não mortalmente", respondeu Joe. "Vamos."

Pokaski tornou a se inclinar para dentro do buraco. "Mais dois caras."

Basil Chigis subiu atrás de Pokaski, e depois dele veio um sujeito baixinho com lábio leporino. Joe recordou alguém apontando para ele certa vez no refeitório — chamava-se Eldon Douglas —, mas não conseguiu lembrar qual era o seu crime.

"Onde está o corpo?", indagou Basil Chigis.

Joe apontou.

"Bom, vamos..."

A luz atingiu Basil Chigis um segundo antes de a bala entrar pela parte de trás da sua cabeça e sair pelo meio do rosto, arrancando fora o nariz. O último ato de Pokaski neste mundo foi piscar os olhos. Então uma porta se abriu em sua garganta, e a porta se escancarou enquanto uma cascata de vermelho jorrava lá de dentro e Pokaski caía de costas, dando trancos com as pernas. Eldon Douglas deu um salto em direção ao alçapão da escada, mas a terceira bala do guarda da torre esmagou-lhe o crânio como teria feito um martelo. Ele caiu à direita da porta e ficou deitado ali, sem o topo da cabeça.

Joe olhou em direção à luz, com os três homens mortos espalhados à sua volta. Lá embaixo, homens gritaram e saíram correndo. Desejou poder se juntar a eles. Fora um plano ingênuo. Pôde sentir os visores das armas no peito enquanto as luzes o cegavam. As balas seriam os rebentos ferozes sobre as quais seu pai o havia alertado; ele não só estava prestes a encontrar o Criador, mas também estava prestes a conhecer os próprios filhos. O único consolo em que podia pensar era que seria uma morte rápida. Dali a quinze minutos, estaria tomando uma cerveja com seu pai e seu tio Eddie.

A luz se apagou.

Alguma coisa macia o acertou no rosto e caiu sobre seu ombro. Ele piscou para a escuridão — era uma toalhinha.

"Limpe o rosto", disse Maso. "Você está imundo."

Quando ele terminou, seus olhos haviam se acostumado o suficiente à pouca luz para conseguirem distinguir Maso em pé a poucos metros de distância, fumando um de seus cigarros franceses.

"Achou que eu fosse matar você?"

"Passou pela minha cabeça."

Maso balançou a sua. "Eu sou um carcamano pé-rapado de Endicott Street. Quando vou a um restaurante chique, até hoje não sei que garfo usar. Então eu posso até não ter classe nem educação, mas nunca traio ninguém pelas costas. Eu ataco de frente. Como você fez comigo."

Joe assentiu e olhou para os três cadáveres aos seus pés. "E eles? Eu diria que nós os traímos pelas costas direitinho."

"Eles que se fodam", retrucou Maso. "Eles mereciam." Passando por cima do corpo de Pokaski, ele caminhou até Joe. "Você vai sair daqui antes do que imagina. Está preparado para ganhar um dinheiro lá fora?"

"Claro."

"Sua obrigação vai ser sempre primeiro com a família Pescatore, e só depois com você próprio. Consegue respeitar isso?"

Joe fitou os olhos do velho e teve certeza de que juntos iriam ganhar muito dinheiro, e de que jamais poderia confiar nele.

"Consigo."

Maso estendeu a mão. "Então estamos acertados."

Joe limpou o sangue da mão e apertou a de Maso. "Estamos acertados."

"Sr. Pescatore", chamou alguém lá de baixo.

"Já estou indo." Maso andou até o alçapão e Joe foi atrás. "Venha, Joseph."

"Me chame de Joe. Só meu pai me chamava de Joseph."

"Certo, então." Quando estava descendo a escada em espiral no escuro, Maso tornou a falar. "Engraçado essa coisa de pais e filhos... você pode progredir na vida e construir um império. Tornar-se rei. Imperador dos Estados Unidos. Tornar-se Deus. Mas sempre fará tudo à sombra dele. Não há escapatória para isso."

Joe desceu atrás dele pela escada escura. "Eu não quero muito escapar."

10

VISITAS

Após um funeral matutino na igreja de Gate of Heaven, no sul de Boston, Thomas Coughlin foi sepultado para o descanso eterno no cemitério de Cedar Grove, em Dorchester. Joe não teve autorização para comparecer ao enterro, mas leu a respeito em um exemplar do *Traveler* que um dos guardas vendidos a Maso lhe passou naquela noite.

Dois ex-prefeitos, Honey Fitz e Andrew Peters, estiveram presentes na cerimônia, assim como o prefeito em exercício James Michael Curley. Compareceram também dois ex-governadores, cinco ex-promotores distritais e dois promotores-gerais.

Policiais vieram de toda parte — agentes municipais e estaduais, aposentados e da ativa, de lugares tão ao sul quanto Delaware e tão ao norte quanto Bangor, no Maine. De todas as patentes, de todas as especialidades. Na foto que ilustrava a matéria, o rio Neponset serpenteava ao longo do limite mais afastado do cemitério, mas Joe mal conseguia vê-lo porque os chapéus e uniformes azuis dominavam a paisagem.

Aquilo era poder, pensou. Aquilo era um legado.

E pensou também, quase ao mesmo tempo: e daí?

Então o funeral de seu pai tinha levado mil homens a um cemitério às margens do Neponset. E algum dia, decerto, cadetes estudariam no prédio Thomas X. Coughlin da Academia de Polícia de Boston, ou passageiros atravessariam sacolejando a ponte Coughlin a caminho do trabalho de manhã.

Maravilha.

Ainda assim, morte era morte. Para sempre era para sempre. Não havia edifício, legado ou ponte batizada em sua homenagem que pudesse mudar isso.

Você só tinha uma única vida garantida, de modo que era melhor vivê-la.

Pousou o jornal ao seu lado na cama. Era um colchão novo, e estava à sua espera na cela depois do trabalho na véspera junto com uma mesinha lateral, uma cadeira e uma lamparina de mesa a querosene. Ele encontrou os fósforos na gaveta da mesinha ao lado de um pente novo.

Apagou a lamparina com um sopro e ficou sentado no escuro, fumando. Escutou o barulho das fábricas e das barcas no rio assinalando umas às outras sua presença nas passagens estreitas. Abriu a tampa do relógio do pai, tornou a fechá-la, em seguida abriu outra vez. Abre-fecha, abre-fecha, abre-fecha, enquanto o cheiro químico das fábricas subia e entrava pela janela alta da cela.

Seu pai estava morto. Ele não era mais filho de ninguém.

Era um homem sem história e sem perspectivas. Uma página em branco, sem vínculo com ninguém.

Sentiu-se um peregrino que houvesse deixado para trás a costa de uma terra natal que jamais tornaria a ver, atravessado um mar negro sob um céu igualmente negro, e aportado no novo mundo que aguardava, ainda sem forma definida, como sempre estivera aguardando.

Por ele.

Para que desse ao país um nome, para que o transformasse à sua imagem de modo que esse país pudesse abraçar seus valores e exportá-los mundo afora.

Fechou o relógio, fechou a mão em torno do relógio e fechou os olhos até vislumbrar a costa desse país novo, até ver o céu negro lá em cima dar lugar a uma distante coleção de estrelas brancas que derramaram seu brilho sobre ele e sobre o pequeno trecho de água que restava entre ele e seu país.

Sentirei sua falta. Chorarei sua morte. Mas agora estou renascido. E realmente livre.

Dois dias depois do funeral, Danny fez sua última visita.

Inclinou-se para junto da grade e perguntou: "Como tem passado, caçulinha?".

"Estou encontrando meu caminho", respondeu Joe. "E você?"

"Ah, sabe como é", disse Danny.

"Não sei, não", retrucou Joe. "Eu não sei de nada. Você foi embora para Tulsa com Nora e Luther há oito anos, e desde então tudo o que escutei foram boatos."

Danny admitiu o fato com um meneio de cabeça. Pescou os cigarros no bolso, acendeu um, e demorou antes de responder. "Eu e Luther abrimos um negócio juntos lá em Tulsa. Construção civil. Construíamos casas nos bairros negros. Estávamos indo bem. Nada extraordinário, mas estávamos indo bem. Eu também era vice-xerife. Dá para acreditar?

Joe sorriu. "Usava um chapéu de caubói?"

"Meu filho, eu usava revólveres de seis tiros", respondeu Danny com um sotaque forçado. "Um de cada lado do quadril."

Joe riu. "E aquelas gravatas fininhas de laço?"

Danny também riu. "Naturalmente. E botas."

"Com esporas?"

Danny estreitou os olhos e fez que não com a cabeça. "É preciso saber impor limites."

Joe ainda estava rindo um pouco quando perguntou: "E o que aconteceu? Ouvimos falar alguma coisa sobre um motim, foi isso mesmo?".

A luz dentro de Danny se apagou. "Tacaram fogo em tudo."

"Em Tulsa inteira?"

"É, na parte negra de Tulsa. Luther morava em um bairro

chamado Greenwood. Certa noite, na cadeia, uns brancos apareceram para linchar um negro porque ele tinha posto a mão na xoxota de uma branca dentro de um elevador. A verdade, porém, era que a moça vinha saindo com o rapaz em segredo havia muitos meses. Ele terminou tudo e ela não gostou, então prestou a queixa fajuta e tivemos de prendê-lo. Estávamos prestes a soltar o garoto por falta de provas quando todos os homens brancos respeitáveis de Tulsa apareceram com suas cordas na mão. Aí um bando de negros também apareceu, entre os quais Luther. E os negros, bom, eles estavam armados. Ninguém esperava por isso. Então a turma do linchamento foi embora. Naquela noite." Danny apagou o cigarro com o calcanhar. "Na manhã seguinte, os brancos atravessaram os trilhos do trem e foram mostrar aos rapazes negros o que acontece quando se aponta uma arma para um deles."

"Então o motim foi isso."

Danny fez que não com a cabeça. "*Motim* coisíssima nenhuma. Foi um massacre. Eles balearam ou tacaram fogo em todos os negros que viram: crianças, mulheres, velhos, não fazia a menor diferença. Os atiradores eram todos pilares da comunidade, veja bem, frequentadores da igreja, rotarianos. No final, os putos passaram voando naqueles aviõezinhos usados para jogar pesticida nas lavouras, lançando granadas e bombas de fabricação caseira em cima dos prédios. Os negros começaram a sair correndo dos prédios em chamas, e os brancos tinham montado ninhos de metralhadoras. Abateram todo mundo em plena rua, nada mais, nada menos. Centenas de pessoas morreram. Centenas, simplesmente caídas pelas ruas. Pareciam meras trouxas de roupa manchadas de vermelho durante a lavagem." Danny uniu as mãos atrás da cabeça e soprou o ar por entre os lábios. "Depois percorri a cidade para recolher os corpos em carretas, sabe? E não conseguia parar de pensar: onde está meu país? Onde foi parar o meu país?"

Nenhum dos dois disse nada por um bom tempo, até Joe perguntar: "E Luther?".

Danny ergueu uma das mãos. "Ele sobreviveu. Da última vez que o vi, estava indo para Chicago com a mulher e o filho. Sabe o que é mais estranho nesse tipo de... de acontecimento, Joe?", perguntou ele. "É que você sobrevive, e é como se carregasse uma espécie de vergonha. Não consigo nem explicar direito. É simplesmente uma vergonha, grande como o seu corpo inteiro. E sabe todas as outras pessoas que sobreviveram? Elas também carregam a mesma vergonha. E ninguém consegue se encarar nos olhos. Todo mundo está impregnado com o fedor do que aconteceu e tentando entender como passar o resto da vida com esse cheiro. Então é claro que você não quer que mais ninguém com o mesmo cheiro chegue perto para impregnar você mais ainda."

"E Nora?", perguntou Joe.

Danny concordou. "Ainda estamos juntos."

"Têm filhos?"

Danny fez que não com a cabeça. "Você acha que eu deixaria você circular por aí sem saber que era tio?"

"Só vi você uma vez em oito anos, Dan. Sei lá o que você faria."

Danny concordou, e Joe viu algo de que até então só havia desconfiado — alguma coisa em seu irmão, bem no âmago dele, estava quebrada.

No entanto, bem na hora em que ele pensou isso, um pedaço do antigo Danny voltou com um sorrisinho maroto. "Eu e Nora passamos os últimos anos em Nova York."

"Fazendo o quê?"

"Espetáculos."

"Espetáculos?"

"Filmes. É como dizem por lá... espetáculos. Quer dizer, é meio confuso, porque várias pessoas também chamam peças de teatro de espetáculos. Mas enfim, Joe, filmes. Cinema. Espetáculos."

"Você trabalha no cinema?"

Danny aquiesceu, agora animado. "Foi Nora quem começou. Ela arrumou trabalho em uma empresa chamada

Silver Frame, você conhece? São judeus, mas boa gente. Ela administrava toda a contabilidade da empresa, e aí eles lhe pediram para fazer uns servicinhos por fora, de publicidade e até de figurino. A empresa na época era assim, todo mundo fazia de tudo, os diretores preparavam café e os câmeras saíam para passear com o cachorro da atriz principal."

"No *cinema*?", repetiu Joe.

Danny riu. "Mas espere, vai ficar melhor ainda. Os chefes dela me conheceram e um deles, Herm Silver, um cara sensacional, cheio de recursos, me perguntou... está preparado? Me perguntou se eu fazia cenas de dublê."

"Que diabo são cenas de dublê?", Joe acendeu um cigarro.

"Sabe quando você vê um ator caindo do cavalo? Não é ele. É um dublê. Um profissional. Sempre que um ator escorrega em uma casca de banana, tropeça no meio-fio ou sai correndo por uma rua? Da próxima vez, olhe com atenção para a tela, porque não é ele. Sou eu, ou alguém como eu."

"Espere um pouco, quantos filmes você já fez?", quis saber Joe.

Danny passou alguns instantes pensando. "Acho que uns setenta e cinco."

"Setenta e cinco?", Joe tirou o cigarro da boca.

"Quer dizer, vários deles foram curtas. Curtas são..."

"Ora, eu sei o que são curtas."

"Mas não sabia o que eram cenas de dublê, sabia?"

Joe ergueu o dedo médio para ele.

"Então, sim, eu fiz um montão de filmes. Cheguei até a escrever alguns dos curtas."

A boca de Joe se escancarou. "Você escreveu...?"

Danny assentiu. "Coisas pequenas. Meninos do Lower East Side tentam dar banho no cachorro de uma senhora rica, perdem o cachorro, a dona liga para a polícia, seguem-se várias peripécias, esse tipo de coisa."

Joe deixou o cigarro cair no chão antes de este lhe queimar os dedos. "Quantos você já escreveu?"

"Até agora cinco, mas Herm acha que eu levo jeito e quer que eu tente escrever um longa em breve, que vire roteirista."

"O que é roteirista?"

"O cara que escreve os filmes, seu gênio", respondeu Danny, mostrando por sua vez o dedo do meio para Joe.

"Então espere, e onde Nora entra nessa história?"

"Ela está na Califórnia."

"Pensei que vocês morassem em Nova York."

"*Estávamos* morando. Mas a Silver Frame fez uns dois filmes bem baratos recentemente que viraram sucessos. Enquanto isso, a porra da Edison está processando todo mundo em Nova York por causa das patentes das câmeras, mas na Califórnia essas patentes não querem dizer merda nenhuma. Além do mais, o clima lá é bom trezentos e sessenta dias por ano, então está todo mundo indo para lá. Os irmãos Silver calcularam que é a hora certa. Nora se mudou na semana passada, porque ela agora é chefe de produção... sério, ela está subindo que nem uma flecha. E eles agendaram cenas de dublê para mim em um filme chamado *Os justiceiros do Pecos* daqui a três semanas. Só voltei para avisar ao pai que estava indo para o Oeste outra vez, dizer a ele para talvez ir nos visitar quando estivesse aposentado. Não sabia quando tornaria a vê-lo. Caramba, não sabia quando tornaria a ver você."

"Estou feliz por você", disse Joe, ainda balançando a cabeça por causa do absurdo da situação. A vida de Danny era uma vida americana de almanaque: boxeador, policial, sindicalista, empresário, vice-xerife, dublê, escritor em ascensão.

"Venha", disse seu irmão.

"O quê?"

"Quando sair daqui. Venha ficar conosco. Estou falando sério. Ganhe dinheiro para cair do cavalo e se jogar por vidraças de açúcar feitas para parecer vidro. Passe o resto do tempo deitado debaixo do sol, conheça uma aspirante a atriz à beira da piscina."

Por alguns instantes, Joe conseguiu visualizar o que Danny dizia: uma outra vida, um sonho de água azul, mulheres de pele cor de mel, palmeiras.

"É só uma viagem rápida de trem de duas semanas, caçulinha."

Joe riu mais um pouco ao imaginar aquilo.

"É um bom trabalho", disse Danny. "Se algum dia quiser ir para lá trabalhar comigo, posso treinar você."

Ainda sorrindo, Joe fez que não com a cabeça.

"É um trabalho honesto", disse Danny.

"Eu sei", disse Joe.

"Você poderia parar de viver uma vida em que tem de passar o tempo inteiro olhando por cima do próprio ombro."

"Não é isso."

"O que é, então?" Danny parecia genuinamente curioso.

"A noite. Ela tem seu próprio conjunto de regras."

"O dia também tem regras."

"Ah, eu sei", disse Joe. "Só que elas não me agradam."

Os dois passaram muito tempo se encarando através da grade.

"Não entendo", disse Danny baixinho.

"Eu sei que não", disse Joe. "Você é um cara que compra esse papo de um mundo dividido entre mocinhos e bandidos. Um agiota quebra a perna de alguém por não pagar uma dívida, um banqueiro expulsa alguém de casa pelo mesmo motivo, e você acha que existe uma diferença, como se o banqueiro estivesse apenas fazendo o seu trabalho, mas o agiota fosse um criminoso. Eu gosto do agiota porque ele não finge ser nada além do que é, e acho que o banqueiro deveria estar sentado aqui onde estou agora. Não quero viver uma vida em que vá pagar as porras dos meus impostos, buscar limonada para o patrão no piquenique da empresa e comprar seguro de vida. Uma vida em que vá ficar velho e gordo para poder virar sócio de clube só para cavalheiros em Back Bay, fumar charutos com um bando de babacas em alguma salinha dos fundos, falar sobre minhas partidas de squash e as notas dos meus filhos na escola. Em que vá morrer sentado em frente à minha mesa de trabalho, e antes mesmo de a terra ser despejada sobre o caixão eles já terão tirado meu nome da porta da sala."

"Mas assim é a vida", disse Danny.

"Assim é *um tipo* de vida. Você quer jogar segundo as regras deles? Vá em frente. Mas eu acho as regras deles uma babaquice. Acho que as únicas regras que existem são as que um homem cria para si mesmo."

Novamente os dois ficaram se observando através da grade. Durante toda a sua infância, Danny havia sido o herói de Joe. Caramba, ele havia sido o seu deus. E agora deus não passava de um homem que ganhava a vida caindo de cavalos, que ganhava a vida fingindo levar tiros.

"Nossa, como você cresceu", comentou Danny baixinho.

"Pois é", retrucou Joe.

Danny pôs os cigarros no bolso e o chapéu na cabeça.

"Uma pena", falou.

Dentro do presídio, a guerra White-Pescatore foi praticamente ganha na noite em que três soldados de White foram baleados no telhado durante uma "tentativa de fuga".

Mesmo assim, as escaramuças continuaram e as rixas ficaram mais intensas. Ao longo dos seis meses seguintes, Joe aprendeu que as guerras na verdade não acabam nunca. Mesmo enquanto ele, Maso e o resto da gangue Pescatore no presídio consolidavam seu poder, era impossível dizer se este ou aquele guarda fora pago para agir contra eles ou se este ou aquele detento merecia confiança.

Micky Baer foi atacado no pátio com um pedaço de metal por um homem que, conforme se descobriu depois, era casado com a irmã do finado Dom Pokaski. Micky sobreviveu, mas passaria o resto da vida com problemas para mijar. Ficaram sabendo lá de fora que Guard Colvin estava apostando todas as suas fichas em Syd Mayo, cupincha de White. E Colvin estava perdendo.

Então Holly Peletos, assassino a soldo de White, apareceu para cumprir cinco anos por homicídio involuntário e começou a soltar a língua no refeitório falando sobre troca da guarda. Assim, tiveram de jogá-lo da galeria.

Havia semanas em que Joe passava duas ou três noites sem dormir de tanto medo, ou porque ficava tentando prever todas as possibilidades, ou porque seu coração não parava de bater dentro do peito como se estivesse tentando se libertar.

Você dizia a si mesmo que não seria atingido.

Dizia a si mesmo que aquele lugar não iria devorar sua alma.

Mas o que dizia a si mesmo acima de tudo era: *eu vou viver.*

Vou sair deste lugar.

Custe o que custar.

Maso foi solto em uma manhã de primavera de 1928.

"A próxima vez que você vai me ver será no dia de visita", disse ele a Joe. "Vou estar do outro lado daquela grade."

Joe apertou sua mão. "Cuide-se."

"Mandei meu advogado começar a trabalhar no seu caso. Você vai sair em breve. Fique alerta, garoto, fique vivo."

Joe tentou buscar consolo nessas palavras, mas sabia que, caso não passassem disso — palavras —, teria de cumprir uma pena que lhe pareceria ter o dobro da duração, pois ele teria permitido que a esperança entrasse. Assim que Maso deixasse aquele lugar para trás, poderia muito facilmente deixar Joe para trás também.

Ou então poderia dar a Joe um pedaço de cenoura apenas suficiente para que ele continuasse gerenciando sua operação atrás daqueles muros em seu nome, sem nenhuma intenção de contratá-lo quando ele saísse.

Fosse como fosse, Joe não podia fazer nada a não ser ficar sentado esperando para ver como as coisas iriam se desenrolar.

Quando Maso saiu, foi difícil não perceber. O que estivera fervendo em fogo brando de dentro do presídio foi banhado com gasolina do lado de fora. Maio Assassino, na alcunha inventada pelos jornais, deixou Boston pela primeira vez parecida com Detroit ou Chicago. Os soldados de Maso atacaram os contadores, destiladores, caminhões e soldados de White como se aquilo fosse uma estação aberta de caça. E era mesmo. Em um mês, Maso expulsou White de Boston, e seus poucos soldados remanescentes fugiram correndo atrás dele.

No presídio, foi como se a harmonia houvesse sido injetada no sistema de fornecimento de água. Os esfaqueamentos cessaram. Pelo restante do ano de 1928, ninguém mais foi jogado de nenhuma galeria ou apunhalado na fila da comida. Joe soube que a paz realmente chegara à Penitenciária de Charlestown quando conseguiu fechar negócio com dois dos melhores destiladores encarcerados de Albert White para que estes operassem por trás dos muros. Em pouco tempo, os guardas estavam contrabandeando gim *para fora* da Penitenciária de Charlestown, e a qualidade da bebida era tão boa que logo lhe rendeu um nome popular, Código Penal.

Joe dormia profundamente pela primeira vez desde que havia entrado pelos portões da frente, no verão de 1927. Teve tempo também de chorar pelo pai e de chorar por Emma, processo que havia represado, uma vez que teria atraído seus pensamentos para lugares que estes não deveriam visitar enquanto houvesse gente conspirando contra ele.

A brincadeira mais cruel que Deus fez com Joe durante a segunda metade de 1928 foi mandar Emma visitá-lo durante o sono. Ele sentia a perna dela se esgueirar por entre as suas, sentia o cheiro das gotinhas de perfume que ela passava atrás de cada orelha, abria os olhos e se deparava com os dela a três centímetros dos seus, sentia seu hálito nos lábios. Erguia os braços do colchão para poder alisar com as mãos suas costas nuas. Então abria os olhos de verdade.

Ninguém.

Somente a escuridão.

E ele rezava. Pedia a Deus para permitir que ela estivesse viva, mesmo que nunca mais tornasse a vê-la. Por favor, permita que ela esteja viva.

Mas Deus, quer ela esteja viva ou morta, seria possível por favor, por favor parar de mandá-la visitar meus sonhos? Não posso perdê-la repetidas vezes. É demais. É cruel demais. Senhor, tende piedade, pedia Joe.

Mas Deus não teve.

As visitas prosseguiram — e prosseguiriam — pelo restante do tempo de Joe na Penitenciária de Charlestown.

Seu pai nunca o visitava. No entanto, Joe sentia sua presença de um jeito que jamais sentira quando ele estava vivo. Às vezes ficava sentado na cama, abrindo e fechando a tampa do relógio, abrindo e fechando, e imaginava conversas que os dois poderiam ter tido caso todos os antigos pecados e expectativas frustradas não os tivessem atrapalhado.

Me fale sobre a mãe.

O que você quer saber?

Quem era ela?

Uma moça assustada. Uma moça muito assustada, Joseph.

Assustada com o quê?

Com o mundo lá fora.

O que tem no mundo lá fora?

Tudo o que ela não entendia.

Ela me amava?

À sua maneira.

Isso não é amor.

Para ela era. Não pense que ela abandonou você.

O que devo pensar, então?

Que ela ficou por sua causa. Caso contrário, teria deixado todos nós anos antes.

Não sinto saudade dela.

Engraçado. Eu sinto.

Joe fitava a escuridão. *Sinto saudade sua.*

Você logo vai me ver.

Depois de encaminhar as operações de destilaria e contrabando no presídio, bem como a rede de extorsão em troca de proteção, Joe teve tempo de sobra para ler. Graças a Lancelot Hudson Neto, leu praticamente tudo o que havia na biblioteca do presídio, uma façanha e tanto.

Lancelot Hudson Neto era o único homem rico de que alguém conseguia lembrar que fora condenado a uma pena em regime fechado na Penitenciária de Charlestown. Mas o crime de Lancelot fora tão ultrajante e tão público — ele havia jogado a esposa adúltera, Catherine, do telhado de sua casa de quatro andares em Beacon Street *no meio* do desfile do Dia da Independência de 1919 que passava por Beacon Hill — que mesmo as famílias mais tradicionais da cidade haviam largado a porcelana fina por tempo suficiente para concluir que, se houve algum dia uma chance de entregar um dos seus à plebe, era aquela. Lancelot Hudson Neto havia cumprido sete anos em Charlestown por homicídio involuntário. Ainda que não fossem propriamente trabalhos forçados, o regime da pena era fechado, suavizado apenas pelos livros que ele conseguira contrabandear para dentro do presídio, arranjo este condicionado ao fato de ele os deixar lá quando saísse. Joe leu pelo menos uns cem livros da coleção de Hudson. Dava para saber que eram dele porque, no canto superior direito da folha de rosto, ele escrevera com uma caligrafia miúda e apertada: “Propriedade original de Lancelot Hudson Neto. Vá se foder”. Joe leu Dumas, Dickens e Twain.

Leu Malthus, Adam Smith, Marx & Engels, Maquiavel, os ensaios federalistas em defesa da Constituição original dos Estados Unidos e os *Sofismas econômicos* de Bastiat. Esgotada a coleção de Hudson, leu tudo o mais que estivesse à mão — romances baratos e faroestes, em sua maioria —, bem como revistas e jornais cuja entrada era permitida pela administração. Tornou-se praticamente um especialista em detectar que palavras ou frases inteiras eram censuradas.

Ao folhear uma edição do *Boston Traveler*, deparou-se com um artigo sobre um incêndio no terminal rodoviário da Viação Costa Leste, na St. James Avenue. Uma fiação elétrica puída fizera chover faíscas sobre a árvore de Natal do terminal. Em pouco tempo, o prédio havia pegado fogo. A respiração de Joe encurtou e travou enquanto ele estudava as fotografias do estrago. O guarda-volumes no qual havia guardado as economias de sua vida, incluindo os sessenta e dois mil dólares do assalto ao banco em Pittsfield, aparecia no canto de uma das imagens. Estava caído de lado sob uma das vigas do teto, o metal preto feito terra.

Joe não soube dizer que sensação era pior: a de que nunca mais iria respirar ou a de estar prestes a vomitar fogo pela traqueia.

Segundo a matéria, o prédio fora destruído por completo. Nada se salvara. Joe achou difícil acreditar nisso. Algum dia, quando tivesse tempo, iria descobrir qual dos funcionários da Viação Costa Leste havia se aposentado jovem e, segundo os boatos, levava a vida em grande estilo no exterior.

Até lá, iria precisar de um emprego.

Maso lhe ofereceu um no final daquele inverno, o mesmo dia em que informou a Joe que seu recurso estava caminhando a passos céleres.

"Você vai sair daqui logo logo", disse-lhe Maso através da grade.

"Com todo o respeito, logo logo *quando*?", indagou Joe.

"Antes do verão."

Joe sorriu. "Sério?"

Maso aquiesceu. "Mas juízes não são baratos. Você vai ter que trabalhar por isso."

"Por que não nos consideramos quites por eu não ter matado você?"

Maso estreitou os olhos; agora era um senhor distinto, de sobretudo de caxemira e terno de lã enfeitado com um cravo branco na lapela que combinava com a faixa de seda do chapéu. "Parece justo. A propósito, nosso amigo sr. White está fazendo bastante barulho em Tampa."

"Tampa?"

Maso assentiu. "Ele ainda domina alguns lugares por lá. Não consigo pegar todos porque Nova York tem participação, e eles deixaram bem claro que não devo me meter com eles agora. Ele também traz o rum para o Norte pelas nossas rotas, e tampouco posso fazer nada em relação a isso. Mas, como ele está invadindo meu território lá no Sul, o pessoal de Nova York nos deu permissão para tirá-lo da jogada."

"Permissão em que nível?", perguntou Joe.

"Qualquer coisa exceto matá-lo."

"Certo. O que você vai fazer, então?"

"Não é o que eu vou fazer. É o que você vai fazer, Joe. Quero que você assuma os negócios lá."

"Mas quem administra Tampa é Lou Ormino."

"Ele vai decidir que não quer mais essa dor de cabeça."

"E vai decidir isso quando?"

"Uns dez minutos antes de você chegar lá."

Joe pensou um pouco. "Tampa, é?"

"Lá faz calor."

"Não me importo com calor."

"Você nunca sentiu um calor feito o de lá."

Joe deu de ombros. O velho tinha tendência a exagerar. "Vou precisar de alguém de confiança lá."

"Sabia que você diria isso."

"Ah, é?"

Maso aquiesceu. "Já está feito. Ele está lá há seis meses."

"Onde o encontrou?"

"Montreal."

"Seis meses?", indagou Joe. "Há quanto tempo você está planejando isso?"

"Desde que Lou Ormino começou a pôr uma parte do meu lucro no bolso e Albert White apareceu para passar a mão no resto." Ele se inclinou para a frente. "Se você descer lá e resolver a situação, Joe, vai passar o resto da vida vivendo feito um rei."

"Quer dizer que, se eu assumir, vamos ser sócios meio a meio?"

"Não", respondeu Maso.

"Mas Lou Ormino é seu sócio meio a meio."

"E veja só no que isso vai dar." Maso encarou Joe com seu verdadeiro rosto através da grade metálica.

"Então quanto eu vou levar?"

"Vinte por cento."

"Vinte e cinco", rebateu Joe.

"Fechado", respondeu Maso, com uma centelha nos olhos que mostrou que teria subido até trinta. "Mas é melhor fazer por merecer."

PARTE II

YBOR 1929-33

11

O MELHOR DA CIDADE

A primeira vez que Maso propôs a Joe assumir suas operações no oeste da Flórida, havia lhe avisado sobre o calor. Mesmo assim, Joe não estava preparado para o muro escaldante com o qual se deparou ao saltar na plataforma da estação ferroviária de Tampa em uma manhã de agosto de 1929. Estava usando um terno de verão xadrez príncipe de gales. Havia deixado o colete dentro da mala, mas ali na plataforma, enquanto esperava o carregador trazer sua bagagem com o paletó pendurado no braço e a gravata afrouxada, bastou o tempo de fumar um cigarro para ficar ensopado de suor. Havia tirado o chapéu Wilton ao descer do trem, com medo de o calor derreter a brilhantina dos cabelos e de esta se entranhar no forro de seda, mas tornou a colocá-lo para proteger a cabeça das garras do sol enquanto novos poros de seu peito e braços começavam a vazar.

Não era apenas o sol, pendurado bem alto e muito branco em um céu tão desprovido de nuvens que era como se nuvens jamais houvessem existido (e talvez não existissem mesmo ali; Joe não fazia a menor ideia), mas também a umidade digna de uma selva, como se ele estivesse envolto em uma bola de palha de aço que alguém tivesse jogado dentro de uma panela de óleo. E a cada poucos minutos o fogo era aumentado mais um pouco.

Assim como Joe, os outros homens que haviam descido do trem também tiraram o paletó; alguns haviam tirado o colete e a gravata e arregaçado as mangas da camisa.

Alguns haviam colocado o chapéu; outros o haviam tirado e abanavam o rosto com ele. As passageiras usavam chapéus de veludo com abas largas, cloches de feltro ou chapéus de palha com largas viseiras. Algumas pobres coitadas haviam optado por materiais ainda mais pesados e abas cobrindo as orelhas. Usavam vestidos de crepe e xales de seda, mas não pareciam muito contentes com isso: tinham o rosto vermelho, os cabelos cuidadosamente penteados cheios de brechas e cachos, e coques se desmilinguiam em algumas nucas.

Era fácil distinguir os moradores locais — os homens usavam chapéus de palha, camisas de manga curta e calças de gabardine. Seus sapatos eram bicolores como o da maioria dos homens de agora, mas tinham cores mais vivas que os dos passageiros do trem. Quando as mulheres usavam algo na cabeça, eram chapelões de palha. Os vestidos eram bem simples e usava-se muito branco, como a moça que passava por ele agora: não havia absolutamente nada de especial em suas saia e blusa brancas, ambas um pouco puídas. Mas meu Deus, pensou Joe, que corpo debaixo daquela roupa: ele se movia sob o tecido fino como algo proibido torcendo para conseguir sair da cidade antes de os puritanos ficarem sabendo. O paraíso, pensou Joe, é escuro, luxuriante, e recobre membros que se movem feito água.

O calor devia tê-lo tornado mais lento que de costume, porque a mulher o pegou olhando, algo que jamais acontecera com ele em Boston. Mas a mulher — uma mulata, ou quem sabe até uma negra de algum tipo, ele não saberia dizer, mas com certeza de pele escura, escura feito cobre — lhe lançou uma olhadela repressora e seguiu andando. Talvez tenha sido o calor, ou talvez tenham sido os dois anos na prisão, mas Joe não conseguiu parar de observá-la se mover por baixo da roupa fina. Os quadris subiam e desciam na mesma cadência lânguida de sua bunda, e havia certa música na forma como os ossos e músculos das costas subiam e desciam, como uma sinfonia do corpo. Meu Deus, pensou ele, passei tempo demais na prisão. Os cabelos pretos e crespos da mulher estavam presos em um coque atrás da cabeça, mas uma solitária mecha descia pelo pescoço. Ela se virou para fitá-lo com fúria. Ele baixou os olhos antes de aquele olhar o alcançar, sentindo-se um menino de nove anos de idade surpreendido puxando a maria-chiquinha de uma menina no pátio da escola. Então se perguntou do que deveria sentir vergonha. Ela havia olhado para trás, não havia?

Quando tornou a levantar os olhos, a mulher havia se perdido na multidão perto da outra ponta da plataforma. *Você não tem nada a temer de mim*, quis dizer a ela. *Nunca vai partir meu coração nem eu o seu. Já me aposentei do ramo dos corações partidos.*

Joe havia passado os últimos dois anos aceitando não apenas o fato de Emma estar morta, mas de que, para ele, jamais haveria nenhum outro amor. Algum dia talvez viesse a se casar, mas seria um arranjo sensato, previsto para fazê-lo ascender na profissão e lhe proporcionar herdeiros. Adorava o conceito que essa palavra evocava — *herdeiros.* (Homens da classe trabalhadora tinham filhos. Homens bem-sucedidos tinham herdeiros.) Enquanto isso, recorreria às putas. Talvez a mulher que havia acabado de lhe lançar o olhar repressor fosse uma puta bancando a casta. Nesse caso, ele com certeza iria experimentá-la — uma linda puta mulata, perfeita para um príncipe do crime.

Quando o carregador depositou a bagagem de Joe na sua frente, ele lhe deu uma gorjeta composta de notas agora tão úmidas quanto todo o resto. Disseram-lhe que alguém viria aguardar seu trem, mas ele não se lembrara de perguntar como iriam identificá-lo no meio da multidão. Virou-se devagar, à procura de um homem que aparentasse má reputação suficiente, mas em vez disso viu a mulata descendo a plataforma outra vez na sua direção. Uma segunda mecha de cabelos caía por sua têmpora, e ela a afastou da bochecha com a mão livre. O outro braço estava preso ao de um rapaz latino de chapéu de palha, calça de seda parda com vincos longos e marcados, e uma camisa branca sem colarinho abotoada até o pescoço. Apesar do calor, seu rosto estava seco, bem como a camisa, mesmo no alto, onde o botão fechado apertava com força o pomo de adão. Ele se movia com o mesmo gingado suave da mulher; algo nas canelas e nos tornozelos, embora os passos em si fossem tão precisos que os pés chegavam a estalar na plataforma.

Os dois passaram por Joe falando espanhol, um fluxo leve e veloz de palavras, e a mulher lançou a Joe um olhar muito rápido, tão rápido que ele poderia tê-lo imaginado, embora duvidasse. O homem apontou para algo mais adiante na plataforma e disse alguma coisa em seu espanhol acelerado, e os dois riram, e então passaram por ele.

Joe estava se virando para dar mais uma olhada em busca de quem quer que estivesse indo apanhá-lo quando alguém fez exatamente isso — levantou-o da plataforma como se ele não pesasse mais do que uma trouxa de roupa. Ele baixou os olhos para os dois braços carnudos que lhe cingiam o tronco e sentiu um cheiro conhecido de cebolas cruas e água-de-colônia Arabian Sheik.

Foi largado de volta na plataforma, virou-se, e se viu cara a cara com seu velho amigo pela primeira vez desde aquele dia terrível em Pittsfield.

"Dion", falou.

Dion deixara de ser rechonchudo para se tornar corpulento. Usava um terno champanhe risca de giz com quatro botões. A camisa lilás tinha um colarinho branco alto contrastante, usado por cima de uma gravata vermelho-sangue listrada de preto. As botinas pretas e brancas tinham cadarços que passavam dos tornozelos. Se você pedisse a um velho já meio cego para identificar o gângster da plataforma a cem metros de distância, era para Dion que ele apontaria o dedo trêmulo.

"Joseph", disse ele com uma formalidade rígida, e então seu rosto redondo se desfez em um largo sorriso e ele tornou a levantar Joe do chão, desta vez pela frente, e lhe deu um abraço tão apertado que Joe temeu pela própria coluna.

"Sinto muito pelo seu pai", sussurrou Dion.

"Sinto muito pelo seu irmão."

"Obrigado", respondeu Dion com estranha animação. "Tudo por causa de presunto enlatado." Ele soltou Joe e sorriu. "Eu teria comprado porcos só para ele."

Os dois começaram a descer a plataforma em meio ao forte calor.

Dion pegou uma das malas de Joe para carregá-la. "Quando Lefty Downer me achou lá em Montreal e me disse que os Pescatore queriam que eu viesse trabalhar para eles, pensei que fosse armação, juro a você. Mas aí eles disseram que você estava cumprindo pena com o velho, e eu pensei: 'Se alguém é capaz de enfeitiçar o diabo em pessoa, é meu antigo companheiro'. Ele acertou os ombros de Joe com um tapa do braço grosso. "Que ótimo ter você de volta."

"É bom estar livre", comentou Joe.

"Charlestown foi...?"

Joe aquiesceu. "Talvez até pior do que dizem. Mas arrumei um jeito de tornar o lugar possível de viver."

"Aposto que arrumou."

No estacionamento, o calor estava ainda mais incandescente. Irradiava-se do chão de concha moída e dos carros, e Joe ergueu uma das mãos para proteger os olhos, mas não adiantou muito.

"Caramba, e você com esse terno de três peças", falou para Dion.

"O segredo é o seguinte", disse Dion enquanto chegavam perto de um Marmon 34 e ele largava a mala de Joe no chão de concha moída. "Da próxima vez que for a uma loja de departamentos, compre todas as camisas do seu tamanho. Eu uso quatro por dia."

Joe espiou sua camisa lilás. "Conseguiu achar quatro dessa cor?"

"Oito." Ele abriu a porta de trás do carro e acomodou

a bagagem de Joe lá dentro. "São só alguns quarteirões, mas com este calor..."

Joe estendeu a mão para a porta do carona, mas Dion se adiantou para fazê-lo. Joe o encarou. "Está de sacanagem comigo."

"Eu agora trabalho para você", respondeu Dion. "Patrão Joe Coughlin."

"Pare com isso." Joe balançou a cabeça diante do absurdo da situação e entrou no carro.

Quando estavam saindo do estacionamento da estação, Dion falou: "Ponha a mão debaixo do banco. Vai encontrar um amigo".

Joe obedeceu, e sua mão voltou trazendo uma pistola automática Savage calibre 32. Medalhões com efígies de cabeças de índios no cabo e um cano de nove centímetros. Joe a enfiou no bolso direito da calça e disse a Dion que iria precisar de um coldre, sentindo uma leve irritação com o fato de Dion não ter se lembrado de trazer um consigo.

"Quer o meu?", perguntou Dion.

"Não, tudo bem", respondeu Joe.

"Pode ficar com o meu."

"Não", respondeu Joe, pensando que ser patrão iria exigir um período de adaptação. "Só vou precisar de um logo."

"No fim do dia", falou Dion. "No máximo, prometo."

Como tudo o mais por ali, o tráfego avançava lentamente. Dion os conduziu até Ybor City. Ali, o céu perdeu o branco ofuscante e adquiriu um tom de bronze causado pela fumaça das fábricas. Dion explicou que os charutos eram o esteio daquele bairro. Apontou para prédios de tijolo com altas chaminés e para as construções menores — algumas não passavam de casinhas de cômodos corridos com as portas da frente e de trás abertas —, onde trabalhadores curvados acima de mesas enrolavam charutos.

Foi recitando nomes — El Reloj e Cuesta-Rey, Bustillo, Celestino Vega, El Paraiso, La Pila, La Trocha, El Naranjal, Perfecto Garcia. Disse a Joe que o cargo mais cobiçado em uma fábrica era o de leitor, o sujeito que ficava sentado em uma cadeira no meio do chão de fábrica lendo romances famosos em voz alta enquanto os operários trabalhavam. Explicou que um fabricante de charutos se chamava *tabaquero*, as fábricas menores eram *chinchals*, palavra que também designava um tipo de barco, e a comida cujo cheiro ele talvez estivesse conseguindo sentir em meio ao fedor da fumaça devia ser *bolos* ou *empanadas*.

"Veja só você." Joe deu um assobio. "Falando espanhol feito o rei da Espanha."

"Por aqui é necessário", respondeu Dion. "E italiano também. É melhor você se reciclar."

"Você fala italiano, meu irmão falava, mas eu nunca aprendi."

"Bom, espero que ainda aprenda tão rápido quanto antes. O motivo que nos faz conseguir tocar nossos negócios aqui em Ybor é porque o resto da cidade simplesmente nos deixa em paz. Para eles, nós não passamos de uns cucarachos e carcamanos imundos e, contanto que não criemos confusão demais e que os tabaqueiros não tornem a fazer greve para obrigar os donos das fábricas a chamarem a polícia e brutamontes para baterem nas pessoas, podemos fazer o que fazemos em paz." Ele dobrou na Sétima Avenida, que parecia ser uma via principal: pedestres passavam pelas calçadas feitas de tábuas de madeira junto a prédios de dois andares com largas varandas, treliças de ferro forjado e fachadas de tijolo ou estuque que fizeram Joe recordar o fim de semana de bebedeira passado em Nova Orleans alguns anos antes. Trilhos corriam pelo centro da avenida, e ele viu um bonde vir na sua direção a vários quarteirões de onde estavam, o nariz desaparecendo e tornando a aparecer atrás de ondas de calor.

"Era de imaginar que a gente fosse se dar bem", prosseguiu Dion, "mas nem sempre é assim que funciona. Os italianos e cubanos só convivem entre si. Mas os cubanos negros detestam os cubanos brancos, os cubanos brancos consideram os cubanos negros uns crioulos, e ambos esnobam todos os outros. Todos os cubanos odeiam os espanhóis. Os espanhóis consideram os cubanos uns negrinhos arrogantes que esqueceram seu lugar desde que foram libertados pelos Estados Unidos em 98. Os cubanos *e* os espanhóis desprezam os porto-riquenhos, e todo mundo caga na cabeça dos dominicanos. Os italianos só respeitam quem veio da bota de navio, e os *americanos* acham que de vez em quando alguém dá bola para o que eles pensam."

"Você realmente nos chamou de *americanos*?"

"Eu sou italiano", disse Dion, virando à esquerda e descendo por outra larga avenida, embora esta ainda não fosse asfaltada. "E sabe que por aqui tenho orgulho de ser?"

Joe viu o azul do golfo, os barcos no porto e os altos guindastes. Sentiu cheiro de sal, manchas de óleo, maré vazante.

"O porto de Tampa", informou Dion com um floreio da mão enquanto os fazia percorrer ruas de tijolos vermelhos nas quais homens cruzavam seu caminho dirigindo empilhadeiras que cuspiam fumaça de óleo diesel, e os guindastes movimentavam *pallets* de duas toneladas bem alto acima de suas cabeças, fazendo as sombras das redes quadricularem o para-brisa. Um vapor tocou seu apito.

Dion parou o carro em frente a uma área de descarga mais abaixo do cais, e os dois saltaram para observar os homens lá embaixo desmontarem uma pilha de sacos de juta marcados com as palavras ESCUINTIA, GUATEMALA. Pelo cheiro, Joe percebeu que alguns dos sacos continham café e outros, chocolate. A meia dúzia de homens os descarregou em dois tempos, o guindaste tornou a suspender a rede e o *pallet* vazio, e os homens lá embaixo desapareceram por uma porta que levava para dentro do local de armazenamento.

Dion conduziu Joe até a escada e desceu.

"Para onde estamos indo?"

"Você vai ver."

Na área de descarga mais abaixo, os homens haviam

fechado a porta atrás de si. Joe e Dion se viram em pé sobre um chão de terra batida que recendia a tudo o que jamais havia sido descarregado sob o sol de Tampa: bananas, abacaxis, cereais. Óleo, batatas, gás e vinagre. Pólvora. Frutas podres e café fresquinho, cujo pó estalava sob os sapatos. Dion encostou a palma da mão na parede de cimento oposta à escada, deslizou a mão para a direita e a parede foi junto — simplesmente deu uma subidinha e se soltou de uma junção que Joe não conseguia ver a pouco mais de meio metro de distância. Uma porta apareceu e Dion deu duas batidas nela e depois aguardou, movendo os lábios enquanto contava. Então deu mais quatro batidas na porta, e uma voz do outro lado falou:

"Quem é?"

"Lareira", respondeu Dion, e a porta se abriu.

Eles se viram diante de um corredor tão fino quanto o homem do outro lado da porta, vestido com uma camisa que talvez tivesse sido branca antes de o suor a manchar para todo o sempre. Sua calça era de brim marrom, e ele usava um lenço em volta do pescoço e um chapéu de caubói. Um revólver de seis tiros aparecia no cós da calça de brim. O caubói meneou a cabeça para Dion e os deixou passar antes de empurrar a parede de volta para o lugar.

O corredor era tão estreito que os ombros de Dion roçavam nas paredes enquanto ele caminhava na frente de Joe. Luzes fracas pendiam de um cano preso ao teto, uma lâmpada nua a cada sete metros mais ou menos, metade queimada. Joe teve quase certeza de distinguir uma porta no final do corredor. Calculou que estivesse a uns quatrocentos e cinquenta metros de distância, o que significava que poderia muito bem estar imaginando a sua existência. Tiveram de andar por um chão coberto de lama, com água pingando do teto e empoçando no chão, e Dion explicou que os túneis muitas vezes alagavam; de tempos em tempos, eles encontravam um bêbado morto pela manhã, último dos desgarrados da noite anterior que decidira tirar um pouco recomendável cochilo.

"Sério?", indagou Joe.

"Sério. E sabe o que é pior? Às vezes as ratazanas os encontram."

Joe olhou em volta. "Isso deve ser a coisa mais horrível que escutei neste mês."

Dion deu de ombros e seguiu andando, e Joe correu os olhos para cima e para baixo pelas paredes e depois pelo caminho à sua frente. Nenhuma ratazana. Ainda.

"O dinheiro do banco de Pittsfield", disse Dion enquanto andavam.

"Está seguro", respondeu Joe. Acima da cabeça, pôde ouvir o estalo das rodas de um bonde seguida pelas pancadas lentas e pesadas do que supôs ser um cavalo.

"Seguro onde?", Dion olhou para ele por cima do ombro.

"Como eles sabiam?", indagou Joe.

Acima deles, várias buzinas soaram e um motor acelerou.

"Sabiam o quê?", perguntou Dion, e Joe reparou que ele havia ficado um pouco mais careca, os cabelos escuros ainda fartos e oleosos nas laterais mas ralos e tímidos no alto da cabeça.

"Onde nos emboscar."

Dion tornou a olhar para trás na sua direção.

"Eles sabiam e pronto."

"Não é possível eles 'saberem e pronto'. Nós passamos semanas vigiando aquele lugar. A polícia nunca passava por lá porque não tinha motivo para isso... não havia nada para proteger nem ninguém para servir."

Dion meneou a cabeçorra. "Bom, não fui eu quem falou."

"Nem eu", disse Joe.

Já perto do final do túnel, a porta se revelou feita de aço escovado com uma fechadura de segurança de ferro. Os ruídos da rua tinham cedido lugar ao tilintar distante de prataria e louça sendo empilhada, e a passos de garçons andando apressados para lá e para cá. Joe tirou do bolso o relógio do pai e o abriu: era meio-dia.

Dion sacou de algum lugar dentro da calça folgada um molho de chaves de tamanho considerável. Abriu as trancas da porta, afastou as barras que a prendiam e destrancou a fechadura de segurança. Tirou a chave do molho e a estendeu para Joe. "Fique com ela. Vai usar, pode ter certeza."

Joe pôs a chave no bolso.

"De quem é este lugar?"

"Era de Ormino."

"Era?"

"Ah, você não leu os jornais de hoje?"

Joe fez que não com a cabeça.

"Ormino levou uns tiros ontem à noite."

Dion abriu a porta, e eles subiram uma escada até outra porta que estava destrancada. Abriram-na e adentraram um recinto amplo e úmido, com piso e paredes de cimento. Mesas margeavam as paredes, e em cima dessas mesas havia o que Joe já esperava ver: fermentadores e extratores, alambiques e bicos de Bunsen, béqueres, tonéis e utensílios de coar.

"O melhor que o dinheiro pode comprar", disse Dion, apontando para termômetros afixados à parede e conectados aos destiladores por tubos de borracha. "Se quiser um rum suave, tem que remover a fração entre 75,5 e 85,5 graus centígrados. Isso é muito importante para evitar, você sabe, que as pessoas morram ao tomar sua birita. Esses termômetros não erram, eles..."

"Eu sei como se fabrica rum", disse Joe. "Na verdade, D, depois de dois anos na prisão, você pode citar qualquer substância que eu vou saber recondensar. Provavelmente seria capaz de destilar as porras dos seus sapatos. O que eu não estou vendo aqui, porém, são duas coisas bastante essenciais para fabricar rum."

"Ah, é?", indagou Dion. "Que coisas?"

"Melaço e mão de obra."

"Eu deveria ter dito antes: temos um problema nesse departamento", falou Dion.

Os dois atravessaram um bar clandestino vazio, disseram "lareira" diante de outra porta fechada e entraram na cozinha de um restaurante italiano localizado na East Palm Avenue. Passaram pela cozinha e entraram no salão, onde encontraram uma mesa perto da rua e próxima a um ventilador alto e preto tão pesado que pareciam ser necessários três homens e um boi para tirá-lo do lugar.

"Nosso distribuidor não está conseguindo mercadoria." Dion desdobrou o guardanapo e o enfiou no colarinho da camisa, alisando-o por cima da gravata.

"Estou vendo", disse Joe. "Por quê?"

"Pelo que ouvi dizer, os barcos têm afundado."

"Quem é o distribuidor mesmo?"

"Um cara chamado Gary L. Smith."

"Ellsmith?"

"Não", disse Dion. "*L.* É a inicial do nome do meio dele. Ele insiste em ser chamado assim."

"Por quê?"

"Mania de sulista."

"Não seria mania de babaca?"

"É, pode ser."

O garçom trouxe os cardápios e Dion pediu duas limonadas, garantindo a Joe que seriam as melhores que ele provaria na vida.

"Por que precisamos de um distribuidor?", quis saber Joe. "Por que não estamos lidando direto com o fornecedor?"

"Bom, existem vários fornecedores. E são todos cubanos. Smith trata com cubanos para nós não precisarmos tratar. E ele também trata com os *dixies*."

"Os transportadores."

Dion aquiesceu enquanto o garçom trazia as limonadas.

"É, o pessoal local daqui até a Virgínia. São eles que transportam a mercadoria pela Flórida e para o norte pela costa."

"Mas vocês têm perdido várias dessas cargas também."

"É."

"E quantos barcos mais podem ser afundados, quantos caminhões interceptados antes que a situação deixe de ser pura falta de sorte?"

"É", repetiu Dion, pois aparentemente não conseguia pensar em mais nada para dizer.

Joe deu um gole em sua limonada. Não teve certeza de que fosse a melhor que já havia provado e, mesmo que fosse, era apenas limonada. Difícil se animar com a porra de uma limonada.

"Você seguiu as sugestões da minha carta?"

Dion aquiesceu. "Nos mínimos detalhes."

"Quantos foram parar onde eu imaginei?"

"Uma alta porcentagem."

Joe passou os olhos pelo cardápio em busca de algo que reconhecesse.

"Experimente o ossobuco", aconselhou Dion. "É o melhor da cidade."

"Para você tudo é 'o melhor da cidade'", disse Joe. "A limonada, os termômetros."

Dion deu de ombros e abriu o seu cardápio. "Tenho um gosto refinado."

"Ah, claro", retrucou Joe. Fechando o cardápio, cruzou olhares com o garçom. "Vamos comer e depois fazer uma visitinha a Gary L. Smith."

Dion estudou seu cardápio. "Vai ser um prazer."

Sobre a mesa da sala de espera do escritório de Gary L. Smith estava disposta a edição matutina do *Tampa Tribune*. O cadáver de Lou Ormino era retratado dentro de um carro com vidraças estilhaçadas e assentos sujos de sangue. Em preto e branco, a fotografia da morte tinha o mesmo aspecto de todas elas: indigno. A manchete dizia:

CONHECIDO INTEGRANTE DO SUBMUNDO ASSASSINADO

"Você o conhecia bem?"

Dion assentiu. "Conhecia."

"Gostava dele?"

Dion deu de ombros. "Não era um cara mau. Cortou as unhas dos pés em algumas reuniões, mas me deu um ganso de presente no Natal passado."

"Vivo?"

Dion fez que sim. "Até eu chegar em casa, sim."

"Por que Maso queria ele fora da jogada?"

"Ele não falou para você?"

Joe fez que não com a cabeça.

Dion deu de ombros. "Nem para mim."

Durante um minuto, Joe não fez nada a não ser ouvir um relógio marcar os segundos e a secretária de Gary L. Smith virar as páginas rígidas da revista *Photoplay*. A secretária se chamava srta. Roe e tinha os cabelos escuros cortados bem curtos e levemente ondulados com a ajuda dos dedos. Usava uma blusa prateada de mangas curtas, abotoada na frente, com uma gravatinha de seda preta que caía por cima dos seios como uma prece atendida. Tinha um jeito de mal se mexer na cadeira — um rebolar quase imperceptível dos quadris — que fez Joe dobrar o jornal e começar a abanar o rosto.

Meu Deus, estou mesmo precisando transar, pensou.

Tornou a se inclinar para a frente. "Ele tem família?"

"Ele quem?

"Ele quem."

"Lou? Tinha, sim." Dion fez uma careta. "Por que está perguntando isso?"

"Só para saber."

"Ele devia cortar as unhas dos pés na frente da família, também. Eles vão ficar contentes por não ter mais que varrer os pedaços.

O interfone sobre a mesa da secretária tocou e uma voz fina disse: "Srta. Roe, mande os garotos entrarem".

Joe e Dion ficaram em pé.

"Garotos", disse Dion.

"Garotos", repetiu Joe, ajeitando os punhos da camisa e alisando os cabelos.

Gary L. Smith tinha dentes miúdos e quase tão amarelos como grãos de milho. Sorriu quando os dois entraram em sua sala e a srta. Roe fechou a porta atrás deles, mas não se levantou e tampouco sorriu com muita vontade. Atrás de sua mesa, persianas caribenhas bloqueavam a maior parte da luz do dia do oeste de Tampa, mas uma quantidade suficiente conseguia entrar para dar ao recinto um brilho cor de mel. Smith exibia o traje típico de um cavalheiro sulista: terno branco, camisa também branca e fina gravata preta. Observou-os sentar com um ar intrigado que Joe interpretou como medo.

"Quer dizer que os senhores são o novo achado de Maso." Smith empurrou um umidor por cima da mesa na sua direção. "Sirvam-se. Os melhores charutos da cidade."

Dion soltou um grunhido.

Joe recusou o umidor com um aceno, mas Dion pegou quatro charutos, guardou três no bolso e removeu a cabeça do quarto com uma mordida. Cuspiu-a na mão e a depositou na borda da mesa.

"Então, o que os trouxe até aqui?"

"Fui chamado para cuidar dos negócios de Lou Ormino por algum tempo."

"Mas não é permanente", disse Smith, acendendo o próprio charuto.

"Não é permanente o quê?"

"O senhor como substituto de Lou. Só estou dizendo isso porque o pessoal daqui gosta de lidar com gente conhecida, e ninguém conhece o senhor. Com todo o respeito."

"Quem na organização o senhor sugeriria?"
Smith pensou um pouco. "Rickie Pozzetta."
O nome fez Dion inclinar a cabeça. "Pozzetta não seria capaz de levar um cachorro até o hidrante."
"Delmore Sears, então."
"Outro idiota."
"Bem, certo, então eu poderia assumir."
"Não é má ideia", disse Joe.
Gary L. Smith abriu os braços. "Só se os senhores acharem que sou a pessoa certa para esse trabalho."
"É possível, mas precisamos saber por que os últimos três carregamentos foram atacados."
"Os que estavam indo para o Norte, o senhor quer dizer?"
Joe aquiesceu.
"Falta de sorte", respondeu ele. "É tudo em que consigo pensar. Acontece."
"Então por que não mudam as rotas?"
Smith pegou uma caneta e rabiscou alguma coisa em um pedaço de papel. "Mas que boa ideia, sr. Coughlin."
Joe aquiesceu.
"Uma ótima ideia. Com certeza vou pensar no assunto."
Joe passou algum tempo olhando para o homem, vendo-o fumar enquanto a luz difusa entrava pelas venezianas e se espalhava pelo alto de sua cabeça; ficou olhando para ele até Smith começar a aparentar certo embaraço.
"Por que os carregamentos por mar têm sido tão irregulares?"
"Ah, isso é por causa dos cubanos", respondeu Smith com facilidade. "Nós não temos controle nenhum sobre isso."
"Há dois meses, o senhor recebeu catorze carregamentos em uma semana", disse Dion, "três semanas depois foram cinco, na semana passada, nenhum."
"Não é como misturar cimento", retrucou Gary L. Smith. "Não basta acrescentar um terço de água para obter a mesma consistência a cada vez. Há vários fornecedores, com

vários prazos diferentes, e eles podem estar lidando com um fornecedor de açúcar de lá que esteja enfrentando uma greve. Ou então o condutor do barco fica doente."

"Nesse caso o senhor procura outro fornecedor", disse Joe.

"Não é tão simples."

"Por quê?"

A voz de Smith soava cansada, como se estivessem lhe pedindo para explicar mecânica de aviões para um gato. "Porque todos eles estão pagando tributo para o mesmo grupo."

Joe tirou do bolso um pequeno caderno e o abriu. "Estamos falando da família Suárez, é isso?"

Smith espichou os olhos para o caderninho. "Isso. Os donos da Tropicale, na Sétima Avenida."

"Quer dizer então que eles são os únicos fornecedores."

"Não, acabei de falar."

"Falar o quê?", Joe estreitou os olhos para ele.

"O que estou dizendo é que eles fornecem parte do que nós vendemos, mas também tem vários outros. Tem um cara com quem costumo negociar, o nome dele é Ernesto. O cara tem uma mão de madeira. Dá para acreditar? Ele..."

"Se todos os outros fornecedores respondem ao mesmo fornecedor, então esse fornecedor é o único fornecedor. Parto do princípio de que é ele quem fixa os preços e todos os outros acatam, não é?"

Smith deu um suspiro de exasperação. "Acho que sim."

"O senhor acha?"

"É que não é tão simples."

"Por que não?"

Joe aguardou. Dion Aguardou. Smith reacendeu o charuto. "Há outros fornecedores. Eles têm barcos, têm..."

"São prestadores de serviço", disse Joe. "Só isso. Eu quero tratar com o contratante. Vamos precisar de uma reunião com os Suárez assim que possível."

"Não", disse Smith.

“Não?”

“Sr. Coughlin, o senhor simplesmente não entende como as coisas são feitas em Ybor. Quem trata com Esteban Suárez e a irmã dele sou eu. Eu trato com todos os intermediários.”

Joe empurrou o telefone por cima da mesa até o cotovelo de Smith.

“Ligue para eles.”

“Sr. Coughlin, o senhor não está me escutando.”

“Estou, sim”, disse Joe com voz suave. “Pegue esse telefone, ligue para os Suárez e diga a eles que meu sócio e eu vamos jantar no Tropicale hoje à noite, e que ficaríamos muito gratos se pudéssemos ter a melhor mesa do restaurante e alguns minutos do tempo deles depois de comermos.”

“Por que não tira um ou dois dias para conhecer melhor os costumes daqui?”, perguntou Smith. “Depois disso, confie em mim, vai voltar e me agradecer por não ter ligado. E iremos conhecê-los juntos. Eu prometo.”

Joe levou a mão ao bolso. Pegou uns trocados e pôs em cima da mesa. Em seguida tirou os cigarros, depois o relógio do pai, e por fim a pistola calibre 32, que deixou em frente ao mata-borrão, apontada para Smith. Sacudiu o maço para pegar um cigarro, com os olhos pregados em Smith, enquanto este tirava o telefone do gancho e solicitava uma linha externa.

Joe ficou fumando enquanto Smith falava ao telefone em espanhol e Dion traduzia alguns trechos, e então Smith desligou.

“Ele nos reservou uma mesa para as nove”, disse Dion.

“Reservei uma mesa para as nove”, falou Smith.

“Obrigado.” Joe cruzou o tornozelo sobre o joelho. “Os Suárez são uma equipe de irmão e irmã, certo?”

Smith aquiesceu. “Sim, Esteban e Ivelia Suárez.”

“Agora, Gary, me diga uma coisa”, começou Joe, puxando um fio da meia junto ao osso do tornozelo, “você está trabalhando *diretamente* para Albert White?” Deixou o fio pendurado no dedo, em seguida o largou sobre o tapete de Gary L. Smith. "Ou tem algum intermediário que deveríamos conhecer?"

"Como disse?"

"Nós marcamos as suas garrafas, Smith."

"Vocês o quê?"

"Marcamos tudo o que você destilou", disse Dion. "Faz uns dois meses. Pontinhos no canto superior direito."

Gary sorriu para Joe como se nunca tivesse escutado tal coisa.

"Sabe todos aqueles transportes que nunca chegaram ao destino?", prosseguiu Joe. "Praticamente todas as garrafas foram parar em um dos bares clandestinos de Albert White." Ele bateu a cinza do cigarro em cima da mesa. "Pode explicar isso?"

"Não estou entendendo."

"Não está...?" Joe tornou a pôr os pés no chão.

"Não, quer dizer, eu não... O quê?"

Joe estendeu a mão para a pistola. "É claro que está."

Gary sorriu. Parou de sorrir. Tornou a sorrir. "Não estou, não. Ei. Ei."

"Você vem entregando a Albert White nossas rotas de fornecimento para o nordeste do país." Joe ejetou o pente calibre 32 na palma da mão. Removeu a bala de cima com o polegar.

Gary tornou a falar. Disse "ei".

Joe espiou pelo visor da pistola. "Ainda tem uma bala na câmara", falou para Dion.

"É sempre bom deixar uma. Para garantir."

"Garantir o quê?" Joe retirou a bala da câmara e a pegou. Depositou-a sobre a mesa, com a ponta virada na direção de Gary Smith.

"Sei lá", disse Dion. "Coisas que você não vê chegando."

Joe tornou a enfiar o pente no cabo da pistola. Inseriu uma das balas na câmara e pôs a arma no colo. "Pedi para Dion passar em frente à sua casa no caminho para cá. Uma bela casa. Dion disse que o bairro se chama Hyde Park, é isso?"

"Isso."

"Que engraçado."

"Por quê?"

"Tem um Hyde Park em Boston."

"Ah. Engraçado, mesmo."

"Bem, não que seja hilário nem nada. É só interessante."

"É."

"Ela é de estuque?"

"Como?"

"De estuque. Sua casa é feita de estuque, certo?"

"Bom, a estrutura é de madeira, mas sim, o acabamento é de estuque."

"Ah. Então me enganei."

"Não se enganou, não."

"Você disse que era de madeira."

"A estrutura é de madeira, mas o acabamento, a superfície, é sim de estuque. Então, sim, é isso... uma casa de estuque."

"Você gosta dela?"

"Ahn?"

"Da casa de estuque com estrutura de madeira... você gosta dela?"

"Ficou meio grande agora que meus filhos estão..."

"Estão o quê?"

"Adultos. Que saíram de casa."

Joe coçou a parte de trás da cabeça com o cano da 32. "Você vai ter que esvaziar a casa."

"Eu não..."

"Ou contratar alguém para esvaziar." Ele moveu as sobrancelhas em direção ao telefone. "Eles podem mandar as coisas para onde você acabar indo."

Smith tentou recuperar o que havia desaparecido da sala vinte minutos antes: a ilusão de que estava no controle da situação. "*Acabar indo*? Eu não vou embora daqui."

Joe se levantou e levou a mão ao bolso do paletó. "Está comendo ela?"

"O quê? Comendo quem?"

Joe indicou a porta atrás de si com o polegar. "A srta. Roe."

"*O quê?*", retrucou Smith.

Joe olhou para Dion. "Está."

Dion se levantou. "Com certeza."

Joe tirou do paletó um par de passagens. "Essa mulher é uma obra de arte. Adormecer ao lado dela deve ser como vislumbrar Deus. Depois disso, você sabe que tudo vai ficar bem."

Pôs as passagens na mesa entre os dois. "Não me importa quem você vai levar... sua mulher, a srta. Roe, caramba, até as duas ou então nenhuma delas. Mas vai embarcar no trem da Seaboard das onze da noite. Da noite de hoje, Gary."

Ele riu. Foi uma risada curta. "Não acho que o senhor esteja enten..."

Joe esbofeteou Gary L. Smith no rosto com tanta força que ele caiu da cadeira e bateu com a cabeça no radiador.

Ficaram esperando ele se levantar do chão. Ele endireitou a cadeira. Sentou-se, agora com o rosto inteiramente lívido, embora a bochecha e o lábio exibissem algumas gotinhas de sangue. Dion jogou um lenço na direção de seu peito.

"Ou você embarca nesse trem, Gary", Joe pegou a bala de pistola de cima da mesa, "ou a gente enfia você debaixo dele."

A caminho do carro, Dion perguntou: "Você estava falando sério?".

"Estava." Joe sentia-se irritado outra vez, embora não soubesse muito bem por quê. Às vezes simplesmente era tomado por uma escuridão. Gostaria de dizer que esses súbitos humores sombrios só vinham acontecendo desde a prisão, mas a verdade era que o vinham acometendo desde a sua mais remota lembrança. Às vezes sem motivo ou aviso. Dessa vez, contudo, talvez fosse por Smith ter mencionado que tinha filhos, e porque Joe não gostava de pensar em um homem que acabara de humilhar com algum tipo de vida fora do trabalho.

"Quer dizer que, se ele não embarcar no tal trem, está preparado para matá-lo?"

Ou talvez apenas porque era um cara sombrio com tendência a humores sombrios.

"Não." Joe parou junto ao carro e aguardou. "Homens que trabalham para nós vão fazer isso." Ele olhou para Dion. "Está me achando com cara de quê, de uma porra de um ajudante de lavoura?"

Dion abriu a porta para ele e Joe entrou no carro.

12

MÚSICA E ARMAS

Joe tinha pedido a Maso para lhe arrumar hospedagem em um hotel. Em seu primeiro mês na cidade, não queria pensar em nada a não ser nos negócios — o que incluía a procedência de sua próxima refeição, como seus lençóis e roupas eram lavados, e quanto tempo o cara que havia entrado no banheiro antes dele iria demorar. Maso disse que havia reservado um quarto para ele no Hotel Tampa Bay, cujo nome soava bem aos ouvidos de Joe, ainda que um pouco sem imaginação. Pensou que se tratasse de um hotel de beira de estrada, com camas decentes, comida sem gosto mas palatável e travesseiros murchos.

Em vez disso, Dion foi se aproximando com o carro de um palacete à beira do lago. Quando Joe articulou esse pensamento em voz alta, o amigo comentou: "Na verdade é assim que chamam esse hotel... Palacete Plant". Henry Plant havia construído o palacete, mais ou menos como havia construído a maior parte da Flórida, para atrair especuladores imobiliários que tinham chegado à cidade aos montes nas duas décadas anteriores.

Antes de Dion conseguir chegar à porta principal, um trem passou na sua frente. Não era um trem de brinquedo, embora ele apostasse que havia trens de brinquedo ali também, mas uma locomotiva transcontinental com quase meio quilômetro de comprimento. Joe e Dion ficaram parados pouco antes do estacionamento vendo homens ricos, mulheres ricas e seus ricos filhos desembarcarem do trem. Enquanto aguardavam, Joe contou mais de cem janelas no hotel. No alto das paredes de tijolo vermelho havia uma série de águas-furtadas que Joe supôs serem as suítes. Seis minaretes se erguiam ainda mais alto do que as águas-furtadas, apontando em direção ao céu branco ofuscante — um palácio de inverno russo no meio dos pântanos dragados da Flórida.

Um casal elegante trajando roupas brancas engomadas desceu do trem. As três babás e os três filhos elegantes desceram atrás. Logo em seu encalço, dois carregadores negros empurravam carrinhos de bagagem com altas pilhas de baús de viagem.

"A gente volta depois", disse Joe.

"Como é?", estranhou Dion. "Podemos estacionar aqui e levar suas malas até lá. Pegar um..."

"A gente volta depois." Joe ficou olhando o casal entrar no hotel como se tivesse sido criado em casas duas vezes maiores do que aquela. "Não quero esperar na fila."

Dion pareceu prestes a dizer mais alguma coisa sobre o assunto, mas então suspirou baixinho, e os dois voltaram pela estrada, atravessando pequenas pontes de madeira e margeando um campo de golfe. Viram um casal mais velho sentado em um riquixá sendo puxado por um latino baixinho de camisa branca de mangas compridas e calça também branca. Plaquinhas de madeira apontavam para as quadras de *shuffleboard*, reserva de caça, canoas, quadras de tênis e pista de corrida. Passaram pelo campo de golfe, mais verde do que Joe teria apostado que estaria com aquele calorão, e a maioria das pessoas que viram trajava branco e carregava sombrinhas, até mesmo os homens, e suas risadas soavam secas e distantes no ar.

Entraram em Lafayette Street e chegaram ao centro. Dion contou a Joe que os Suárez iam a Cuba com frequência, e pouca gente sabia muita coisa sobre eles. Ivelia, segundo diziam, fora casada com um homem que havia morrido durante a rebelião de trabalhadores da cana-de-açúcar em 1912. Dizia-se também que a história era uma fachada para disfarçar suas inclinações lésbicas.

"Esteban tem várias empresas, tanto aqui quanto lá",

disse Dion. "Um cara jovem, bem mais jovem do que a irmã. Mas esperto. O pai fez negócios com Ybor em pessoa quando Ybor..."

"Espere aí", disse Joe, "esta cidade foi batizada em homenagem a um homem só?"

"Sim", respondeu Dion. "Vicente Ybor. Ele era do ramo dos charutos."

"Isso sim é poder", comentou Joe. Olhou pela janela e viu Ybor City ao leste, bela assim vista de longe, fazendo Joe pensar outra vez em Nova Orleans, só que uma versão bem menor.

"Sei lá", disse Dion. "Coughlin City?" Ele balançou a cabeça. "Não soa bem."

"Não mesmo", concordou Joe. "Mas e Condado de Coughlin?"

Dion deu uma risadinha. "Sabe de uma coisa? Nada mau."

"Soa bem, não é?"

"Você passou a ter mania de grandeza quando estava na prisão?", perguntou Dion.

"Se você preferir sonhar pequeno...", retrucou Joe.

"Que tal País de Coughlin? Não, espere, que tal *Continente* Coughlin?"

Joe riu, e Dion gargalhou e deu vários tapas no volante, e Joe ficou surpreso ao constatar quanta falta sentira do amigo e quanto seu coração iria se partir caso tivesse que ordenar seu assassinato no fim daquela semana.

Dion desceu Jefferson Street em direção aos tribunais e prédios do governo; o tráfego ficou mais lento, e o calor tornou a entrar no carro.

"E agora, o que fazemos?", indagou Joe.

"Você quer heroína? Morfina? Cocaína?"

Joe fez que não com a cabeça. "Parei com tudo para a Quaresma."

"Bom, se um dia decidir se viciar, este é o lugar certo, amizade. Tampa, Flórida: capital dos narcóticos ilícitos no Sul."

"A Câmara de Comércio sabe disso?"

"Sabe, e não gosta nem um pouco. Mas, enfim, o motivo pelo qual falei nisso..."

"Ah, tem um *motivo*", disse Joe.

"Acontece comigo de vez em quando."

"Nesse caso, senhor, queira ter a gentileza de prosseguir."

"Um dos caras de Esteban, um tal de Arturo Torres, foi pego semana passada por cocaína. Normalmente teria saído meia hora depois de entrar, mas neste momento tem uma força-tarefa federal metendo o bedelho por aí. Uns caras da receita apareceram no início do verão com um bando de juízes, e o cerco apertou. Arturo vai ser deportado.

"E nós com isso?"

"Ele é o melhor fabricante de bebidas de Esteban. Em Ybor, se você vir uma garrafa de rum com as iniciais de Torres na rolha, vai custar o dobro."

"E ele vai ser deportado quando?"

"Daqui a umas duas horas."

Joe cobriu o rosto com o chapéu e afundou no assento. De repente, sentiu-se exausto com a viagem de trem, o calor, com tanto raciocínio, com aquele desfile ofuscante de gente rica e branca com suas roupas ricas e brancas. "Me acorde quando a gente chegar lá."

Depois de encontrar o juiz, eles saíram do tribunal para fazer uma visita de cortesia ao comandante do Departamento de Polícia de Tampa, Irving Figgis.

A sede da polícia ficava na esquina da Florida Avenue com Jackson Street, e Joe já tinha se orientado o bastante para perceber que teria de passar por ele todos os dias no caminho do hotel para o trabalho em Ybor. Nisso, policiais eram como freiras — sempre faziam você saber que estavam observando.

"Ele pediu para você se apresentar para não ter que ir buscá-lo", explicou Dion enquanto subiam os degraus do prédio.

"Como ele é?"

"Da polícia, ou seja, um babaca", respondeu Dion. "Tirando isso, é um cara legal."

Em sua sala, Figgis estava rodeado por fotografias das mesmas três pessoas — uma esposa, um filho e uma filha. Eram todos louros e espantosamente atraentes. As crianças tinham a pele tão imaculada que pareciam ter sido esfregadas por anjos. O comandante apertou a mão de Joe, olhou-o bem nos olhos e lhe pediu para se sentar. Irving Figgis não era um homem alto, nem grande ou musculoso. Era esguio, tinha a estatura mais para baixa, e usava os cabelos grisalhos cortados curtos rente ao crânio. Parecia ser um homem que o trataria de forma justa se você também o tratasse, mas que transformaria sua vida em um inferno duas vezes pior do que a encomenda se você o fizesse passar por bobo.

"Não vou ofendê-lo perguntando a natureza do seu trabalho para que o senhor não precise me ofender mentindo", disse ele. "De acordo?"

Joe assentiu.

"É verdade que o senhor é filho de um capitão da polícia?"

Joe aquiesceu. "Sim, comandante."

"Então o senhor entende."

"Entendo o que, comandante?"

"Que isto aqui", ele apontou alternadamente para o próprio peito e para o de Joe, "é como nós vivemos. Mas o resto?" — Ele gesticulou para as fotografias. "Bem, o resto é o motivo pelo qual nós vivemos."

Joe assentiu. "E os dois nunca irão se encontrar."

O comandante Figgis sorriu. "Ouvi dizer também que é instruído." Um olhar de relance para Dion. "Não é muito comum no seu ramo."

"Nem no seu", retrucou Dion.

Figgis sorriu e inclinou a cabeça para trás, reconhecendo o fato. Encarou Joe com um olhar brando. "Antes de me mudar para cá, fui soldado, depois oficial de justiça federal. Já matei sete homens nesta vida", disse ele sem um pingo de orgulho.

Sete, pensou Joe? Meu Deus do céu.

O olhar do comandante Figgis se manteve suave, neutro. "Matei porque era o meu trabalho. Não tiro prazer disso e, para dizer a verdade, os rostos desses homens vêm me assombrar quase todas as noites. No entanto, se eu precisasse matar um oitavo amanhã para proteger e servir a esta cidade? Faria isso com o braço firme e os olhos secos, meu senhor. Está entendendo até agora?"

"Estou", respondeu Joe.

O comandante Figgis foi se postar junto a um mapa da cidade na parede atrás de sua mesa, e usou o dedo para traçar um círculo vagaroso em volta de Ybor City.

"Se o senhor mantiver seus negócios limitados a esta área... ao norte da Segunda Avenida, ao sul da Vigésima Sétima, a oeste da rua Trinta e Quatro e a leste da Nebraska Avenue... nós dois teremos poucos motivos para discordar." Ele arqueou a sobrancelha de leve para Joe. "Que tal lhe parece?"

"Parece bom", respondeu Joe, perguntando-se quando o comandante iria dar seu preço.

Figgis viu a pergunta nos olhos de Joe, e os seus escureceram de leve. "Eu não aceito subornos. Se aceitasse, três desses sete mortos que mencionei ainda estariam entre os vivos." Ele deu a volta, sentou-se na borda da mesa e pôs-se a falar com uma voz muito baixa. "Meu jovem sr. Coughlin, não tenho ilusões quanto à maneira como os negócios são feitos nesta cidade. Se o senhor me perguntasse em particular o que penso de Volstead, o responsável pela Lei Seca, me veria fazer uma imitação bem razoável de uma chaleira fervendo. Sei que muitos de meus agentes aceitam dinheiro para olhar para o outro lado. Sei que sirvo a uma cidade mergulhada em corrupção. Sei que vivemos em um mundo desgraçado. Mas, só porque eu respiro um ar corrompido e convivo com gente corrupta, nunca cometa o erro de pensar que sou corruptível."

Joe perscrutou a expressão do comandante em busca de sinais de fanfarronice, orgulho ou autoenaltecimento

— as fraquezas habituais que passara a associar com os *self-made men*.

A única coisa que o encarou de volta foi uma força moral tranquila.

O comandante Figgis, concluiu ele, jamais deveria ser subestimado.

"Não vou cometer esse erro", disse Joe.

O comandante Figgis estendeu a mão, e Joe a apertou.

"Obrigado por ter vindo. Cuidado com o sol." Um clarão bem-humorado atravessou a expressão de Figgis. "Desconfio que essa sua pele seja capaz de pegar fogo."

"Prazer em conhecê-lo, comandante."

Joe andou até a porta, Dion a abriu, e do outro lado estava postada uma menina adolescente, ofegante, explodindo de energia. Era a filha que aparecia nas fotos, linda e loura, com a pele rosada tão perfeita que era como se irradiasse uma suave luz do sol. Joe avaliou que tivesse dezessete anos. A beleza da menina encontrou sua garganta, fechou-a por um instante, e reteve ali as palavras prestes a sair de sua boca, de modo que tudo o que ele conseguiu articular foi um hesitante: "Senhorita...". No entanto, não era uma beleza que evocasse nada de carnal. De certa forma, era mais pura do que isso. A beleza da filha do comandante Irving Figgis não era algo que a pessoa quisesse conspurcar; era algo que a pessoa queria beatificar.

"Sinto muito, pai", disse ela. "Achei que o senhor estivesse sozinho."

"Tudo bem, Loretta. Os cavalheiros estão de saída. Onde estão seus modos?", perguntou.

"Sim, pai, desculpe." Virando-se, ela fez uma pequena mesura para Joe e Dion. "Srta. Loretta Figgis, cavalheiros."

"Joe Coughlin, srta. Loretta. Prazer em conhecê-la."

Quando Joe apertou de leve a mão da menina, teve o impulso muito estranho de fazer uma genuflexão. Ficou pensando nisso o dia inteiro: em como ela era imaculada, como era delicada, e como devia ser difícil ser pai de algo tão frágil.

* * *

Mais tarde nessa mesma noite, os dois foram jantar no Vedado Tropicale, em uma mesa à direita do palco que lhes proporcionava uma visão perfeita das dançarinas e da banda. Como era cedo, a banda — baterista, pianista, trompetista e trombonista — tocava músicas animadas, mas sem dar tudo de si. As dançarinas usavam pouco mais do que combinações claras feito gelo, cuja cor combinava com os arranjos de cabeça variados. Duas delas usavam bandôs de paetês com *aigrettes* se erguendo do centro da testa. Outras tinham redes prateadas nos cabelos, com rosetas de miçangas translúcidas e franjas. Dançavam com uma das mãos no quadril e a outra erguida no ar, apontada para o público. Exibiam aos clientes da hora do jantar a quantidade exata de pele e movimentos para não ofender as damas, mas para garantir que os cavalheiros voltassem mais tarde.

Joe perguntou a Dion se o jantar ali era o melhor da cidade.

Dion sorriu ao mesmo tempo que abocanhava uma garfada de *lechón asado* e mandioca frita. "Do país."

Joe sorriu.

"Nada mau, devo dizer." Joe tinha pedido uma *ropa vieja* com feijão preto e arroz com açafrão-da-terra. Limpou o prato e desejou que este fosse maior.

O maître apareceu e lhes informou que o café os aguardava junto com seus anfitriões, e Joe e Dion o seguiram pelo chão de lajotas brancas, passaram pelo palco e atravessaram uma cortina de veludo escuro. Desceram um corredor revestido do mesmo carvalho vermelho dos tonéis de rum, e Joe se perguntou se teriam comprado algumas centenas de tonéis do outro lado do golfo só para forrar aquele corredor. Teriam de ter comprado mais do que algumas centenas, na realidade, pois o escritório era revestido da mesma madeira.

Estava fresco lá dentro. O piso era de pedra escura, e ventiladores de teto feitos de ferro que pendiam das vigas estalavam e rangiam. As ripas das venezianas caribenhas abertas deixavam entrar a noite e o zumbido interminável das libélulas.

Esteban Suárez era um homem esbelto, e sua pele perfeita tinha a cor de um chá bem claro. Os olhos tinham o mesmo tom de amarelo dos de um gato, e os cabelos, penteados com brilhantina para longe da testa, eram da cor do rum escuro da garrafa sobre a mesa de centro. Estava usando uma casaca e uma gravata-borboleta de seda preta, e os recebeu com um sorriso radioso e um aperto de mão pleno de vigor. Conduziu-os até poltronas de encosto alto com abas laterais dispostas em volta de uma mesa de centro de cobre. Sobre a mesa havia quatro pequeninas xícaras de café cubano, quatro copos d'água e a garrafa de rum Suárez Reserva dentro de um cesto de vime.

Ivelia, irmã de Esteban, levantou-se de onde estava sentada e estendeu a mão. Joe fez uma mesura, segurou a mão dela e ali roçou de leve os lábios. A pele recendia a gengibre e serragem. Ela era bem mais velha do que o irmão, e tinha a pele tesa sobre um maxilar comprido e maçãs do rosto e cenho saltados. As grossas sobrancelhas se uniam no centro feito um bicho-da-seda, e os grandes olhos pareciam aprisionados dentro do crânio, saltados para escapar mas incapazes de fazê-lo.

"Como estava o jantar?", perguntou Esteban quando os dois se sentaram.

"Excelente, obrigado", respondeu Joe.

Esteban lhes serviu copos de rum e puxou um brinde. "A uma relação promissora."

Todos beberam. Joe ficou espantado com a suavidade e o sabor do rum. Aquele era o gosto da bebida alcoólica quando se tinha mais de uma hora para destilá-la, mais de uma semana para fermentá-la. Meu Deus do céu.

"Excepcional."

"Este é o quinze anos", disse Esteban. "Nunca concordei com o regulamento espanhol de antigamente, segundo o qual o rum mais claro era superior." Pensar nisso o fez balançar a cabeça, e ele cruzou as pernas nos tornozelos. "É claro que nós, cubanos, acatamos o regulamento, pois consideramos que tudo é melhor mais claro: cabelos, pele, olhos."

Descendentes da linhagem espanhola, e não da africana, os irmãos Suárez tinham a pele clara.

"Sim", disse Esteban, lendo os pensamentos de Joe. "Minha irmã e eu não pertencemos às classes mais baixas. O que não significa que concordemos com a ordem social de nossa ilha."

Ele tomou outro gole de rum, e Joe fez o mesmo.

"Que bom seria se pudéssemos vender isto no Norte", disse Dion.

Ivelia riu. Uma risada muito incisiva e curta. "Um dia. Quando o seu governo voltar a tratar vocês como adultos."

"Não há pressa", disse Joe. "Ficaríamos todos sem emprego."

"Minha irmã e eu não teríamos problemas", interveio Esteban. "Temos este restaurante, mais dois em Havana e um em Key West. Temos uma fazenda de cana em Cárdenas e outra de café em Marianao."

"Então por que fazer isto aqui?"

Esteban encolheu os ombros dentro de sua casaca perfeita. "Por dinheiro."

"Mais dinheiro, o senhor quer dizer."

O cubano ergueu o copo para brindar a isso. "Há outras coisas com as quais gastar dinheiro que não sejam..." Ele indicou o recinto com o braço. "Coisas."

"Palavras de um homem que possui muitas coisas", comentou Dion, e Joe lhe desferiu um olhar.

Pela primeira vez, Joe reparou que a parede oeste do escritório estava inteiramente coberta por fotografias em preto e branco — em sua maioria cenas de rua, fachadas de boates, alguns retratos, uma ou duas aldeias tão arruinadas que o vento seguinte iria derrubá-las.

Ivelia seguiu seu olhar. "É meu irmão quem as tira."

“Ah, é?”, indagou Joe.

Esteban aquiesceu. “Sempre que volto a Cuba. É um hobby.”

“Hobby”, repetiu sua irmã com um muxoxo. “As fotografias do meu irmão já foram publicadas na revista *Time*.”

Esteban reagiu com um dar de ombros modesto.

“São boas”, comentou Joe.

“Algum dia quem sabe posso fotografá-lo, sr. Coughlin.”

Joe fez que não com a cabeça. “Infelizmente nesse quesito acho que eu penso como os índios.”

Esteban deu um sorriso de viés. “Falando em almas aprisionadas, lamentei saber sobre o falecimento do señor Ormino ontem à noite.”

“Lamentou, mesmo?”, perguntou Dion.

Esteban deu uma risadinha tão suave que mal se diferenciou de uma expiração. “E amigos me disseram que Gary L. Smith foi visto pela última vez a bordo de um trem da Seabord Limited com a esposa em um vagão-leito e a *puta maestra* em outro. Dizem que a bagagem dele parecia ter sido empacotada às pressas, mas que era abundante.”

“Às vezes mudar de ares pode renovar a vida de um homem”, comentou Joe.

“Foi assim para o senhor?”, indagou Ivelia. “Veio para Ybor em busca de uma vida nova?”

“Eu vim refinar, destilar e distribuir o rum do demônio. Mas vou ter problemas para fazer isso com sucesso se tiver um cronograma de importação irregular.”

“Nós não controlamos todas as embarcações, todos os oficiais de alfândega nem todas as docas”, disse Esteban.

“É claro que controlam.”

“Não controlamos as marés.”

“As marés não prejudicaram os barcos com destino a Miami.”

“Não tenho nada a ver com os barcos que vão para Miami.”

“Eu sei disso.” Joe assentiu com a cabeça. “Quem administra essa rota é Nestor Famosa. E ele garantiu a meus sócios que o mar tem se mostrado calmo e previsível neste verão. Pelo que ouvi dizer, Nestor Famosa é um homem de palavra."

"E com isso o senhor quer dizer que eu não sou." Esteban serviu a todos mais um copo de rum. — Também está mencionando o señor Famosa para me deixar preocupado que ele talvez possa assumir minhas rotas de abastecimento caso o senhor e eu não cheguemos a um acordo."

Joe pegou seu copo sobre a mesa e deu um golinho. "Estou mencionando Famosa... meu Deus do céu, este rum é perfeito... para ilustrar o fato de que os mares têm estado calmos neste verão. Atipicamente calmos para a estação, segundo me disseram. Eu não faço rodeios, señor Suárez, nem costumo falar por enigmas. Pergunte a Gary L. Smith. O que eu quero é eliminar todos os intermediários e tratar com o senhor diretamente. Para isso, os senhores podem aumentar um pouco o preço. Comprarei todo o melaço e todo o açúcar que tiverem. Além disso, proponho que os senhores e eu financiemos em parceria uma destilaria melhor do que as que temos atualmente cevando todas as ratazanas da Sétima Avenida. Eu não herdei apenas as responsabilidades de Lou Ormino: herdei também os conselheiros municipais, policiais e juízes que ele comprou. Muitos desses homens não lhe dirigem a palavra porque o senhor é cubano, por mais alta que seja a sua estirpe. Poderá ter acesso a eles graças a mim."

"Sr. Coughlin, o único motivo pelo qual o señor Ormino teve acesso a esses juízes e policiais foi porque tinha o señor Smith como fachada para o público. Esses homens não apenas se recusam a negociar com um cubano, mas também se recusam a negociar com um italiano. Para eles nós somos todos latinos, todos cães de pele escura, bons para trabalhar, mas praticamente para mais nada."

"Que sorte eu ser irlandês", disse Joe. "Acho que o senhor conhece um homem chamado Arturo Torres."

As sobrancelhas de Esteban exibiram um movimento fugaz.

"Ouvi dizer que ele foi deportado hoje à tarde", disse Joe.

"Também ouvi dizer isso", falou Esteban.

Joe aquiesceu. "Para demonstrar nossa boa-fé, Arturo foi solto da cadeia meia hora atrás e deve estar lá embaixo no restaurante neste exato momento."

Por alguns instantes, o rosto comprido e sem graça de Ivelia ficou ainda mais comprido de surpresa, ou até deleite. Ela olhou na direção do irmão e este concordou. Ivelia deu a volta na mesa até o telefone. Enquanto aguardavam, os três ficaram bebericando rum.

Ivelia desligou o telefone e voltou ao seu lugar. "Ele está no bar."

Esteban tornou a se recostar na poltrona e estendeu as mãos, com os olhos fixos em Joe. "O senhor iria querer direitos exclusivos ao nosso melaço, suponho."

"Exclusivos, não", respondeu Joe. "Mas os senhores não podem vender para a organização de White nem para nenhuma pessoa ligada a ela. Qualquer operação pequena sem associação com White ou conosco pode continuar tocando seus negócios. Vamos acabar conseguindo trazê-las para trabalhar conosco."

"E em troca disso eu ganho acesso aos seus políticos e policiais."

Joe assentiu. "E aos meus juízes. Não só os que temos agora, mas os que teremos no futuro."

"O juiz que o senhor acionou hoje foi nomeado pelo poder federal."

"E tem três filhos com uma negra de Ocala cuja existência muito espantaria sua esposa e o presidente Herbert Hoover."

Esteban passou um bom tempo olhando para a irmã antes de tornar a se virar para Joe. "Albert White é um bom cliente. Tem sido já faz algum tempo."

"Há dois anos", disse Joe. "Desde que alguém cortou a garganta de Clive Green em um puteiro no lado leste da Vigésima Quarta Avenida."

Esteban arqueou as sobrancelhas.

"Estou na prisão desde março de 27, señor Suárez. Não tive nada para fazer exceto meu dever de casa. Albert White pode lhe oferecer o que estou oferecendo?"

"Não", admitiu Esteban. "Mas tirá-lo da jogada me causaria uma guerra que não posso travar. Simplesmente não posso. Gostaria de ter conhecido o senhor há dois anos.

"Bem, está me conhecendo agora", disse Joe. "Eu lhe ofereci juízes, policiais, políticos e um modelo de destilaria centralizado para que ambos possamos dividir os lucros por igual. Eliminei os dois elos mais fracos da minha organização e impedi que o seu precioso fabricante de bebida fosse deportado. Fiz tudo isso para que o senhor considere a possibilidade de pôr fim ao seu embargo à operação Pescatore em Ybor porque pensei que estivesse nos mandando um recado. Estou aqui para lhe dizer que ouvi seu recado. E, se me disser do que precisa, vou providenciar. Mas o senhor tem que me dar o que eu preciso."

Esteban e a irmã trocaram outro olhar.

"Tem uma coisa que o senhor poderia providenciar para nós", disse ela.

"Muito bem."

"Mas está muito bem guardada e não vai ser possível obtê-la sem brigar."

"Tudo bem, tudo bem", disse Joe. "Nós vamos conseguir."

"O senhor não sabe nem o que é."

"Se conseguirmos, os senhores vão romper todos os vínculos com Albert White e os sócios dele?"

"Sim."

"Mesmo que isso cause derramamento de sangue."

"Com certeza vai causar derramamento de sangue", disse Esteban.

"Sim, vai mesmo", concordou Joe.

Esteban refletiu pesarosamente sobre isso por alguns instantes, e a tristeza encheu o recinto. Ele então tornou a sugá-la rapidamente da sala. "Se fizer o que vou pedir, Albert White nunca mais vai ver uma gota sequer do melaço ou do rum destilado dos Suárez. Nenhuma gota."

"Ele vai poder comprar açúcar dos senhores no atacado?"

"Não."

"Fechado", disse Joe. "Do que vocês precisam?"

"De armas."

"Certo. É só dizer o modelo."

Esteban esticou a mão para trás de si e pegou um pedaço de papel sobre a mesa. Ajeitou os óculos e consultou o papel.

"Fuzis automáticos Browning, pistolas automáticas e metralhadoras calibre 50 com tripés."

Joe olhou para Dion, e ambos deram uma risadinha.

"Algo mais?"

"Sim", respondeu Esteban. "Granadas. E minas de caixa."

"O que são minas de caixa?"

"Estão no navio", respondeu Esteban.

"Que navio?"

"O navio de transporte militar", respondeu Ivelia. "No Píer Sete." Ela inclinou a cabeça em direção à parede dos fundos da sala. "A nove quarteirões daqui."

"Querem que ataquemos um navio da Marinha", disse Joe.

"Isso." Esteban olhou para o relógio. "Em dois dias no máximo, por favor, senão eles vão zarpar." Ele entregou a Joe um pedaço de papel dobrado. Ao desdobrá-lo, Joe sentiu um espaço oco se abrir no centro de seu corpo, e lembrou-se de como havia entregado bilhetes iguais àquele ao pai. Passara dois anos dizendo a si mesmo que o peso daqueles bilhetes não tinha matado seu pai. Em algumas noites, quase conseguia convencer a si mesmo.

Círculo Cubano, oito da manhã.

"Vá até lá de manhã", instruiu Esteban. "Irá encontrar uma mulher chamada Graciela Corrales. Receberá ordens dela e do seu sócio."

Joe guardou o papel no bolso. “Não recebo ordens de mulher.”

“Se quiser Albert White fora de Tampa, vai receber ordens dela”, retrucou Esteban.

13

O BURACO DO CORAÇÃO

Dion conduziu Joe até seu hotel pela segunda vez, e Joe lhe disse para aguardar até ele decidir se iria ou não passar a noite ali.

O porteiro estava vestido como um macaco de circo, com um smoking de veludo vermelho e um chapéu fez combinando, e surgiu de trás de uma palmeira em vaso na varanda para pegar as malas de Joe das mãos de Dion e conduzir Joe hotel adentro enquanto Dion esperava no carro. Joe fez o *check in* no balcão de mármore da recepção e assinou o livro de registro com uma caneta-tinteiro de ouro entregue por um francês sisudo de sorriso radioso e olhos mortos como os de uma boneca. Recebeu uma chave de latão presa a um pedaço curto de cordão de veludo vermelho. Na outra ponta do cordão havia um pesado quadrado de metal dourado com o número de seu quarto: 509.

Na verdade, o quarto era uma série de quartos, com uma cama do tamanho do sul de Boston, delicadas cadeiras francesas e uma delicada escrivaninha francesa virada de frente para a vista do lago. Havia um banheiro privativo, sim senhor: era maior do que sua cela em Charlestown. O porteiro lhe mostrou onde ficavam os interruptores e como acender as lâmpadas e ligar os ventiladores de teto. Mostrou-lhe o closet de cedro no qual Joe podia pendurar as roupas. Mostrou-lhe o rádio, cortesia em todos os quartos, e isso fez Joe pensar em Emma e na grandiosa inauguração do Statler. Ele deu uma gorjeta ao porteiro, mandou-o sair e sentou-se em uma das delicadas cadeiras francesas para fumar um cigarro, admirando o lago escuro lá fora e o imenso hotel refletido no espelho-d'água, com seus incontáveis quadradinhos de luz enviesados na superfície escura, e se perguntou o que o pai estaria vendo naquele instante, o que Emma estaria vendo. Será que podiam ver a ele? Será que podiam ver o passado, o futuro, ou vastos mundos muito além da sua imaginação? Ou será que não viam nada? Porque eles não eram nada. Estavam mortos, eram pó, ossos dentro de uma caixa, e os de Emma nem sequer estavam conectados uns aos outros.

Temeu que fosse apenas isso. Não, não fez apenas temer. Sentado naquela cadeira ridícula, olhando pela janela para as janelas amarelas oblíquas refletidas na água negra, teve certeza. Ninguém morria e ia para um lugar melhor; aquele era o melhor lugar, porque você não estava morto. O paraíso não ficava no meio das nuvens; o paraíso era o ar dentro dos seus pulmões.

Olhou em volta para o quarto, para o pé-direito alto, o lustre acima da enorme cama, as cortinas grossas como a sua coxa, e teve vontade de sair de dentro da própria pele.

"Sinto muito", sussurrou para o pai, muito embora soubesse que ele não podia escutá-lo. "Não era para ser..." Tornou a olhar em volta para o quarto. "Assim."

Apagou o cigarro no cinzeiro e saiu.

Fora dos limites de Ybor, Tampa era uma cidade inteiramente branca. Dion lhe mostrou alguns lugares acima da rua Vinte e Quatro que ostentavam plaquinhas de madeira deixando bem clara sua posição em relação ao assunto. Uma mercearia na Décima Nona Avenida fazia questão de avisar que era PROIBIDA A ENTRADA DE CACHORROS E LATINOS, e uma drogaria em Columbus Drive tinha uma placa de PROIBIDO PARA LATINOS à esquerda da porta e outra de PROIBIDO CARCAMANOS à direita.

Joe olhou para Dion. "Tudo bem para você?"

"É claro que não, mas o que se há de fazer?"

Joe deu um gole na garrafinha de bolso de Dion e tornou a passá-la para o amigo.

"Deve ter umas pedras por aí."

Havia começado a chover, o que não melhorava em nada o calor. A chuva ali mais parecia suor. Era quase meia-noite e parecia estar mais quente ainda; a umidade era como um abraço de lã a envolver todo e qualquer movimento. Joe sentou-se no banco do motorista e manteve o motor ligado enquanto Dion estilhaçava ambas as vitrines da drogaria e depois entrava no carro depressa, e os dois voltaram para Ybor. Dion explicou que os italianos moravam ali, nas ruas de numeração mais alta entre a Décima Quinta e a Vigésima Terceira Avenida. Os pretos mais claros moravam entre as ruas Dez e Quinze, e os pretos mais crioulos abaixo da rua Dez e a oeste da Décima Segunda Avenida, onde ficava a maioria das fábricas de charutos.

Foi lá que encontraram um bar, no final de uma quase rua que passava pela fábrica de charutos Vayo e desaparecia em meio a um emaranhado de mangue e ciprestes. Era apenas uma casinha retangular de cômodos corridos feita de madeira, erguida sobre palafitas acima de um pântano. Mosquiteiros haviam sido presos às árvores da margem e cobriam a casa, as mesas de madeira vagabundas ao seu lado e a varanda de trás.

Mas a *música* que tocavam lá era incrível. Joe nunca tinha ouvido nada igual — devia ser uma rumba cubana, supôs, só que com mais metais e mais perigosa, e as pessoas na pista de dança mais pareciam estar fodendo, não dançando. Praticamente todo mundo era negro — alguns negros americanos, mas a maior parte negros cubanos —, e os que eram apenas marrons não tinham as feições indígenas dos cubanos de alta estirpe ou dos espanhóis. Seus rostos eram mais redondos, os cabelos, mais crespos. Metade das pessoas conhecia Dion. A responsável pelo bar, uma mulher mais velha, entregou-lhe uma jarra de rum e dois copos sem ele precisar pedir.

"Você é o novo patrão?", perguntou ela a Joe.

"Acho que sim", respondeu Joe. "Meu nome é Joe. E o seu?"

"Phyllis." Ela pôs a mão seca dentro da sua. "Esta é a minha casa."

"Lugar agradável. Como se chama?"

"Phyllis's Place."

"Naturalmente."

"O que achou dele?", perguntou Dion a Phyllis.

"Bonito demais", respondeu ela, e olhou para Joe. "Alguém precisa bagunçar você um pouco."

"Vamos cuidar disso em breve."

"É bom mesmo", disse ela, e foi servir outro cliente.

Os dois levaram a garrafa para a varanda de trás, puseram-na em cima de uma mesinha e se acomodaram em duas cadeiras de balanço. Ficaram olhando para o pântano através do mosquiteiro enquanto a chuva parava de cair e as libélulas voltavam. Joe ouviu alguma coisa pesada se mover pela vegetação rasteira. E alguma outra coisa, igualmente pesada, se moveu debaixo da varanda.

"Répteis", explicou Dion.

Joe levantou os pés do chão. "Como assim?"

"Jacarés", repetiu Dion.

"Está de sacanagem comigo."

"Não, e eles também não", falou Dion.

Joe levantou ainda mais os joelhos. "Que porra estamos fazendo em um lugar que tem jacarés?"

Dion deu de ombros.

"Não dá para fugir deles por aqui. Estão por toda parte. Toda vez que você vir um pouco d'água, vai ter dez deles lá embaixo, observando com aqueles olhões." Ele agitou os dedos e esbugalhou os olhos. "Esperando uns ianques estúpidos irem dar um mergulho."

Joe ouviu o jacaré debaixo da varanda se afastar rastejando e tornar a penetrar no mangue com grande estardalhaço. Não soube o que dizer.

Dion deu uma risadinha. "É só não entrar na água."

"Nem chegar perto da água."

"Isso."

Ficaram sentados na varanda, bebendo, e as últimas nuvens de chuva se dissiparam. A lua voltou a surgir, e Joe pôde ver Dion com a mesma nitidez que veria se estivessem lá dentro. Pegou o velho amigo o encarando e o encarou de volta. Durante um bom tempo, nenhum dos dois disse nada, mas mesmo assim Joe sentiu toda uma conversa ser travada entre eles. Ficou aliviado, e soube que Dion também havia ficado aliviado por finalmente trazer o assunto à baila.

Dion tomou um gole do rum mata-rato e limpou a boca com as costas da mão. "Como você descobriu que fui eu?"

"Porque sabia que não tinha sido eu", respondeu Joe.

"Poderia ter sido meu irmão."

"Que Deus o tenha", disse Joe, "mas o seu irmão era burro feito uma porta."

Dion aquiesceu e baixou os olhos por alguns segundos para os próprios sapatos. "Seria uma bênção."

"O quê?"

"Morrer." Dion olhou para ele. "Meu irmão morreu por minha causa, Joe. Você sabe o que é viver sabendo disso?"

"Faço uma ideia."

"Como pode fazer?"

"Acredite em mim, eu sei como é", disse Joe.

"Ele tinha dois anos a mais, mas o mais velho era eu, sabe?", disse Dion. "Eu deveria ter cuidado dele. Lembra quando nós três começamos a ficar amigos, de quando destruíamos bancas de jornal? Paolo e eu tínhamos um outro irmão menor chamado Seppi, lembra?

Joe aquiesceu. Que engraçado, fazia anos que não pensava nesse garoto. "Ele teve pólio."

Dion concordou. "Morreu com oito anos, lembra? Depois disso, minha mãe nunca mais foi a mesma. Na época, falei para Paolo: não poderíamos ter feito nada para salvar Seppi, sabe? Foi a vontade de Deus, e Deus sempre faz o que quer. Mas nós dois?" Ele entrelaçou os polegares e levou as mãos à boca. "Nós iríamos proteger um ao outro."

Atrás deles, o bar se sacudia com o movimento dos corpos e o grave da música. À sua frente, os mosquitos se erguiam do pântano como nuvens de poeira e se misturavam ao luar.

"E agora? Você pediu para me buscarem quando ainda estava na prisão. Mandou me encontrarem em Montreal e me trazerem para cá, me pagarem um bom dinheiro. Para quê?"

"Por que você traiu?", quis saber Joe.

"Porque ele me pediu."

"Albert?", perguntou Joe com um sussurro.

"Quem mais?"

Joe fechou os olhos por alguns instantes. Lembrou a si mesmo para respirar devagar.

"Ele pediu a você para nos entregar?"

"Foi."

"Pagou você?"

"Porra nenhuma. Ele ofereceu, mas eu não quis a porra do dinheiro dele. Ele que se foda."

"Você ainda trabalha para ele?"

"Não."

"Por que me diria a verdade, D?"

Dion tirou da bota um canivete de mola. Colocou-o em cima da mesa entre eles, em seguida pôs ao lado dois revólveres calibre 38 de cano longo e um 32 de cano curto. Depois de acrescentar um saco de couro cheio de bolinhas de chumbo e um soco inglês de latão, limpou as mãos e exibiu as palmas para Joe.

"Depois que eu for embora", disse ele, "pergunte em Ybor por um cara chamado Brucie Blum. Vai vê-lo de vez em quando lá pela Sexta Avenida. Ele anda engraçado, fala engraçado, e não faz a menor ideia de que um dia foi um cara importante. Trabalhava para Albert antigamente. Até seis meses atrás. Fazia muito sucesso com as damas, usava uns ternos elegantes. Agora fica arrastando os pés de caneca na mão mendigando trocados, mija nas calças, não consegue sequer amarrar as porras dos cadarços. Sabe a última coisa que ele fez quando ainda era um cara importante? Veio falar comigo em uma birosca clandestina na Palm. Ele disse: 'Albert está precisando falar com você. Se não, já viu'. Aí eu optei por 'já viu' e enchi a cara dele de porrada. Então não, eu não trabalho mais para Albert. Foi só um serviço. Pode perguntar a Brucie Blum."

Joe tomou um gole do rum horrível e não disse nada.

"Você mesmo vai fazer, ou vai pedir para outra pessoa?"

Joe o encarou nos olhos. "Eu mesmo vou matar você."

"Tudo bem."

"Se matar."

"Gostaria que tomasse uma decisão, seja ela qual for."

"Estou cagando para o que você gostaria, D."

Foi a vez de Dion ficar calado. Atrás deles, as batidas de pés e o grave da música ficaram mais suaves. Cada vez mais carros saíam do bar e tornaram a subir o caminho de terra em direção à fábrica de charutos.

"Meu pai está morto", disse Joe depois de algum tempo. "Emma está morta. Seu irmão está morto. Os meus se perderam no mundo. Porra, D, você é uma das únicas pessoas que eu ainda conheço. Se eu perder você, quem caralho vou ser?"

Dion o encarou, com lágrimas rolando pelo rosto feito contas.

"Quer dizer então que você não me traiu por dinheiro", disse Joe. "Por que foi, então?"

"Você ia causar a morte de todos nós", respondeu Dion por fim, sorvendo o ar lá do chão. "A garota. Você não estava normal. Até naquele dia, no banco. Você ia nos fazer entrar em uma situação da qual não poderíamos sair. E quem teria morrido seria o meu irmão, Joe, porque ele era lento. Não era como nós. Eu pensei, pensei..." Ele sorveu mais algumas inspirações. "Pensei que aquilo fosse nos tirar de circulação por um ano. Era esse o acordo. Albert conhecia um juiz. Todos nós iríamos pegar um ano, foi por isso que não sacamos arma nenhuma durante o assalto. Um ano. Tempo suficiente para a namorada de Albert esquecer você, e talvez você a esquecer também."

"Meu Deus do céu", disse Joe. "Tudo isso porque eu me apaixonei pela namorada do cara?"

"Tanto você quanto Albert viravam uns tontos quando ela entrava na jogada. Você não percebia, mas toda vez que ela aparecia você *já era*. E eu nunca vou entender. Ela era igualzinha a um milhão de outras mulheres."

"Não era, não", disse Joe.

"*Em que sentido?* O que foi que eu não vi?

Joe terminou o que restava do rum. "Antes de eu a conhecer, não percebia que tinha um buraco de bala bem no centro de mim, sabe?" Cutucou o próprio peito. "Bem aqui. Só percebi quando ela apareceu para preenchê-lo. Agora ela morreu e o buraco voltou. Só que agora está do tamanho de uma garrafa de leite. E não para de crescer. E tudo o que eu quero é que ela volte dos mortos e o preencha."

Dion continuou a encará-lo enquanto as lágrimas secavam em seu rosto. "Quer saber o que eu acho olhando de fora, Joe? Que o buraco era *ela*."

De volta ao hotel, o gerente da noite se aproximou de trás do balcão e entregou a Joe uma série de recados. Eram todos ligações de Maso.

"Vocês têm uma telefonista vinte e quatro horas?", perguntou-lhe Joe.

"Sim, senhor, claro."

Quando chegou ao quarto, ele ligou para a recepção e a telefonista fez sua ligação. O telefone tocou no litoral norte de Boston e Maso atendeu. Joe fumou um cigarro e lhe narrou o longo dia.

"Um navio?", disse Maso. "Eles querem que você ataque um navio?"

"Da Marinha", disse Joe. "É."

"E aquele outro assunto? Descobriu a resposta?"

"Descobri."

"E então?"

"Não foi Dion quem me entregou." Joe tirou a camisa e a jogou no chão. "Foi o irmão dele."

14
BUM

O Círculo Cubano era o mais recente dos clubes de Ybor. O primeiro, chamado Centro Español, fora construído pelos espanhóis na Sétima Avenida na década de 1890. Na virada do século, um grupo de espanhóis do Norte do país saíra do Centro Español para fundar o Centro Asturiano, na esquina da Nona Avenida com Nebraska.

O Clube Italiano ficava alguns quarteirões abaixo em relação ao Centro Español, também na Sétima; ambos ocupavam endereços nobres de Ybor. Os cubanos, porém, tiveram de se contentar com um quarteirão bem menos elegante, condizente com seu status inferior na comunidade. O Círculo Cubano ficava na esquina da Nona Avenida com a rua Catorze. Do outro lado da rua havia uma costureira e uma botica, ambas um pouco respeitáveis, mas bem ao lado ficava o puteiro de Silvana Padilla, que atendia aos tabaqueiros, não aos gerentes, de modo que brigas de faca eram moeda corrente e as putas muitas vezes eram doentes e malcuidadas.

Quando Joe e Dion encostaram com o carro no meio-fio, uma puta usando o vestido amarrotado da véspera emergiu de um beco duas portas à frente. Passou andando por eles, alisando os babados da saia e com um ar destroçado e muito velho de quem precisava de um trago. Joe calculou que tivesse uns dezoito anos. O sujeito que saiu do beco atrás dela, de terno e chapéu de palha branco, afastou-se na direção oposta, assobiando, e Joe teve o impulso irracional de sair do carro, ir atrás dele e bater com sua cabeça em um dos prédios de tijolo que se sucediam na rua Catorze. Bater até o sangue sair pelas orelhas.

"Aquilo dali é nosso?", Joe indicou o puteiro com um gesto do queixo.

"Em parte."

"Então a nossa parte diz que as moças não trabalham no beco."

Dion olhou para ele para ter certeza de que Joe estava falando sério. "Tudo bem. Vou cuidar disso, padre Joe. Agora será que podemos nos concentrar no assunto em pauta?"

"Eu estou concentrado." Joe ajeitou a gravata no espelho retrovisor e desceu do carro. Os dois avançaram por uma calçada já tão quente às oito da manhã que, apesar de estar calçando bons sapatos, ele pôde sentir o calor nas solas dos pés. O calor tornava mais difícil raciocinar. E ele precisava raciocinar. Havia muitos outros caras mais durões, mais corajosos e melhores no manejo de armas do que Joe, mas ele disputaria inteligência com qualquer outro sentindo que tinha uma chance. Apesar disso, bem que ajudaria se alguém aparecesse para desligar a porra do calor.

Concentre-se. Concentre-se. Você está prestes a enfrentar um problema que vai ter de resolver. Como roubar sessenta caixotes de armamento da Marinha norte-americana sem ser morto ou ficar aleijado?

Quando estavam subindo os degraus do Círculo Cubano, uma mulher saiu pela porta da frente para recebê-los.

A verdade era que Joe não fazia a menor ideia de como pegar as armas, mas isso lhe saiu totalmente da cabeça naquele momento, pois ele olhava para a mulher, a mulher olhava para ele e o reconhecimento despontava. Era a mesma mulher que ele vira na plataforma de trem na véspera, a de pele cor de cobre e longos e grossos cabelos mais negros do que qualquer coisa que Joe já tinha visto na vida, com a possível exceção de seus olhos, talvez, daqueles olhos igualmente escuros que se prenderam aos dele ao vê-lo se aproximar.

"Señor Coughlin?" Ela estendeu a mão.

"Sou eu." Ele apertou a mão dela.

"Graciela Corrales." Ela retirou a mão de dentro da dele. Está atrasado."

Ela os conduziu para dentro, onde atravessaram um piso de lajotas pretas e brancas até uma escadaria de mármore branco. Fazia bem menos calor lá dentro: o pé-direito alto, a madeira escura que revestia as paredes e todas aquelas lajotas e mármore conseguiam manter o calor afastado por mais algumas horas.

Graciela Corrales falou com as costas viradas para Joe e Dion. "O senhor é de Boston, correto?"

"Sim", respondeu Joe.

"Todos os homens de Boston costumam comer mulheres com os olhos em plataformas de trem?"

"Tentamos não chegar ao ponto de fazer disso uma carreira."

Ela olhou para eles por cima do ombro. "É muito grosseiro."

"Eu na verdade sou italiano", disse Dion.

"Outro lugar grosseiro." Ela os conduziu por um salão de baile no alto da escada, cujas paredes estavam cobertas por fotos de vários grupos de cubanos reunidos ali mesmo naquele recinto. Algumas das fotos eram posadas, outras transmitiam a atmosfera das noites de baile em seu auge: braços erguidos, quadris descadeirados, saias rodando. Atravessaram o salão depressa, mas Joe teve quase certeza de ter visto Graciela em uma das fotos. Não pôde ter certeza porque a mulher da foto estava rindo, com a cabeça jogada para trás e os cabelos soltos, e ele não conseguia imaginar aquela mulher ali com os cabelos soltos.

Depois do salão havia uma sala de bilhar — Joe começou a pensar que alguns cubanos viviam bastante bem —, e depois da sala de bilhar uma biblioteca com pesadas cortinas brancas e quatro cadeiras de madeira. O homem que os aguardava se aproximou com um largo sorriso e um aperto de mão vigoroso.

Era Esteban. Apertou a mão dos dois como se não os houvesse encontrado na noite anterior.

"Esteban Suárez, cavalheiros. Que bondade sua vir até aqui. Sentem-se, sentem-se."

Todos se sentaram. "Vocês são dois?", indagou Dion.

"Como disse?"

"Nós passamos uma hora com o senhor ontem à noite. E agora aperta a nossa mão como se fôssemos desconhecidos."

"Bem, ontem à noite os senhores conheceram o dono do El Vedado Tropicale. Hoje de manhã estão conhecendo o secretário de atas do Círculo Cubano." Ele sorriu como um professor se mostrando condescendente com dois alunos que provavelmente iriam repetir de ano. "De toda forma, obrigado pela sua ajuda", acrescentou.

Joe e Dion menearam a cabeça, mas não disseram nada.

"Tenho trinta homens, mas calculo que vou precisar de mais trinta", disse Esteban. "Quantos os senhores podem..."

"Não vamos comprometer homem nenhum. Não vamos nos *comprometer* com nada", disse Joe.

"Ah, não?" Graciela olhou para Esteban. "Não estou entendendo."

"Viemos ouvir o que os senhores têm a nos dizer", disse Joe. "Nada garante que vamos nos envolver mais depois disso."

Graciela se acomodou ao lado de Esteban. "Por favor, não ajam como se tivessem escolha. Os senhores são gângsteres que dependem de um produto fornecido por um homem, um único homem. Se nos disserem não, seu abastecimento vai secar."

"E nesse caso nós vamos travar uma guerra", disse Joe. "E vamos ganhar, porque temos muitos homens enquanto o senhor, Esteban, não tem. Eu já verifiquei. Quer que eu arrisque a vida enfrentando as forças armadas norte-americanas? Prefiro me arriscar contra algumas dezenas de cubanos nas ruas de Tampa. Pelo menos vou saber pelo que estarei lutando."

"Por lucro", disse Graciela.

"Por uma forma de ganhar a vida", disse Joe.

"Uma forma criminosa."

"O que a senhora faz?" Ele se inclinou para a frente e correu os olhos pelo aposento. "Fica aqui sentada contando seus tapetes orientais?"

"Eu enrolo charutos, sr. Coughlin, na fábrica de La Trocha. Fico sentada em uma cadeira de madeira e faço isso das dez da manhã às oito da noite, diariamente. Quando o senhor me comeu com os olhos na plataforma ontem..."

"Eu não a *comi* com os olhos."

" ... era minha primeira folga em duas semanas. E, quando eu não estou trabalhando, sou voluntária aqui." Ela lhe deu um sorriso amargo. "Então não se deixe enganar pelo vestido bonito."

O vestido que ela usava estava ainda mais puído que o da véspera. Era de algodão, com uma larga faixa na cintura por cima de uma saia de babados, pelo menos um ano atrasado em relação à moda, talvez dois, lavado e usado tantas vezes que havia perdido a cor original e se transformado em algo que não era nem exatamente branco nem exatamente pardo.

"Este clube foi construído graças a doações", disse Esteban, com calma. — Da mesma forma, as portas ficam sempre abertas. Quando os cubanos saem na sexta à noite, querem um lugar onde possam se vestir bem, um lugar que os faça sentir que estão de volta a Havana, um lugar com estilo. Animação, entende?" Ele estalou os dedos. "Aqui ninguém nos chama de cucarachos nem de homens de lama. Ficamos à vontade para falar nossa língua, cantar nossas canções e recitar nossos poemas."

"Que agradável. Por que não me diz por que motivo eu deveria atacar com poesia um transporte da Marinha para os senhores, em vez de simplesmente destruir a sua organização inteira?"

Ao ouvir isso, Graciela abriu a boca, com os olhos chispando, mas Esteban a deteve, pousando uma das mãos em seu joelho. "Tem razão... o senhor provavelmente poderia acabar com a minha operação. Mas o que iria conseguir a não ser uns poucos prédios? Minhas rotas de abastecimento, meus contatos em Havana, todas as pessoas com quem eu trabalho em Cuba... elas jamais trabalhariam com o senhor. Assim sendo, quer mesmo matar a galinha dos ovos de ouro em troca de alguns prédios e de alguns caixotes velhos de rum?"

Joe retribuiu o sorriso dele com um seu. Os dois estavam começando a se entender. Não se respeitavam ainda, mas essa possibilidade já existia.

Joe apontou para trás de si com o polegar. "Foi o senhor quem tirou aquelas fotografias lá no corredor?"

"A maioria."

"O que é que o senhor *não* sabe fazer, Esteban?"

Esteban tirou a mão do joelho de Graciela e se recostou na cadeira. "Entende alguma coisa de política cubana, sr. Coughlin?"

"Não, nem preciso", respondeu Joe. "Não vai me ajudar a fazer esse serviço."

Esteban cruzou os tornozelos. "E da Nicarágua?"

"Se bem me lembro, nós reprimimos uma rebelião lá faz alguns anos."

"É para lá que as armas estão indo", disse Graciela. "E não houve rebelião nenhuma. O seu país ocupa o deles igualzinho ocupam o meu quando lhes convém."

"Reclame com a emenda constitucional Platt, é ela que rege as relações entre nossos países."

A frase a fez arquear uma sobrancelha. "Um gângster culto?"

"Eu não sou gângster, sou fora da lei", retrucou ele, embora não tivesse mais certeza de que isso fosse verdade. "E lá onde passei os últimos dois anos não há muito para fazer exceto ler. Mas por que a Marinha está levando armas para a Nicarágua?"

"Eles abriram uma escola de treinamento militar lá", disse Esteban. "Para treinar o Exército e a polícia da Nicarágua, Guatemala e Panamá e lhes ensinar a melhor forma de pôr os camponeses no seu devido lugar, claro."

"Quer dizer que vão roubar armas da Marinha americana para dá-las aos rebeldes nicaraguenses?"

"Minha causa não é a Nicarágua", disse Esteban.

"Então vai armar rebeldes cubanos."

Esteban aquiesceu. "Machado não é um presidente. É um ladrão ordinário com uma arma na mão."

"Então vai roubar das nossas forças armadas para derrubar as suas forças armadas?"

Esteban meneou a cabeça de leve.

"Isso o incomoda?", indagou Graciela.

"Para mim não tem a menor importância." Joe olhou para Dion. "E para você?"

Dion perguntou a Graciela: "A senhora algum dia já pensou que, se vocês conseguissem policiar a si mesmos, quem sabe escolher um líder que não lhes roubasse até a roupa de baixo cinco minutos depois de prestar o juramento, nós não teríamos de continuar ocupando o seu país?".

Graciela o encarou com um olhar inexpressivo. "O que eu acho é que, se nós não tivéssemos rios de dinheiro que vocês querem para si, o senhor jamais teria ouvido falar em Cuba."

Dion olhou para Joe. "Que diferença faz? Vamos ouvir o plano."

Joe virou-se para Esteban. "Vocês *têm* um plano, não têm?"

Pela primeira vez, os olhos de Esteban adquiriram uma expressão ofendida. "Temos um homem que vai ao navio hoje à noite. Ele vai provocar uma ação diversionista em um dos compartimentos dianteiros e..."

"Que tipo de ação diversionista?", quis saber Dion.

"Um incêndio. Quando eles forem apagar, vamos descer até o compartimento de carga e pegar as armas."

"O compartimento vai estar trancado."

Esteban lhes mostrou um sorriso confiante. "Para isso temos um cortador de cadeado."

"O senhor já viu a fechadura."

"Ela foi descrita para mim."

Dion se inclinou para a frente. "Mas não sabe de que material é feita. Pode ser mais sólida do que os seus cortadores de cadeados."

"Nesse caso, vamos abri-la com um tiro."

"Tiro esse que irá alertar as pessoas que estiverem combatendo o incêndio", disse Joe. "E provavelmente matar alguém por ricochete."

"Vamos ser rápidos."

"Qual a rapidez de uma pessoa com sessenta caixas de fuzis e granadas?"

"Teremos trinta homens. E mais outros trinta, se o senhor nos arrumar."

"Eles terão trezentos", disse Joe.

"Mas não serão trezentos *cubanos*. Um soldado americano luta pelo seu próprio orgulho. O *cubano* luta por seu país."

"Meu Deus do céu", comentou Joe.

O sorriso de Esteban se fez ainda mais altivo. "Duvida da nossa coragem?"

"Não", respondeu Joe. "Duvido da sua inteligência."

"Não tenho medo de morrer", disse Esteban.

"Pois eu tenho." Joe acendeu um cigarro. "E, mesmo se não tivesse, gostaria de morrer por uma causa melhor do que essa. São necessários dois homens para carregar um caixote de fuzis. Isso significa que sessenta caras teriam de fazer duas viagens até um navio da Marinha em chamas. E o senhor acha isso possível."

"Só ficamos sabendo sobre o navio há dois dias", disse Graciela. "Se tivéssemos mais tempo, poderíamos ter arrumado mais homens e um plano melhor, mas o navio vai zarpar amanhã."

"Não precisa zarpar amanhã", disse Joe.

"Como assim?"

"O senhor disse que conseguem infiltrar um homem lá para dentro."

"Sim."

"Isso quer dizer que já tem um cara lá dentro?"

"Por quê?"

"Puta que pariu, meu Deus do céu, porque quero, Esteban, está bem? Vocês subornaram um dos marinheiros ou não?"

"Subornamos", respondeu Graciela.

"Quais são as atribuições dele?"

"Trabalha na casa de máquinas."

"O que ele vai fazer para vocês?"

"Provocar um defeito no motor do navio."

"Quer dizer que o seu cara de fora é mecânico?"

Ambos menearam a cabeça.

"Ele chega para consertar o motor, começa o incêndio, e vocês atacam o depósito de armas."

"Isso", disse Esteban.

"Em matéria de plano, até que está razoável", comentou Joe.

"Obrigado."

"Não me agradeça. Se está razoável, significa que não está perfeito. Quando pretendiam fazer isso?"

"Hoje à noite", respondeu Esteban. "Às dez. A previsão é de que a lua esteja bem fraca."

"No meio da noite seria ideal, algo por volta das três da manhã", disse Joe. "Quase todo mundo vai estar dormindo. Nenhum herói com que se preocupar, poucas testemunhas. É a única chance que consigo ver para o seu homem sair vivo daquele navio." Ele entrelaçou as mãos atrás da cabeça e pensou mais um pouco. "Esse seu mecânico é cubano?"

"É."

"Tem a pele escura?"

"Não vejo em que...", começou Esteban.

"É mais parecido com o senhor ou com ela?"

"A pele dele é bem clara."

"Então ele poderia passar por espanhol."

Esteban olhou para Graciela, depois novamente para Joe. "Com certeza."

"Por que isso é importante?", indagou Graciela.

"Porque, depois do que estamos prestes a fazer com a Marinha dos Estados Unidos, eles vão se lembrar da cara dele. E vão caçá-lo."

"E o que nós vamos fazer com a Marinha dos Estados Unidos?", perguntou Graciela.

"Para começar, abrir um rombo naquele navio."

A bomba não era uma caixa de pregos e porcas de aço comprada a preço de banana de um anarquista em uma esquina qualquer. Era um objeto muito mais refinado e preciso. Ou pelo menos assim lhes disseram.

Um dos *barmen* de uma birosca clandestina dos Pescatore na Central Avenue de St. Petersburg, chamado Sheldon Boudre, havia passado boa parte da casa dos trinta anos desarmando bombas para os fuzileiros navais. Em 1915, perdera uma perna no Haiti durante a ocupação de Porto Príncipe devido a um equipamento de comunicação defeituoso, e até hoje continuava irado por causa disso. Fabricou para eles um artefato explosivo que era uma verdadeira joia — um quadrado de aço do tamanho de uma caixa de sapatos infantis. Falou para Joe e Dion que a havia recheado com chumbinhos, maçanetas de porta feitas de latão e pólvora suficiente para abrir um túnel no obelisco de Washington.

"Certifiquem-se de colocar isto aqui bem debaixo do motor." Sheldon empurrou a bomba envolta em papel pardo pelo balcão do bar na sua direção.

"Não estamos tentando apenas explodir um motor", disse Joe. "Queremos danificar o casco."

Sheldon chupou a fileira superior de dentes falsos para dentro e para fora contra a gengiva, com os olhos cravados no bar, e Joe percebeu que o havia ofendido. Aguardou que ele tornasse a falar.

"O que o senhor acha que vai acontecer quando um motor do tamanho de uma porra de um Studebaker atravessar o casco e for parar no meio da baía de Hillsborough?", perguntou Sheldon.

"Mas não queremos destruir o porto inteiro", lembrou-lhe Dion.

"É essa a beleza dessa bomba." Sheldon deu uns tapinhas no embrulho. "Ela tem foco. Não vai explodir para tudo quanto é lado. O importante é não ficar na frente dela na hora agá."

"Qual é a volatilidade, ahn, dela?", indagou Joe.

Os olhos de Sheldon ficaram marejados. "Você pode bater nela com um martelo o dia inteiro, ela vai perdoá-lo." Ele acariciou o embrulho de papel pardo como se fosse as costas de um gato. "Se você a jogar para cima, não precisa nem sair da frente quando ela cair no chão."

Ele fez que sim com a cabeça várias vezes, com os lábios ainda se movendo, e Joe e Dion trocaram olhares. Se aquele cara fosse doido, estavam prestes a pôr uma bomba de sua fabricação no carro e atravessar com ela a baía de Tampa.

Sheldon levantou um dedo. "Mas tem um pequeno *caveat*."

"Um pequeno o quê?"

"Um pequeno detalhe que vocês precisam saber."

"Qual é?"

Ele lhes deu um sorriso de quem se desculpa. "Quem a acender precisa sair correndo."

O trajeto de St. Petersburg até Ybor tinha quarenta quilômetros, e Joe contou cada metro do caminho. Cada buraco, cada tranco do carro. Cada balançar do chassi se transformava no som de sua morte imediata. Ele e Dion nem sequer mencionaram o medo, pois não precisaram. Este dominava seus olhos, dominava o carro, imprimia a seu suor um travo metálico. Passaram quase o tempo inteiro olhando para a frente, às vezes para a baía quando estavam atravessando a ponte Gandy e a faixa de litoral de ambos os lados se destacou muito branca contra a água azul imóvel. Pelicanos e garças saltavam do guarda-corpo e alçavam voo. Os pelicanos muitas vezes estacavam em pleno voo e despencavam do céu como se tivessem levado um tiro. Mergulhavam no mar parado e tornavam a emergir segurando no bico peixes que se contorciam, depois abriam o bico e o peixe, fosse qual fosse o tamanho, desaparecia.

Dion passou por cima de um buraco, depois de um sinalizador metálico na estrada, em seguida de outro buraco. Joe fechou os olhos.

O sol castigava o para-brisa e soprava fogo através do vidro.

Dion chegou ao outro lado da ponte e a estrada asfaltada cedeu lugar a um trecho de concha moída e cascalho; as duas pistas viraram uma só, e a calçada de repente se transformou em uma colcha de retalhos de inclinações e consistências variadas.

"Falando sério", disse Dion, mas depois não disse mais nada.

Seguiram sacolejando por mais um quarteirão e então pararam por causa do tráfego, e Joe teve de resistir ao impulso de pular para fora do carro, abandonar Dion e fugir correndo de tudo aquilo. Quem, em sã consciência, transportaria uma bomba *de carro* de um lugar para outro? Quem?

Uma pessoa louca. Alguém que desejasse morrer. Alguém que achasse que a felicidade era uma mentira contada para manter a gente dócil. Mas Joe sabia o que era felicidade, já tivera essa experiência. E agora estava arriscando qualquer possibilidade de vir a sentir aquilo outra vez para transportar um explosivo com potência suficiente para arremessar um motor de trinta toneladas através de um casco revestido de aço.

Não sobraria nenhum pedaço dele para recolher. Nenhum carro, nenhuma roupa. Seus trinta dentes iriam se espalhar pela baía como moedas de um centavo atiradas dentro de uma fonte. Seria uma sorte se achassem algum ossinho para mandar enterrar no jazigo da família em Cedar Grove.

O último quilômetro e meio foi o pior. Eles saíram da ponte Gandy e foram descendo uma estrada de terra paralela a uma via férrea; o calor fizera a estrada descambar para a direita, e havia sulcos nos lugares mais impróprios possíveis. Pairava no ar um cheiro de mofo e de coisas que rastejavam e morriam sobre a lama quente, e ali ficavam até se fossilizar. Eles adentraram um trecho de mangue alto e chão coalhado de poças e súbitos buracos fundos, e depois de alguns minutos sacolejando por esse terreno chegaram ao casebre de Daniel Desouza, um dos fabricantes de estruturas de dissimulação mais confiáveis da organização.

Ele havia fabricado uma caixa de ferramentas com fundo falso para eles. Segundo as instruções de Joe, havia sujado e raspado a caixa até ela ficar com cheiro não apenas de graxa e pó, mas também de velhice. As ferramentas que pusera lá dentro, porém, eram de primeira linha e bem-cuidadas, algumas envoltas em oleados, e todas recentemente limpas e lubrificadas.

Quando estavam em pé junto à mesa da cozinha do barraco de um cômodo só, Daniel lhes mostrou o botão no fundo da caixa que abria o fundo falso. Sua esposa grávida passou ao redor deles com seu andar pesado, a caminho da latrina do lado de fora, e os dois filhos brincavam no chão com um par de bonecas que mal passavam de trapos costurados com a sutileza de um açougueiro. Joe reparou em um colchão no chão para as crianças e outro para os adultos, ambos sem lençol nem travesseiro. Um vira-lata entrava e saía do barraco, farejando, e moscas e mosquitos zumbiam por toda parte enquanto Daniel Desouza verificava pessoalmente o trabalho de Sheldon por pura curiosidade ou simples loucura, Joe não soube mais dizer, pois a essa altura já estava anestesiado, em pé esperando para ir ao encontro de seu Criador enquanto Desouza enfiava uma chave de fenda dentro da bomba e sua mulher tornava a entrar e dava um tapa no cachorro. As crianças começaram a brigar por causa de uma das bonecas de pano, dando gritos agudos até Desouza lançar um olhar para a esposa. Esta deixou o cão em paz e começou a encher as crianças de sopapos, dando-lhes tapas no rosto e no pescoço.

As crianças começaram a chorar de choque e indignação.

"Rapazes, isto que vocês têm aqui é um belo artefato", disse Desouza. "Vai fazer um estrago e tanto."

O mais jovem dos filhos, um menino de seus cinco anos, parou de chorar. Estava chorando um choro de surpresa ultrajada mas, quando parou, foi como se tivesse apagado um fósforo no âmago de si mesmo, e seu rosto perdeu qualquer expressão. Ele pegou uma das chaves inglesas do pai do chão e acertou o cachorro na lateral da cabeça. O cão rosnou e pareceu prestes a atacar o menino, mas então mudou de ideia e saiu depressa do barraco.

"Um dia vou matar esse cachorro ou esse menino de porrada", disse Desouza sem tirar os olhos da caixa de ferramentas. "Um dos dois."

Joe encontrou Manny Bustamente, o homem que iria pôr a bomba no navio, na biblioteca do Círculo Cubano, onde todos menos Joe fumavam charutos, inclusive Graciela. Nas ruas era a mesma coisa: crianças de nove e dez anos de idade zanzavam com charutos do tamanho das próprias pernas na boca. Sempre que Joe acendia um de seus mirrados Murads, sentia que a cidade inteira estava rindo dele, mas charutos lhe davam dor de cabeça. Nessa noite, porém, ao correr os olhos pela biblioteca e ver o lençol marrom de fumaça que pairava acima de suas cabeças, ele imaginou que teria de se acostumar com a dor de cabeça.

Manny Bustamente tinha sido engenheiro civil em Havana. Infelizmente, seu filho era do Grêmio Estudantil da

Universidade de Havana, que havia se manifestado contra o regime de Machado. O presidente fechara a universidade e abolira o grêmio. Um dia, vários homens uniformizados foram à casa de Manny Bustamente alguns minutos depois de o sol nascer. Mandaram seu filho se ajoelhar na cozinha e lhe deram um tiro na cara, depois atiraram na mulher de Manny quando ela os chamou de animais. Manny foi preso. Quando foi liberado, sugeriram-lhe que sair do país seria uma ideia excelente.

Manny contou isso a Joe na biblioteca às dez horas daquela noite. Joe supôs que fosse uma forma de lhe assegurar da devoção que tinha à causa. O que Joe questionava não era sua devoção; era sua velocidade. Manny tinha um metro e cinquenta e oito de altura e era roliço como uma panela de feijão. Ficava ofegante só de subir um lance de escada.

Estavam examinando a planta do navio. Manny já tinha mexido no motor logo depois de este atracar no porto.

Dion perguntou por que a Marinha não tinha seus próprios engenheiros.

"Tem, sim", disse Manny. "Mas, quando eles conseguem um... especialista para mexer nesses motores velhos, preferem. Esse navio tem vinte e cinco anos de idade. Foi construído para ser um..." Ele estalou os dedos e falou rapidamente com Graciela em espanhol.

"Cruzeiro de luxo", disse ela aos presentes.

"Isso", falou Manny. Tornou a se dirigir a ela em um espanhol rápido e falou um parágrafo inteiro. Quando terminou, ela lhes explicou que o navio fora vendido para a Marinha durante a Grande Guerra, e depois transformado em navio-hospital. Recentemente, fora reconvertido em navio de transporte com uma tripulação de trezentos homens.

"Onde fica a casa de máquinas?", quis saber Joe.

Manny falou com Graciela novamente, e ela traduziu. Na realidade, isso deu muito mais agilidade à conversa.

"No fundo do navio, na popa."

“Se você for chamado ao navio no meio da noite, quem vai recebê-lo?”, perguntou Joe a Manny.

Ele começou a falar com Joe, mas então se virou para Graciela e lhe fez uma pergunta.

“A polícia?”, indagou ela, franzindo o cenho.

Ele fez que não com a cabeça e tornou a falar com ela.

“Ah, *veo, veo, sí*”, disse ela. Virou-se para Joe. “Ele quer dizer a polícia marítima.”

“A Guarda Costeira”, corrigiu Joe, olhando na direção de Dion. “Está a par disso?”

Dion assentiu. “A par? Estou quilômetros na sua frente.”

“Então você passa pela Guarda Costeira e entra na sala de máquinas”, disse Joe a Manny. “Onde fica o beliche mais próximo?”

“No convés logo acima, na outra ponta do navio”, respondeu Manny.

“Então os únicos tripulantes perto de você são os dois engenheiros?”

“Sim.”

“E como vai fazê-los sair de lá?”

De seu lugar junto à janela, Esteban falou: “Fomos informados por uma fonte fidedigna de que o engenheiro-chefe é um pinguço. Mesmo se ele for à casa de máquinas para verificar a avaliação do nosso homem, não vai ficar muito tempo”.

“Mas e se ficar?”, indagou Dion.

Esteban deu de ombros. “Eles vão improvisar.”

Joe fez que não com a cabeça. “Improviso não é conosco.”

Manny surpreendeu a todos levando a mão até dentro da bota para pescar um revólver de cano curto de um tiro só com cabo de madrepérola. “Se o cara não for embora, eu cuido dele.”

Joe revirou os olhos para Dion, que estava sentado mais perto de Manny.

“Me dê isto aqui”, disse Dion, arrancando o revólver da mão de Manny.

"Já atirou em alguém?", indagou Joe. "Já matou um homem?"

Manny tornou a se recostar na cadeira. "Não."

"Ótimo. Porque não é hoje que vai começar."

Dion lançou a arma para Joe. Este a pegou e suspendeu diante de Manny. "Estou pouco ligando para quem você matar", falou, e pensou se era mesmo verdade, "mas se eles o revistassem teriam encontrado isto aqui. Aí teriam examinado bem mais de perto a sua caixa de ferramentas e encontrado a bomba. Sabe qual é a sua principal tarefa hoje à noite, Manny? Não fazer cagada. Acha que consegue dar conta disso?"

"Acho", respondeu Manny. "Acho, sim."

"Se o engenheiro-chefe ficar na casa de máquinas, você conserta o motor e vai embora."

Esteban se afastou da janela. "Não!"

"Sim", disse Joe. "Sim. Trata-se de um ato de alta traição contra o governo dos Estados Unidos. Vocês entendem o que isso significa? Não estou armando esse ataque só para ser pego e encarcerado na penitenciária federal militar de Leavenworth. Se alguma coisa sair errado, Manny, você desce da porra do navio e nós damos outro jeito. Jamais... Manny, olhe para mim... *jamais* improvise. *¿Comprende?*

Depois de algum tempo, Manny acabou aquiescendo.

Joe apontou para a bomba na bolsa de lona aos seus pés. "O pavio deste troço é curto, bem curto."

"Estou sabendo." Manny piscou os olhos para remover uma gota de suor que pingou de sua sobrancelha, depois enxugou o cenho com as costas da mão. "Estou cem por cento comprometido com a operação."

Que ótimo, pensou Joe: além do excesso de peso, ele *também* sua demais.

"Folgo em saber", disse Joe, cruzando olhares com Graciela por um instante e vendo nos olhos dela a mesma preocupação que devia transparecer nos seus. "Mas, Manny, você tem que estar comprometido para cumprir o combinado *e* sair vivo daquele navio. Não estou dizendo isso porque sou um cara legal e me importo com você. Eu não sou e não me importo. Mas, se você for morto e identificado como cidadão de Cuba, o plano vai desmoronar na hora."

Manny se inclinou para a frente, e o grosso charuto entre seus dedos parecia o cabo de um martelo. "Quero o meu país livre, quero Machado morto e quero os Estados Unidos fora de Cuba. Eu me casei de novo, sr. Coughlin. Tenho três *niños*, todos com menos de seis anos de idade. Tenho uma esposa que amo, Deus me perdoe, mais do que minha esposa que morreu. Estou velho o suficiente para preferir viver como um homem fraco do que morrer corajoso."

Joe lhe exibiu um sorriso grato. "Então você é o cara que eu quero que plante essa bomba."

O USS *Mercy* pesava dez mil toneladas. Era um navio de cento e vinte e dois metros de comprimento por quinze de largura, com proa vertical, duas chaminés e dois mastros. O mastro principal tinha um posto de observação que, aos olhos de Joe, parecia pertencer a um navio de outra época, quando piratas infestavam o alto-mar. Duas cruzes apagadas pintadas nas chaminés confirmavam seu histórico de navio-hospital, assim como a pintura branca. O navio parecia usado, cheio de rangidos, mas sua cor branca cintilava em contraste com a água negra e o céu noturno.

Eles estavam no parapeito acima de um silo de cereais no final da McKay Street — Joe, Dion, Graciela e Esteban, observando o navio atracado no Píer Sete. Uma dezena de silos se aglomerava ali, todos com vinte metros de altura, e os últimos cereais tinham sido armazenados naquela mesma tarde por um cargueiro Cargill. O vigia da noite fora subornado e instruído a dizer à polícia no dia seguinte que tinha sido amarrado por espanhóis, e então Dion o apagou com dois golpes de seu saquinho de chumbo para garantir que a história parecesse verossímil.

Graciela perguntou a Joe o que ele achava. "Sobre o quê?"

"Sobre as nossas chances." O charuto de Graciela era comprido e fino. Ela soprava círculos de fumaça por cima do guarda-corpo da passarela e os observava flutuar por cima d'água.

"Sinceramente?", respondeu Joe. "De poucas a nenhuma."

"Mas o plano é seu."

"Foi o melhor em que consegui pensar."

"Parece bastante bom."

"Isso é um elogio?"

Ela fez que não com a cabeça, embora ele tenha pensado ver uma leve contração de seus lábios. "Uma afirmação. Se o senhor tocasse bem violão, eu lhe diria isso, mas continuaria sem gostar do senhor."

"Porque eu a comi com os olhos?"

"Porque o senhor é arrogante."

"Ah."

"Como todos os americanos."

"E os cubanos todos são o quê?"

"Orgulhosos."

Ele sorriu. "Segundo os jornais que ando lendo, vocês são também preguiçosos, têm o pavio curto, não sabem poupar dinheiro e são imaturos."

"O senhor acha que isso é verdade?"

"Não", respondeu ele. "Acho que suposições relativas a um país ou povo como um todo em geral são burras pra caralho."

Ela deu um trago no charuto e passou alguns instantes olhando para ele. Por fim, virou-se outra vez para o navio.

As luzes do porto davam à borda inferior do céu um tom de vermelho claro e esbranquiçado. Para lá do canal, a cidade dormia em meio à névoa. Bem longe, na linha do horizonte, finos raios riscavam a pele do mundo com veias brancas serrilhadas. Sua luz tênue e súbita revelava nuvens inchadas, escuras feito ameixas, aglomeradas ao longe qual um exército inimigo. Em determinado momento, um pequeno avião passou voando bem acima deles, quatro luzinhas no céu e um pequeno motor a cem metros de altura, possivelmente por algum motivo legítimo, embora fosse difícil imaginar qual pudesse ser esse motivo às três da manhã. Sem falar que, no pouco tempo desde que havia chegado a Tampa, Joe vira muito pouca atividade que pudesse descrever como legítima.

"O senhor estava falando sério quando disse a Manny mais cedo que não ligava se ele vivesse ou morresse?"

Podiam vê-lo agora, caminhando pelo píer em direção ao navio, com a caixa de ferramentas na mão.

Joe apoiou os cotovelos no guarda-corpo. "Quase isso."

"Como é que alguém se torna tão insensível?"

"Requer menos prática do que a senhora supõe", respondeu Joe.

Manny parou diante da passarela do navio, onde dois agentes da Guarda Costeira o receberam. Levantou os braços enquanto um dos agentes o revistava e o outro abria a caixa de ferramentas. Depois de vasculhar o compartimento de cima, o soldado o removeu e pousou no chão do píer.

"Se tudo correr bem, o senhor vai dominar a distribuição de rum em Tampa", comentou Graciela.

"Na verdade, em metade da Flórida", corrigiu Joe.

"Vai ficar poderoso."

"Imagino que sim."

"A sua arrogância vai chegar ao auge."

"Bem, a esperança é a última que morre", disse Joe.

O guarda terminou de revistar Manny e ele abaixou as mãos, mas então foi se juntar ao colega e os dois se puseram a examinar algo na caixa de ferramentas e começaram a confabular, de cabeça baixa, um deles com a mão na coronha do 45.

Joe olhou para adiante no parapeito, em direção a Dion e Esteban. Ambos estavam congelados, pescoços tesos, olhos grudados na caixa de ferramentas.

Os agentes chamaram Manny para mais perto. Manny caminhou até entre os dois e baixou os olhos por sua vez. Um dos agentes apontou, e Manny pôs a mão dentro da caixa e voltou trazendo duas garrafas de meio litro de rum.

"Merda", disse Graciela. "Quem disse a ele para subornar os agentes?"

"Eu não fui", respondeu Esteban.

"Ele está improvisando", disse Joe. "Porra, que maravilha. Incrível."

Dion deu um tapa no parapeito.

"Eu não disse a ele para fazer isso", falou Esteban.

"E eu disse a ele especificamente para não fazer", disse Joe. "'Não improvise', falei. Vocês estavam com..."

"Eles estão aceitando", disse Graciela.

Joe estreitou os olhos e viu cada um dos agentes guardar uma garrafinha no uniforme e dar um passo de lado.

Manny fechou a caixa de ferramentas e subiu a passarela.

Por alguns instantes, ficaram todos muito calados no telhado do silo.

Então Dion falou: "Acho que meu coração acabou de sair pela boca".

"Está dando certo", disse Graciela.

"Ele passou", disse Joe. "Mas ainda tem que fazer o serviço e sair de novo." Conferiu a hora no relógio do pai: eram três da manhã em ponto.

Olhou na direção de Dion, que leu seu pensamento. "Acho que eles devem ter começado a atacar a boate há uns dez minutos."

Ficaram aguardando. O parapeito de metal ainda estava quente depois de um dia inteiro torrando sob o sol de agosto.

Cinco minutos depois, um dos agentes da Guarda Costeira caminhou até um telefone que começara a tocar no convés. Instantes depois, tornou a descer correndo a passarela e deu um tapa no braço do colega. Os agentes correram alguns metros pelo píer até um carro patrulha. Saíram do píer e dobraram à esquerda em direção a Ybor e à boate da Décima Sétima Avenida em que os cúmplices de Dion estavam naquele exato instante cobrindo uns vinte marinheiros de porrada.

"Até agora...", Dion sorriu para Joe. "Reconheça."

"Reconhecer o quê?"

"Que está tudo funcionando feito um reloginho."

"Até agora", repetiu Joe.

Ao seu lado, Graciela tragou o charuto.

Puderam escutar o barulho: o eco de um baque surpreendentemente abafado. Não pareceu grande coisa, mas o parapeito balançou por alguns instantes, e todos estenderam os braços como se estivessem montados na mesma bicicleta. O *uss Mercy* estremeceu. A água ao seu redor se agitou, e pequenas ondas quebraram no píer. Uma fumaça espessa e cinza feito aço pôs-se a subir de um rombo no casco do tamanho de um piano.

A fumaça ficou mais densa, mais escura, e depois de alguns instantes a observando Joe pôde ver uma bola amarela surgir por trás dela, pulsante como um coração batendo. Seguiu olhando até ver labaredas vermelhas misturadas ao amarelo, mas então ambas as cores desapareceram atrás das nuvens de fumaça que tinha agora o mesmo negro de piche fresco. Ela encheu o canal e escondeu a cidade mais adiante; escondeu o próprio céu.

Dion deu uma risada; Joe cruzou olhares com ele e Dion continuou a rir, balançando a cabeça e aquiescendo para Joe.

Joe sabia o que significava aquele meneio de cabeça — era *por isso* que eles haviam se tornado fora da lei. Para viver momentos que os vendedores de seguros do mundo, os caminhoneiros, advogados, caixas de banco, carpinteiros e corretores de imóveis jamais iriam experimentar. Momentos em um mundo sem rede de segurança — ninguém para amparar sua queda, ninguém para acolhê-lo. Joe olhou para Dion e recordou o que sentira depois da primeira vez em que haviam derrubado aquela banca de jornal em Bowdoin Street, aos treze anos de idade: *Provavelmente vamos morrer jovens.*

Mas quantos homens, ao pisar no país noturno de sua hora derradeira e cruzar campos escuros em direção à margem enevoada de fosse qual fosse o mundo que existisse além deste, quantos homens podiam olhar para trás pela última vez e dizer: *Eu um dia sabotei um navio de transporte de dez toneladas?*

Joe tornou a cruzar olhares com Dion e soltou uma risadinha.

"Ele não tornou a sair." Graciela estava em pé ao seu lado, olhando para o navio, agora totalmente ocultado pela fumaça.

Joe não disse nada.

"Manny", esclareceu ela, embora não precisasse.

Joe assentiu.

"Ele morreu?"

"Não sei", respondeu Joe, mas o que pensou foi: com certeza assim espero.

15

OS OLHOS DA SUA FILHA

Quando amanheceu, os marinheiros desembarcaram as armas e as puseram sobre o píer. Os caixotes ficaram ali sob o sol nascente, salpicados com um orvalho que ia se transformando em vapor à medida que evaporava. Várias embarcações menores chegaram, e delas desembarcaram marinheiros seguidos por oficiais, e todos foram examinar o rombo no casco do navio. Joe, Esteban e Dion se misturaram à multidão atrás dos cordões de isolamento montados pela polícia de Tampa e ouviram dizer que o navio tinha descido até o fundo da baía, e que se duvidava que pudesse ser salvo. A Marinha supostamente iria mandar um guindaste de Jacksonville de barcaça para sanar essa dúvida. Quanto aos armamentos, eles estavam considerando despachar para Tampa outro navio que pudesse assumir a carga. Enquanto isso, teriam de guardá-la em algum lugar.

Joe saiu do píer. Foi se encontrar com Graciela em um café da Nona Avenida. Ficaram sentados do lado de fora, debaixo de um pórtico de pedra, e viram um bonde chegar estalando pelos trilhos no meio da avenida e parar bem na sua frente. Alguns passageiros embarcaram, outros desceram, e o bonde tornou a seguir viagem estalando.

"Algum sinal dele?", indagou Graciela.

Joe fez que não com a cabeça. "Mas Dion está de olho. E ele plantou um ou dois caras no meio da multidão, de modo que..." Joe deu de ombros e tomou um gole de seu café cubano. Passara a última noite acordado e não dormira muito na anterior, mas, contanto que o café cubano continuasse a fluir, imaginava que pudesse passar a semana inteira acordado.

"O que eles põem neste negócio? Cocaína?"

"Só café", respondeu Graciela.

"É como dizer que vodca é só suco de batata." Ele terminou o café e tornou a pousar a xícara sobre o pires.

"Sente falta de lá?"

"De Cuba?"

"Sim."

Ela fez que sim com a cabeça. "Muita."

"Então por que está aqui?"

Ela olhou na direção da rua como se pudesse ver Havana do outro lado. "O senhor não gosta do calor."

"Como?"

"O senhor", disse ela. "Vive se abanando com a mão ou com o chapéu. Canso de ver o senhor fazer careta e erguer os olhos para o sol como se quisesse mandá-lo se pôr mais depressa."

"Não percebi que era tão óbvio."

"Está fazendo isso agora mesmo."

Graciela tinha razão. Ele estava abanando a lateral da cabeça com o chapéu. "Este calor faria algumas pessoas dizerem que é como morar no sol. Eu digo que é como morar *dentro* do sol. Meu Deus. Como vocês conseguem fazer alguma coisa por aqui?"

Ela se reclinou para trás na cadeira, e seu belo pescoço moreno se arqueou contra o ferro forjado. "Para mim, quanto mais quente melhor."

"Então a senhora é doida."

Ela riu, e ele viu a risada subir por sua garganta. Ela fechou os olhos. "Quer dizer que o senhor odeia o calor, mas mesmo assim está aqui."

"Sim."

Ela abriu os olhos, inclinou a cabeça e olhou para ele. "Por quê?"

Ele desconfiava — desconfiava não, tinha certeza — que o que sentira por Emma tinha sido amor. Era amor. Portanto, o sentimento que Graciela Corrales despertou nele tinha de ser desejo. Mas era um desejo diferente de tudo o que ele já havia experimentado. Será que algum dia já vira olhos tão escuros? Havia algo de tão lânguido em tudo o que ela fazia — na forma como andava, como fumava seus charutos, como empunhava um lápis — que era fácil imaginar aqueles movimentos lânguidos em ação quando seu corpo se curvasse sobre o dele, quando ela o recebesse dentro de si enquanto expirava longamente junto a seu ouvido. Aquele langor não lembrava preguiça, e sim precisão. O tempo não o controlava; era ele quem controlava o tempo para fazê-lo se desdobrar como ela desejasse.

Não era de espantar que as freiras houvessem reprovado com tanta veemência os pecados da luxúria e da cobiça. Eles podiam dominar um homem da mesma forma implacável de um câncer. E matá-lo duas vezes mais depressa.

"Por quê?", repetiu ele, chegando a perder o fio da meada por alguns segundos.

Ela o fitava com ar curioso. "Sim, por quê?"

"Um emprego", respondeu ele.

"Eu vim pela mesma razão."

"Para enrolar charutos?"

Ela se endireitou na cadeira e aquiesceu. "O salário é bem melhor do que qualquer coisa que se possa conseguir em Havana. Eu mando a maior parte para minha família que está lá. Quando meu marido sair da prisão, vamos decidir onde morar."

"Ah, a senhora é casada", disse Joe.

"Sou."

Ele viu um clarão de triunfo no olhar dela, ou terá sido sua imaginação?

"Mas o seu marido está preso."

Ela aquiesceu outra vez. "Mas não pelas mesmas coisas que o senhor faz."

"Que coisas eu faço?"

Ela acenou com a mão no ar. "Pequenos crimes sujos."

"Ah, então é isso que eu faço." Ele aquiesceu. "Estava me perguntando o que seria."

"Adán luta por algo maior do que ele próprio."

"E qual é a sentença para isso?"

O semblante dela escureceu e o bom humor se foi. "Ele foi torturado para revelar quem eram seus cúmplices... eu e Esteban. Mas não contou. O que quer que tenham feito com ele." Seu maxilar estava esticado, e os olhos chispavam de um jeito que fez Joe pensar nos relâmpagos finos que tinham visto na noite anterior. "Eu não mando dinheiro para minha família em Cuba porque não tenho família. Mando para a família de Adán, para eles poderem tirá-lo daquela prisão de merda e mandá-lo de volta para mim."

Seria apenas desejo o que ele estava sentindo, ou algo que ainda não fora capaz de definir? Talvez fosse a exaustão, os dois anos preso, o calor. Podia ser. Decerto devia ser. Ainda assim, não conseguiu se livrar da sensação de ser atraído por uma parte dela que desconfiava estar profundamente traumatizada, algo ao mesmo tempo assustado, zangado e esperançoso. Algo no âmago de Graciela que repercutia em algo no âmago de si mesmo.

"Ele é um homem de sorte", comentou.

A boca dela se abriu antes de ela perceber que não havia ao que responder.

"Um homem de muita sorte." Joe se levantou e depositou algumas moedas sobre a mesa. "Está na hora de dar aquele telefonema."

Fizeram a ligação de um telefone nos fundos de uma fábrica de charutos falida no lado leste de Ybor. Sentaram-se no chão empoeirado de um escritório vazio, e Joe discou o número enquanto Graciela dava uma última olhada na mensagem que ele havia datilografado por volta da meia-noite da véspera.

"Editoria de cidade", disse o sujeito do outro lado da linha, e Joe passou o telefone para Graciela.

Ela falou: "Quero reivindicar o triunfo de ontem à noite sobre o imperialismo americano. Está sabendo sobre da bomba que explodiu no USS *Mercy?*".

Joe pôde ouvir a voz do sujeito. "Estou, estou sim."

"Os Povos Unidos da Andaluzia assumem a responsabilidade pela bomba. Além do mais, prometemos um ataque direto aos próprios marinheiros e a todas as forças armadas americanas até Cuba ser devolvida a seu proprietário legítimo, o povo de Espanha. Até logo."

"Espere, espere. Os marinheiros. Fale-me sobre o ataque aos..."

"Quando eu desligar o telefone, eles já terão morrido."

Ela desligou o telefone e olhou para Joe.

"Isso deve fazer as coisas andarem", disse ele.

Joe voltou para lá a tempo de ver o comboio de caminhões descer o cais. A tripulação desembarcou em grupos de cinquenta, movendo-se depressa, vasculhando os telhados com os olhos.

Os caminhões do comboio foram deixando o cais em disparada um depois do outro, e então se separaram, cada qual com uns vinte soldados a bordo; o primeiro seguiu para leste, o seguinte para sudoeste, o terceiro para norte, e assim por diante.

"Algum sinal de Manny?", indagou Joe a Dion.

Dion fez que não com um ar sombrio e apontou, e Joe olhou pelo meio da multidão e para lá dos caixotes de armas. Ali, na borda do cais, jazia um saco de cadáveres feito de lona amarrado nas pernas, no peito e no pescoço. Depois de algum tempo, uma caminhonete branca chegou, recolheu o corpo e foi embora do cais ladeada por uma escolta da Guarda Costeira.

Pouco depois disso, o último caminhão do comboio que ainda estava no cais ganhou vida com um rugido de motor. Fez uma curva de cento e oitenta graus e parou, arranhando a caixa de marchas junto com o agudo grasnar das gaivotas, então deu ré até os caixotes. Um marinheiro saltou e abriu a traseira. Os poucos tripulantes ainda a bordo do *uss Mercy* então começaram a desembarcar, todos carregando fuzis automáticos Browning e a maioria portando armas menores. Um aspirante a oficial militar aguardava no cais enquanto eles se reuniam junto à passarela.

Sal Urso, que trabalhava no escritório central da contabilidade esportiva dos Pescatore no sul de Tampa, chegou perto e entregou umas chaves a Dion.

Dion o apresentou a Joe, e os dois se cumprimentaram com um aperto de mãos.

"Está uns vinte metros atrás daqui", disse Sal. "Tanque cheio de gasolina, uniformes em cima do banco." Ele olhou Dion de cima a baixo. "Não foi fácil achar roupas que coubessem em você."

Dion deu um tapa na lateral de sua cabeça, mas sem muita força. "Como estão as coisas lá fora?"

"A polícia está por toda parte. Mas estão procurando espanhóis."

"Não cubanos?"

Sal fez que não com a cabeça. "Meu filho, você virou esta cidade de pernas para o ar."

O último dos marinheiros havia se juntado ao grupo, e o suboficial lhes dava ordens apontando para os caixotes.

"Hora de se mexer", disse Joe. "Prazer em conhecê-lo, Sal."

"O prazer foi todo meu, senhor. Nos vemos lá."

Eles saíram da periferia da multidão e encontraram o caminhão onde Sal dissera que estaria. Era uma carreta de duas toneladas, com a caçamba feita de aço e barras também de aço cobertas por um toldo de lona. Eles entraram na frente, Joe engatou uma primeira com a dura alavanca de marchas, e partiram pela rua Dezenove.

Vinte minutos mais tarde, pararam no acostamento da estrada 41. Havia uma floresta ali, com pinheiros de folha comprida mais altos do que Joe imaginava que uma árvore pudesse ser e pinheiros-do-caribe e pinheiros-do-pântano de estatura menor, todos se erguendo de uma espessa vegetação de frondosos palmetos, urzes e arbustos de carvalho. Pelo cheiro, imaginou que houvesse um pântano em algum lugar próximo ao leste de onde estavam. Graciela os esperava junto a uma árvore que havia se partido ao meio durante um temporal recente. Trocara o vestido que estava usando mais cedo por um exuberante vestido de noite de renda preta com a barra em zigue-zague. Contas imitando ouro, paetês pretos e um generoso decote que deixava à mostra o rego dos seios e as bordas do sutiã completavam o disfarce de uma moça festeira que ficara na festa até bem depois do final e acabara indo parar, à luz do dia, em um lugar bem mais brutal.

Joe a olhou através do para-brisa e não desceu do caminhão. Podia ouvir a própria respiração.

"Posso fazer por você", disse Dion.

"Não", respondeu Joe. "O plano é meu, a responsabilidade é minha."

"Você não se importa em delegar outras coisas."

Ele se virou e olhou para Dion. "Está dizendo que eu *quero* fazer isso?"

"Eu vi o jeito como vocês se olham." Dion deu de ombros. "Talvez ela goste de um sacode. Talvez você também goste."

"Que porra de conversa é essa... que jeito como nos olhamos? Preste atenção no seu trabalho, não nela."

"Com todo o respeito, você também", retrucou Dion.

Que merda, pensou Joe: assim que um cara tinha certeza de que você não iria matá-lo, começava a ficar atrevido.

Joe desceu do caminhão e Graciela o observou se aproximar. Já tinha feito parte do trabalho sozinha — o vestido tinha um rasgo perto da escápula esquerda, o seio esquerdo exibia leves arranhões, e ela havia mordido o lábio inferior com força suficiente para tirar sangue. Quando ele chegou perto, ela encostou um lenço na boca.

Dion saltou do caminhão pelo outro lado, e ambos

olharam na sua direção. Ele suspendeu o uniforme que Sal Urso havia lhe deixado em cima do banco.

"Façam o que têm de fazer", falou Dion. "Eu vou me trocar." Deu uma risadinha e encaminhou-se para a traseira do caminhão.

Graciela estendeu o braço direito. "O senhor não tem muito tempo."

De repente, Joe não soube mais como segurar a mão de outra pessoa. Pareceu-lhe antinatural.

"Não tem mesmo", repetiu ela.

Ele estendeu a mão e segurou a dela. Era mais dura do que a mão de qualquer outra mulher que ele havia tocado. A base da palma parecia uma pedra de tanto passar o dia enrolando charutos, e os dedos esguios eram sólidos como marfim.

"Agora?", perguntou-lhe ele.

"Agora seria o melhor", respondeu ela.

Ele apertou seu pulso com a mão esquerda e dobrou os dedos da direita para arranhar a pele junto ao ombro dela. Arrastou as unhas pelo braço dela. Quando chegou ao cotovelo, parou e respirou fundo, pois teve a sensação de que sua cabeça estava recheada de jornal molhado.

Ela arrancou o pulso da mão dele e examinou os arranhões no próprio braço. "Tem que fazê-los parecer reais."

"Estão parecendo bastante reais."

Ela apontou para o próprio bíceps. "Estão rosados. E acabam no cotovelo. Eles precisam sangrar, *bobo niño*, e descer até a minha mão. Entendeu? Está lembrado?"

"É claro que estou", respondeu Joe. "O plano é meu."

"Então aja de acordo." Ela esticou o braço para ele. "Enterre as unhas e puxe."

Joe não teve certeza, mas pensou ter escutado uma risada emanar da traseira do caminhão. Envolveu o bíceps dela com a mão, bem firme dessa vez, e suas unhas se enterraram nas marcas débeis que já tinha feito. Graciela não se mostrou tão corajosa quando no discurso. Seus olhos se agitaram nas órbitas e a pele se arrepiou.

"Merda. Sinto muito."

"Rápido, rápido."

Ela cravou os olhos nos dele e Joe desceu a mão pela parte interna de seu braço, arrancando a pele conforme o fazia, abrindo as costuras da pele dela. Quando passou pelo cotovelo e continuou, ela soltou um silvo e virou o braço, fazendo as unhas dele arranharem seu antebraço e chegarem ao pulso.

Quando ele soltou sua mão, ela a usou para lhe dar um tapa.

"Caramba", disse ele, "não estou fazendo isso porque gosto."

"Isso é o que o senhor diz." Ela lhe deu outro tapa, acertando dessa vez o maxilar inferior e o alto do pescoço.

"Ei! Não posso chegar à porra do posto de vigia cheio de marcas no rosto."

"Então é melhor me segurar", retrucou ela, desferindo mais um tapa.

Desse ele se desviou, pois ela o havia alertado, e então fez o que haviam combinado — o que certamente parecia mais fácil de falar que de fazer até ela lhe bater duas vezes para deixá-lo com raiva. As costas de sua mão acertaram a bochecha dela, bem com o nó dos dedos. A parte superior do corpo de Graciela foi projetada de lado, seus cabelos lhe cobriram o rosto e ela ficou assim por alguns instantes, ofegando. Quando se endireitou, seu rosto havia ficado vermelho e a pele em volta do olho direito pulsava. Ela cuspiu no arbusto de palmeto do acostamento da estrada.

Não quis mais olhar para ele. "A partir daqui pode deixar comigo."

Ele quis dizer alguma coisa mas não conseguiu pensar em quê, então deu a volta até a frente do caminhão enquanto Dion o observava do banco do carona. Parou para abrir a porta e olhou para trás em direção a ela. "Detestei fazer isso."

"Mas o plano foi seu", respondeu ela, e cuspiu na estrada.

* * *

Durante o trajeto, Dion falou: "Escute, eu também não gosto de bater em mulher, mas às vezes isso é a única coisa que elas respeitam".

"Eu não bati nela porque ela mereceu", disse Joe.

"Não, bateu nela para ajudá-la a conseguir uma porção de fuzis Browning e metralhadoras Thompson e mandar para os amiguinhos lá na Ilha do Pecado." Dion deu de ombros. "Este é um negócio de merda, então temos de ter comportamentos de merda. Ela pediu para você conseguir as armas. Você arrumou um jeito de consegui-las."

"Não consegui ainda", disse Joe.

Os dois encostaram na beira da estrada uma última vez para Joe vestir o uniforme. Dion bateu na divisória entre a cabine e a traseira do caminhão e disse: "Todo mundo quietinho feito gatos com cachorros por perto. *¿Comprende?*".

Um coro de "*sí*" respondeu da traseira do caminhão, e então a única coisa que se ouviu foram os onipresentes insetos nas árvores. "Preparado?", perguntou Joe.

Dion deu um tapa na lateral da porta. "É para isso que eu acordo todo dia, companheiro."

O arsenal da Guarda Nacional ficava na parte ainda não urbanizada de Tampa, na extremidade norte do condado de Hillsborough, uma paisagem árida de bosques de árvores cítricas, pântanos de ciprestes e campos de capim ressecados e quebradiços por causa do sol, à espera de uma chance de pegar fogo e deixar o condado inteiro preto de fumaça.

Dois guardas vigiavam o portão, um deles armado com um Colt 45 e o outro com um fuzil automático Browning, justamente os armamentos que eles estavam ali para roubar. O guarda com a pistola era alto e magro, tinha os cabelos pretos espetados e as bochechas encovadas de um homem muito velho ou de um homem muito jovem com dentes ruins. O rapaz da Browning mal saíra das fraldas; tinha cabelos de um tom ruivo escuro e olhos sem viço. Cravos cobriam seu rosto como se fossem pimenta.

Ele não era problema, mas o guarda alto deixou Joe preocupado. Tinha algo de excessivamente contido, excessivamente atento. Demorava-se ao observar você e não estava nem aí para o que você achasse.

"Eram vocês quem estavam na explosão?" Seus dentes, como Joe adivinhara, eram cinzentos e tortos, e vários deles se projetavam de volta para dentro da boca como velhas lápides em um cemitério alagado.

Dion confirmou. "Abriram um rombo no nosso casco."

O rapaz alto olhou para Dion atrás de Joe. "Porra, gordinho, quanto você pagou para passar na avaliação física?"

O baixinho saiu da guarita com a Browning aninhada preguiçosamente no braço, o cano apoiado sobre o quadril na diagonal. Começou a avançar pela lateral do caminhão com a boca entreaberta, como se esperasse que fosse chover.

O que estava perto da porta falou: "Fiz uma pergunta, gordinho".

Dion deu um sorriso simpático. "Cinquenta pratas."

"Foi isso que você pagou?"

"Foi", respondeu Dion.

"Que pechincha. E a quem você pagou exatamente?"

"Como?"

"O nome e a patente do homem a quem você pagou", disse o rapaz.

"Primeiro-sargento Brogan", respondeu Dion. "Por quê, está pensando em se alistar?"

O rapaz piscou e exibiu a ambos um sorriso frio, mas não disse nada, simplesmente ficou parado enquanto o sorriso se evaporava. "Eu, por minha parte, não aceito subornos."

"Certo", disse Joe, sem conseguir ficar calado de tão nervoso.

"Certo?"

Joe aquiesceu e resistiu ao impulso de sorrir feito um bobo, para mostrar ao sujeito quanto era simpático.

"Eu sei que é certo. Eu sei."

Joe aguardou.

"Eu sei que é certo", repetiu o cara. "Por acaso dei a impressão de que precisava de algum conselho a esse respeito?"

Joe não disse nada.

"Não dei", completou o rapaz.

Alguma coisa bateu na traseira do caminhão, o rapaz olhou lá para trás à procura do colega e, quando tornou a olhar para Joe, este encostou a Savage 32 no seu nariz.

Os olhos do rapaz ficaram vesgos para mirar o cano da arma, e sua respiração começou a sair pesada e comprida pela boca. Dion desceu do caminhão, deu a volta até o rapaz e pegou sua arma.

"Alguém com dentes feito os seus não deveria ficar comentando sobre os defeitos dos outros", falou. "Alguém com dentes feito os seus deveria ficar de boca fechada e pronto."

"Sim, senhor", sussurrou o rapaz.

"Qual é o seu nome?"

"Perkin, senhor."

"Bem, Perkinsenhor", continuou Dion, eu e meu colega em algum momento debateremos se vamos deixá-lo vivo hoje. Se decidirmos a seu favor, você saberá porque não estará morto. Caso contrário, será para lhe ensinar que deveria tratar as pessoas melhor. Agora ponha as porras das mãos nas costas."

Os gângsteres de Pescatore foram os primeiros a descer da traseira do caminhão — eram quatro, usando ternos de verão e gravatas floridas. Foram empurrando o rapaz ruivo na sua frente, com Sal Urso apontando o fuzil do próprio garoto para suas costas e ele balbuciando que não queria morrer hoje, hoje não. Em seguida desceram os cubanos, quase trinta, a maioria vestindo as calças brancas de cordão na cintura e camisas brancas mais largas na bainha que faziam Joe pensar em pijamas. Todos portavam fuzis ou pistolas. Um deles carregava um facão, outro, duas facas grandes em riste. Esteban ia na frente. Estava usando uma túnica verde-escura e calça do mesmo tecido, a roupa de campanha perfeita para revolucionários de uma república das bananas, pensou Joe. Fez um gesto de positivo para Joe quando ele e seus homens entraram no arsenal e em seguida se espalharam pelos fundos do prédio.

"Quantos homens tem lá dentro?", perguntou Joe a Perkin.

"Catorze."

"Por que tão poucos?"

"Estamos no meio da semana. Se viessem aqui no fim de semana, teriam encontrado uma porção." Seu olhar tornou a exibir um pouquinho de crueldade.

"Tenho certeza de que sim." Joe desceu do caminhão. "Mas no presente momento, Perkin, vou ter que me contentar com você."

O único cara a resistir quando viu trinta cubanos armados inundarem os saguões do arsenal foi um gigante. Um metro e oitenta e quatro de altura, calculou Joe. Talvez mais. Cabeça descomunal, um maxilar comprido, e ombros que mais pareciam duas vigas. Ele atacou três cubanos que tinham ordens para não atirar. Mas mesmo assim atiraram. Não acertaram o gigante. Erraram feio de sete metros de distância. Em vez disso, acertaram outro cubano. Um cara que chegou correndo por trás do gigante.

Joe e Dion estavam logo atrás do cubano quando ele foi baleado. O homem rodopiou e desabou na sua frente como um pino de boliche, e Joe gritou: "Parem de atirar!".

"*¡Dejar de disparar! ¡Dejar de disparar!*", berrou Dion.

Os cubanos pararam, mas Joe não pôde ter certeza se

estavam apenas recarregando os fuzis de ferrolho enferrujados ou não. Arrancou o fuzil da mão do que fora baleado, segurou-o pelo cano e encolheu o braço enquanto o gigante se levantava da posição defensiva agachada que assumira quando os cubanos haviam começado a alvejá-lo. Joe o acertou na lateral da cabeça com o fuzil, e o gigante ricocheteou na parede e partiu para cima dele, agitando os braços. Joe mudou a empunhadura e arremeteu a coronha do fuzil pelo meio dos braços do homem em cheio no seu nariz. Ouviu o nariz se quebrar, e ouviu o osso malar se quebrar também quando a coronha deslizou pelo rosto. Quando o homem caiu no chão, Joe soltou o fuzil. Tirou as algemas do bolso, Dion segurou um dos pulsos do cara e Joe o outro, e juntos algemaram suas mãos nas costas enquanto ele resfolegava repetidamente, com o sangue a empoçar no chão.

"Você vai viver?", perguntou-lhe Joe.

"Vou matar você."

"Parece que vai viver." Joe se virou para os três cubanos rápidos no gatilho. "Chamem mais um e levem este aqui para as celas."

Olhou para o cubano que tinha sido baleado. O homem estava encolhido no chão com a boca aberta, ofegando. Não soava nada bem e não parecia nada bem — pálido feito um lençol, com uma quantidade excessiva de sangue escorrendo do tronco. Joe se ajoelhou ao seu lado mas, no tempo que levou para fazer isso, o rapaz morreu. Ficou de olhos abertos virados para cima e para a direita, como se tentasse recordar a data de aniversário da esposa ou o lugar em que havia deixado a carteira. Ficou deitado de lado, com um braço preso sob o corpo de forma esquisita e o outro erguido atrás da cabeça. A camisa havia subido pelas costelas e deixado à mostra a barriga.

Os três homens que o haviam matado fizeram o sinal da cruz enquanto passavam por ele e por Joe arrastando o gigante.

Quando Joe fechou os olhos do rapaz, este lhe pareceu bem jovem. Teria uns vinte anos, ou talvez não passasse dos dezesseis. Joe o virou de costas e cruzou seus braços por cima do peito. Abaixo das mãos, logo abaixo do triângulo onde as costelas inferiores se juntavam, um sangue escuro subia de um buraco em seu corpo do tamanho de uma moeda de dez centavos.

Dion e seus homens puseram os soldados da Guarda Nacional em fila diante da parede, e Dion lhes disse para se despir até ficarem só de roupa de baixo.

O rapaz morto usava uma aliança de casamento no dedo. Parecia feita de estanho. Provavelmente devia carregar uma foto da esposa em algum lugar, mas Joe não iria procurar.

Ele também havia perdido um dos sapatos. Devia ter saído quando ele fora baleado, mas Joe não conseguiu vê-lo perto do cadáver. Enquanto os outros passavam por ele escoltando os soldados de roupa de baixo, vasculhou o corredor à procura do sapato.

Nada. Talvez estivesse debaixo do rapaz. Joe pensou em rolar o corpo outra vez para verificar — parecia-lhe importante encontrar o sapato —, mas tinha de voltar ao portão e precisava se trocar e vestir outro uniforme.

Sentiu-se observado por deuses entediados ou indiferentes enquanto tornava a descer a camisa do rapaz para lhe cobrir a barriga e o deixava caído ali, com um pé calçado e outro descalço, banhado no próprio sangue.

As armas chegaram cinco minutos depois, quando o caminhão se aproximou do portão. O motorista era um marinheiro da mesma idade do rapaz que Joe acabara de ver morrer, mas no banco do carona estava sentado um suboficial de trinta e poucos anos com o rosto permanentemente marcado pelo vento. Carregava na cintura um Colt 45 de 1917, com a coronha gasta de tanto uso. Bastou uma olhada em seus olhos claros para Joe saber que, se fosse aquele homem que os três cubanos houvessem atacado no corredor, seriam eles quem estariam caídos no chão cobertos por lençóis.

Os documentos que eles apresentaram os identificaram como cabo da Marinha Orwitt Pluff e primeiro-tenente Walter Craddick. Joe devolveu os documentos junto com as ordens assinadas que Craddick lhe havia entregue.

Diante dos papéis, Craddick inclinou a cabeça e deixou a mão de Joe suspensa no espaço que os separava. "São para o seu arquivo."

"Certo." Joe recolheu a mão. Sorriu para eles um sorriso amarelo, sem dar muita importância ao ocorrido. "Me diverti um pouco demais ontem à noite em Ybor. Sabem como é."

"Não sei, não." Craddick balançou a cabeça. "Eu não bebo. É contra a lei." Ele olhou pelo para-brisa. "Temos de subir aquela rampa de ré?"

"Isso", respondeu Joe. "Se quiserem, podem descarregar as armas e nós levamos para dentro."

Craddick reparou nas insígnias no ombro de Joe. "Nossas ordens são para entregar e guardar as armas, cabo. Vamos levá-las até o depósito."

"Excelente", disse Joe. "É só dar ré até a rampa." Ele ergueu o portão, cruzando olhares com Dion ao fazê-lo. Dion disse alguma coisa para Lefty Downer, o mais inteligente dos quatro caras que levara consigo, e em seguida se afastou na direção do arsenal.

Joe, Lefty e os outros três capangas de Pescatore, todos vestidos de cabo, seguiram o caminhão até a rampa de carga. Lefty fora escolhido por ser inteligente e nunca perder a calma. Os outros três — Cormarto, Fasani e Parone — tinham sido escolhidos por falarem inglês sem sotaque. De modo geral, pareciam soldados de fim de semana, embora Joe tenha observado, quando estavam atravessando o estacionamento, que os cabelos de Parone estavam compridos demais até mesmo para um soldado da Guarda Nacional.

Fazia dois dias que dormia mal, isso quando conseguira pregar o olho, e agora podia sentir o cansaço em cada passo que dava, muito embora tentasse raciocinar.

Enquanto o caminhão dava ré até a rampa, pegou Craddick a observá-lo, e ponderou se o homem mais velho era naturalmente desconfiado ou se Joe lhe dera algum motivo para desconfiar dele. Então se deu conta de algo que lhe deu náuseas.

Havia abandonado seu posto.

Havia deixado o portão desguarnecido. Soldado nenhum faria isso, nem mesmo um membro da Guarda Nacional de ressaca.

Olhou para trás imaginando que fosse ver a guarita vazia, esperando levar um tiro nas costas do 45 de Craddick e ouvir o som de alarmes, mas em vez disso o que viu foi Esteban Suárez em pé na guarita usando um uniforme de cabo, aparentando em todos os detalhes ser um soldado exceto para o mais curioso dos olhos.

Eu mal conheço você, Esteban, mas seria capaz de lhe dar um beijo na cabeça, pensou Joe.

Olhando para trás em direção ao caminhão, viu que Craddick não olhava mais para ele. Estava virado no assento dizendo alguma coisa para o cabo da Marinha enquanto o rapaz acionava o freio e em seguida desligava o motor.

Craddick saltou da cabine e pôs-se a gritar ordens para a traseira, e quando Joe lá chegou os marinheiros já haviam descido para a rampa e a traseira do caminhão estava aberta.

Craddick entregou a Joe uma prancheta. "Rubrique a primeira e a terceira página, assine a segunda. Os documentos afirmam com clareza que estamos deixando essas armas a seus cuidados por não menos que três e não mais de trinta e seis horas."

Joe assinou "Albert White, Terceiro-Sargento, Guarda Nacional Norte-Americana", rubricou nos devidos lugares e devolveu a prancheta.

Craddick olhou para Lefty, Cormarto, Fasani e Parone, depois novamente para Joe. "Cinco homens? É só o que tem?"

"Fomos informados de que vocês trariam o pessoal." Joe indicou a dezena de marinheiros na rampa com um gesto.

"Típico do Exército: descansar enquanto outros fazem o trabalho", comentou Craddick.

Joe piscou sob a claridade do sol. "Foi por isso que vocês se atrasaram... estavam trabalhando duro?"

"Como disse?"

Joe retesou o corpo, não apenas porque o sangue lhe havia subido à cabeça, mas porque não fazê-lo pareceria suspeito.

"Deveriam ter chegado há meia hora."

"Quinze minutos", disse Craddick, "e fomos atrasados."

"Atrasados por quê?"

"Não vejo em que isso seja da sua conta, cabo." Craddick chegou mais perto. "Mas na verdade fomos atrasados por uma mulher."

Joe olhou para trás na direção de Lefty e seus homens e riu. "Mulheres às vezes dão trabalho."

Lefty deu uma risadinha, e os outros o imitaram.

"Está bem, está bem." Craddick ergueu uma das mãos e sorriu para mostrar que participava da brincadeira. "Bom, essa mulher era uma beleza, rapazes. Não era, cabo Pluff?"

"Era, sim, senhor. De parar o trânsito. E aposto que muito gostosa também."

"Um pouco morena demais para o meu gosto", disse Craddick. "Mas ela apareceu no meio da estrada, tinha apanhado bastante do namorado cucaracho... uma sorte não ter levado uma facada, gostando de facas como eles gostam."

"Vocês a deixaram onde a encontraram?"

"Um marinheiro ficou lá com ela. Vamos pegá-lo na volta, se vocês nos derem uma chance de descarregar essas armas."

"Tem razão", disse Joe, e deu um passo para trás.

Craddick pode até ter relaxado um pouco, mas mesmo assim continuou alerta. Seus olhos absorviam tudo. Joe permaneceu ao seu lado, erguendo uma das pontas de um caixote enquanto Craddick pegava a outra, e erguendo-o pelas alças de corda presas às laterais. Ao andar pelo corredor da plataforma de descarga até o depósito, podiam ver pelas janelas o corredor seguinte e os escritórios mais além. Dion havia colocado todos os cubanos de pele mais clara nos escritórios, de costas para as janelas, todos datilografando coisas sem nexo em máquinas de escrever Underwood ou com fones presos pelo ombro junto à orelha enquanto os polegares seguravam o gancho. Mesmo assim, na segunda passada pelo corredor, ocorreu a Joe que todas as cabeças que viam lá tinham cabelos pretos. Não havia nenhum louro ou castanho-claro no grupo.

Os olhos de Craddick ficaram pregados nas janelas enquanto eles passavam, até então sem saber que o corredor entre onde estavam e aqueles escritórios acabara de ser palco de um assalto à mão armada e a morte de um homem.

"Onde o senhor serviu no estrangeiro?", perguntou Joe.

Craddick manteve os olhos na janela. "Como sabe que estive no estrangeiro?"

Buracos de bala, pensou Joe. Aquelas porras de cubanos com dedos nervosos deviam ter deixado buracos de bala nas paredes. "O senhor tem cara de um homem experiente."

Craddick olhou na direção de Joe.

"Você sabe reconhecer homens que já combateram?"

"Hoje sim", respondeu Joe. "Pelo menos no seu caso."

"Quase atirei naquela cucaracha no acostamento", comentou Craddick com um tom brando.

"Foi mesmo?"

Ele assentiu. "Foram cucarachos que tentaram explodir nosso navio ontem à noite. E esses rapazes que estão comigo ainda não sabem, mas os cucarachos divulgaram uma ameaça contra toda a tripulação, disseram que iríamos todos morrer hoje."

"Não tinha ouvido falar nisso."

"Porque ainda não era para ser ouvido", retrucou Craddick. "Então, quando vi uma moça cucaracha acenando para pararmos no meio da rodovia 41, pensei: 'Walter, dê um tiro no meio dos peitos dessa vaca'."

Chegaram ao depósito e puseram o caixote no topo da primeira pilha à esquerda. Deram um passo de lado, e Craddick levou um lenço à testa no saguão quente enquanto eles observavam os últimos caixotes chegarem à medida que os marinheiros iam descendo o corredor.

"E teria atirado mesmo, mas os olhos dela eram iguais aos da minha filha."

"De quem?"

"Da cucaracha. Tenho uma filha da época em que servi na República Dominicana. Não a vejo nem nada, mas a mãe me manda fotos de vez em quando. Ela tem aqueles grandes olhos escuros que a maioria das caribenhas tem, sabe? Quando vi esses olhos na moça de hoje, pus a arma de volta no coldre."

"Já havia tirado?"

"Quase." Ele aquiesceu. "Na minha cabeça já, entende? Por que correr o risco? Melhor abater logo a vadia. Por estas bandas, brancos não levam mais do que um sermão por isso. Mas..." Ele deu de ombros. "Eram os olhos da minha filha."

Joe não disse nada, sentindo o sangue pulsar bem alto nos ouvidos.

"Mandei um dos rapazes fazer."

"Como é?"

Ele aquiesceu. "Um dos nossos rapazes, Cyrus, acho eu. Ele está louco por uma guerra, mas não consegue encontrar nenhuma no momento. A cucaracha saiu correndo quando viu a expressão nos olhos dele. Mas Cyrus tem sangue de caçador de crioulos; foi criado nos pântanos perto da divisa com o Alabama. Deve encontrá-la sem dificuldade."

"Para onde vão levá-la?"

"Não vamos levá-la a lugar nenhum. Ela nos atacou, garoto. Enfim, o povo dela nos atacou. Cyrus vai fazer o que quiser com ela, e deixar o resto para os répteis." Ele levou uma guimba de charuto à boca e riscou um fósforo na sola da bota. Estreitou os olhos por cima da chama na direção de Joe. "Sua intuição estava certa... é, filho, eu já vi muito combate. Matei um dominicano, matei haitianos às pencas, a verdade é essa. Alguns anos depois, abati três panamenhos com uma rajada de Thompson só porque eles estavam todos juntinhos rezando para eu não atirar. E a verdade sabe qual é?" Ele tragou o charuto até firmar a brasa e jogou o fósforo longe por cima do ombro. "Foi uma diversão. Nunca acredite em quem disser o contrário."

16

GÂNGSTER

Assim que os marinheiros foram embora, Esteban correu para o pátio de veículos para pegar um. Joe tirou o uniforme enquanto Dion dava ré com o caminhão até a rampa e os cubanos começavam a tirar os caixotes do depósito outra vez.

"Tudo sob controle?", perguntou Joe a Dion.

Dion estava radiante. "Sob controle? Isto aqui é nosso. Vá buscá-la. Nos vemos no ponto de encontro daqui a uma hora."

Esteban se aproximou ao volante de um blindado de reconhecimento, Joe subiu, e partiram os dois pela rodovia 41. Em cinco minutos, viram o caminhão de transporte pouco menos de um quilômetro à frente, sacolejando por uma estrada tão reta e plana que praticamente dava para ver o Alabama na outra ponta.

"Se nós podemos vê-los, eles podem nos ver", disse Joe.

"Não por muito tempo", retrucou Esteban.

A estrada surgiu à sua esquerda. Atravessava os arbustos de palmeto e a rodovia pavimentada de concha moída, depois tornava a mergulhar na vegetação rasteira e nos palmetos do outro lado. Esteban dobrou à esquerda, e eles entraram na estrada com um tranco. O chão era de cascalho e terra, metade da terra era lama, e a direção de Esteban combinava com o estado de espírito de Joe: aflita, descuidada.

"Qual era o nome dele?", indagou Joe. "Do rapaz que morreu?"

"Guillermo."

Joe ainda podia ver os olhos do rapaz quando haviam se fechado, e não queria encontrar os de Graciela do mesmo jeito.

"Não deveríamos tê-la deixado lá", disse Esteban.

"Eu sei."

"Deveríamos ter imaginado que eles fossem deixar alguém para trás junto com ela."

"Eu *sei*."

"Deveríamos ter deixado alguém esperando com ela, escondido."

"Eu *sei*, porra", disse Joe. "Em que isso nos ajuda agora?"

Esteban pisou fundo no acelerador, e eles saltaram por cima de um buraco na estrada e acertaram o chão com tanta força do outro lado que Joe temeu que o veículo fosse se erguer sobre as rodas dianteiras e capotar de frente.

Mas não disse a Esteban para ir mais devagar.

"Eu a conheço desde que não tínhamos sequer o tamanho dos cachorros da fazenda da minha família."

Joe não disse nada. À sua esquerda, através dos pinheiros, havia um pântano. Ciprestes, árvores-de-jacaré e plantas que Joe nem sequer era capaz de identificar passavam chispando de ambos os lados, borrando-se até os verdes e amarelos se transformarem nos verdes e amarelos de um quadro.

"A família dela era de agricultores itinerantes. Você deveria ter visto a aldeia que ela chamava de 'lar' alguns meses por ano. Antes de verem essa aldeia, os Estados Unidos não saberão o que é pobreza. Meu pai percebeu como ela era inteligente e perguntou à família se poderia contratá-la como empregada em treinamento. Na realidade, o que ele fez foi contratar uma amiga para mim. Eu não tinha amigos, só os cavalos e bois."

Mais um buraco na estrada.

"Que hora estranha para me contar isso", disse Joe.

"Eu a amava", disse Esteban, falando alto para suplantar o barulho do motor. "Hoje amo outra pessoa, mas durante muitos anos pensei que estivesse apaixonado por Graciela."

Ele se virou para olhar para Joe, e este balançou a cabeça e apontou. "Olho na estrada, Esteban."

Mais um buraco, que dessa vez fez os dois se levantarem do assento e tornarem a cair.

"Ela diz que está fazendo tudo isso pelo marido..." Falar o ajudava a manter o medo em um lugar mais administrável, fazia Joe se sentir menos impotente.

"Ora, aquilo não é marido", disse Esteban. "Aquilo não é homem."

"Pensei que ele fosse um revolucionário."

Dessa vez Esteban cuspiu. "Ele é um ladrão, um... um *estafador*. Vocês aqui dizem farsante. Sabe? Veste a camisa do revolucionário, recita a poesia da revolução, e ela se apaixonou por ele. Perdeu tudo por esse homem: família, todo o seu dinheiro, e ela nunca teve muito, e a maioria dos amigos exceto eu." Ele balançou a cabeça. "Ela não sabe nem onde ele está."

"Pensei que ele estivesse preso."

"Saiu faz dois anos."

Mais um solavanco. Dessa vez derraparam de lado, e a traseira da carroceria do lado de Joe atingiu um jovem pinheiro antes de eles voltarem à estrada.

"Mas ela ainda dá dinheiro à família dele."

"Eles mentem para ela. Dizem que ele fugiu, que está escondido nas montanhas, que um bando de *los chacales* da prisão de Nieves Morejón o está caçando, que os homens de Machado o estão caçando. Dizem que ela não pode voltar a Cuba para vê-lo, ou os dois estarão correndo perigo. Ninguém está caçando esse homem, Joseph, exceto seus credores. Mas ninguém pode dizer isso a Graciela; quando o assunto é ele, ela não escuta."

"Por quê? Ela é uma mulher inteligente."

Esteban lançou um rápido olhar para Joe e deu de ombros. "Todos nós acreditamos em mentiras que nos proporcionam mais conforto que a verdade. Ela não é diferente. Só que a mentira dela é maior."

Perderam a entrada, mas Joe a viu com o rabo do olho

e disse a Esteban para parar. Esteban freou, e o veículo derrapou vinte metros antes de finalmente parar. Ele então deu ré e pegou a estrada.

"Quantos homens você já matou?", quis saber Esteban.

"Nenhum", respondeu Joe.

"Mas você é um gângster."

Joe não viu propósito em debater a distinção entre gângster e fora da lei, pois não tinha mais certeza de que ela existisse.

"Nem todos os gângsteres matam."

"Mas você tem de estar disposto a fazê-lo."

Joe assentiu. "Assim como você."

"Eu sou um homem de negócios. Forneço um produto que as pessoas querem. Não mato ninguém."

"Está armando revolucionários cubanos."

"Isso é uma causa."

"Na qual pessoas irão morrer."

"Existe uma diferença", disse Esteban. "Eu mato *por* alguma coisa."

"Por quê? Por uma porra de um ideal?", indagou Joe.

"Exatamente."

"E que ideal é esse, Esteban?"

"Que nenhum homem deveria controlar a vida de outro."

"Que engraçado, os fora da lei matam pelo mesmo motivo."

Ela não estava lá.

Os dois saíram da floresta de pinheiros e se aproximaram da estrada 41; não havia nenhum sinal de Graciela nem do marinheiro que fora deixado para trás com a incumbência de caçá-la. Nada a não ser o calor, o zumbido das libélulas e a estrada branca.

Percorreram quase um quilômetro de estrada, voltaram até a estrada de terra, depois seguiram mais quase um quilômetro para o norte. Quando voltaram pela segunda vez,

Joe ouviu alguma coisa que pensou ter sido um corvo ou gavião.

"Desligue o motor, desligue o motor."

Esteban obedeceu, e ambos ficaram sentados no blindado de reconhecimento olhando para a estrada, para os pinheiros e o pântano de ciprestes mais além, e para o céu branco e ofuscante do mesmo tom da estrada.

Nada. Nada a não ser o zumbido das libélulas que Joe agora desconfiava não parar nunca — manhã, tarde e noite, como viver com a orelha colada a um trilho de trem logo depois de este passar.

Esteban se recostou no assento e Joe começou a imitá-lo, mas parou.

Pensou ter visto alguma coisa bem a leste, na direção de onde tinham vindo, alguma coisa que...

"Ali." Ele apontou, e quando o fez ela saiu correndo de trás de um grupo de pinheiros. Não correu na sua direção, e Joe percebeu que era inteligente demais para isso. Se fizesse isso, teria de correr por quase cinquenta metros no meio de arbustos baixos de palmeto e pinheiros jovens.

Esteban ligou o motor, e eles desceram o acostamento, atravessaram uma vala e saíram do outro lado, com Joe segurando o alto do para-brisa e agora escutando os tiros — estalos secos estranhamente abafados até mesmo ali, sem nada em volta. De onde estavam, ele não conseguia ver o atirador, mas podia ver o pântano e soube que era para lá que ela estava indo. Cutucou Esteban com o pé e acenou com o braço para a esquerda, um pouco mais a sudoeste do que a linha na qual estavam.

Esteban girou o volante, e Joe teve um súbito vislumbre de azul-escuro, apenas um clarão, e pôde ver a cabeça do homem e ouvir seu fuzil. Mais adiante, Graciela caiu de joelhos no pântano, e Joe não soube dizer se caiu porque havia tropeçado ou porque levara um tiro. Chegaram ao limite do solo firme, com o atirador logo à sua direita. Esteban diminuiu a velocidade ao entrar no pântano, e Joe saltou do veículo.

Foi como saltar na lua, se a lua fosse verde. Os ciprestes-calvos se erguiam como grandes ovos da água verde leitosa, e figueiras pré-históricas com mais de uma dezena de troncos vigiavam o entorno qual os guardas de um palácio. Esteban dobrou à direita com o blindado no mesmo instante em que Joe viu Graciela passar correndo entre dois dos ciprestes-calvos à sua esquerda. Algo inquietantemente pesado rastejou por cima de seus pés bem no momento em que ele ouviu o eco do fuzil, o tiro agora bem mais próximo. A bala tirou um naco do cipreste atrás do qual Graciela estava escondida.

O jovem marinheiro surgiu de trás de um cipreste a três metros de distância. Era mais ou menos da mesma altura e constituição física de Joe, cabelos um tanto ruivos, o rosto bem magro. Tinha erguido o Springfield até o ombro e alinhado a mira no olho, com o cano apontado para o cipreste. Joe estendeu a pistola automática calibre 32 e soltou uma longa expiração enquanto atirava no homem a três metros de distância. O fuzil deu um tranco e saiu voando pelo ar de um jeito tão aleatório que Joe imaginou que só tivesse acertado nele. No entanto, quando a arma caiu na água cor de chá, o rapaz caiu junto, e o sangue começou a escorrer de sua axila esquerda e a escurecer a água enquanto ele afundava com um barulho de mergulho.

"Graciela, é Joe", chamou ele. "Você está bem?"

Ela espiou de trás da árvore e Joe aquiesceu. Esteban apareceu atrás dela com o blindado, ela subiu, e os dois foram até Joe.

Este recolheu o fuzil e baixou os olhos para o marinheiro. O rapaz estava sentado na água, com os braços apoiados por cima dos joelhos e a cabeça baixa, como alguém tentando recuperar o fôlego.

Graciela desceu do blindado. Na verdade, meio que caiu, meio que despencou em cima de Joe. Este passou um braço à sua volta para ampará-la, e pôde sentir a adrenalina convulsionando seu corpo como se ela tivesse sido atingida por uma pistola de tocar gado.

Atrás do marinheiro, algo se moveu no mangue. Algo comprido, e de um verde tão escuro que era quase preto.

O marinheiro ergueu os olhos para Joe com a boca aberta enquanto sorvia inspirações curtas. "Você é branco."

"Sou", respondeu Joe.

"Por que caralho atirou em mim, então?"

Joe olhou para Esteban, depois para Graciela. "Se o deixarmos aqui, alguma coisa vai devorá-lo em poucos minutos. Então ou nós o levamos conosco ou..."

Pôde ouvir mais criaturas em volta à medida que o sangue do marinheiro continuava a se derramar no pântano verde. "Então ou nós o levamos conosco...", repetiu Joe.

"Ele a viu bem demais", disse Esteban.

"Eu sei", disse Joe.

"A coisa toda virou um jogo para ele", disse Graciela.

"Que coisa?"

"Me caçar. Ele não parava de rir feito uma garota."

Joe olhou para o marinheiro, e o rapaz o fitou de volta. Bem lá no fundo de seus olhos havia medo, mas o restante era puro desafio e destemor interiorano.

"Se quiserem que eu implore, erraram de..."

Joe lhe deu um tiro na cara; o buraco de saída fez espirrar uma substância cor-de-rosa por cima das samambaias, e os jacarés se agitaram de tanta expectativa.

Graciela soltou um gritinho involuntário, e Joe poderia ter feito a mesma coisa. Esteban cruzou olhares com ele e aquiesceu, agradecendo, percebeu Joe, por ter feito o que todos eles sabiam que precisava ser feito, mas que ninguém quisera fazer. Caramba, nem o próprio Joe — em pé ainda com o barulho do tiro nos ouvidos, com o cheiro de cordite nas narinas e um filete de fumaça fino como aquele produzido por um de seus cigarros a escapar do cano da 32 — conseguia acreditar que tivesse mesmo feito aquilo.

Um homem jazia morto a seus pés. Morto, em algum nível fundamental, pelo simples fato de Joe ter nascido.

Subiram outra vez no blindado sem dizer palavra. Como

se estivessem aguardando permissão, dois jacarés atacaram o corpo ao mesmo tempo — um deles saiu do mangue se movendo com o andar pesado de um cão obeso, enquanto o outro surgiu através da superfície e dos nenúfares junto aos pneus do blindado.

Esteban se afastou bem na hora em que os dois répteis chegavam ao corpo ao mesmo tempo. Um deles abocanhou um braço, o segundo mordeu uma perna.

De volta aos pinheiros, Esteban seguiu para o sudeste pela borda do pântano, em paralelo à estrada, mas sem entrar nela ainda.

Joe e Graciela estavam sentados no banco de trás. Jacarés e seres humanos não eram os únicos predadores no pântano nesse dia: em pé no limite da linha d'água, um puma bebia a água cor de cobre. O felino tinha a mesma cor marrom de algumas das árvores, e Joe não poderia sequer tê-lo visto caso o bicho não tivesse erguido os olhos ao vê-los passar a uns sete metros de onde estava. O puma tinha pelo menos um metro e meio de comprimento, e seus membros molhados eram pura beleza e músculos. A parte inferior do abdome e a garganta eram brancos feito leite, e seu pelo molhado emitia vapor enquanto ele observava o carro. Na realidade, não observava o carro: observava a ele. Joe encarou seus olhos líquidos ancestrais, amarelos e impiedosos como o sol. Por alguns instantes, em meio à intensa exaustão que sentia, pensou escutar a voz do animal dentro da cabeça.

Você não pode escapar disso.

Disso o quê, quis perguntar, mas Esteban girou o volante e eles saíram da borda do pântano, sacolejaram violentamente por cima das raízes de uma árvore caída e, quando Joe tornou a olhar, o puma havia sumido. Ainda vasculhou as árvores para vê-lo de novo, mas não conseguiu.

“Viu aquele felino?”

Graciela o encarou.

“O puma”, disse ele, abrindo bem os braços.

Os olhos dela se estreitaram como se ela estivesse preocupada que ele pudesse ter tido uma insolação. Ela fez que não com a cabeça. Estava horrível — seu corpo parecia ter mais arranhões do que pele. Seu rosto estava inchado no lugar onde ele lhe batera, é claro, e os mosquitos e moscas-varejeiras haviam se refestelado nela — não apenas eles, mas também formigas lava-pés, que haviam deixado em seu rastro marcas esbranquiçadas rodeadas de vermelho espalhadas pelos dois pés e tornozelos. O vestido estava rasgado no ombro e no quadril esquerdo, a bainha em frangalhos. Ela estava descalça.

"Já pode largar", disse ela.

Joe acompanhou seu olhar e viu que ainda estava segurando a arma na mão direita. Acionou a trava de segurança e a guardou no coldre preso às costas.

Esteban entrou na 41 e pisou com tanta força no acelerador que o veículo estremeceu sem sair do lugar antes de começar a avançar pela estrada. Joe olhou para fora, para o piso de concha moída que corria sob as rodas, para o sol inclemente no céu inclemente.

"Ele teria me matado." O vento soprava os cabelos molhados dela para cima do rosto e do pescoço.

"Eu sei."

"Ficou me caçando feito um esquilo que fosse comer no almoço. Não parava de dizer: 'Meu bem, meu bem, vou dar um tiro na sua perna e depois dar uma carcada em você'. 'Dar uma carcada' quer dizer..."

Joe aquiesceu.

"E se você o tivesse deixado vivo, eu teria sido presa", disse ela. "E aí você teria sido preso."

Ele fez que sim. Examinou as picadas de inseto nos tornozelos dela, depois foi subindo o olhar por seus tornozelos e pelo vestido até cravá-los nos seus olhos. Manteve-os ali tempo suficiente para ela desviar os próprios olhos de seu rosto. Ela olhou para um bosque de laranjeiras pelo qual passavam chispando. Depois de algum tempo, tornou a olhar para ele.

"Acha que estou me sentindo mal?", perguntou Joe.

"Não sei dizer."

"Não estou", disse ele.

"Não deveria estar."

"Não estou me sentindo bem."

"Tampouco deveria sentir isso."

"Mas não estou me sentindo mal."

Isso resumia mais ou menos a situação.

Não sou mais um fora da lei, pensou ele. Sou um gângster. E esta é a minha gangue.

No banco de trás do blindado de reconhecimento, enquanto o cheiro forte das frutas cítricas dava lugar mais uma vez ao fedor de gás dos pântanos, ela sustentou o olhar dele por mais de um quilômetro e meio, e nenhum dos dois disse mais nada até chegarem ao oeste de Tampa.

17

PENSANDO EM HOJE

Ao chegar a Ybor, Esteban deixou Graciela e Joe no prédio em que Graciela tinha seu quarto acima de um café. Joe a acompanhou até lá em cima enquanto Esteban e Sal Urso iam desovar o blindado no sul de Tampa.

O quarto de Graciela era muito pequeno e muito bem-arrumado. A cama de ferro forjado era pintada com o mesmo branco da pia de porcelana sob o espelho oval. As roupas estavam penduradas em um armário de pinho surrado que parecia mais antigo do que o prédio, mas ela o mantinha sem poeira ou mofo, fato que Joe teria julgado impossível naquele clima. A única janela do cômodo dava para a Décima Primeira Avenida, e ela deixara a veneziana abaixada para mantê-lo fresco. Havia um biombo feito da mesma madeira grosseira do guarda-roupa, e ela gesticulou para Joe ficar de frente para a janela enquanto ela se posicionava atrás do móvel.

"Então agora você é um rei", disse ela, enquanto ele erguia a veneziana e espiava a rua lá fora.

"Não diga!"

"Você dominou o mercado de rum. Vai ser um rei agora.

"Príncipe, talvez", reconheceu ele. "Ainda tenho que lidar com Albert White."

"Por que será que acho que você já pensou em como vai fazer isso?"

Ele acendeu um cigarro e sentou-se na borda do peitoril. "Até serem executados, planos não passam de sonhos."

"Foi isso que você sempre quis?"

"Sim", respondeu ele.

"Bem, parabéns então."

Ele tornou a olhar para ela. O vestido de noite imundo estava pendurado no biombo, e seus ombros estavam nus. "Seu parabéns não parece sincero."

Ela assinalou para ele tornar a se virar. "Estou sendo sincera, sim. É o que você queria. E conseguiu. É admirável, de certa forma."

Ele deu uma risadinha. "De certa forma."

"Mas como vai manter o poder agora que o conquistou? Acho essa uma pergunta interessante."

"Acha que eu não sou forte o suficiente?" Ele tornou a olhar na sua direção, e dessa vez ela permitiu, pois havia coberto a parte superior do corpo com uma blusa branca.

"Não sei se você é cruel o suficiente." Seus olhos escuros estavam muito límpidos. "E, se for, vai ser uma tristeza."

"Homens poderosos não precisam ser cruéis."

"Mas geralmente são." Sua cabeça se abaixou por trás do biombo quando ela vestiu a saia. "Agora que viu eu me vestir e que eu o vi matar um homem, posso lhe fazer uma pergunta pessoal?"

"Claro."

"Quem é ela?"

"Ela quem?"

A cabeça de Graciela tornou a surgir acima do biombo. "A mulher que você ama."

"Quem disse que eu amo alguém?"

"Eu." Ela deu de ombros. "Uma mulher sabe essas coisas. Ela está na Flórida?"

Ele sorriu e fez que não com a cabeça. "Ela se foi."

"Deixou você?"

"Morreu."

Ela piscou, e então o encarou para ver se ele a estava enganando. Quando percebeu que não, falou: "Sinto muito".

Ele mudou de assunto. "Está feliz com as armas?"

Ela apoiou os braços no alto do biombo. "Muito. Quando chegar o dia de acabar com o governo de Machado...

e esse dia *vai* chegar... nós vamos ter um..." Ela estalou o dedo. "Me ajude."

"Arsenal", disse ele.

"Isso, um arsenal."

"Quer dizer que essas não são as únicas armas."

Ela fez que não com a cabeça. "Não são as primeiras nem serão as últimas. Quando chegar a hora, estaremos prontos." Ela saiu de trás do biombo com as roupas típicas de uma tabaqueira: blusa branca presa por um cordão e saia parda. "Você acha que o que estou fazendo é uma bobagem."

"Nem um pouco. Acho nobre. Só não é a minha causa."

"E qual é a sua causa?"

"Rum."

"Você não quer ser uma pessoa nobre?" Ela aproximou o polegar e o indicador. "Nem um pouquinho?"

Ele fez que não com a cabeça. "Não tenho nada contra pessoas nobres, só reparei que elas raramente passam dos quarenta."

"Gângsteres também não."

"É verdade, mas nós comemos em restaurantes melhores", retrucou ele.

No armário, ela escolheu um par de sapatos sem salto da mesma cor da camisa e sentou-se na cama para calçá-los.

Ele continuou junto à janela. "Digamos que um dia vocês consigam mesmo essa tal revolução."

"Sim."

"Vai mudar alguma coisa?"

"As pessoas podem mudar." Ela calçou um dos sapatos.

Ele balançou a cabeça. "O mundo até pode mudar, mas as pessoas não... as pessoas ficam mais ou menos iguais. Então, mesmo que vocês substituam Machado, há uma boa probabilidade de o substituírem por uma versão piorada. Enquanto isso, você poderia ficar aleijada, ou poderia..."

"Morrer." Ela girou o tronco para calçar o outro sapato. "Eu sei como isso termina, Joseph."

"Joe."

"Joseph", insistiu ela. "Eu poderia morrer depois de um companheiro me trair por dinheiro. Poderia ser capturada por homens doentes, tão doentes quanto o de hoje ou ainda pior, e eles me torturariam até meu corpo não poder mais suportar. E não haveria nada de *nobre* na minha morte, porque a morte nunca é nobre. Você chora, implora, e a merda escorre do seu cu quando você morre. E aqueles que o mataram riem e cospem no seu cadáver. E eu logo vou ser esquecida. Como se..." Ela estalou os dedos. "Como se nunca tivesse existido. Isso tudo eu sei."

"Então por que fazer o que faz?"

Ela se levantou e alisou a saia. "Eu amo meu país."

"Eu amo o meu, mas..."

"Não tem 'mas'", disse ela. "É essa a diferença entre nós dois. O seu país é algo que você vê por esta janela. Não é?"

Ele concordou. "Em grande parte."

"O meu país é algo aqui dentro." Ela bateu no centro do peito, e depois na têmpora. "E eu *sei* que ele não vai me agradecer pelos meus esforços. Não vai retribuir meu amor. Seria impossível, porque eu não amo apenas o seu povo, os seus prédios e cheiros. Eu amo a ideia que faço do meu país. E isso foi algo que eu mesma inventei, ou seja, eu amo o que não existe. Assim como você ama a tal moça morta."

Ele não conseguiu pensar em nada para dizer, então simplesmente a observou atravessar o recinto e tirar o vestido que usara no pântano de cima do biombo. Entregou a roupa a ele quando estavam saindo.

"Pode queimar para mim?"

O destino das armas era a província de Pinar del Río, a oeste de Havana. Deixaram St. Petersburg a bordo de cinco barcos de pesca que saíram da baía de Boca Ciega às três da tarde. Joe havia trocado o terno que estragara no pântano pelo mais claro que possuía. Graciela o observara queimar o terno junto com seu vestido, mas agora sua fase de presa em um pântano de ciprestes estava ficando para trás. Ela não parava de pegar no sono sentada no banco debaixo da lamparina do cais, mas recusava todas as ofertas de ir se sentar em um dos carros ou deixar alguém conduzi-la de volta a Ybor.

Quando o último dos capitães dos barcos de pesca havia apertado suas mãos e zarpado, eles ficaram ali se entreolhando. Joe percebeu que não tinham a menor ideia do que fazer em seguida. Como seria possível superar os dois últimos dias? O céu havia ficado vermelho. Em algum lugar da costa acidentada, para lá de um trecho de mangue, uma vela de lona ou oleado flutuava ruidosamente à brisa quente. Joe olhou para Esteban. Olhou para Graciela, que se recostou no poste de luz, de olhos fechados. Olhou para Dion. Um pelicano deu um rasante acima de sua cabeça, o bico maior do que o ventre. Joe olhou para os barcos, agora já bem longe, do tamanho de chapéus triangulares daquela distância, e começou a rir. Não conseguiu se conter. Dion e Esteban estavam logo atrás dele, e os três logo se puseram a gargalhar. Graciela cobriu o rosto por alguns instantes, e então começou a rir também, rir e chorar, reparou Joe, espiando por entre os dedos como uma garotinha até soltar as mãos por completo. Riu, chorou, passou as mãos repetidamente pelos cabelos, depois enxugou o rosto com a gola da blusa. Os quatro caminharam até a beira do cais, as gargalhadas se transformaram em risadinhas, depois em ecos de risadinhas, e ficaram admirando a água que ia arroxeando sob o céu rubro. Os barcos chegaram ao horizonte e o atravessaram um a um.

Joe não teve muita lembrança do resto desse dia. Foram a uma das biroscas de Maso, atrás de uma clínica veterinária na esquina da Décima Quinta Avenida com Nebraska. Esteban mandou trazer uma caixa de rum escuro envelhecido em barris de cerejeira, e a notícia se espalhou para todos os envolvidos no roubo das armas. Em pouco tempo, capangas de Pescatore foram se juntar aos revolucionários de Esteban. Então chegaram as mulheres, com seus vestidos de seda e chapéus de paetês. Uma banda subiu ao palco. Em pouco tempo, o lugar pulsava o suficiente para rachar a alvenaria.

Dion dançou com três damas ao mesmo tempo, lançando-as para trás das costas largas e por debaixo das pernas atarracadas com espantosa destreza. Em se tratando de dança, porém, Esteban se revelou o virtuoso do grupo. Movia os pés com a mesma leveza de um gato trepado no galho alto de uma árvore, mas com um domínio tão completo que a banda logo se pôs a adaptar as canções ao seu tempo, e não o contrário. Olhando para ele, Joe se lembrou de Valentino naquele filme em que interpretava um toureiro — ambos tinham o mesmo grau de encanto viril. Em pouco tempo, metade das mulheres do bar estava tentando igualar seus passos de dança ou conseguir passar a noite com ele.

"Nunca vi um cara mexer o corpo assim", comentou Joe com Graciela.

Ela estava sentada no canto de uma mesa reservada, e ele estava sentado no chão em frente à mesa. Ela se inclinou para falar em seu ouvido: "Era o que ele fazia quando chegou aqui".

"Como assim?"

"Era o trabalho dele", explicou ela. "Ele era dançarino de aluguel lá no centro da cidade."

"Está de brincadeira comigo." Ele inclinou a cabeça, ergueu os olhos para ela. "O que esse cara *não sabe* fazer bem?"

"Ele era bailarino profissional em Havana", disse ela. "Era muito bom. Nunca fazia o protagonista em nenhuma montagem, mas era sempre muito requisitado. Foi assim que conseguiu pagar a faculdade de direito."

Joe quase cuspiu dentro da própria bebida. "Ele é advogado?"

"Em Havana, sim."

"Ele me disse que foi criado em uma fazenda."

"E foi. Minha família trabalhava para a dele. Nós éramos, ahn..." Ela olhou para ele.

"Agricultores itinerantes?"

"É esse o termo?", Ela fez uma careta, no mínimo tão bêbada quanto ele. "Não, não, nós éramos *meeiros.*"

"Seu pai alugava terras do pai dele e pagava o aluguel com as colheitas?"

"Não."

"Ser meeiro é isso. Era o que meu avô fazia na Irlanda." Ele tentou aparentar sobriedade e erudição mas, naquelas circunstâncias, foi bem difícil. "Agricultores itinerantes vão de fazenda em fazenda com as estações, dependendo da colheita."

"Ah", disse ela, desgostosa com a explicação. "Que inteligente você é, Joseph. Sabe *tudo.*"

"Foi você quem perguntou, *chica.*"

"Você me chamou de quê? De *chica*?"

"É, acho que sim."

"Seu sotaque em espanhol é um horror."

"Igual ao seu em gaélico."

"O quê?"

Ele fez um gesto no ar. "Eu sou uma obra aberta."

"O pai dele era um grande homem." Seus olhos brilharam. "Me acolheu em sua casa, me deu meu próprio quarto com lençóis limpos. Aprendi inglês com um professor particular. Eu, uma menina de aldeia."

"E o que o pai dele pediu em troca?"

Ela leu seu olhar. "Você é nojento."

"É uma pergunta honesta."

"Não pediu nada. Pode até ter tido algum devaneio com tudo o que ele fez por aquela menina de aldeia, mas não passou disso."

Joe ergueu a mão. "Desculpe, desculpe."

"Você vê o pior nas melhores pessoas", disse ela, balançando a cabeça, "e o melhor nas piores."

Joe não conseguiu pensar em nenhuma resposta para

isso, de modo que deu de ombros e deixou o silêncio e o álcool levarem a conversa de volta a um lugar mais suave.

"Venha." Ela deslizou para fora do reservado. "Vamos dançar." Puxou-o pela mão.

"Eu não danço."

"Hoje à noite todo mundo dança", disse ela.

Joe deixou que ela o puxasse até ficar de pé, embora fosse uma heresia dividir a mesma pista de dança com Esteban ou, em menor grau, com Dion, e dizer que estavam fazendo a mesma coisa.

De fato, Dion riu dele escancaradamente, mas Joe estava bêbado demais para se importar. Deixou Graciela conduzir e a acompanhou, e logo encontrou um ritmo que era capaz de acompanhar. Dançaram por um bom tempo, passando uma garrafa de rum escuro Suárez de mão em mão. Em determinado momento, ele se pegou perdido em imagens embaralhadas dela: em uma, ela corria pelo pântano de ciprestes como uma presa desesperada; na outra, dançava a alguns metros de distância dele, rebolando os quadris, balançando os ombros e a cabeça enquanto levava a garrafa à boca.

Ele havia matado por aquela mulher. Havia matado por si mesmo, também. No entanto, se havia uma pergunta a qual passara o dia inteiro sem conseguir responder era por que dera um tiro na cara do marinheiro. Ninguém fazia isso com um homem a menos que estivesse zangado. Dava-se um tiro no peito. Mas Joe tinha explodido o rosto dele. Era pessoal. E isso, percebeu ele enquanto se perdia no requebrar dela, era porque vira com clareza nos olhos do marinheiro que este desprezava Graciela. Como ela era escura, estuprá-la não era um pecado; era apenas aproveitar espólios de guerra. Pouco teria importado para Cyrus se ela estivesse viva ou morta na hora.

Graciela ergueu os braços acima da cabeça ainda com a garrafa na mão, cruzou os pulsos e entrelaçou os antebraços com um sorriso torto no rosto machucado, olhos semicerrados. "Em que está pensando?", indagou.

"Em hoje."

"O que tem hoje?" perguntou ela, mas então viu nos olhos de Joe. Baixou os braços, entregou-lhe a garrafa, e os dois saíram do meio da pista e foram se postar novamente junto à mesa, onde continuaram a beber rum.

"Não ligo para ele", disse Joe. "Só acho que gostaria que tivesse sido de outro jeito."

"Mas não foi."

Ele concordou. "E é por isso que não lamento o que fiz. Só lamento que tenha acontecido."

Ela pegou a garrafa da mão dele. "Como se agradece ao homem que salvou sua vida depois de arriscá-la?"

"Arriscá-la?"

Ela limpou a boca com os nós dos dedos. "Sim. Como?"

Ele inclinou a cabeça para ela.

Ela leu sua expressão e riu. "Algum outro jeito, *chico*."

"É só dizer obrigada." Ele pegou a garrafa de sua mão e deu um gole.

"Obrigada."

Ele lhe fez um floreio e uma reverência e caiu por cima dela. Graciela deu um gritinho e alguns tapas em sua cabeça, depois o ajudou a se endireitar. Ambos riam, ofegantes, ao se encaminharem trôpegos até uma mesa.

"Nós nunca vamos ser amantes", disse ela.

"Por quê?"

"Temos outros amores."

"Bom, o meu está morto."

"O meu talvez também esteja."

"Ah."

Ela balançou a cabeça várias vezes, uma reação à bebida. "Quer dizer que nós amamos fantasmas."

"Sim."

"Ou seja, nós somos fantasmas."

"Você está bêbada", disse ele.

Ela riu e apontou para o outro lado da mesa. "Quem está bêbado é *você*."

"Isso não é argumento."

"Não vamos ser amantes."
"Você já disse isso."

A primeira vez que fizeram amor, no quartinho dela acima do café, foi como um desastre de carro. Esmagaram os respectivos ossos, caíram da cama, derrubaram uma cadeira e, quando ele a penetrou, ela cravou os dentes em seu ombro com tanta força que tirou sangue. Tudo acabou no tempo que se leva para lavar um prato.

Da segunda vez, meia hora depois, ela derramou rum sobre o peito dele e lambeu, ele fez o mesmo, e os dois foram sem pressa, aprendendo o ritmo um do outro. Ela disse que não era para se beijarem, mas isso teve o mesmo efeito de quando dissera que não seriam amantes. Testaram beijos vagarosos e beijos violentos, beijos com a pontinha dos lábios, beijos nos quais apenas as línguas se tocavam.

O que surpreendeu Joe foi quanto os dois se divertiram. Já tinha feito sexo com sete mulheres na vida, mas só fizera amor, no seu entender da palavra, com Emma. Embora o sexo entre os dois fosse destemido e ocasionalmente inspirado, Emma sempre mantinha em reserva uma parte de si mesma. Ele a pegava observando os dois transarem durante a própria transa. E depois ela sempre se recolhia ainda mais fundo para dentro da caixinha trancada de si mesma.

Graciela não reservava coisa alguma. Isso aumentava em muito a probabilidade de se machucar — ela puxava seus cabelos, segurava seu pescoço com tanta força com as mãos de tabaqueira que ele sentia certo medo de que fosse quebrá-lo, cravava os dentes em sua pele, músculos e ossos. Mas tudo isso fazia parte de como ela o envolvia, de como conduzia o ato até a beira de algo que, para Joe, se assemelhava a um desaparecimento, como se ele fosse acordar de manhã sozinho, com ela dissolvida em seu corpo, ou vice-versa.

Quando de fato acordou na manhã seguinte, sorriu ao pensar na bobagem dessa ideia. Ela dormia de lado, de costas para ele, com os cabelos desarrumados espalhados pelo travesseiro e pela cabeceira. Pensou se deveria sair da cama, pegar as roupas e ir embora antes da inevitável conversa sobre excesso de álcool e juízo embotado. Antes de o arrependimento se consolidar. Em vez disso, beijou-a bem de leve no ombro, e ela se virou para ele na mesma hora. Cobriu-lhe o corpo com o seu. E o arrependimento, concluiu ele, teria de esperar mais um dia.

"Será um arranjo profissional", explicou-lhe ela durante o desjejum no café do andar de baixo.

"Como assim?" Ele comeu um pedaço de torrada. Não conseguia parar de sorrir feito um idiota.

"Nós vamos preencher esse..." Ela também sorriu ao procurar a palavra certa. "Essa necessidade um do outro até chegar a ocasião de..."

"'A ocasião'?", repetiu ele. "O tal professor particular lhe ensinou direitinho."

Ela se recostou na cadeira. "Meu inglês é muito bom."

"Concordo, concordo. Tirando o fato de usar *perigar* em vez de *arriscar*, o seu inglês é perfeito."

Ela se empertigou na cadeira. "Obrigada."

Joe continuava a sorrir feito um idiota. "De nada. Então, até quando nós vamos preencher a, ahn, a necessidade um do outro?"

"Até eu voltar para Cuba para ficar com meu marido."

"E eu?"

"Você?" Ela espetou com o garfo um pedaço de ovo frito.

"É. Você pode voltar para um marido. E eu, ganho o quê?"

"O posto de rei de Tampa."

"Príncipe", corrigiu ele.

"Príncipe Joseph", disse ela. "Nada mau, mas acho que

não combina muito com você. Além do mais, um príncipe não deveria ser benevolente?"

"E eu sou o quê?"

"Um gângster que só pensa em si mesmo."

"E na sua gangue."

"E na sua gangue."

"O que constitui uma espécie de benevolência."

Ela lhe lançou um olhar misto de frustração e repulsa. "Você é príncipe ou gângster?"

"Não sei. Gosto de pensar que sou um fora da lei, mas não tenho certeza de que isso agora seja mais do que uma fantasia."

"Bem, você vai ser meu príncipe fora da lei até eu voltar para casa. Que tal?"

"Adoraria ser seu príncipe fora da lei. Quais são os meus deveres?"

"Você tem que retribuir."

"Tudo bem." A essa altura, ela poderia ter pedido o seu pâncreas e ele teria dito: "Tudo bem". Encarou-a do outro lado da mesa. "Por onde começamos?"

"Por Manny." Ela o fitou com olhos escuros subitamente sérios.

"Ele tinha família", disse Joe. "Mulher e três filhas."

"Você se lembra."

"É claro que eu me lembro."

"Disse que não se importava se ele vivesse ou morresse."

"Estava exagerando um pouquinho."

"Vai cuidar da família dele?"

"Por quanto tempo?"

"Pelo resto da vida", disse ela, como se fosse uma resposta totalmente lógica. "Ele deu a vida por você."

Joe fez que não com a cabeça. "Com todo o respeito, ele deu a vida por vocês. Por vocês e pela sua causa."

"Nesse caso..." Ela segurou um pedaço de torrada logo abaixo do queixo.

"Nesse caso", repetiu ele, "em nome da sua causa, eu

ficaria feliz em mandar um saco de dinheiro para a família Bustamente assim que tiver um saco de dinheiro. Isso a deixa satisfeita?"

Ela lhe sorriu enquanto abocanhava a torrada. "Deixa."

"Então pode considerar que está feito. A propósito, alguém a chama por outro nome que não Graciela?"

"E de que nome chamariam?"

"Sei lá. Gracie?"

Ela fez uma careta como se tivesse acabado de sentar em cima de um carvão em brasa.

"Grazi?"

Outra careta.

"Ella?", tentou ele.

"Por que alguém faria uma coisa dessas? Graciela foi o nome que meus pais me deram."

"Meus pais também me deram um nome."

"Mas você cortou ao meio."

"É Joe", disse ele. "A mesma coisa que José."

"Eu sei o que o seu nome significa", disse ela, terminando de comer. "Mas José é Joseph. Não Joe. Deveriam chamar você de Joseph."

"Você parece o meu pai. Ele só me chamava de Joseph."

"Porque esse é o seu nome", disse ela. "Você come devagar, parece um passarinho."

"Já me disseram isso."

Os olhos dela se ergueram para alguma coisa atrás dele e, ao se virar, Joe se deparou com Albert White entrando pela porta dos fundos. Não tinha envelhecido um dia sequer, embora estivesse mais mole do que Joe recordava, com uma pança de banqueiro começando a se formar por cima do cinto. Continuava gostando de ternos brancos, chapéus brancos e polainas também brancas. Ainda tinha o mesmo andar saltitante a sugerir que o mundo era um parque de diversões feito para entretê-lo. Entrou acompanhado de Bones e Brenny Loomis e pegou uma cadeira pelo caminho. Seus capangas fizeram o mesmo, e todos puseram as cadeiras no chão em volta da mesa de Joe e se sentaram — Albert ao lado de Joe, Loomis e Bones um de cada lado de Graciela, com os rostos impassíveis vidrados em Joe.

"Quanto tempo faz?", indagou Albert. "Pouco mais de dois anos?"

"Dois e meio", respondeu Joe, e tomou um gole de café.

"Se você está dizendo", falou Albert. "Quem esteve na prisão foi você, e se há uma coisa que eu sei sobre presidiários é que eles sabem contar os dias com muita precisão." Ele estendeu a mão por cima do braço de Joe, pegou um pedaço de linguiça de seu prato e começou a comê-la como se fosse uma coxa de frango. "Por que não tentou pegar sua arma?"

"Talvez eu não esteja armado."

"Não, sério", insistiu Albert.

"Imagino que você seja um empresário, Albert, e este lugar é meio público para um tiroteio."

"Discordo." Albert correu os olhos pelo café. "A mim parece totalmente aceitável. Boa iluminação, linhas de visão satisfatórias, não muito entulhado."

A dona do café, uma cubana nervosa de cinquenta e poucos anos, parecia ainda mais nervosa. Podia ler a energia que circulava entre aqueles homens, e queria que essa energia saísse pelas janelas ou pela porta, mas que saísse logo. Um casal mais velho sentado ao seu lado no balcão nem sequer prestava atenção no que estava acontecendo, e discutia se devia assistir a um filme à noite no Cinema Tampa ou escutar o conjunto de Tito Broca no Tropicale.

Tirando eles, não havia mais ninguém no café.

Joe olhou para Graciela. Seus olhos estavam um tanto mais arregalados que de costume, e uma veia que ele nunca tinha visto antes surgira no centro da garganta, pulsando, mas de resto ela parecia calma, com as mãos firmes e a respiração regular.

Albert pegou mais um pedaço de linguiça e se inclinou na direção dela. "Qual é o seu nome, docinho?"

"Graciela."

"Você é uma crioula clara ou uma cucaracha escura? Não sei dizer."

Ela lhe deu um sorriso. "Eu sou austríaca. Não é óbvio?"

Albert soltou uma gargalhada. Deu tapas na própria coxa e na mesa, e até mesmo o velho casal alheio do balcão olhou para lá.

"Ah, que ótimo." Ele se virou para Loomis e Bones. "Austríaca."

Eles não entenderam.

"Austríaca!", repetiu White, estendendo as duas mãos para eles, com a linguiça ainda pendurada em uma delas. Deu um suspiro. "Esqueçam." Tornou a se virar para ela. "Então, Graciela austríaca, qual é o seu nome todo?"

"Graciela Dominga Maela Corrales."

Albert deu um assobio. "Que nome... de encher a boca. Mas aposto que você tem bastante experiência em matéria de encher a boca, não é, docinho?"

"Pare com isso", disse Joe. "Albert... por favor? Pare. Deixe-a fora disso."

Albert se virou de volta para Joe enquanto mastigava o resto da linguiça. "As experiências anteriores sugerem que não sou bom nisso, Joe."

Joe aquiesceu. "O que está querendo aqui?"

"Quero saber por que você não aprendeu nada na prisão. Estava ocupado demais dando o rabo? Você sai, vem para cá, e dois dias depois tenta me tirar da jogada? Que caralho eles ensinam lá dentro para você ficar tão idiota, Joe?"

"Talvez eu só estivesse tentando chamar sua atenção", disse Joe.

"Nesse caso, foi um sucesso retumbante", respondeu Albert. "Nós hoje começamos a ter notícias de meus bares, restaurantes, salões de sinuca, de todas as biroscas clandestinas que eu tenho, daqui até Sarasota, dizendo que não vão mais me pagar. Agora vão pagar a você. Naturalmente, portanto, fui falar com Esteban Suárez, e de repente ele tem mais guardas armados do que a Casa da Moeda. Não se dignou sequer a me receber. Acha que você e um bando de carcamanos, e o que mais, crioulos, pelo que eu soube?"

"Cubanos."

Albert pegou um pedaço da torrada de Joe. "Acha que vão me tirar da jogada?"

Joe confirmou. "Acho que já tirei, Albert."

Albert balançou a cabeça. "Assim que você morrer, os Suárez vão entrar na linha, e, porra, pode ter certeza de que os comerciantes também vão."

"Se me quisesse morto, você teria me matado. Veio aqui negociar."

Albert fez que não com a cabeça. "Eu quero você morto e não vai haver negociação nenhuma. Só queria que você visse que eu mudei. Eu amoleci. Nós vamos sair pela porta dos fundos e deixar a garota aqui. Não vamos tocar em nenhum fio de cabelo da cabeça dela, ainda que, por Deus, ela tenha vários." Albert se levantou. Abotoou o paletó por cima da barriga já meio mole. Endireitou a aba do chapéu. "Se você resistir, nós vamos pegá-la e matar vocês dois."

"É essa a proposta?"

"É."

Joe fez que sim. Sacou um pedaço de papel do bolso do paletó e o pôs em cima da mesa. Alisou o papel. Ergueu os olhos para Albert e começou a ler os nomes listados. "Pete McCafferty, Dave Kerrigan, Gerard Mueler, Dick Kipper, Fergus Dempsey, Archibald..."

Albert arrancou a lista da mão de Joe para ler o resto.

"Não está conseguindo falar com eles, não é, Albert? Nenhum de seus melhores soldados está atendendo ao telefone ou à porta de casa. Você fica repetindo para si mesmo que é coincidência, mas sabe que não é. Eles estão no nosso bolso. Todos eles. E Albert, detesto lhe dizer isso, mas eles não vão voltar para você."

Albert deu uma risadinha, mas seu rosto normalmente

rosado tinha agora o mesmo branco de uma presa de elefante. Ele olhou para Bones e Loomis e riu mais um pouco. Bones riu junto com ele, mas Loomis parecia prestes a passar mal.

"Aproveitando que estamos falando das pessoas que pertencem à sua organização", disse Joe, "como soube onde me encontrar?"

Albert relanceou os olhos para Graciela, e seu rosto recuperou um pouco de cor. "Você é um simplório, Joe... basta seguir a xoxota."

O maxilar de Graciela se contraiu, mas ela não disse nada.

"A frase é boa, eu acho", disse Joe, "mas a menos que soubesse onde eu estava ontem à noite, e você não sabia porque ninguém sabia, não poderia ter me rastreado até aqui."

"Nessa você me pegou." Albert ergueu as mãos. "Acho que devo ter outros métodos."

"Do tipo alguém infiltrado na minha organização?"

O sorriso atravessou os olhos de Albert antes de ele mandá-lo embora com um piscar dos olhos.

"O mesmo cara que lhe disse para me pegar dentro do café, e não na rua?"

Nenhum outro sorriso cruzou os olhos de Albert. Estes ficaram mais baços do que duas moedas de um centavo.

"O mesmo que disse que, se você me pegasse dentro do café, eu não iria resistir por causa da garota? Que disse que eu até iria levá-lo a um saco de dinheiro que tenho guardado em um cafofo no Hyde Park?"

"Atire nele, patrão", disse Brendan Loomis. "Atire nele agora."

"Deveria ter feito isso quando entrou pela porta", disse Joe.

"E quem disse que eu não vou fazer?"

"Eu", falou Dion, surgindo por trás de Loomis e Bones com um 38 cano longo apontado para cada um. Sal Urso entrou pela porta da frente, e Lefty Downer veio atrás de

Sal, ambos de sobretudo impermeável apesar do dia sem uma nuvem no céu.

A dona do café e o casal do balcão agora estavam oficialmente assustados. O velho não parava de apalpar o próprio peito. A dona do café desfiava um rosário enquanto movia os lábios com frenesi.

"Pode ir dizer a eles que não vamos machucá-los?", pediu Joe a Graciela.

Ela aquiesceu e se levantou da mesa.

"Quer dizer que a traição é o traço que melhor define a sua personalidade, hein, gordão?", disse Albert a Dion.

"Só uma vez, seu dândi de merda", retrucou Dion. "Você deveria ter pensado muito bem no que fiz com seu garoto Blum no ano passado antes de comprar a baboseira que eu lhe disse desta vez."

"Quantos mais temos lá fora?", indagou Joe.

"Quatro carros cheios", respondeu Dion.

Joe se levantou. "Albert, não quero matar ninguém neste café, mas isso não significa que não o farei se você me der meio motivo que seja."

Albert sorriu, arrogante como sempre, mesmo em desvantagem numérica e de armamentos. "Não vamos lhe dar nem *um quarto* de motivo. Que tal isso em matéria de cooperação?"

Joe cuspiu na cara dele.

Os olhos de Albert ficaram miúdos feito grãos de pimenta.

Durante um longo intervalo, ninguém no café se mexeu.

"Vou pegar meu lenço", disse Albert.

"Se fizer menção de pegar qualquer coisa, vamos abater você aí mesmo", disse Joe. "Use a porra da manga."

Quando Albert assim o fez, o sorriso retornou a seu rosto, mas seus olhos permaneceram cheios de ódio. "Quer dizer que das duas, uma: ou você me mata, ou me expulsa da cidade."

"Isso."

"Qual dos dois vai ser?"

Joe olhou para a dona do café segurando o terço, e para Graciela em pé ao seu lado com a mão no ombro da mulher.

"Não pense que estou com vontade de matá-lo hoje, Albert. Você não tem nem armas nem dinheiro para começar uma guerra, e vai precisar de anos cultivando novas alianças para me fazer ao menos olhar por cima do ombro."

Albert se sentou. Com a maior calma do mundo. Como se estivesse visitando velhos amigos. Joe permaneceu em pé.

"Você planejou tudo desde o beco", falou.

"Com certeza."

"Pelo menos me diga que parte disso foram apenas negócios", disse ele.

Joe fez que não com a cabeça. "Foi completamente pessoal."

Albert escutou e aquiesceu. "Quer saber sobre ela?"

Joe sentiu os olhos de Graciela fixos nele. Os de Dion também.

"Não especialmente, não", respondeu. "Você trepava com ela, eu a amava, e então você a matou. O que sobrou para esclarecer?"

Albert deu de ombros. "Eu a amava, amava mesmo. Mais do que você pode imaginar."

"Eu tenho uma senhora imaginação."

"Não a esse ponto", disse ele.

Joe tentou ler a expressão por trás da expressão de Albert, e teve a mesma sensação que tivera no corredor de serviço do subsolo do Hotel Statler — de que os sentimentos de Albert por Emma eram tão intensos quanto os seus.

"Então por que a matou?"

"Eu não a matei", retrucou Albert. "Quem a matou foi você. No instante em que enfiou seu pau dentro dela. Milhares de outras garotas na cidade, e além do mais você sendo um rapaz bonito, mas tinha de escolher a minha. Se você coloca chifres na cabeça de um homem, ele tem duas opções: usá-los para escornar a si mesmo, ou então para escornar você."

"Mas você não me escornou. Escornou a ela."

Albert deu de ombros, e Joe pôde ver claramente que aquilo ainda lhe causava dor. Meu Deus, pensou, ela ficou com um pedaço de cada um de nós.

Albert correu os olhos pelo café. "O seu chefe me expulsou de Boston. Agora você está me expulsando de Tampa. É essa a brincadeira?"

"Vamos dizer que sim."

Albert apontou para Dion. "Sabia que ele traiu você lá em Pittsfield? Que foi por causa dele que você passou dois anos na prisão?"

"Sabia, sim. Ei, D."

Dion não desgrudou os olhos de Bones e Loomis. "O que foi?"

"Dê dois tiros na cabeça de Albert."

Os olhos de Albert se esbugalharam, a dona do café soltou um ganido e Dion atravessou o recinto com o braço esticado. Sal e Lefty abriram os impermeáveis para revelar duas Thompsons que dariam conta de Loomis e Bones, e Dion encostou a arma na têmpora de Albert. Este fechou os olhos com força e levantou as mãos.

"Espere", disse Joe.

Dion parou.

Joe ajeitou a calça e se agachou na frente de Albert. "Olhe nos olhos do meu amigo."

Albert ergueu os olhos para Dion.

"Está vendo algum amor por você nesses olhos, Albert?"

"Não." Albert piscou. "Não estou."

Joe acenou para Dion, e este afastou a arma da cabeça de Albert.

"Veio de carro?"

"O quê?"

"Perguntei se você veio de carro até aqui."

"Vim."

"Ótimo. Vai voltar para o seu carro e seguir rumo ao

norte até sair do estado. Sugiro que vá para a Geórgia porque, a partir de agora, eu controlo o Alabama, o litoral do Mississippi e todas as cidades entre aqui e Nova Orleans." Ele sorriu para Albert. "E tenho uma reunião sobre Nova Orleans na semana que vem."

"Como posso saber se você não mandou seus homens esperarem por mim na estrada?"

"Caramba, Albert, meus homens *vão* estar na estrada. Na verdade, eles vão seguir você até fora do estado. Não é verdade, Sal?"

"O carro está com o tanque cheio, sr. Coughlin."

Albert olhou de relance para a metralhadora de Sal. "Como posso saber que eles não vão nos matar na estrada?"

"Não pode", respondeu Joe. "Mas, se você não sair de Tampa agora, e se não sair de vez, eu lhe dou garantia total de que não vai ver o dia de amanhã. E eu sei que você quer ver o dia de amanhã, porque é quando vai começar a planejar sua vingança."

"Então por que me deixar vivo?"

"Para todo mundo saber que eu peguei tudo o que era seu, e que você não foi homem suficiente para me impedir." Joe se levantou da posição agachada. "Estou deixando você ficar com a sua vida, Albert, porque não consigo pensar em uma só pessoa que fosse querer essa porra."

18

FILHO DE NINGUÉM

Durante os anos bons, Dion costumava dizer a Joe: "A sorte acaba".

Disse isso mais de uma vez.

E Joe respondia: "Tanto a sorte quanto o azar".

"É que você tem sorte há tanto tempo que ninguém se lembra mais do seu azar", retrucava Dion.

Ele construiu uma casa para morar com Graciela na esquina da Nona Avenida com a rua Dezenove. Usou mão de obra espanhola, cubana, italiana para a marmoraria, e mandou vir arquitetos de Nova Orleans para garantir que uma profusão de estilos se aliasse para criar um Vieux Carré com viés latino. Ele e Graciela foram várias vezes a Nova Orleans passear pelo Bairro Francês em busca de inspiração, e também faziam longos passeios a pé por Ybor. Inventaram um estilo que misturava a arquitetura neogrega com o colonial espanhol. A casa tinha uma fachada de tijolos vermelhos e sacadas de concreto claro com balaustradas de ferro forjado. As janelas eram verdes e mantidas sempre fechadas com venezianas de modo que, vista da rua, a casa parecia quase modesta, e era difícil saber quando estava ocupada.

Nos fundos, porém, amplos cômodos com pé-direito alto, teto revestido de cobre trabalhado e grandes arcos se abriam para um pátio, uma piscina rasa e jardins onde arbustos de hortelã silvestre, violetas e coreópsis cresciam ao lado de palmeiras-de-leque-da-europa. As paredes de estuque eram cobertas por hera argelina. No inverno, buganvílias floresciam junto a uma profusão de jasmins-carolina amarelos, e ambos murchavam na primavera e eram substituídos por jasmins-da-virgínia escuros como laranjas vermelhas. No pátio, trilhas de pedra serpenteavam ao redor de um chafariz, em seguida passavam pelos arcos da *loggia* até chegar a uma escadaria que se enroscava casa acima passando por paredes de tijolo cor de marfim.

Todas as portas da casa tinham pelo menos quinze centímetros de espessura, dobradiças em forma de chifre de carneiro e trincos de ferro negro. Joe ajudara a desenhar o salão do segundo andar, com seu teto abobadado e uma açoteia com vista para o beco atrás da casa. Era uma varanda supérflua, pois a do primeiro andar dava a volta no restante da casa e havia no segundo andar uma sacada de ferro fundido da mesma largura da rua, e ele muitas vezes se esquecia da sua existência.

Depois de começar, porém, Joe não conseguiu mais parar. Convidados sortudos o bastante para serem incluídos em um dos eventos de caridade de Graciela não podiam deixar de reparar no salão nem no grandioso saguão central com sua escadaria dupla, ou ainda nas cortinas de seda importada, nas cadeiras de bispo italianas, no espelho de pé Napoleão III com seus candelabros afixados, nos mantéis de mármore florentino ou nos quadros de moldura folheada a ouro comprados em uma galeria parisiense recomendada por Esteban. Paredes de tijolo de argila aparente encontravam outras revestidas de papel acetinado, desenhos feitos a estêncil ou um estiloso estuque rachado. Pisos de tábua corrida na parte da frente davam lugar a pisos frios de pedra dos fundos para manter a casa fresca. No verão, os móveis eram cobertos com lençóis de algodão branco, e os lustres eram protegidos por filó para mantê-los a salvo dos insetos. Mosquiteiros pendiam acima da cama de Joe e Graciela e da banheira com pés de garras do banheiro onde eles muitas vezes se encontravam no fim do dia com uma garrafa de vinho, ouvindo os barulhos subirem da rua.

Toda essa opulência fez Graciela perder amigos. Estes

eram em sua maioria amigos da fábrica, e outros que haviam trabalhado como voluntários junto com ela nos primeiros tempos do Círculo Cubano. Não que invejassem a Graciela sua riqueza e sorte recentes (embora alguns invejassem), mas temiam esbarrar em algo valioso e derrubá-lo no chão de pedra. Não conseguiam ficar sentados sem se remexer, e logo esgotavam os assuntos que tinham em comum com Graciela, de modo que não lhes restava nada mais sobre o que conversar.

Em Ybor, a casa era conhecida como El Alcalde de la Mansión — a Mansão do Alcaide —, mas Joe demorou pelo menos um ano para tomar conhecimento do apelido, pois as vozes na rua nunca soavam alto o suficiente para que ele pudesse ouvi-las com clareza.

Enquanto isso, a parceria Coughlin-Suárez gerou uma estabilidade invejável em um ramo que não se destacava por essa característica. Joe e Esteban abriram uma destilaria no Teatro Landmark da Sétima Avenida, depois outra atrás da cozinha do Hotel Romero, e mantinham ambas sempre limpas e em produção constante. Abocanharam todos os negócios menores, mesmo os que outrora serviam a Albert White, oferecendo-lhes uma porcentagem maior e um produto de melhor qualidade. Compraram barcos mais velozes e substituíram os motores de todos os seus caminhões e carros de transporte. Compraram um hidroavião de dois lugares para dar cobertura às rotas do golfo. O hidroavião era pilotado por Farruco Díaz, ex-revolucionário mexicano cujo talento e insanidade se equivaliam. Com seu visual desgrenhado e inconfundível, marcas de varíola fundas como pontas de dedos e cabelos compridos claros e empastados feito macarrão molhado, Farruco insistiu para instalar uma metralhadora no assento do carona do hidroavião, "só para garantir". Quando Joe observou que, como ele voava sozinho, não haveria ninguém para manejar a arma nos casos em que o "só para garantir" de fato ocorresse, Farruco aceitou um meio-termo: permitiram que ele instalasse o tripé, mas não a metralhadora.

Em solo, eles compraram acesso a rotas espalhadas por todo o Sul e toda a Costa Leste, e a lógica de Joe era que, se pagassem tributo às diversas gangues de distribuição para usar suas estradas, essas gangues por sua vez molhariam a mão da lei, e o número de prisões e cargas perdidas cairia de trinta a trinta e cinco por cento.

O número caiu setenta por cento.

Em pouquíssimo tempo, Joe e Esteban haviam transformado uma operação de um milhão de dólares por ano em um mastodonte de seis milhões de dólares anuais.

E isso durante uma crise financeira global que só fazia piorar e em que cada onda de choque era seguida por outra maior ainda, dia após dia, mês após mês. As pessoas precisavam de empregos, precisavam de abrigo e de esperança. Quando nenhuma dessas três coisas se mostrava possível, contentavam-se com um drinque.

O vício, percebeu ele, era à prova de depressão.

Quase nada mais o era, porém. Ainda que estivesse protegido, Joe mesmo assim ficava tão estupefato quanto qualquer outra pessoa com o tombo estratosférico que o país levara nos últimos anos. Desde a quebra da bolsa, em 1929, dez mil bancos haviam falido e treze milhões de pessoas perdido o emprego. Tendo de lutar pela reeleição, Hoover só sabia falar em uma luz no fim do túnel, mas a maioria das pessoas percebia que a luz vinha mesmo era do trem que chegava correndo para atropelá-las. Assim, o presidente conseguiu arrancar um acordo de última hora para aumentar o imposto sobre os mais ricos dos ricos de vinte e cinco para sessenta e três por cento, perdendo assim os únicos que ainda o apoiavam.

Na região metropolitana de Tampa, estranhamente, a economia prosperou — a construção naval e as fábricas de enlatados iam de vento em popa. Em Ybor, porém, ninguém ficou sabendo disso. As fábricas de charutos começaram a afundar mais depressa ainda do que os bancos. Máquinas de enrolar substituíram pessoas; rádios suplantaram os leitores no chão de fábrica. Os cigarros, muito baratos, se tornaram o novo vício legal da nação, e a venda de charutos despencou mais de cinquenta por cento. Operários de uma dezena de fábricas fizeram greve, mas seus esforços foram frustrados por capangas a soldo da administração, pela polícia e pela Ku Klux Klan. Os italianos debandaram de Ybor aos montes. Os espanhóis também começaram a ir embora.

Graciela perdeu o emprego para uma máquina. Por Joe, tudo bem — já fazia muitos meses que ele queria que ela saísse de La Trocha. Ela era valiosa demais para sua organização. Recebia os cubanos que chegavam de barco e os levava ao clube ou aos hospitais e hotéis cubanos, dependendo do que necessitassem. Caso visse um que julgasse adequado para o ramo de Joe, conversava com ele sobre uma oportunidade de emprego ainda mais imperdível.

Além disso, foi sua veia filantrópica, aliada à necessidade de Joe e Esteban de limpar seu dinheiro, que permitiu a Joe comprar mais ou menos cinco por cento de Ybor City. Ele comprou duas fábricas de charutos falidas e reempregou todos os operários, transformou uma loja de departamentos falida em escola, e um fornecedor de material hidráulico falido em clínica gratuita. Transformou oito prédios vazios em bares clandestinos, embora da rua todos parecessem se dedicar às atividades da fachada: armarinho, tabacaria, dois floristas, três açougueiros e uma lanchonete grega que, para assombro de todos — inclusive do próprio Joe —, fez tanto sucesso que eles tiveram de importar o resto da família do cozinheiro de Atenas e abrir uma filial sete quarteirões a leste.

Mas Graciela sentia falta da fábrica. Sentia falta das piadas e das histórias contadas pelos outros tabaqueiros, de ouvir os leitores narrarem seus romances preferidos em espanhol, de falar sua língua materna o dia inteiro.

Apesar de passar todas as noites na casa que Joe construíra para eles, ela ainda mantinha seu quartinho acima do café, embora, até onde Joe sabia, tudo o que fizesse lá fosse trocar de roupa. E mesmo assim com pouca frequência. Joe tinha enchido um armário inteiro de sua casa com roupas compradas para ela.

"Roupas que *você* comprou para mim", era sua resposta quando ele perguntava por que ela não as usava mais vezes. "Gosto de comprar minhas próprias coisas."

Algo para o qual nunca tinha dinheiro, uma vez que mandava todo ele de volta para Cuba, para a família do marido sanguessuga ou para amigos do movimento de resistência a Machado. Esteban também ia a Cuba de vez em quando para ela, viagens de arrecadação que coincidiam com a abertura de uma ou outra boate. Voltava com notícias de alguma nova esperança no movimento que, como a experiência já havia ensinado a Joe, estaria frustrada na viagem seguinte. Voltava também com as fotografias que tirava — seu olhar ficava cada vez mais aguçado, operando a câmera como um grande violinista maneja o arco de seu instrumento. Ele havia ganhado fama nos círculos insurgentes da América Latina, reputação para a qual a sabotagem do *uss Mercy* contribuíra de forma considerável.

"Você tem uma mulher bem confusa ao seu lado", disse ele a Joe depois da última viagem.

"Isso eu bem sei", respondeu Joe.

"Entende por que ela está confusa?"

Joe serviu um copo de Suárez Reserva para cada um. "Não, não entendo. Podemos comprar ou fazer tudo o que quisermos. Ela pode ter as melhores roupas, arrumar o cabelo nos melhores salões, frequentar os melhores restaurantes..."

"Que aceitem latinos."

"Naturalmente."

"Será mesmo natural?", Esteban se inclinou para a frente na cadeira e pousou os pés no chão.

"O que estou tentando dizer é que nós vencemos", disse Joe. "Podemos relaxar, ela e eu. Envelhecer juntos."

"E você acha que é isso que ela quer... ser a esposa de um homem rico?"

"Não é isso que a maioria das mulheres quer?"

Esteban deu um estranho sorriso. "Você me disse uma vez que não cresceu pobre como a maioria dos gângsteres."

Joe aquiesceu. "Não éramos ricos, mas..."

"Mas tinham uma bela casa, barriga cheia, puderam ir à escola."

"Sim."

"E a sua mãe era feliz?"

Joe passou um bom tempo sem dizer nada.

"Imagino que isso seja um não", comentou Esteban.

Depois de algum tempo, Joe tornou a falar: "Meus pais pareciam mais dois primos distantes. Mas Graciela e eu? Nós não somos assim. Nós conversamos sem parar. Nós...", ele baixou a voz, "trepamos sem parar. Realmente apreciamos a companhia um do outro".

"E daí?"

"Então por que ela não me ama?"

Esteban riu. "É claro que ela ama você."

"Se ama, não diz."

"O que importa se ela diz ou não?"

"Eu me importo", respondeu Joe. "E ela não quer se divorciar do Babacão."

"Isso eu não entendo", disse Esteban. "Nem que eu vivesse mil anos conseguiria entender o poder que esse *pendejo* tem sobre ela."

"Você o viu?"

"Toda vez que passo pelo pior quarteirão de Havana Velha, vejo-o sentado em um dos bares bebendo o dinheiro dela."

O meu dinheiro, pensou Joe. Meu.

"Ela ainda é procurada em Cuba?"

"O nome dela está em uma lista", respondeu Esteban.

Joe pensou a respeito. "Mas eu poderia arrumar documentos falsos para ela em quinze dias. Não poderia?"

Esteban concordou. "Claro. Talvez até em menos tempo."

"Aí poderia mandá-la para lá, ela veria esse babaca sentado em seu banco de bar, e aí ela... Ela o quê, Esteban? Acha que isso bastaria para ela o deixar?"

Esteban deu de ombros. "Joseph, ouça o que estou dizendo. Essa mulher ama você. Eu a conheço da vida inteira e já a vi apaixonada antes. Mas com você? Nossa." Ele arregalou os olhos, abanou o rosto com o chapéu. "É diferente de qualquer outra coisa que ela já tenha sentido. Mas você precisa entender que ela passou os últimos dez anos definindo a si mesma como revolucionária, e agora acorda e descobre que o que *de fato* quer é jogar tudo isso para o alto, suas crenças, seu país, sua vocação, e sim, o idiota do primeiro marido, para ficar com um gângster americano. Acha que ela vai simplesmente admitir isso para si mesma?"

"Por que não?"

"Porque nesse caso ela vai ter que admitir que é uma rebelde de fachada, uma farsa. E isso ela não vai fazer. Vai, isso sim, redobrar seu compromisso com a causa e manter você a uma certa distância." Ele balançou a cabeça e pareceu pensativo, olhos erguidos para o teto. "Quando dito em voz alta, na verdade é bem maluco."

Joe esfregou o rosto. "Nisso você tem razão."

Tudo correu sem tropeços durante uns dois anos — uma estabilidade e tanto no seu ramo —, até Robert Drew Pruitt chegar à cidade.

Na segunda-feira depois da conversa de Joe com Esteban, Dion foi lhe contar que RD tinha atacado mais uma de suas boates. Robert Drew Pruitt era conhecido como RD e vinha sendo motivo de preocupação para todos em Ybor desde que saíra da prisão, oito semanas antes, e aparecera na cidade para cavar seu lugarzinho no mundo.

"Por que não podemos simplesmente encontrar esse babaca e matá-lo?"

"Porque a Klavern não vai gostar."

A KKK havia conquistado bastante poder em Tampa nos últimos tempos. Seus membros sempre tinham sido abstêmios fanáticos, não porque eles próprios não bebessem — bebiam, e constantemente —, mas por acreditarem que o álcool dava ilusões de poder ao povo de lama e provocava fornicação entre as raças, além de fazer parte de um complô papista para semear a fraqueza entre os praticantes da verdadeira religião e permitir aos católicos um dia dominar o mundo.

A Klan havia deixado Ybor em paz até a quebra da bolsa. Quando a economia escorreu pelo ralo, sua mensagem de poder da raça branca começou a encontrar vários adeptos perigosos, da mesma forma que os pastores do Apocalipse tinham visto crescer o seu rebanho. As pessoas estavam perdidas, com medo, e suas cordas de linchamento não podiam alcançar banqueiros ou acionistas da bolsa; assim sendo, eles procuravam alvos mais próximos de casa.

Encontraram esse alvo nos operários das fábricas de charutos, que tinham uma longa história de combates trabalhistas e pensamento radical. A Klan pôs fim à sua última greve. Toda vez que os grevistas se reuniam, a KKK invadia as reuniões disparando fuzis e usando as armas como porretes em quem estivesse por perto. Queimaram uma cruz no gramado de um grevista, jogaram bombas incendiárias na casa de outro na Décima Sétima Avenida, e estupraram duas tabaqueiras que estavam voltando para casa da fábrica Celestino Vega.

A greve foi encerrada.

RD Pruitt era membro da Klan antes de partir para cumprir uma pena de dois anos no presídio agrícola estadual de Raiford, de modo que havia poucos motivos para crer que não tornasse a se alistar ao sair de lá. O primeiro bar clandestino que ele atacou, um buraco na parede nos fundos de uma bodega na rua Vinte e Sete, ficava bem em frente à via férrea, do outro lado da qual havia uma velha casinha de cômodos encadeados que, segundo os boatos, era o quartel-general local da Klavern administrado por Kelvin Beauregard. Quando RD estava metendo a mão no caixa da noite, apontou para a parede mais próxima dos trilhos e falou: "Nós estamos de olho, então é melhor não avisarem à polícia".

Quando Joe escutou isso, soube que estava lidando com um imbecil — quem iria chamar a porra da polícia durante um assalto a um bar clandestino? Mas o "nós" lhe deu o que pensar, pois a Klan estava apenas esperando alguém como Joe cometer um deslize. Um ianque católico que trabalhava com latinos, italianos e negros, era amasiado com uma cubana e ganhava dinheiro vendendo o rum do diabo — o que havia nele para não se odiar?

Na realidade, não demorou a perceber que era exatamente isso que eles estavam fazendo. Chamando-o para a briga. Os soldados da Klan podiam até ser um bando de imbecis endogâmicos que só haviam cursado até a terceira série primária em escolas de quinta categoria, mas seus líderes tinham tendência a ser um pouco mais espertos. Além de Kelvin Beauregard, dono de uma fábrica de enlatados e conselheiro municipal, boatos diziam que o grupo incluía o juiz Franklin do terceiro tribunal superior, uma dezena de policiais, e até mesmo Hopper Hewitt, dono do jornal *Tampa Examiner*.

A outra complicação, bem mais significativa na opinião de Joe, era que o cunhado de RD era Irving Figgis, também conhecido como Irv Olho de Águia, e mais formalmente como o comandante de polícia de Tampa.

Desde seu primeiro encontro, em 1929, o comandante Figgis havia convocado Joe para ser interrogado algumas vezes, só para deixar claro o caráter antagônico de sua relação. Joe ia se sentar em sua sala e às vezes Irv pedia para a secretária lhes servir limonada, e Joe ficava olhando as fotografias sobre a mesa — a linda esposa e os dois filhos louros: o menino, Caleb, cópia idêntica do pai, e a menina, Loretta, ainda tão linda que Joe ficava com o raciocínio embotado toda vez que olhava para ela. Loretta tinha sido rainha do baile de formatura no ginásio de Hillsborough High, e vinha ganhando todo tipo de prêmio no meio teatral das redondezas desde que era criança. Assim, ninguém ficou surpreso quando, após a formatura, ela partiu para o Oeste rumo a Hollywood. Como todo mundo, Joe desconfiava que fosse vê-la nas telas do cinema a qualquer momento. Loretta emitia aquele tipo de luz que transformava todos à sua volta em mariposas.

Cercado pelas imagens de sua vida perfeita, Irv havia alertado Joe em mais de uma ocasião de que, se o seu departamento algum dia descobrisse qualquer vínculo dele com o assalto ao *Mercy*, eles poriam Joe na cadeia pelo resto da vida. E quem poderia saber o que a polícia federal faria depois disso — talvez passar a corda no pescoço dele e jogá-lo do cadafalso. Tirando isso, porém, Irv deixava Joe, Esteban e seus associados em paz, contanto que mantivessem distância da parte branca de Tampa.

Agora, porém, RD Pruitt havia assaltado a quarta birosca de Pescatore em um único mês, praticamente implorando para Joe retaliar.

"Todos os quatro *barmen* disseram a mesma coisa sobre o cara", disse Dion a Joe. "Que ele é doente de tão mau. Dá para ver na cara dele. Na próxima vez vai matar alguém, ou então na vez seguinte."

Joe já tinha conhecido vários caras na prisão que se encaixavam nesse perfil, e eles normalmente só lhe davam três opções: fazê-los trabalhar para você, fazê-los ignorar você ou então matá-los. Não havia hipótese de Joe querer que RD trabalhasse para ele, e não havia hipótese de RD aceitar ordens de um católico ou de um cubano, de modo que restavam apenas as opções dois e três.

Em certa manhã de fevereiro, ele encontrou o comandante Figgis no Tropicale; o dia estava quente e seco, e Joe a essa altura já tinha aprendido que, do fim de outubro ao fim de abril, o clima da região era difícil de igualar. Ficaram bebericando seus cafés incrementados com um pouco de Suárez Reserva, e o comandante Figgis olhava para a Sétima Avenida lá fora com uma expressão inquieta nos olhos, remexendo-se na cadeira.

Ultimamente, havia alguma coisa escondida logo atrás da quina do seu ser que tentava não se afogar. Uma espécie de segundo coração batendo nas orelhas, na garganta, atrás dos olhos, com tanta força que às vezes fazia estes se esbugalharem.

Joe não fazia a menor ideia do que tinha saído errado na vida do comandante — talvez a esposa o tivesse abandonado, ou alguém que ele amava houvesse morrido —, mas estava claro que algo o vinha atormentando nos últimos tempos, minando seu vigor e também sua certeza.

"Ficou sabendo que a fábrica Pérez vai fechar?", indagou ele.

"Cacete", disse Joe. "Quantos funcionários tem lá, uns quatrocentos?"

"Quinhentos. Mais quinhentos desempregados, quinhentos pares de mãos ociosas só esperando para fazer o trabalho do demo. Mas, porra, nem o demo está contratando ninguém estes dias. De modo que essa gente não vai fazer grande coisa a não ser beber, brigar, roubar e tornar o meu trabalho mais difícil ainda... mas pelo menos eu tenho um trabalho."

"Ouvi dizer que Jeb Paul vai fechar o armazém", disse Joe.

"Também fiquei sabendo. O armazém é da família dele desde antes de esta cidade existir."

"Uma pena."

"Uma pena mesmo, é isso que é."

Eles seguiram bebendo, e RD Pruitt adentrou o Tropicale com seu passo saltitante. Usava um terno pardo de calças curtas com lapelas largas, uma boina branca de golfista e sapatos Oxford bicolores; parecia estar a caminho de um campo de golfe. Mordiscava um palito de dentes, fazendo-o rolar pelo lábio inferior.

Assim que ele se sentou, Joe leu sua expressão como se fosse um riacho cristalino — era medo. O medo morava atrás dos olhos, vazava pelos poros. A maioria das pessoas não conseguia ver isso porque confundia suas fachadas públicas — ódio e mau humor — com raiva. Mas Joe tinha passado dois anos em Charlestown estudando o medo, e descobrira que os piores detentos do presídio eram também os mais aterrorizados — tinham pânico de serem identificados como covardes ou, pior ainda, como eles próprios vítimas de outros homens terríveis e aterrorizados. Pânico de que alguém os infectasse com mais veneno, e pânico de que alguém pudesse chegar e levar embora o seu veneno. Esse pânico chispava por seus olhos feito mercúrio; era preciso detectá-lo no primeiro encontro, no primeiro minuto, ou você nunca mais o veria. Nesse instante de contato original, porém, eles ainda estavam se construindo para você, de modo que era possível detectar o animal do medo antes de este tornar a se esconder na caverna, e Joe ficou triste ao constatar que o animal de RD Pruitt era grande feito um javali, o que significava que ele seria duplamente cruel e duplamente irracional, pois estava duplamente assustado.

Quando RD se sentou, Joe lhe estendeu a mão.

RD fez que não com a cabeça. "Não aperto a mão de papistas." Sorriu e mostrou as palmas das mãos para Joe. "Sem querer ofender."

"Não estou ofendido." Joe deixou a mão estendida. "Adiantaria eu dizer que passei metade da vida sem pôr o pé na igreja?"

RD deu uma risadinha e balançou um pouco mais a cabeça.

Joe recolheu a mão e se acomodou na cadeira.

"Estão dizendo que você retomou seus velhos hábitos aqui em Ybor, RD", disse o comandante Figgis.

RD olhou para o cunhado com os olhos arregalados e inocentes. "Ah, é? Como assim?"

"Ouvimos dizer que está assaltando estabelecimentos", disse Figgis.

"Que tipos de estabelecimento?"

"Bares clandestinos."

"Ah", disse RD com os olhos subitamente escuros e pequeninos. "Aqueles lugares que não existem em uma cidade respeitadora das leis?"

"Isso."

"Aqueles lugares que são *ilegais*, e que portanto deveriam ser fechados?"

"Esses mesmos, isso", respondeu Figgis.

RD balançou a cabeça miúda, e seu rosto retomou a inocência de querubim. "Não sei nada sobre isso."

Joe e Figgis trocaram olhares, e Joe teve a impressão de que ambos estavam se esforçando muito para não suspirar.

"Rá-rá", disse RD. "Rá-rá." Ele apontou para os dois. "Estou só brincando com vocês. E vocês sabem."

O comandante Figgis indicou Joe com um meneio de cabeça. "RD, este senhor é um negociante que veio negociar. Estou aqui para sugerir que você negocie com ele."

"O senhor sabe disso, não sabe?", perguntou RD a Joe.

"Sei."

"Então de que estou brincando?", perguntou RD.

"Está só se divertindo", respondeu Joe.

"Isso. O senhor sabe como é. Sabe como é." Ele sorriu para o comandante Figgis. "Ele sabe como é."

"Muito bem, então", disse Figgis. "Somos todos amigos."

RD revirou os olhos para eles de forma exagerada. "Não foi *isso* que eu disse."

Figgis piscou os olhos algumas vezes. "Seja como for, estamos todos nos entendendo."

"Esse homem aqui", RD apontou o dedo para a cara de Joe, "é um fabricante ilegal de bebida e fornica com crioulos. É preciso castigá-lo, não negociar com ele.

Joe sorriu para o dedo e cogitou agarrá-lo no ar, bater com ele na mesa e quebrá-lo na articulação.

Antes que pudesse fazê-lo, RD baixou o dedo e falou bem alto: "Estou só brincando! O senhor tem senso de humor, não tem?".

Joe não disse nada.

RD estendeu a mão até o outro lado da mesa e deu um soquinho no ombro de Joe. "Tem senso de humor, não tem? Não tem?"

Joe olhou para o outro lado da mesa, possivelmente

para o rosto mais simpático que já vira na vida. Um rosto que só desejava o melhor para você. Ficou olhando até ver o animal do medo chispar pelos olhos doentes e simpáticos de RD.

"Tenho, sim."

"Contanto que não vire uma piada ambulante, não é?", disse RD.

Joe aquiesceu. "Meus amigos me disseram que o senhor frequenta o Parisian."

RD estreitou os olhos como se estivesse tentando recordar o local. "Ouvi dizer que gosta do gim com champanhe que eles servem", continuou Joe.

RD suspendeu as pernas das calças. "E daí?"

"E daí que eu acho que deveria se tornar mais do que um cliente assíduo."

"Como assim, mais do que um cliente assíduo?"

"Sócio."

"Com que participação?"

"Eu lhe daria dez por cento do lucro da casa."

"O senhor faria isso?"

"Claro."

"Por quê?"

"Digamos que eu respeito a ambição."

"Só por isso?"

"E sei reconhecer talento."

"Bom, isso deveria valer mais do que dez por cento."

"O que o senhor tinha em mente?"

O rosto de RD adquiriu a mesma beleza sem graça de um trigal. "Estava pensando em sessenta."

"O senhor quer sessenta por cento dos lucros de uma das casas noturnas de maior sucesso da cidade?"

RD assentiu, jovial e sem graça.

"Em troca de quê, exatamente?"

"Se me der sessenta por cento, meus amigos talvez o vejam com menos desagrado."

"Quem são os seus amigos?", indagou Joe.

"Sessenta por cento", disse RD, como se fosse a primeira vez.

"Filho, eu não vou lhe dar sessenta por cento", disse Joe.

"Não sou seu filho", disse RD com a voz branda. "Não sou filho de ninguém."

"Para grande alívio do seu pai."

"Como é que é?"

"Quinze por cento."

"Eu mato você de porrada", sussurrou RD. Pelo menos foi isso que Joe achou que ele tivesse sussurrado. "O quê?"

RD esfregou o maxilar com força suficiente para Joe ouvir os pelos arranharem. Então o encarou com olhos ao mesmo tempo inexpressivos e excessivamente brilhantes.

"Sabe de uma coisa? Parece um arranjo justo."

"Que arranjo?"

"Quinze por cento. O senhor não subiria até vinte?"

Joe olhou para o comandante Figgis, depois outra vez para RD. "Estou pensando que quinze provavelmente é a oferta mais generosa possível por um trabalho para o qual nem sequer estou pedindo que o senhor se apresente."

RD cofiou um pouco mais os pelos da barba e baixou os olhos para a mesa por algum tempo. Quando voltou a erguê-los, exibiu seu sorriso mais juvenil.

"Tem razão, sr. Coughlin. É um acordo justo. E fico satisfeito como um pinto no lixo por aceitar."

O comandante Figgis se recostou na cadeira, mãos pousadas sobre o ventre plano. "Que bom escutar isso, Robert Drew. Eu sabia que conseguiríamos chegar a um acordo."

"E chegamos", disse RD. "Como vou pegar a minha parte?"

"Basta aparecer no bar terça-feira sim, terça-feira não, às sete da noite", disse Joe. "Peça para falar com Sian McAlpin, gerente."

"Schwan?"

"É, mais ou menos isso", disse Joe.

"Ele também é papista?"

"É ela, e eu nunca perguntei."

"Sian McAlpin. Parisian. Terça à noite." RD bateu na mesa com a mão espalmada e se levantou. "Bom, maravilha. Prazer em conhecê-lo, sr. Coughlin. Irv." Ele inclinou o chapéu para ambos e saiu lançando aos dois um misto de aceno e continência.

Durante um minuto inteiro, nenhum deles falou nada.

Por fim, Joe acabou se virando ligeiramente na cadeira e perguntando a Figgis: "Esse garoto tem o miolo mole?".

"Feito mingau."

"É disso que eu tenho medo. Acha que ele vai mesmo aceitar o acordo?"

Figgis deu de ombros. "O tempo dirá."

Quando RD apareceu no Parisian para coletar sua parte, agradeceu a Sian McAlpin quando esta lhe entregou o dinheiro. Pediu-lhe para soletrar seu nome e, quando ela o fez, disse-lhe que era um nome muito bonito. Disse que estava feliz com a perspectiva de uma longa associação entre eles, e tomou um drinque no bar. Foi agradável com todos que encontrou. Então saiu, entrou em seu carro e foi até depois da fábrica de charutos Vayo onde ficava o Phyllis's Place, primeiro bar clandestino no qual Joe havia bebido em Ybor.

A bomba que RD Pruitt jogou no Phyllis's Place não era grande coisa como bomba, mas nem precisava ser. A sala principal do bar era tão pequena que um homem alto não conseguia sequer bater palmas sem os cotovelos encostarem na parede.

Ninguém morreu, mas um percussionista chamado Cooey Cole perdeu o polegar esquerdo e nunca mais voltou a tocar, e uma menina de dezessete anos que tinha ido buscar o pai e levá-lo para casa de carro perdeu o pé.

Joe mandou três equipes de dois homens para encontrar o maluco filho da puta, mas RD Pruitt se escondeu depressa. Passaram o pente fino por toda Ybor e por todo o oeste de Tampa, depois por toda Tampa em si. Ninguém conseguiu encontrá-lo.

Uma semana depois, RD entrou em outro bar clandestino de Joe do lado leste da cidade, frequentado quase exclusivamente por cubanos negros. Entrou quando a banda estava no auge de sua apresentação e o bar, em polvorosa. Foi até o palco, deu um tiro no joelho do trombonista e outro na barriga da cantora. Jogou um envelope em cima do palco e saiu pela porta dos fundos.

O envelope estava endereçado a Sir Joseph Coughlin Comedor de Crioulos. Dentro dele havia um recado de três palavras:

Sessenta por cento.

Joe foi visitar Kelvin Beauregard em sua fábrica de enlatados. Levou consigo Dion e Sal Urso, e o encontro aconteceu na sala de Beauregard, nos fundos do prédio. A sala tinha vista para o andar onde as latas eram lacradas. Várias dezenas de mulheres usando jalecos e aventais com faixas do mesmo tecido nos cabelos estavam em pé no recinto escaldante em volta de um sistema de esteiras rolantes em forma de serpentina. Beauregard as observava através de um vidro que ia do chão ao teto da sala. Não se levantou quando Joe e seus homens entraram. Não olhou para eles sequer por um minuto inteiro. Então se virou na cadeira, sorriu e indicou o vidro com o polegar.

"Estou de olho em uma nova", falou. "O que acham?"

"O novo se torna velho no mesmo instante em que você o separa do resto", disse Dion.

Kelvin Beauregard arqueou uma sobrancelha. "Tem razão, tem razão. Em que posso ajudá-los, cavalheiros?"

Ele pegou um charuto dentro de um umidor em cima da mesa, mas não ofereceu a mais ninguém.

Joe cruzou a perna direita por cima da esquerda e ajeitou o vinco da bainha. "Gostaríamos de saber se o senhor poderia fazer RD Pruitt ter algum juízo."

"Poucas pessoas tiveram sucesso nessa empreitada ao longo da vida", respondeu Beauregard.

"Ainda que seja assim, gostaríamos que o senhor tentasse", disse Joe.

Beauregard arrancou a cabeça do charuto com uma mordida e a cuspiu dentro de um cesto de lixo. "RD é um homem adulto. Ele não pediu meu conselho, portanto seria desrespeitoso aconselhá-lo. Mesmo que eu concordasse com o motivo. E me digam, pois eu não estou entendendo, que motivo seria esse?"

Joe esperou Kelvin acender o charuto, esperou que ele o fitasse através da chama e em seguida através da fumaça.

"No interesse da sua própria autopreservação, RD precisa parar de atacar as minhas casas e se reunir comigo para podermos chegar a um acordo", disse Joe.

"Casas? Que tipo de casas?"

Joe olhou na direção de Dion e Sal sem dizer nada.

"Clubes de bridge? De rotarianos? Eu próprio sou sócio do Grande Rotary Club de Tampa, e não me lembro de ver o senhor..."

"Eu venho procurá-lo como adulto para conversar sobre negócios", disse Joe, "e o senhor quer ficar de brincadeira, porra."

Kelvin Beauregard pôs os pés em cima da mesa. "É isso que eu quero fazer?"

"O senhor mandou esse garoto nos atacar. Sabia que ele era maluco o suficiente para obedecer. Mas tudo o que vai conseguir é fazê-lo ser morto."

"Mandei quem?"

Joe inspirou longamente pelas narinas. "O senhor é o grande mago da Klan por estas bandas. Ótimo, meus parabéns. Mas acha que chegamos aonde chegamos deixando que um bando de embaladores de merda de pai e mãe feito o senhor e seu amigo nos intimidassem?"

"Ai, rapaz", disse Beauregard com uma risadinha cansada, "se acha que nós somos só isso, está cometendo um erro de cálculo fatal. Nós somos escreventes públicos e oficiais de justiça, guardas de prisão e bancários. Policiais, delegados, até mesmo um juiz. E nós decidimos uma coisa, sr. Coughlin." Ele tirou os pés de cima da mesa. "Decidimos que vamos sangrar o senhor, os seus cucarachos e os seus carcamanos, ou então vamos expulsá-los de vez da cidade. Se for burro o suficiente para nos enfrentar, vamos fazer chover o fogo dos infernos em cima do senhor e de todos aqueles que ama."

"Quer dizer que está me ameaçando com um bando de pessoas mais poderosas do que o senhor?", indagou Joe.

"Exato."

"Nesse caso, por que estou aqui conversando com o senhor?", indagou Joe, e meneou a cabeça para Dion.

Kelvin Beauregard ainda teve tempo de dizer "o quê?" antes de Dion atravessar a sala e explodir seus miolos por todo o seu imenso vidro.

Dion pegou o charuto de cima do peito de Kelvin Beauregard e o enfiou na boca. Desatarraxou o silenciador Maxim da pistola e sibilou ao largá-lo no bolso do impermeável.

"Está pelando."

"Você anda ficando tão cheio de frescura ultimamente", comentou Sal Urso.

Os três saíram do escritório e desceram a escada de metal até o chão de fábrica. Ao entrar, usavam chapéus fedora enterrados até abaixo da testa e impermeáveis de cor clara por cima de ternos berrantes, para que todas as operárias os tomassem pelo que de fato eram — gângsteres — e não olhassem por muito tempo. Saíram do mesmo jeito que haviam entrado. Caso alguém os reconhecesse por tê-los visto em Ybor, saberia da sua reputação, e isso por si só bastaria para garantir um consenso de deficiência visual no chão de fábrica onde eram seladas as latas do finado Kelvin Beauregard.

Sentado na varanda da frente da casa do comandante Figgis em Hyde Park, Joe abria e fechava distraidamente a tampa do relógio de bolso do pai. A casa de um andar só era construída em estilo clássico ornamentado com floreios *arts and crafts*. Marrom, com detalhes em marfim. O comandante havia construído a varanda dianteira com largas tábuas de nogueira, e mobiliado o espaço com peças de ratã e um balanço pintado com o mesmo tom de marfim dos detalhes da casa.

O comandante Figgis encostou seu carro, saltou e subiu o caminho de tijolos vermelhos que dividia o gramado perfeitamente bem cuidado.

"Você na minha casa?", indagou ele a Joe.

"Foi para lhe poupar o trabalho de mandar me chamar."

"Por que eu mandaria chamá-lo?"

"Alguns dos meus homens disseram que você anda me procurando."

"Ah, sim, sim." Figgis chegou à varanda e pousou o pé na escada por alguns instantes. "Você deu um tiro na cabeça de Kelvin Beauregard?"

Joe estreitou os olhos para ele. "Quem é Kelvin Beauregard?"

"Não tenho mais perguntas", disse Figgis. "Quer uma cerveja? É sem álcool, mas não é ruim."

"Com prazer", disse Joe.

Figgis entrou em casa e tornou a sair com duas garrafas de cerveja sem álcool e um cão. As cervejas estavam geladas e o cão era velho, um sabujo cinza com orelhas macias do tamanho de folhas de bananeira. Deitou-se na varanda entre Joe e a porta e pôs-se a roncar com os dois olhos abertos.

"Preciso encontrar RD", disse Joe depois de agradecer a Figgis pela cerveja.

"Imagino que seja normal você se sentir assim."

"Você sabe como isso vai terminar se não me ajudar", disse Joe.

"Não sei, não", retrucou o comandante Figgis.

"Vai terminar com mais corpos, mais derramamento de

sangue, mais jornais dando manchetes do tipo 'Massacre na cidade do charuto' e coisas assim. Vai terminar com você perdendo o cargo."

"E você também."

Joe deu de ombros. "Pode ser."

"A diferença é que, quando você perder o seu, alguém vai tirá-lo com uma bala atrás da sua orelha."

"Se ele desaparecer, será o fim da guerra", disse Joe. "A paz vai voltar."

Figgis fez que não com a cabeça. "Não vou apunhalar o marido da minha irmã pelas costas."

Joe olhou para a rua lá fora. Uma bela rua calçada de tijolos, com várias casas de um andar só bem conservadas e pintadas em cores alegres, algumas velhas residências típicas do Sul com varandas abertas na frente, e até mesmo uma ou duas casas de pedra e fachada circular na entrada da rua. Os carvalhos eram todos altos e imponentes, e o ar recendia a gardênias.

"Não quero fazer isso", disse Joe.

"Isso o quê?"

"Isso que você está prestes a me obrigar a fazer."

"Coughlin, eu não estou obrigando você a fazer nada."

"Está", disse Joe baixinho. "Está, sim."

Tirou a primeira foto do bolso interno do paletó e a pôs sobre o piso da varanda ao lado do comandante Figgis. Figgis sabia que não deveria olhar. Simplesmente sabia. De fato, por alguns instantes, manteve o queixo bem virado em direção ao ombro direito. Em seguida, porém, virou a cabeça e olhou para o que Joe acabara de depositar no chão da sua varanda, a dois passos da porta da frente de sua casa, e seu rosto empalideceu.

Ele ergueu os olhos para Joe, em seguida olhou para a foto e desviou rapidamente os olhos, e Joe deu o golpe de misericórdia.

Pôs uma segunda foto ao lado da primeira. "Ela não conseguiu chegar a Hollywood, Irv. Só conseguiu chegar a Los Angeles."

Irving Figgis deu uma olhada rápida na segunda foto, o suficiente para esta lhe queimar as retinas. Fechou os olhos com força e começou a sussurrar: "Isso não é certo, não é certo." Repetiu as mesmas palavras várias vezes.

O comandante chorou. Na realidade, soluçou. Com o rosto enterrado nas mãos, a cabeça baixa e as costas convulsionadas.

Quando parou de chorar, manteve o rosto nas mãos, e o cão se aproximou, deitou-se na varanda ao seu lado, encostou a cabeça na parte externa da coxa de Figgis e teve um arrepio que fez seu beiço tremer.

"Arrumamos um médico especial para ela", disse Joe.

Figgis abaixou as mãos e olhou para Joe com os olhos vermelhos cheios de ódio. "Que tipo de médico?"

"Do tipo que desintoxica viciados em heroína, Irv."

Figgis levantou um dedo. "Nunca, nunca mais me chame pelo meu nome de batismo. Vai me chamar de comandante Figgis e só de comandante Figgis quer nossa relação dure dias ou anos. Entendido?"

"Não fomos *nós* que fizemos isso com ela", disse Joe. "Nós apenas a encontramos. E a tiramos de onde ela estava, que era um lugar bem ruim."

"E depois bolaram um jeito de se aproveitar desse fato." Figgis apontou para a fotografia da filha com os três homens e a coleira e corrente de metal. "É isso que as pessoas da sua laia vendem. Seja para a minha filha, seja para a de outro qualquer."

"Eu não", disse Joe, sabendo como suas palavras soavam débeis. "Eu só vendo rum."

Figgis enxugou os olhos com a base e em seguida com as costas das mãos. "O lucro do rum permite à organização comprar as outras coisas. Não fique aí sentado fingindo que não é assim. Diga seu preço."

"O quê?

"Seu preço. Para me dizer onde está minha filha." Ele se virou e olhou para Joe. "Me diga. Me diga onde ela está."

"Ela está com um bom médico."

Figgis deu um soco na varanda com o punho fechado.
"Em uma instituição limpa", disse Joe.
Figgis deu outro soco no chão.
"Não posso dizer", falou Joe.
"Até quando?"
Joe passou um bom tempo olhando para ele.
Por fim, Figgis se levantou e o cão se levantou junto. Passou pela porta de tela, e Joe o ouviu discar. Quando falou ao telefone, sua voz estava mais aguda e mais rouca do que o normal. "RD, você vai encontrar esse rapaz de novo e não se fala mais no assunto."
Na varanda, Joe acendeu um cigarro. A alguns quarteirões dali, buzinas distantes soavam na Howard Avenue.
"Sim, eu também vou", disse Figgis ao telefone.
Joe tirou um pedacinho de tabaco da língua e o dispensou na leve brisa.
"Você vai estar seguro. Eu juro."
Figgis desligou e ficou algum tempo parado em pé do outro lado da tela antes de abrir a porta com um empurrão, e ele e o cão tornaram a sair para a varanda.
"Ele vai encontrá-lo na ilha de Longboat Key, no lugar em que construíram aquele Ritz, às dez horas de hoje à noite. Disse para você ir sozinho."
"Tá bom."
"Quando vai me dizer onde ela está?"
"Quando eu sair vivo do meu encontro com RD." Joe foi andando até o carro.
"Faça você mesmo."
Ele olhou para trás na direção de Figgis. "O quê?"
"Se vai matá-lo, seja homem o suficiente para puxar você mesmo o gatilho. Não há orgulho nenhum em mandar os outros fazerem o que você é fraco demais para fazer com as próprias mãos."
"Não há orgulho nenhum na maioria das coisas", disse Joe.
"Você está errado. Eu acordo todos os dias de manhã, me olho no espelho, e sei que estou trilhando um caminho justo. Mas você?" Figgis deixou a pergunta suspensa no ar.

Joe abriu a porta do carro e começou a entrar.

"Espere."

Joe tornou a olhar para o homem na varanda, agora menos homem do que antes porque Joe havia roubado uma parte crucial dele e a estava levando embora consigo.

Figgis relanceou os olhos inchados para o paletó do terno de Joe. Sua voz saiu trêmula. "Tem mais alguma aí?"

Joe pôde sentir as fotografias dentro do bolso, tão repugnantes quanto gengivas cheias de abcessos.

"Não." Entrou no carro e foi embora.

19

DIAS MELHORES VIRÃO

John Ringling, empresário de circo e grande benfeitor de Sarasota, havia construído o Ritz-Carlton de Longboat Key em 1926; imediatamente depois, tivera problemas de dinheiro e deixara o hotel ali postado à beira de uma enseada, de costas para o golfo, cheio de quartos sem móveis e paredes sem sanca.

Logo depois de se mudar para Tampa, Joe tinha feito uma dezena de viagens pelo litoral em busca de pontos para descarregar contrabando. Ele e Esteban possuíam alguns barcos que transportavam melaço para o porto de Tampa, e dominavam tão plenamente a cidade que só perdiam um carregamento em cada dez. No entanto, também pagavam barcos para transportar rum engarrafado, *anís* espanhol e *orujo* direto de Havana para a parte centro-ocidental da Flórida. Isso lhes permitia pular o processo de destilação em território americano, o que removia uma etapa demorada, mas deixava os barcos vulneráveis a uma gama maior de autoridades responsáveis pela aplicação da Lei Seca, incluindo agentes do Tesouro, policiais federais e a Guarda Costeira. Por mais maluco e talentoso que fosse Farruco Díaz como piloto, tudo que podia fazer era ver os agentes da lei chegando, não detê-los. (Motivo pelo qual continuava a insistir em ter uma metralhadora e um operador de metralhadora para complementar o tripé que já tinha.)

Até o dia em que Joe e Esteban decidissem declarar guerra aberta à Guarda Costeira e aos homens de J. Edgar, porém, as pequenas ilhotas de coral que coalhavam aquele trecho de litoral do golfo — Longboat Key, Casey Key, Siesta Key e outras — eram locais perfeitos para se esconder ou armazenar temporariamente uma carga.

Eram também locais perfeitos para encurralar alguém, pois essas mesmas ilhotas só tinham duas rotas de chegada e de saída — uma delas era o barco no qual a pessoa tinha chegado, e a outra uma ponte. Uma única ponte. Portanto, se os agentes da lei chegassem com megafones aos berros e holofotes e você não tivesse como sair voando da ilha, você, cavalheiro, iria para a cadeia.

Ao longo dos anos, eles haviam depositado temporariamente mais ou menos uma dezena de cargas no Ritz. Não Joe pessoalmente, mas ele já tinha ouvido histórias sobre o hotel. Ringling fizera subir o esqueleto da construção, chegara até a instalar a hidráulica e o contrapiso, mas depois fora embora. Simplesmente deixara tudo ali, aquele palacete mediterrâneo em estilo espanhol com trezentos quartos, tão grande que, se todos os quartos fossem acesos, decerto daria para ver até de Havana.

Joe chegou lá com uma hora de antecedência. Levou uma lanterna; havia pedido a Dion para lhe arrumar uma de boa qualidade, e a que tinha não era má, mas mesmo assim necessitava descansos frequentes. O facho enfraquecia aos poucos, começava a ratear, e então desaparecia por completo. Joe precisava desligar a lanterna por alguns minutos, depois ligá-la outra vez e passar pelo mesmo processo novamente. Enquanto esperava no escuro de um cômodo que acreditava ter sido projetado para ser um restaurante, no segundo andar, ocorreu-lhe que pessoas eram lanternas — brilhavam, diminuíam de intensidade, rateavam e morriam. Era uma observação mórbida e infantil mas, no trajeto até ali, ele havia ficado mórbido e talvez um pouco infantil em sua animosidade com RD Pruitt, pois sabia que RD era apenas um de uma série. Ele não era a exceção: era a regra. Se Joe conseguisse eliminá-lo como problema nessa noite, um novo RD Pruitt não demoraria a aparecer.

Como seu negócio era ilegal, era também, por definição, sujo. E negócios sujos atraíam pessoas sujas. Pessoas de mente pequena e grande crueldade.

Joe saiu para a varanda de pedra calcária e ficou escutando as ondas e as folhas das palmeiras-reais importadas por Ringling farfalharem à brisa morna da noite.

Os opositores da bebida estavam perdendo; o país resistia à Décima Oitava emenda constitucional. A Lei Seca estava com os dias contados. Talvez fosse demorar dez anos, mas poderiam ser apenas dois. De toda forma, seu obituário já estava escrito; só faltava publicar. Joe e Esteban haviam comprado participações em empresas de importação espalhadas por todo o litoral do golfo do México e pela Costa Leste dos Estados Unidos. No momento, tinham pouco dinheiro em espécie, mas na primeira manhã em que o álcool voltasse a ser legal poderiam acionar um interruptor e sua operação iria surgir, rutilante, à luz do novo dia. As destilarias estavam montadas, as empresas de transporte eram atualmente especializadas em artigos de vidro, as fábricas de engarrafamento atendiam a empresas de refrigerante. Na tarde desse primeiro dia, eles já estariam a todo vapor, prontos para abocanhar o que imaginavam estar totalmente ao seu alcance: de dezesseis a dezoito por cento do mercado norte-americano de rum.

Joe fechou os olhos, sorveu a maresia pela boca e se perguntou com quantos mais RD Pruitts teria de lidar antes de alcançar esse objetivo. A verdade era que não entendia pessoas como RD, um cara que vinha ao mundo com ganas de derrotá-lo em alguma competição que só existia na sua cabeça, uma batalha até a morte, sem dúvida, porque a morte era a única bênção e a única paz que ele encontraria nesta terra. E talvez não fossem só RD e os da sua laia que incomodassem Joe; o que o incomodava talvez fosse a questão do que fazer para dar cabo deles. Era preciso mostrar a um homem bom como Irving Figgis fotos de sua primogênita com um pau enfiado no cu, uma corrente em volta do pescoço, e marcas de agulhas descendo pelos braços feito cobras esturricadas pelo sol.

Ele não precisava ter posto a segunda foto diante de

Irving Figgis, mas pusera porque isso tinha feito as coisas andarem mais depressa. O que o preocupava cada vez mais naquele universo no qual ele havia se destacado era que, toda vez que você vendia mais um pedaço de si mesmo em nome da celeridade, mais fácil tudo ficava.

Em uma noite, pouco tempo antes, ele e Graciela tinham saído para tomar drinques no Riviera, jantar no Columbia e em seguida assistir a um espetáculo no Satin Sky. Estavam acompanhados por Sal Urso, agora motorista de Joe em tempo integral, e seu carro era seguido por Lefty Downer, que os protegia quando Dion tinha outros assuntos para resolver. O barman do Riviera havia tropeçado e caído ajoelhado no chão ao tentar puxar a cadeira de Graciela antes de ela chegar à mesa. Quando a garçonete do Columbia derramou uma bebida na mesa e um pouco do líquido escorreu para as calças de Joe, o maître, o gerente, e por fim o dono do restaurante tinham aparecido na mesa para se desculpar. Joe teve de convencê-los a não demitir a garçonete. Argumentou que erros como o dela aconteciam, que o seu serviço era impecável sob todos os outros aspectos, e que fora assim todas as vezes em que tiveram a sorte de serem servidos por ela. (*Servidos*. Odiava essa palavra.) Os homens haviam cedido, é claro, mas, como Graciela bem lhe lembrou quando estavam a caminho do Satin Sky, o que mais teriam dito na frente de Joe? Veja se ela ainda tem um emprego na semana que vem, falou Graciela. No Satin Sky, as mesas estavam todas ocupadas, mas, antes de Joe e Graciela conseguirem se virar de volta para o carro em que Sal os estava esperando, Pepe, gerente da casa, correu até eles e garantiu que quatro clientes haviam acabado de pagar a conta. Joe e Graciela viram dois homens se aproximarem de uma mesa para quatro, sussurrarem algo no ouvido dos casais ali sentados, e apressarem sua partida com as mãos nos cotovelos.

Na mesa, nem Joe nem Graciela tinham dito nada por um bom tempo. Beberam seus drinques, assistiram à banda. Graciela olhou em volta para o salão, depois para a rua lá fora, onde Sal estava em pé junto ao carro, com os olhos permanentemente grudados neles. Olhou para os clientes e garçons que fingiam não os estar observando.

"Eu me transformei nas pessoas para as quais meus pais trabalhavam", falou.

Joe não disse nada, pois todas as respostas em que conseguiu pensar eram mentira.

Algo neles estava se perdendo, algo que começava a viver de dia, onde viviam as pessoas distintas, os vendedores de seguros e banqueiros, onde havia reuniões cívicas e as pessoas acenavam com bandeirolas em desfiles nas ruas principais das cidades, onde você vendia a verdade sobre si mesmo em troca da história de si mesmo.

Nas calçadas iluminadas por débeis lâmpadas amarelas, porém, nos becos e nos terrenos baldios, pessoas imploravam por comida e cobertores. E, se você conseguisse passar por elas, seus filhos estariam se vendendo na esquina seguinte.

A verdade era que ele gostava da história de si mesmo. Gostava mais dela que da verdade sobre si mesmo. Na verdade sobre si mesmo, ele era um homem de segunda classe, encardido, sempre fora de compasso. Ainda falava com sotaque de Boston e não sabia se vestir direito, e tinha pensamentos demais que a maioria das pessoas consideraria "engraçados". A verdade sobre si mesmo era um menininho assustado, negligenciado pelos pais como um par de óculos de leitura em uma tarde de domingo, objeto de gentilezas aleatórias por parte de irmãos maiores que apareciam sem avisar e sumiam sem prevenir. A verdade sobre si mesmo era um menininho solitário dentro de uma casa vazia, esperando alguém bater à porta de seu quarto para perguntar se estava tudo bem.

A história de si mesmo, por sua vez, era a de um príncipe gângster. Um homem que tinha motorista e guarda-costas em tempo integral. Um homem rico, importante. Um homem para quem as pessoas abriam mão de seus lugares só porque ele os cobiçava.

Graciela tinha razão — eles haviam se transformado

nas pessoas para as quais os pais dela trabalhavam. Mas eram versões melhoradas. E os pais dela, por mais famintos que fossem, não teriam esperado menos do que isso. Não se podia lutar contra os Abastados. A única coisa que se podia fazer era se transformar neles a tal ponto que eles fossem obrigados a procurá-lo em busca do que não tinham.

Ele saiu da varanda e tornou a entrar no hotel. Acendeu a lanterna outra vez e viu o grandioso e amplo salão onde a alta sociedade outrora estivera preparada para ir beber, comer, dançar e fazer tudo o mais que a alta sociedade fazia.

O que mais a alta sociedade fazia?

Não conseguiu pensar em uma resposta imediata.

O que mais as pessoas faziam?

Trabalhavam. Quando conseguiam encontrar trabalho. Mesmo quando não conseguiam, elas formavam famílias, dirigiam seus carros caso pudessem bancar a manutenção e a gasolina. Iam ao cinema, escutavam rádio, assistiam a espetáculos. Fumavam.

E os ricos...?

Os ricos jogavam.

Joe viu tudo em uma intensa explosão de luz. Enquanto o resto do país fazia fila para tomar sopa e mendigava trocados, os ricos continuavam ricos. E ociosos. E entediados.

O restaurante que ele estava percorrendo, aquele restaurante que nunca chegara a ser, não era restaurante coisa nenhuma. Era um cassino. Pôde ver a roleta no centro, as mesas de dados perto da parede sul, as de carteado perto da parede norte. Viu um tapete persa e lustres de cristal com pingentes de rubi e diamante.

Saiu do salão e foi descendo o corredor principal. As salas de conferência pelas quais passou se transformaram em salas de espetáculo — uma *big band* em uma, um teatro de revista na outra, jazz cubano na terceira, quem sabe até um cinema na quarta.

E os quartos. Subiu correndo até o terceiro andar e

foi ver os que tinham vista para o golfo. Meu Deus, eram de tirar o fôlego. Cada andar teria seu próprio mordomo, sempre a postos quando se chegasse de elevador. Estaria à disposição dos hóspedes do andar vinte e quatro horas por dia. Todos os quartos teriam rádio, é claro. E ventilador de teto. E talvez um daqueles bidês franceses dos quais ele ouvira falar, os que esguichavam água na bunda da gente. Haveria massagistas de plantão, doze horas de serviço de quarto, dois, não, três *concierges*. Tornou a descer para o primeiro andar. Como a lanterna precisava de outro descanso, ele a apagou, pois agora já conhecia a escada. No primeiro andar, encontrou o salão de baile. Ficava no centro do andar, com uma grande rotunda de observação logo acima, um lugar para se passear nas noites quentes de primavera e observar outras pessoas podres de ricas dançarem sob as estrelas pintadas no telhado em forma de cúpula.

O que Joe viu, com mais clareza do que jamais havia experimentado, foi que os ricos iriam até lá atraídos pelo brilho, pela elegância e pela oportunidade de arriscar tudo em um jogo de cartas marcadas, tão marcadas quanto as do jogo que vinham impondo aos pobres por tantos séculos.

E era ele quem iria proporcionar isso. Incentivar isso. E lucrar com isso.

Ninguém — nem Rockefeller, nem Dupont, nem Carnegie ou J. P. Morgan — ganhava da casa. A menos que eles fossem a casa. E, naquele cassino ali, a única casa era ele.

Joe sacudiu a lanterna várias vezes e a ligou.

Por algum motivo, ficou surpreso ao encontrá-los à sua espera — RD Pruitt e dois outros homens. RD usava um terno pardo muito engomado e uma gravata preta fina de laço. A volta das barras das calças terminava um pouco acima dos sapatos pretos, deixando à mostra as meias brancas por baixo. Estava acompanhado por dois garotos — transportadores de bebida ilegal caseira, pelo aspecto, com cheiro de milho, mosto azedo e metanol. Os garotos não usavam ternos — apenas gravatas curtas com camisas de colarinho estreito, e calças de lã presas por suspensórios.

Viraram suas lanternas para Joe, e ele teve de se esforçar para não piscar.

"Você veio", disse RD.

"Vim."

"Onde está meu cunhado?"

"Não veio."

"Melhor assim." Ele apontou para o garoto à sua direita. "Este é meu primo Carver Pruitt". Apontou para o garoto à sua esquerda. "E este é o primo *dele* por parte de mãe, Harold LaBute." Virou-se para os dois. "Rapazes, este é o homem que matou Kelvin. Cuidado, ele talvez decida matar vocês todos."

Carver Pruitt levou seu fuzil ao ombro. "Pouco provável."

"E sabem do que mais?" — RD se deslocou de lado pelo salão, apontando para Joe. "Esse cara é cheio de truques. Se tirarem os olhos dessa belezinha de fuzil, juro que ele vai pegá-lo."

"Ah, deixe disso", falou Joe.

"Você é um homem de palavra?", perguntou RD a Joe.

"Depende com quem."

"Então não veio sozinho como eu mandei."

"Não, não vim sozinho", disse Joe.

"Bem, onde eles estão?"

"Porra, RD, se eu disser vai perder a graça."

"Nós vimos você chegar", disse RD. "Faz três horas que estamos sentados aqui. Chegou uma hora mais cedo achando que fosse nos passar a perna?" Ele deu uma risadinha. "Então sabemos que você veio sozinho. O que acha disso?"

"Confie em mim, não estou sozinho", disse Joe.

RD atravessou o salão, e suas escoltas armadas o seguiram até todos chegarem ao meio do recinto.

O canivete de mola que Joe trouxera consigo já estava aberto, com a base do cabo presa de leve sob a pulseira do relógio de pulso que ele usava unicamente para aquela ocasião. Tudo o que precisava fazer era flexionar o pulso, e a lâmina cairia em sua palma.

"Não quero sessenta por centro droga nenhuma."

"Sei disso", disse Joe.

"O que você acha que eu quero, então?"

"Não sei", disse Joe. "Mas o que eu desconfio? Desconfio que queira uma volta, sei lá, uma volta a como *tudo era antigamente*? Estou esquentando?

"Está pelando."

"Mas o jeito como tudo era antigamente não existe", disse Joe. "Nosso problema é esse, RD. Eu passei dois anos na prisão sem nada para fazer exceto ler. Sabe o que descobri?"

"Não. Mas você vai me contar, não vai?"

"Descobri que nós sempre fomos uns fodidos. Sempre matamos, estupramos, roubamos e destruímos. É isso que nós somos, RD. Não existe nenhum Antigamente. Não existem dias melhores."

"Ahn-ahn", disse RD.

"Sabe o que este lugar poderia ser?", indagou Joe. "Entende o que poderíamos fazer com isto aqui?"

"Não."

"Construir o maior cassino dos Estados Unidos."

"Ninguém vai autorizar o jogo."

"Vou ter que discordar de você, RD. O país inteiro está na lona, os bancos arruinados, cidades inteiras estão indo à falência, todo mundo está desempregado."

"Isso é porque temos um comunista na presidência."

"Não", retrucou Joe. "Longe disso, na verdade. Não estou aqui para discutir política com você, RD. Estou aqui para lhe dizer que o motivo pelo qual a Lei Seca vai acabar é que..."

"A Lei Seca não vai acabar em um país temente a Deus."

"Vai, sim. Porque o país precisa de todos os milhões que não arrecadou nos últimos anos com tarifas, impostos de importação, impostos de distribuição, tributos de transporte interestadual, porra, a lista não tem fim... talvez eles tenham deixado de ganhar até bilhões. E vão pedir a mim, e a pessoas como eu, a você, por exemplo, para gerar milhões de dólares vendendo álcool legal para podermos salvar o país em seu nome. E é exatamente por isso que, no calor dos acontecimentos, vão permitir a este estado legalizar o jogo. Contanto que subornemos os oficiais de condado certos, os conselheiros municipais e senadores estaduais certos. Nós poderíamos fazer isso. E você poderia participar, RD.

"Não quero participar de nada com você."

"Então o que está fazendo aqui?"

"Vim dizer na sua cara, moço, que você é um câncer. Você é a doença que vai deixar este país de joelhos. Você e a puta crioula da sua namorada, seus amigos cucarachos imundos, seus amigos carcamanos imundos. Vou ficar com o Parisian. Não sessenta por cento... eu quero aquilo lá inteiro. E depois sabe o que vou fazer? Pegar *todas* as suas casas. Vou pegar tudo o que você tem. Talvez até dê uma passadinha na sua casa chique para dar uma bicada naquela crioulinha antes de cortar o pescoço dela." Ele olhou para os dois rapazes e riu. "Você ainda não entendeu, rapaz, mas vai sair da cidade. Só esqueceu de fazer as malas."

Joe encarou os olhos brilhantes e maus de RD. Encarou-os até passar completamente por tudo que brilhava e ficar apenas com a maldade. Foi como olhar nos olhos de um cão que houvesse apanhado tanto, passado tanta fome e ficado tão feio que tudo o que lhe restava para exibir ao mundo eram os dentes.

Nessa hora, sentiu pena dele.

RD Pruitt viu essa pena nos olhos de Joe. E o que surgiu nos seus foi um uivo ultrajado. E uma faca. Joe viu a faca vindo no olhar de RD e, quando baixou os olhos para a mão, ele já a havia enterrado na sua barriga.

Joe agarrou o pulso de RD, agarrou com força, para RD não poder mover a faca para a direita nem para a esquerda, para cima nem para baixo. O canivete de Joe fez barulho ao cair no chão. RD tentou resistir à mão de Joe; ambos agora tinham os dentes cerrados.

"Peguei você", disse RD. "Peguei você."

Joe largou o pulso de RD, levou a base das palmas ao meio do peito de RD e o empurrou para trás. A faca saiu, Joe caiu no chão e RD riu, e os dois garotos que estavam com ele riram também.

"Peguei você!", repetiu RD, e andou na direção de Joe.

Joe viu o próprio sangue pingar da lâmina. Ergueu uma das mãos. "Espere."

RD parou. "É isso que todo mundo diz."

"Eu não estava falando com você." Joe ergueu os olhos para a escuridão e viu as estrelas na cúpula acima da rotunda. "Tá bom. Agora."

"Então está falando com quem?", indagou RD com um segundo de atraso, sempre um segundo de atraso, que era provavelmente o que o tornava tão burro e tão cruel.

Dion e Sal Urso acenderam os refletores que haviam içado até a rotunda naquela tarde. Foi como a lua cheia surgindo de trás de uma parede de nuvens carregadas. O salão de baile ficou inteiramente branco.

Quando as balas começaram a chover, RD Pruitt, seu primo Carver e Harold, primo de Carver, dançaram o fox-trote do cemitério, como que tomados por terríveis acessos de tosse enquanto corriam sobre carvões em brasa. Ultimamente, Dion havia se tornado um verdadeiro artista com a Thompson, e desenhou um X subindo por um dos lados e descendo pelo outro do corpo de RD Pruitt. Quando eles pararam de atirar, havia pedaços dos três homens espalhados por todo o salão.

Joe ouviu seus passos na escada quando eles desceram correndo até ele. "Vá buscar o médico, vá buscar o médico", disse Dion para Sal quando entraram no salão.

Os passos de Sal saíram correndo na outra direção enquanto Dion corria até Joe e abria sua camisa com um rasgão.

"Ai, ai, ai."

"O que foi? Está ruim?"

Dion despiu o sobretudo e rasgou a própria camisa. Embolou o tecido e o pressionou contra o ferimento. "Segure isso aí."

"Está ruim?", repetiu Joe.

"Não está bom", respondeu Dion. "Como está se sentindo?"

"Estou com frio nos pés. Minha barriga está pegando fogo. Na verdade, estou com vontade de gritar."

"Então grite", disse Dion. "Não tem ninguém mais aqui."

Joe gritou. A força do grito o deixou chocado. O barulho ecoou por todo o hotel.

"Melhorou?"

"Sabe de uma coisa?", respondeu Joe. "Não."

"Então não grite mais. Bom, ele já está vindo. O médico."

"Trouxeram ele com vocês?"

Dion confirmou. "Está lá no barco. Sal a essa altura já deve ter mandado o sinal de luz. Usando o motor, ele vai chegar ao cais em dois tempos."

"Que bom."

"Por que não fez algum barulho quando ele meteu a faca? Não dava para ver você lá de cima, porra. Nós ficamos esperando o sinal."

"Não sei", respondeu Joe. "Parecia importante não dar a ele essa satisfação. Meu Deus, como dói."

Dion lhe deu a mão e Joe a apertou.

"Por que o deixou chegar tão perto se não ia apunhalar ele?"

"Tão o quê?"

"Tão perto. Com a faca. Era *você* quem deveria ter apunhalado ele."

"Eu não deveria ter mostrado aquelas fotos para ele, D."

"Mostrou fotos para ele?"

"Não. O quê? Não. Estou falando de Figgis. Não deveria ter mostrado."

“Deus do céu. Foi o que tivemos de fazer para abater esse cachorro louco.”

“Não é o preço correto.”

“Mas é o preço. Você não deixa um merda esfaquear você só porque o preço é o preço.”

“Tá bom.”

“Ei. Fique acordado.”

“Pare de dar tapas na minha cara.”

“Pare de fechar os olhos.”

“Vai ficar um cassino e tanto.”

“O quê?”

“Confie em mim”, disse Joe.

20

MI GRAN AMOR

Cinco semanas.

Foi esse o tempo que ele passou deitado em uma cama de hospital. Primeiro na Clínica González da rua Catorze, no mesmo quarteirão do Círculo Cubano, e depois, sob o pseudônimo Rodrigo Martinez, no hospital do Centro Asturiano, doze quarteirões a leste. Os cubanos podiam brigar com os espanhóis, os espanhóis do sul com os do norte, e todos eles podiam ter rixas com os italianos e os negros americanos mas, quando o assunto era tratamento médico, Ybor era um coletivo de ajuda mútua. Todos ali sabiam que ninguém na parte branca de Tampa iria levantar nem sequer um dedo para tapar um buraco em seu coração se houvesse um branco por perto que necessitasse de tratamento para uma porra de uma cutícula inflamada.

Joe foi tratado por uma equipe reunida por Graciela e Esteban: um cirurgião cubano que realizou a primeira laparotomia, um especialista em medicina torácica que supervisionou a reconstrução da parede abdominal durante a segunda, terceira e quarta cirurgias, e um farmacologista americano de primeira linha que obteve acesso à vacina antitetânica e controlou a administração da morfina.

Todas as primeiras intervenções feitas em Joe — irrigação, limpeza, exploração, desbridamento e sutura — foram realizadas na Clínica González, mas a notícia de que ele estava internado lá se espalhou. Na segunda noite, cavaleiros da meia-noite da KKK apareceram galopando de um lado para outro da Nona Avenida, e o cheiro de óleo de suas tochas entrava pelas grades das janelas. Joe não estava acordado quando tudo isso aconteceu — jamais viria a ter mais do que uma pálida lembrança das primeiras duas semanas após levar a facada —, mas Graciela lhe contaria tudo durante os meses de sua convalescença.

Quando os cavaleiros foram embora, retirando-se de Ybor com grande alarde pela Sétima Avenida e disparando seus fuzis no ar, Dion mandou homens atrás deles — dois homens para cada cavalo. Pouco antes do amanhecer, agressores desconhecidos entraram nas casas de oito moradores da área metropolitana de Tampa/St. Petersburg e espancaram esses homens quase até a morte, alguns na frente da família. Quando uma esposa tentou interferir em Temple Terrace, quebraram os braços dela com um taco de beisebol. Quando um filho em Egypt Lake tentou impedi-los, amarraram o menino a uma árvore e deixaram formigas e mosquitos o atacarem. A mais importante das vítimas, um dentista chamado Victor Toll, era segundo os boatos quem substituíra Kelvin Beauregard como líder da Klavern da cidade. O dr. Toll foi amarrado ao capô de seu carro. Foi forçado a ficar deitado ali, banhado na sopa do próprio sangue, e sentir o cheiro da própria casa pegar fogo.

Isso extinguiu de forma eficaz o poder da Ku Klux Klan em Tampa por três anos, mas a família Pescatore e a gangue Coughlin-Suárez não tinham como saber disso, de modo que não quiseram se arriscar e transferiram Joe para o hospital do Centro Asturiano. Lá foi colocado um dreno cirúrgico para neutralizar a hemorragia interna cuja origem o primeiro médico não soubera detectar, motivo pelo qual mandaram chamar um segundo médico, um espanhol suave com os dedos mais lindos que Graciela já vira na vida.

A essa altura, Joe praticamente já não corria perigo de morrer por choque hemorrágico, principal responsável pelo óbito das vítimas de facadas abdominais. Em segundo lugar vinham os danos ao fígado, e o seu fora avaliado e considerado em perfeitas condições. Os médicos lhe disseram muito depois que isso acontecera graças ao relógio de seu pai, que agora exibia um novo arranhão na tampa. A ponta da faca resvalara na tampa primeiro e isso havia alterado seu curso, ainda que de forma mínima.

O primeiro médico dera o melhor de si para identificar danos ao duodeno, reto, cólon, vesícula, baço e na porção terminal do íleo, mas as condições não tinham sido ideais. Joe fora estabilizado no chão sujo de um prédio abandonado, em seguida transportado pela baía de barco. Quando conseguiram fazê-lo entrar em uma sala de cirurgia, mais de uma hora havia transcorrido.

Devido ao ângulo da trajetória da lâmina durante a penetração peritoneal, o segundo médico que examinou Joe desconfiou que o baço tinha sido afetado, e abriram a barriga de Joe outra vez. O médico espanhol acertou em cheio. Consertou o corte no baço de Joe e removeu a bile tóxica que começara a ulcerar a parede abdominal, embora certo dano já tivesse ocorrido. Joe teria de ser operado mais duas vezes antes do fim do mês.

Depois da segunda cirurgia, acordou com alguém sentado ao pé de sua cama. Tinha a visão tão embaçada que o ar havia se transformado em gaze. Mesmo assim, conseguiu distinguir uma cabeça grande e um focinho comprido. E uma cauda. A cauda bateu no lençol que lhe cobria a perna, e o puma entrou em foco. Encarou-o com os olhos amarelos famintos. A garganta de Joe se contraiu, e a pele que a recobria ficou escorregadia de suor.

O puma lambeu o lábio superior e o focinho.

O bicho deu um bocejo, e Joe quis fechar os olhos diante da visão daqueles magníficos dentes, brancos como todos os ossos que já haviam partido ao meio e dos quais haviam arrancado a carne.

A boca se fechou, os olhos amarelos tornaram a se fixar nele, e o felino pousou as patas dianteiras sobre sua barriga e subiu por seu corpo até a cabeça.

"Que felino?", perguntou Graciela.

Ele ergueu os olhos para o rosto dela, piscando-os por

causa do suor. Era de manhã; o ar que entrava pelas janelas estava fresco e trazia um cheiro de camélias.

Depois das cirurgias, ele também foi proibido de ter relações sexuais por três meses. Álcool, comida cubana, crustáceos, castanhas e milho foram proscritos. Caso temesse que a falta de sexo fosse afastá-lo de Graciela (e temia mesmo; ela também), na verdade o efeito foi contrário. No segundo mês, ele aprendeu um novo método de satisfazê-la usando a boca, método que havia descoberto por acidente algumas vezes ao longo dos anos, mas que então se tornou sua única forma de lhe dar prazer. Ajoelhado na sua frente, segurando-lhe a bunda com as mãos e com a boca cobrindo o portão de entrada de seu útero, portão este que passara a considerar ao mesmo tempo sagrado, pecaminoso e deliciosamente escorregadio, sentia ter finalmente encontrado algo pelo qual valia a pena se ajoelhar. Se abrir mão de todas as ideias preconcebidas do que um homem deveria dar e receber de uma mulher fosse o necessário para se sentir tão puro e tão útil quanto ele se sentia com a cabeça entre as coxas de Graciela, então ele desejava ter deixado essas ideias de lado anos antes. Os protestos iniciais dela — *não, você não pode fazer isso; um homem não faz essas coisas; tenho que tomar banho; não é possível você gostar desse gosto* — cederam lugar a algo que beirava o vício. No último mês antes de ela poder lhe retribuir o favor, Joe se deu conta de que estavam praticando em média cinco atos de gratificação oral por dia.

Quando os médicos finalmente o liberaram, ele e Graciela fecharam as venezianas da casa na Nona Avenida, encheram a geladeira do primeiro andar com comida e champanhe e passaram dois dias isolados na cama de baldaquino e na banheira com pés em forma de garras. Quase no fim do segundo dia, deitados sob o crepúsculo avermelhado, com as venezianas novamente abertas para a rua e o ventilador de teto secando o suor de seus corpos, Graciela falou: "Nunca vai haver nenhum outro".

"Nenhum outro o quê?"

"Nenhum outro homem." Ela alisou sua barriga toda costurada com a palma da mão. "Você é o meu homem até a morte."

"Ah, é?"

Ela pressionou a boca aberta em seu pescoço e expirou. "Sim, sim, sim."

"E Adan?"

Pela primeira vez, ele viu desprezo nos olhos dela ao ouvir o nome do marido.

"Adan não é homem. Você sim, *mi gran amor*, é um homem."

"E você com certeza é totalmente mulher", disse ele. "Meu Deus do céu, como eu me perco em você."

"Eu também me perco em você."

"Bom, nesse caso..." Ele olhou para o quarto em volta. Havia esperado tanto tempo por esse dia que não tinha certeza de como se comportar agora que havia chegado. "Você nunca vai conseguir um divórcio em Cuba, não é?"

Ela fez que não com a cabeça. "Mesmo que eu pudesse voltar lá com meu nome verdadeiro, a Igreja não permite."

"Então vai ficar casada com ele para sempre."

"No nome", disse ela.

"Mas o que significa um nome?", indagou ele.

Ela riu. "Concordo."

Ele a puxou para cima de si e foi subindo os olhos por seu corpo moreno até os olhos castanhos. "*Tú eres mi esposa.*"

Ela enxugou os olhos com as duas mãos, e uma risadinha chorosa lhe escapou do peito. "E você é meu marido."

"*Para siempre.*"

Ela pousou as palmas quentes das mãos em seu peito e assentiu. "Para sempre."

21

ILUMINE O MEU CAMINHO

Os negócios continuaram a prosperar.

Joe começou a preparar o terreno para a compra do Ritz. John Ringling se mostrou disposto a vender o imóvel, mas não o terreno. Assim, Joe mandou seus advogados trabalharem com os de Ringling para ver se conseguiam chegar a um acordo conveniente para ambos. Recentemente, os dois lados haviam examinado um arrendamento de noventa e nove anos de duração, mas não conseguiram se entender com o condado em relação aos direitos de uso do espaço aéreo acima do terreno. Joe tinha um grupo de homens seus subornando os inspetores do condado de Sarasota, outro em Tallahassee subornando políticos do estado, e um terceiro em Washington cuidando de funcionários da Receita Federal e dos senadores que frequentavam puteiros, salões de jogos e redutos de ópio nos quais a família Pescatore tivesse participação.

Seu primeiro sucesso foi conseguir a descriminalização do bingo no condado de Pinellas. Ele então conseguiu encaminhar uma lei estadual para a descriminalização do bingo, a ser avaliada pelo Legislativo do estado na sessão de outono e possivelmente votada já em 32. Seus amigos de Miami, cidade bem mais fácil de se comprar, ajudaram a amolecer ainda mais o estado quando os condados de Dade e de Broward legalizaram as apostas mútuas. Joe e Esteban tinham se arriscado para comprar terrenos para seus amigos de Miami, e agora esses terrenos estavam sendo transformados em pistas de turfe.

Maso também pegara um avião até o Sul para dar uma olhada no Ritz. Ele havia sobrevivido recentemente a uma luta contra o câncer, embora só o próprio Maso e seus médicos soubessem qual era o tipo. Alegava ter saído curado, embora a doença o tivesse deixado calvo e fragilizado. Havia até quem dissesse à boca pequena que seu raciocínio ficara prejudicado, embora Joe não visse nenhum indício desse fato. Maso tinha adorado o hotel e apreciado o raciocínio de Joe — se algum dia houve um momento perfeito para atacar os tabus relacionados aos jogos de azar, esse momento era agora, quando a Lei Seca desmoronava tragicamente bem diante de seus olhos. O dinheiro que perderiam com a legalização da birita iria direto para o bolso do governo, mas o dinheiro que perdessem com as taxas oficiais sobre cassinos e pistas de turfe seria compensado pelos lucros obtidos das pessoas burras o suficiente para apostar contra a casa em grande escala.

Os responsáveis pelos subornos também começaram a mandar notícias de que o palpite de Joe parecia muito bom. O país estava vulnerável o suficiente para algo daquele tipo. Municípios de uma ponta a outra da Flórida e de uma ponta a outra do país estavam com o dinheiro curto. Joe despachara seus homens com promessas de dividendos infinitos — uma taxa sobre o cassino, uma taxa sobre o hotel, uma taxa sobre comes e bebes, uma taxa pelo entretenimento, uma taxa pelos quartos, uma taxa pelo alvará para vender bebida alcoólica e, para completar — e todos os políticos amavam essa parte —, uma taxa pelo excesso de renda. Nos dias em que o cassino ganhasse mais de oito mil dólares, dois por cento dessa renda seriam revertidos para o estado. Na verdade, sempre que o cassino chegasse perto de passar dos oito mil em lucro, eles limpariam a banca. Mas os políticos com suas cumbuquinhas e seus olhos maiores do que a barriga não precisavam saber disso.

No fim de 31, ele já havia comprado dois senadores novatos, nove deputados federais, quatro senadores veteranos, treze representantes de condado, onze conselheiros municipais e dois juízes. Também havia subornado seu antigo rival da KKK, Hopper Hewitt, editor do *Tampa Examiner*, que começara a publicar editoriais e notícias questionando a lógica de permitir que tantas pessoas passassem fome enquanto um cassino de primeira categoria na costa do golfo do estado da Flórida poderia gerar empregos para todas elas, fato que lhes proporcionaria dinheiro para comprar novamente todas as casas desapropriadas, fato este que tiraria os advogados da fila do pão para fazer as operações nos devidos conformes, o que por sua vez necessitaria pessoal de escritório para garantir que tudo fosse registrado direitinho.

Quando Joe o estava levando de carro até a estação para a viagem de volta, Maso falou: "Seja o que for que tiver de fazer em relação a isso, faça".

"Obrigado", disse Joe. "Farei."

"Você fez um trabalho bom de verdade por aqui." Maso lhe deu um tapinha no joelho. "Não pense que isso não vai ser levado em consideração."

Joe não sabia em que seu trabalho poderia ser "levado em consideração". Ele construíra algo do nada ali, e Maso falava como se houvesse lhe arrumado um novo dono de armazém para extorquir. Talvez os tais boatos sobre o raciocínio do velho ultimamente tivessem algum fundamento.

"Ah, e ouvi dizer que ainda tem um desgarrado solto por aí", disse Maso quando estavam se aproximando da Union Station. "É verdade?"

Joe demorou alguns segundos para entender. "Aquele fabricante de bebida ilegal que não quer pagar seus tributos?"

"Esse mesmo", disse Maso.

O fabricante se chamava Turner John Belkin. Ele e os três filhos vendiam bebida alcoólica fabricada em seus alambiques na parte não urbanizada de Palmetto. Turner John Belkin não fazia mal a ninguém; tudo o que ele queria era vender para as mesmas pessoas para quem vinha vendendo havia uma geração inteira, promover alguns jogos na sala dos fundos de sua casa e administrar algumas moças em uma casa mais embaixo na mesma rua. Fossem quais fossem as condições, porém, recusava-se a entrar para a organização. Não pagava tributos, não vendia produtos da família Pescatore, não fazia nada a não ser administrar seus negócios como sempre fizera, e como seu pai e seus avôs tinham feito antes dele, desde a época em que Tampa ainda se chamava Fort Brooke e a febre amarela matava três vezes mais gente do que a velhice.

"Estou cuidando dele", disse Joe.

"Pelo que eu soube, já está cuidando dele há seis meses."

"Três", admitiu Joe.

"Então livre-se dele."

O carro parou. Seppe Carbone, guarda-costas pessoal de Maso, abriu a porta para ele descer e ficou esperando em pé debaixo do sol.

"Estou com dois caras cuidando disso", falou Joe.

"Não quero que tenha cara nenhum cuidando disso. Quero que acabe com essa história. Pessoalmente, se preciso for."

Maso desceu do carro, e Joe o acompanhou até o trem para se despedir, apesar de ele ter dito que não precisava. A verdade, porém, era que Joe queria ver Maso partir, precisava vê-lo partir para poder confirmar que já podia respirar outra vez, relaxar. Ter Maso por perto era como se um tio se mudasse para a sua casa por um ou dois dias e nunca mais fosse embora. E pior: o tio achava que estava lhe fazendo um favor.

Alguns dias depois de Maso ir embora, Joe mandou dois de seus capangas irem dar um susto em Turner John, mas em vez disso quem lhes deu um susto foi ele: espancou um dos capangas a ponto de mandá-lo para o hospital, e nem sequer precisou da ajuda dos filhos ou de uma arma.

Uma semana depois, Joe foi falar com Turner John.

Pediu a Sal para esperá-lo no carro e ficou em pé na estrada de terra batida em frente ao barraco cor de cobre em que o homem morava, com a varanda desabada em um dos cantos mais uma geladeira da Coca-Cola instalada no outro, tão vermelha e lustrosa que Joe desconfiou que fosse encerada diariamente.

Os filhos de Turner John, três rapazes musculosos vestidos com macacões de algodão de calças e mangas compridas e pouco mais, inclusive descalços (embora, por algum motivo incompreensível, um deles usasse um suéter de lã vermelho estampado com flocos de neve), revistaram Joe, pegaram sua Savage 32, em seguida o revistaram uma segunda vez.

Depois disso, Joe entrou no barraco e sentou-se de frente para Turner John diante de uma mesa de madeira cujas pernas não tinham a mesma altura. Tentou acertar a mesa, desistiu, em seguida perguntou a Turner John por que ele havia espancado seus homens. Turner John, um homem alto, muito magro e de ar severo, com olhos e cabelos do mesmo tom marrom de seu terno, disse que fora porque eles tinham ido procurá-lo com uma ameaça tão estampada nos olhos que não havia por que esperar que esta saísse de suas bocas.

Joe perguntou se ele sabia que isso significava que teria de matá-lo para não perder a moral. Turner John respondeu que já desconfiava.

"Então por que está agindo assim?", indagou Joe. "Por que não paga um pouco de tributo e pronto?"

"Moço, seu pai ainda está entre nós?", indagou Turner John.

"Não, ele já faleceu."

"Mas o senhor ainda é filho dele, estou certo?"

"Sou."

"Pode ter vinte netos, mas vai continuar para sempre filho desse homem."

Joe não estava preparado para a enxurrada de emoção que esse comentário provocou nele nesse instante. Teve de desviar os olhos de Turner John antes de essa enxurrada lhe alcançar os olhos.

"Sim, vou."

"E quer que ele sinta orgulho do senhor, não quer? Que o veja como homem?"

"Quero", respondeu Joe. "É claro que eu quero."

"Bom, comigo é a mesma coisa. Eu tive um ótimo pai. Só me batia com força quando eu merecia, e nunca depois de beber. Na maior parte do tempo, só fazia me dar um sopapo na cabeça quando eu roncava. Eu ronco muito, e papai não conseguia suportar isso quando estava exausto. De resto, era o melhor dos homens. E um filho quer que o pai possa olhar para baixo e ver que seus ensinamentos criaram raízes. Neste exato momento, papai está olhando para mim e dizendo: 'Turner John, eu não criei você para pagar tributo a outro homem que não meteu a mão na massa junto com você para ganhar a vida'." Mostrou a Joe as palmas grandes cheias de cicatrizes. "Quer meu dinheiro, sr. Coughlin? Bom, nesse caso é melhor estar disposto a trabalhar comigo e com meus garotos no mosto e a nos ajudar a tocar a fazenda, arar a terra, fazer a rotação das colheitas, ordenhar as vacas. Está me entendendo?"

"Estou entendendo."

"Caso contrário, não temos nada o que conversar."

Joe olhou para Turner John, em seguida ergueu os olhos para o teto. "Acha mesmo que ele está olhando?"

Turner John exibiu uma boca repleta de dentes de prata. "Moço, eu sei que ele está."

Joe abriu o zíper da calça e sacou o revólver de cano curto que tinha pegado de Manny Bustamente alguns anos antes. Apontou-o para o peito de Turner John.

Turner John soltou uma expiração longa e vagarosa.

"Quando um homem se propõe a fazer um trabalho, deve completá-lo. Certo?", disse Joe.

Sem tirar os olhos da arma, Turner John passou a língua pelo lábio inferior.

"Sabe que tipo de arma é esta?", perguntou Joe.

"Um revólver de mulher."

"Não, é um O Que Poderia Ter Sido." Joe se levantou. "O senhor faça o que quiser aqui em Palmetto. Está me entendendo?"

Turner John piscou os olhos para dizer sim.

"Mas ai do senhor se eu vir o seu rótulo ou sentir o gosto da sua bebida em Hillsborough ou no condado de Pinellas. Nem em Sarasota, Turner John. Estamos entendidos?"

Turner John tornou a piscar.

"Preciso ouvir da sua boca", disse Joe.

"Estamos entendidos. Eu lhe dou minha palavra", disse Turner John.

Joe aquiesceu. "O que o seu pai está pensando agora?"

Turner John correu os olhos pelo cano da arma e os subiu pelo braço de Joe até encará-lo. "Está pensando que chegou perto pra cacete de ter de aguentar meus roncos outra vez."

Enquanto Joe manobrava para legalizar o jogo e comprar o hotel, Graciela abriu suas próprias acomodações. Enquanto Joe almejava o público apreciador de saladas refinadas, Graciela construiu um local para abrigar crianças sem pai e mulheres sem marido. O fato de os homens ultimamente estarem abandonando as famílias como exércitos durante a guerra era uma vergonha nacional. Saíam das favelas e cortiços ou, no caso de Tampa, das casinhas de cômodos encadeados que os moradores da região chamavam de *casitas*, subiam a rua para comprar leite, filar um cigarro, ou então porque tinham ouvido algum boato de emprego, e nunca mais voltavam. Sem homens para protegê-las, as mulheres às vezes eram vítimas de estupro ou forçadas a descer aos níveis mais baixos da prostituição. As crianças, subitamente órfãs de pai e talvez de mãe, caíam nas ruas e estradas secundárias, e as notícias que chegavam delas não costumavam ser boas.

Certa noite, Graciela foi procurar Joe quando ele estava sentado na banheira. Trouxe-lhes duas xícaras de café reforçadas com rum. Tirou a roupa, entrou na água em frente a Joe e lhe perguntou se podia começar a usar seu nome.

"Você quer se casar comigo?"

"Na igreja não. Eu não posso."

"Tá bom..."

"Mas nós somos casados, não somos?"

"Somos."

"Então eu gostaria de usar seu sobrenome."

"Graciela Dominga Maela Rosario Maria Concetta Corrales Coughlin?

Ela lhe deu um tapa no braço. "Não tenho tantos nomes assim."

Ele se inclinou para a frente, deu-lhe um beijo e tornou a se recostar. "Graciela Coughlin?"

"*Sí.*"

"Seria uma honra", disse ele.

"Ah, que bom", respondeu ela. "Eu comprei uns imóveis."

"Comprou *uns imóveis*?"

Ela o encarou, com os olhos castanhos inocentes como os de uma corça. "Três. Aquele, ahn, conglomerado? Isso. Aquele conglomerado perto da antiga fábrica Perez, sabe?"

"Na Palm Avenue?"

Ela confirmou. "E gostaria de usá-los para recolher esposas abandonadas e seus filhos."

Joe não ficou surpreso. Nos últimos tempos, Graciela praticamente não falava em mais nada que não fossem essas mulheres.

"O que aconteceu com a causa da política latino-americana?"

"Eu me apaixonei por você."

"E daí?"

"E daí que você restringe a minha mobilidade."

Ele riu. "Restrinjo, é?"

"Muito." Ela sorriu. "Pode dar certo. Talvez um dia possamos até lucrar com isso, e a instituição poderia servir de modelo para o resto do mundo."

Graciela sonhava com reforma agrária, direitos para os agricultores e uma distribuição justa da riqueza. Acreditava essencialmente em justiça, conceito que Joe tinha certeza de que havia desaparecido da face da Terra mais ou menos na época em que a Terra deixara de usar fraldas.

"Isso de modelo para o resto do mundo eu não sei."

"Por que não pode dar certo?", perguntou ela. "Um mundo justo." Jogou algumas bolhas em cima dele para lhe mostrar que só estava falando meio sério, mas na realidade não havia nada de "meio" no que dizia.

"Ou seja, um mundo em que todo mundo viva com o que precisa e viva cantando canções e, porra, sorrindo o tempo todo?"

Ela jogou na cara dele os restos de sabão que flutuavam na banheira. "Você sabe o que eu quero dizer. Um mundo bom. Por que não pode ser assim?"

"Por causa da cobiça", respondeu ele. Levantou os braços para indicar o banheiro onde estavam. "Olhe só como nós vivemos."

"Mas você retribui. No ano passado, doou um quarto do seu dinheiro para a clínica González."

"Eles me salvaram a vida."

"No ano anterior, construiu a biblioteca."

"Para eles terem livros que eu goste de ler."

"Mas os livros são todos em espanhol."

"Como acha que aprendi o idioma?"

Ela apoiou o pé no ombro dele e usou seus cabelos para coçar uma comichão na parte externa do arco. Deixou o pé ali, e ele o beijou e, como muitas vezes acontecia em momentos assim, pegou-se experimentando uma paz tão plena que não conseguia imaginar um paraíso que pudesse se comparar com aquilo. Se comparar com a voz dela em seus tímpanos, com a sua amizade, com o pé dela no seu ombro.

"Nós podemos fazer o bem", disse Graciela, baixando os olhos.

"Podemos, sim", concordou ele.

"Depois de tanto mal", completou ela baixinho.

Ela estava fitando os restos de sabão abaixo dos seios, desaparecendo dentro de si mesma, afastando-se daquela banheira. A qualquer momento, iria estender a mão para pegar uma toalha.

"Ei", disse Joe.

Ela ergueu as pálpebras

"Nós não somos maus. Podemos não ser bons. Sei lá. Só sei que todos temos medo."

"Quem tem medo?", indagou ela.

"E quem não tem? O mundo inteiro tem medo. Vivemos dizendo a nós mesmos que acreditamos em tal deus ou em tal outro, em uma ou em outra vida após a morte, e talvez acreditemos de fato, mas o que todos estamos pensando ao mesmo tempo é: 'E se estivermos *errados*? E se for só *isto aqui*? Bem, se for só isto aqui, é melhor eu arrumar uma casa bem grande, um carro bem grande, uma porção de prendedores de gravata, uma bengala com cabo de madrepérola e..."

Ela agora estava rindo.

"'... uma privada que lave minha bunda *e* meu sovaco. Porque eu *preciso* de uma privada assim'." Ele também estava rindo um pouco, mas as risadas desapareceram em meio aos restos de sabão. "'Mas espere aí, eu acredito em Deus. Só para garantir. Mas acredito na cobiça também. Só para garantir.'"

"E é só isso então... nós temos medo?"

"Não sei se é só isso", respondeu ele. "Só sei que temos medo."

Ela puxou os restos de sabão para o pescoço como um lenço e aquiesceu. "Eu quero que o fato de termos existido tenha importância."

"Eu sei que você quer isso. Olhe, se quiser resgatar essas tais mulheres e seus filhos, ótimo. Amo você por isso. Mas algumas pessoas más vão tentar impedir algumas dessas mulheres de escapar de seu domínio."

"Eu sei", disse Graciela, com um tom melodioso que lhe informou que ele era ingênuo por pensar que ela não sabia. "É por isso que vou precisar de alguns capangas seus."

"Alguns?"

"Bom, para começar, quatro. Mas, *mi amado*?" Ela lhe sorriu. "Quero os mais durões que você tiver."

Esse foi também o ano em que Loretta, filha do comandante Irving Figgis, voltou para Tampa.

Desceu do trem acompanhada pelo pai, de braços dados com ele. Loretta usava preto da cabeça aos pés, como se estivesse de luto, e pela força com que Irv segurava seu braço talvez de fato estivesse.

Irv trancou a filha na casa de Hyde Park, e ninguém viu nenhum dos dois durante toda a temporada. Depois de ir buscá-la em Los Angeles, ele havia tirado uma licença da polícia, e na volta prolongara essa licença por todo o outono. Sua esposa saiu de casa levando consigo o filho, e os vizinhos diziam que o único barulho que ouviam lá de dentro era o ruído das preces. Ou dos cânticos. Havia certa controvérsia em relação aos detalhes.

No fim de outubro, quando os dois saíram de casa, Loretta estava de branco. Em um encontro da igreja pentecostal mais tarde nesse mesmo dia, declarou que a decisão de usar branco não fora sua: tinha sido de Jesus Cristo, cujos ensinamentos agora ela seguia. Nessa noite, Loretta subiu ao palco da tenda montada no descampado de Fiddlers Cove e falou sobre sua descida ao mundo do vício, sobre os demônios da bebida, da heroína e da maconha que a tinham conduzido até lá, sobre a fornicação desregrada que conduzira à prostituição, que por sua vez conduzira a mais heroína e a noites de uma devassidão pecaminosa tamanha que ela sabia que Jesus a apagara de sua lembrança para impedi-la de pôr fim à própria vida. E por que ele estava tão interessado em mantê-la viva? Porque desejava que ela afirmasse a sua verdade aos pecadores de Tampa, St. Petersburg, Sarasota e Bradenton. E, caso ele assim o decidisse, ela iria espalhar essa mensagem por toda a Flórida e mesmo por todo o país.

O que diferenciava Loretta de tantos oradores que se apresentavam diante dos fiéis nessas tendas de encontro evangélicas era que Loretta falava sem arrebatamento e sem expletivos. Nunca levantava a voz. Falava tão baixinho, na realidade, que muitos ouvintes tinham de se inclinar para ouvi-la. Com olhadelas ocasionais para o pai, que havia se tornado um tanto sisudo e inabordável desde o seu retorno, prestava um testemunho dorido sobre um mundo caído em perdição. Não alegava conhecer a vontade de Deus, mas sim escutar a consternação arrasada de Cristo ante os atos de seus filhos. Muitas coisas boas poderiam ser salvas deste mundo, e muita virtude ser colhida, mas para isso era preciso primeiro semear essa virtude.

"Dizem que este país em breve irá retornar ao desespero do consumo desregrado de álcool, de maridos espancando as esposas por causa do rum, levando doenças venéreas para casa por causa do uísque, entregando-se à preguiça e perdendo os empregos, e os bancos pondo cada vez mais pequeninos nas ruas por causa do gim. Não culpem os bancos. Não culpem os bancos", sussurrou ela. "Culpem aqueles que lucram com o pecado, com a venda de carne humana e com seu enfraquecimento por meio da bebida. Culpem os fabricantes de bebida ilegal, os donos de bordéis e aqueles que lhes permitem espalhar sua imundície por nossa bela cidade diante dos olhos de Deus. Orem por eles. E depois peçam a Deus para guiá-los."

Deus aparentemente guiou alguns cidadãos respeitáveis de Tampa a atacar uma ou duas casas da organização Coughlin-Suárez e destruir com machados os barris de rum e cerveja. Quando Joe ficou sabendo, mandou Dion entrar em contato com um cara em Valrico que fabricava barris de aço; instalaram esses barris de aço em todos os bares clandestinos, puseram os barris de madeira dentro deles e ficaram esperando para ver quem agora iria entrar pela porta, usar um machado, e deslocar os cotovelos santos das porras dos braços santos.

Joe estava sentado na sala da frente de sua empresa exportadora de cigarros — empreendimento totalmente legítimo; eles perdiam uma pequena fortuna por ano exportando tabaco de qualidade superior para países como Irlanda, Suécia e França, onde os charutos nunca haviam chegado a seduzir as massas — quando Irv e a filha entraram pela porta da frente.

Irv cumprimentou Joe com um leve meneio de cabeça, mas se recusou a encará-lo nos olhos. Nos anos que se passaram desde que Joe havia lhe mostrado aquelas fotos de Loretta, não o havia encarado nos olhos sequer uma vez e, segundo os cálculos de Joe, eles haviam se cruzado na rua pelo menos umas trinta.

"Minha Loretta tem algumas palavras para lhe dizer."

Joe ergueu os olhos para a bela jovem de vestido branco e olhos brilhantes e úmidos. "Pois não, senhorita. Acomode-se, se quiser."

"Prefiro ficar em pé."

"Como preferir."

"Sr. Coughlin", disse ela, unindo as mãos sobre as coxas, "meu pai disse que antigamente havia um homem bom dentro do senhor."

"Não sabia que esse homem tinha ido embora."

Loretta pigarreou. "Nós conhecemos seu trabalho filantrópico. E o da mulher com quem o senhor decidiu coabitar."

"'A mulher com quem decidi coabitar'", repetiu Joe, só para experimentar as palavras.

"Sim, sim. Sabemos que ela é muito ativa em trabalhos de caridade na comunidade de Ybor e mesmo na região metropolitana de Tampa como um todo."

"Ela tem um nome."

"Mas as suas boas obras são de natureza estritamente temporal. Ela recusa qualquer afiliação religiosa, e resiste a toda tentativa de abraçar o único e verdadeiro Senhor."

"O nome dela é Graciela. E ela é católica", disse Joe.

"Mas até ela abraçar publicamente a mão de Deus que possibilita sua obra, ela estará, por mais bem-intencionada que seja, auxiliando o demônio."

"Nossa, eu seria incapaz de ter esse raciocínio", comentou Joe.

"Por sorte, eu não sou", retrucou ela. "Mesmo com todas as suas obras de caridade, sr. Coughlin, ambos sabemos que elas não são compensadas por seus atos maus e por seu distanciamento do Senhor."

"Como assim?"

"O senhor lucra com os vícios ilegais dos outros. Lucra com a fraqueza das pessoas, com sua necessidade de preguiça, gula e comportamento libidinoso." Ela lhe deu um sorriso triste e bondoso. "Mas pode se libertar disso."

"Não quero me libertar", disse Joe.

"É claro que quer."

"Srta. Loretta, a senhorita parece uma pessoa maravilhosa", disse Joe. "E, pelo que eu soube, o rebanho do pastor Ingalls triplicou desde que a senhorita começou a pregar para ele."

Com os olhos cravados no chão, Irv ergueu cinco dedos.

"Ah, desculpe", disse Joe. "Quer dizer que o rebanho quintuplicou. Puxa vida."

O sorriso de Loretta não desapareceu. Um sorriso suave, triste. Um sorriso que sabia o que você ia dizer antes de você dizê-lo, e julgava essas palavras inúteis antes mesmo de elas saírem da sua boca.

"Loretta", disse Joe, "eu vendo um produto que as pessoas apreciam tanto que a Décima Oitava Emenda Constitucional vai ser derrubada em menos de um ano."

"Não é verdade", disse Irv, com o maxilar contraído.

"É, sim", disse Joe. "De toda forma, a Lei Seca acabou. Eles a usaram para manter os pobres na linha e não conseguiram. Usaram-na para tornar a classe média mais diligente, e em vez disso a classe média ficou exigente. Nos últimos dez anos, bebeu-se mais birita do que nunca, e isso porque as pessoas queriam birita, e não queriam ninguém lhes dizendo que não podiam beber."

"Mas, sr. Coughlin", disse Loretta com um tom sensato, "o mesmo poderia ser dito em relação à fornicação. As pessoas querem fornicar, e não querem ninguém lhes dizendo que não podem."

"E nem deveriam."

"Como disse?"

"Nem deveriam", repetiu Joe. "Se as pessoas querem fornicar, não vejo nenhum motivo urgente para impedi-las, srta. Figgis."

"E se elas desejarem se deitar com animais?"

"Elas desejam isso?"

"Eu sinto muito."

"As pessoas desejam se deitar com animais?"

"Algumas, sim. E, se as coisas correrem como o senhor quer, a doença delas vai se espalhar."

"Desculpe, mas não vejo correlação entre beber e fornicar com animais."

"Mas isso não quer dizer que a correlação não exista."

Ela então se sentou, com as mãos ainda unidas no colo.

"É claro que quer", disse Joe. "Foi exatamente isso que eu falei."

"Mas essa é só a sua opinião."

"Há quem diga o mesmo sobre a sua crença em Deus."

"Quer dizer que o senhor não acredita em Deus?"

"Não, Loretta, eu simplesmente não acredito no seu Deus."

Joe olhou para Irv porque pôde sentir que ele estava segurando a raiva, mas, como de hábito, Irv não o encarou nos olhos e manteve os seus pregados nas próprias mãos, que agora tinham os punhos cerrados.

"Bom, ele acredita no senhor", disse ela. "Sr. Coughlin, o senhor vai se afastar do seu caminho do mal. Tenho certeza. Posso ver isso no senhor. Vai se penitenciar e vai ser batizado em Jesus Cristo. E vai se transformar em um grande profeta. Vejo isso com a mesma clareza com que vejo uma cidade sem pecado no alto de uma colina aqui em Tampa. E sim, sr. Coughlin, antes de o senhor poder zombar de mim, eu sei que não existem colinas em Tampa."

"Bom, pelo menos nenhuma que dê para notar, mesmo que se dirija depressa."

Ela sorriu um sorriso de verdade, e era o mesmo sorriso de que ele se lembrava de alguns anos antes, quando a encontrava no balcão comprando refrigerantes ou na seção de revistas da Drogaria Morin.

O sorriso então se transformou novamente naquele outro, triste e congelado; os olhos dela ficaram mais brilhantes e ela estendeu uma das mãos enluvadas para ele por cima da mesa, e Joe a apertou pensando nas marcas de agulhas que a luva cobria enquanto Loretta Figgis dizia: "Um dia vou tirá-lo do seu caminho, sr. Coughlin. Disso o senhor pode estar certo. Sinto isso nos meus ossos".

"Só porque a senhorita sente não quer dizer que seja assim", disse Joe.

"Mas tampouco quer dizer que não seja."

"Admito." Joe ergueu os olhos. "Mas por que não concede às minhas opiniões o mesmo benefício da dúvida?"

O sorriso triste de Loretta se iluminou. "Porque elas estão erradas."

* * *

Infelizmente para Joe, Esteban e a família Pescatore, à medida que a popularidade de Loretta aumentava, o mesmo acontecia com sua legitimidade. Depois de alguns meses, suas pregações começaram a ameaçar o acordo relacionado ao cassino. No começo, os que a citavam em público faziam-no sobretudo para ridicularizá-la ou se maravilhar diante das circunstâncias que a haviam conduzido a seu estado atual — a filha tipicamente americana de um comandante de polícia vai para Hollywood e volta uma doida cheia de alucinações e marcas de agulha nos braços que os caipiras confundem com estigmas. Mas o tom da conversa começou a mudar não apenas à medida que as estradas engarrafavam de tantos carros e pedestres nas noites em que se dizia que Loretta iria falar em um encontro, mas também à medida que os moradores comuns da cidade a viam e ouviam. Longe de se esconder do olhar do público, Loretta o atraía. Não apenas em Hyde Park, mas também no lado oeste de Tampa, na região do porto e até mesmo em Ybor, onde gostava de ir comprar café, seu único vício.

Loretta não falava muito em religião durante o dia. Mostrava-se invariavelmente bem-educada, sempre pronta a pedir notícias sobre a saúde de alguém ou de seus próximos. Jamais esquecia um nome. E, mesmo tendo envelhecido por causa do ano difícil de suas "provações", como dizia, ainda era uma mulher de beleza impressionante. E bela de um jeito claramente americano — lábios carnudos da mesma cor dos cabelos castanho-avermelhados, olhar sincero e azul, e pele lisinha e branca como a nata que se formava na superfície da garrafa de leite matinal.

Os desmaios começaram a ocorrer no final de 1931, depois de a crise bancária da Europa sugar para seu vórtice o resto do mundo e acabar com qualquer esperança remanescente de recuperação financeira. Ocorriam sem aviso e sem teatro. Ela podia estar falando sobre os males da bebida, da luxúria ou (cada vez mais nos últimos tempos) do jogo — sempre com uma voz baixa e levemente trêmula —, e sobre as visões que Deus lhe havia mandado de uma Tampa calcinada pelos próprios pecados, uma terra devastada e fumegante com o solo carbonizado e pilhas de madeira queimada onde outrora ficavam as casas, e lembrava a todos da esposa de Lot e lhes implorava que não olhassem para trás, que nunca olhassem para trás, mas que olhassem para a frente, para uma reluzente cidade de casas brancas, roupas brancas e pessoas brancas unidas no amor de Cristo, na prece e no intenso desejo de deixar para os filhos um mundo do qual estes pudessem se orgulhar. Em algum ponto desse sermão, seus olhos se reviraram para a esquerda e logo para a direita, seu corpo começava a se balançar junto com os olhos, e então ela desabava no chão. Às vezes tinha convulsões, outras vezes uma pequena quantidade de saliva escorria de seus lindos lábios, mas em geral ela parecia estar apenas dormindo. Sugeria-se (mas apenas nas rodas mais rasteiras) que parte do aumento de sua popularidade se devia ao fato de ela ficar mais bonita quando estava deitada no palco, vestida com uma roupa de crepe branco bem fina, fina o suficiente para se poder distinguir os seios pequenos e perfeitos e as pernas esguias e sem marcas.

Quando Loretta ficava deitada no palco desse jeito, era uma prova da existência de Deus, pois apenas Deus seria capaz de criar algo tão lindo, tão frágil e tão poderoso.

Assim, seus seguidores cada vez mais numerosos abraçavam suas causas de forma bastante pessoal, e nenhuma com mais intensidade do que as tentativas de um gângster local de assolar sua comunidade com a praga do jogo. Em pouco tempo, os deputados e conselheiros municipais começaram a mandar de volta os homens de Joe com as respostas "Não", ou então "Vamos precisar de mais tempo para considerar todas as variáveis", embora Joe tenha reparado que a única coisa que seus homens não traziam de volta era o dinheiro.

A janela estava se fechando depressa.

Se Loretta Figgis viesse a ter um fim prematuro — mas de tal forma que fosse plausível considerá-lo um "acidente" —, então, após um período de luto respeitoso, a ideia do cassino poderia se concretizar. Ela amava tanto Jesus, pensou Joe, que ele estaria lhe fazendo um favor ao aproximá-los.

Portanto, sabia o que tinha de fazer, mas faltava dar a ordem.

Foi assisti-la pregar. Deixou de fazer a barba por um dia e vestiu-se como um vendedor de equipamentos agrícolas, ou quem sabe o dono de uma loja de ração — macacão limpo, camisa branca, gravata fininha de laço, paletó esportivo de sarja preta e um chapéu de palha de caubói bem enterrado por cima dos olhos. Pediu a Sal para levá-lo até a borda do descampado que o reverendo Ingalls estava usando naquela noite, e desceu uma estrada de terra estreita que atravessava um pequeno bosque de pinheiros até chegar à parte de trás da multidão reunida.

Às margens de um lago, alguém havia construído um pequeno palco usando caixotes de madeira, e Loretta estava em cima desse palco com o pai à sua esquerda e o reverendo à direita, os três de cabeça baixa. Loretta falava sobre uma visão ou sonho recente (Joe chegou tarde demais para saber qual dos dois). De costas para o lago escuro, com seu vestido e touca brancos, ela se destacava na noite negra como uma lua à meia-noite em um céu sem estrelas. Uma família de três pessoas, dizia — mãe, pai, bebezinho pequeno — que havia chegado a uma terra estranha. O pai, um negociante mandado para aquela terra estranha pela empresa para a qual trabalhava, fora instruído a aguardar o motorista dentro da estação de trem e a não se arriscar do lado de fora. Só que fazia calor dentro da estação, a viagem tinha sido longa e eles desejavam ver a terra nova. Saíram, e no mesmo instante foram atacados por um leopardo negro como o interior de um balde usado para transportar carvão. Antes de a família conseguir entender o que estava acontecendo, o leopardo já havia cortado suas gargantas com os dentes. Caído à beira da morte, o homem viu o leopardo se banhar no sangue da esposa quando outro homem apareceu e matou o animal com um tiro. O homem disse ao negociante agonizante que era o motorista contratado pela empresa, e que tudo o que eles tinham de fazer era aguardá-lo.

Mas eles não haviam aguardado. Por que não?

O mesmo acontece com Jesus, disse Loretta. Vocês serão capazes de aguardar? Saberão resistir às tentações terrenas que irão dilacerar suas famílias? Conseguirão manter seus entes queridos a salvo das feras até o retorno de Nosso Senhor e Salvador?

"Ou vocês são fracos demais para isso?", perguntou Loretta.

"Não!"

"Porque eu sei que, nas minhas horas mais sombrias, *eu* sou fraca demais."

"Não!"

"Sou, sim", gritou Loretta. "Mas ele me dá forças." Apontou para o céu. "Ele enche meu coração. Mas eu preciso que vocês me ajudem a cumprir seus desejos. Preciso da sua força para continuar pregando a sua palavra e fazendo as suas obras, e para impedir que os leopardos negros devorem nossos filhos e manchem nossos corações com pecados sem fim. Vocês vão me ajudar?"

Sim, *Amém* e *Ah, sim*, respondeu a multidão. Quando Loretta fechou os olhos e começou a se balançar, a multidão abriu os seus e se precipitou para a frente. Quando Loretta suspirou, a multidão gemeu. Quando ela caiu de joelhos, a multidão arquejou. E quando ela se deitou de lado, a multidão inteira expirou ao mesmo tempo. Todos estenderam a mão para ela sem chegar mais perto do palco, como se houvesse entre eles alguma barreira invisível.

Estenderam a mão para algo que não era Loretta. Clamaram a esse algo. Prometeram tudo a esse algo.

Loretta era a passagem, o portal pelo qual eles adentravam um mundo sem pecado, sem escuridão, sem medo. Um mundo em que ninguém nunca estava sozinho. Porque tinha a Deus. E tinha Loretta.

“Hoje à noite”, disse Dion na sacada do segundo andar da casa de Joe. “Ela tem que desaparecer.”

“Não acha que eu já pensei no assunto?”, indagou Joe.

“Pensar no assunto não é a questão”, disse Dion. “A questão é agir, patrão.”

Joe imaginou o Ritz, com a luz se derramando de suas janelas para o mar escuro, a música flutuando por seus pórticos e se espalhando pelo golfo enquanto os dados se chocavam nas mesas e o público aplaudia um vencedor, e imaginou-se presidindo tudo isso vestido de smoking e casaca.

Perguntou a si mesmo, como tantas vezes havia se perguntado ao longo das últimas semanas: o que era uma única vida?

As pessoas sempre morriam durante a construção de um prédio, ou quando instalavam trilhos de aço sob o sol. Morriam diariamente mundo afora eletrocutadas ou em outros acidentes industriais. E em nome de quê? Da construção de algo bom, algo que geraria empregos para seus conterrâneos, que iria pôr comida na mesa da raça humana.

Em que a morte de Loretta seria diferente?

“Seria e pronto”, falou.

“O quê?”, Dion estreitou os olhos para ele.

Joe ergueu uma das mãos como quem se desculpa. “Não sou capaz.”

“*Eu* sou”, disse Dion.

“Quem entra na chuva sabe que vai ter de se molhar, ou pelo menos deveria saber. Mas essas pessoas que dormem enquanto nós ficamos acordados... que trabalham em seus empregos, que aparam seus gramados... elas não entraram na chuva. O que significa que não sofrem as mesmas penalidades por seus erros."

Dion suspirou. "Ela está pondo em risco toda a porra da operação."

"Eu sei disso." Joe estava grato pelo pôr do sol, pela escuridão que os havia cercado na sacada. Se Dion pudesse ver seus olhos com clareza, saberia como Joe estava em dúvida quanto à decisão, como estava perto de cruzar o limite e nunca mais olhar para trás. Meu Deus, ela era apenas *uma* mulher. "Mas eu já decidi. Ninguém vai tocar um fio de cabelo dela."

"Você vai se arrepender", falou Dion.

"Acha que eu não sei disso?", retrucou Joe.

Uma semana mais tarde, quando os asseclas de John Ringling pediram uma reunião, Joe soube que estava tudo acabado. Se não de vez, pelo menos por um bom tempo. O país inteiro estava se entregando ao álcool outra vez, entregando-se com abandono, entregando-se com fervor e alegria, mas Tampa, graças à influência de Loretta Figgis, ia na direção contrária. Se eles não conseguiam neutralizá-la em relação à bebida, que agora uma simples assinatura bastaria para legalizar, estavam perdidos em relação ao jogo. Os homens de John Ringling disseram a Joe e Esteban que seu patrão decidira segurar mais um pouco a venda do Ritz, aguardar o fim da recessão econômica e reavaliar suas alternativas em uma data futura.

A reunião foi em Sarasota. Ao sair, Joe e Esteban foram de carro até Longboat Key e ficaram em pé admirando o cintilante palacete em estilo mediterrâneo Que Quase Havia Existido no Golfo do México.

"Teria sido um cassino incrível", comentou Joe.

"Você vai ter outra chance. Tudo que vem tem volta."

Joe fez que não com a cabeça. "Nem tudo."

22
NÃO APAGUEIS O ESPÍRITO

A última vez em que Loretta Figgis e Joe se encontraram com vida foi no início de 1933. Tinha chovido pesado durante uma semana. Nessa manhã, primeiro dia sem nuvens em algum tempo, o vapor que se erguia das ruas de Ybor era tão espesso que a terra parecia virada do avesso. Joe caminhava pelo calçadão da Palm Avenue, distraído, enquanto Sal Urso o acompanhava pelo calçadão oposto e Lefty Downer acompanhava a ambos em um carro que avançava devagar pelo centro da avenida. Joe acabara de confirmar um boato de que Maso estava cogitando uma nova ida a Tampa, a segunda em um ano, e o fato de Maso não lhe ter avisado pessoalmente não lhe cheirava bem. Além do mais, matérias nos jornais daquela manhã diziam que o presidente eleito Roosevelt planejava assinar a Lei Cullen-Harrison assim que alguém pusesse uma caneta na sua mão, pondo fim à Lei Seca. Joe sabia que esta não podia durar, mas de certa forma ainda não estava preparado. E, se ele estava despreparado, podia apenas imaginar como todos os bandidos das grandes cidades contrabandistas como Kansas City, Cincinnati, Chicago, Nova York e Detroit iriam receber mal a notícia. Naquela manhã, ficara sentado na cama tentando ler a matéria para poder identificar a semana ou mês exato em que Roosevelt iria empunhar aquela popularíssima caneta, mas distraíra-se com Graciela vomitando ruidosamente a *paella* da véspera. Ela em geral tinha um estômago de ferro, mas nos últimos tempos o estresse de administrar três abrigos e oito grupos distintos de arrecadação de fundos vinha deixando seu sistema digestivo em frangalhos.

"Joseph." Postada na soleira da porta, ela limpou a boca com as costas da mão. "Pode ser que nós tenhamos de encarar uma situação."

"Que situação, boneca?"

"Acho que estou com menino."

Por alguns instantes, Joe pensou que ela tivesse levado discretamente para casa consigo um dos meninos de rua do abrigo. Chegou a espiar por trás de seu quadril esquerdo antes de entender.

"Você está...?"

Ela sorriu. "Grávida."

Ele se levantou da cama, ficou em pé na frente dela e não sabia se deveria tocá-la, pois teve medo que ela quebrasse.

Ela passou os braços em volta de seu pescoço. "Está tudo bem. Você vai ser pai." Ela o beijou, e suas mãos tocaram a parte de trás de sua cabeça, onde o couro cabeludo formigava. Na verdade, tudo nele formigava, como se ele houvesse acordado e descoberto que estava revestido de uma pele inteiramente nova.

"Fale alguma coisa." Ela o encarou, curiosa.

"Obrigado", disse ele, pois nada mais lhe ocorreu.

"Obrigado?" Ela riu e tornou a beijá-lo, esmagando-lhe os lábios com os seus. "Obrigado?"

"Você vai ser uma mãe incrível."

Ela pressionou a testa contra a dele. "E você vai ser um pai incrível."

Se eu viver, pensou ele.

E soube que ela estava pensando a mesma coisa.

Assim, ele estava um pouco abalado nessa manhã quando adentrou o café do Nino sem primeiro olhar pela vitrine.

O café tinha só três mesas, um crime para um lugar que

servia um café tão bom, e duas delas estavam ocupadas por membros da Klan. Não que alguém de fora os tivesse reconhecido como tal, mas Joe não teve nenhuma dificuldade em ver os capuzes, mesmo que aqueles homens não os estivessem usando — Clement Dover, Drew Altman e Brewster Engals na primeira mesa, a velha guarda, mais inteligente; na segunda, Julius Stanton, Haley Lewis, Carl Joe Crewson e Charlie Bailey, todos uns imbecis, mais propensos a incendiar a si próprios do que qualquer cruz que estivessem tentando queimar. No entanto, como muitas pessoas burras sem bom senso suficiente para saber quanto eram burras, eles eram também cruéis e impiedosos.

Assim que passou pela soleira do café, Joe soube que aquilo não era uma armadilha. Pôde ver nos olhos deles que não esperavam vê-lo ali. Simplesmente tinham ido tomar um café, e talvez intimidar os donos para fazê-los pagar por alguma proteção. Sal estava logo do lado de fora, mas não era a mesma coisa que estar lá dentro. Joe empurrou o paletó do terno para trás e deixou a mão ali, a menos de três centímetros da arma, enquanto encarava Engals, líder daquele grupo específico, um operador de carro de bombeiros no quartel de Lutz Junction.

Engals acenou com a cabeça, com um pequeno sorriso brotando nos lábios, e relanceou os olhos para alguma coisa atrás de Joe, na terceira mesa junto à janela. Joe olhou para lá e viu Loretta Figgis sentada assistindo à cena toda. Tirou a mão do quadril e soltou o paletó do terno. Ninguém iria começar um tiroteio com a Madona da baía de Tampa sentada a um metro e meio de distância.

Joe meneou a cabeça para ele por sua vez, e Engals disse: "Fica para outra vez".

Joe levou a mão ao chapéu e se virou para sair quando Loretta falou: "Sente-se, sr. Coughlin. Por favor".

"Não, não, srta. Loretta", disse Joe. "A senhorita parece estar tendo uma manhã de paz sem que eu a perturbe."

"Eu insisto", disse ela ao mesmo tempo que Carmen Arenas, esposa do dono, chegava junto à mesa.

Joe deu de ombros e tirou o chapéu. "O de sempre, Carmen."

"Pois não, sr. Coughlin. Srta. Figgis?"

"Outro para mim, por favor."

Joe sentou-se e pôs o chapéu sobre o joelho.

"Esses cavalheiros não gostam do senhor?", indagou Loretta.

Joe reparou que ela não trajava branco nesse dia. Seu vestido estava mais para um tom claro de pêssego. Na maioria das pessoas isso nem sequer seria perceptível, mas o branco puro passara a ser tão identificado com Loretta Figgis que vê-la usando qualquer outra cor era um pouco igual a vê-la pelada.

"Eles não vão me convidar para o jantar de domingo tão cedo", respondeu-lhe Joe.

"Por quê?" Ela se aproximou da mesa quando Carmen trouxe os cafés.

"Eu me deito com o povo de lama, trabalho com o povo de lama, confraternizo com o povo de lama." Ele olhou por cima do ombro. "Esqueci alguma coisa, Engals?"

"Além de ter matado quatro dos nossos?"

Joe assentiu, agradecendo, e tornou a se virar para Loretta. "Ah, e eles acham que eu matei quatro amigos deles."

"E matou?"

"A senhorita não está de branco", comentou ele.

"Estou quase de branco", respondeu ela.

"O que será que os seus...", ele procurou as palavras, mas não conseguiu achar nada melhor, "seguidores vão pensar?"

"Não sei, sr. Coughlin", respondeu ela, e não havia nenhuma alegria falsa em sua voz, nenhuma serenidade desesperada em seus olhos.

Os rapazes da Klavern se levantaram de suas mesas e foram saindo em fila indiana; todos deram um jeito ou de esbarrar na cadeira de Joe, ou então de lhe acertar o pé com o seu.

"*A gente se vê* por aí", disse-lhe Dover, e em seguida inclinou o chapéu para Loretta. "Senhorita."

Eles saíram, e então restaram apenas Joe, Loretta e o ruído da chuva da véspera pingando da calha da varanda na calçada. Enquanto bebericava seu café, Joe estudou Loretta. Ela havia perdido a luz incisiva que tinha nos olhos desde o dia em que tornara a sair da casa do pai, dois anos antes, tendo trocado o traje preto do luto de sua morte pelo traje branco do renascimento.

"Por que meu pai odeia tanto o senhor?"

"Eu sou um criminoso. Ele era comandante de polícia."

"Mas na época ele gostava do senhor. Chegou a apontar o senhor para mim certa vez quando eu ainda estava no ginásio e disse: 'Aquele ali é o prefeito de Ybor. Ele mantém a paz'."

"Ele disse isso, foi?"

"Foi, sim."

Joe bebeu um pouco mais de café. "Eram dias mais inocentes, acho eu."

Ela tomou um gole de seu próprio café. "Mas o que o senhor fez para merecer o rancor dele?"

Joe balançou a cabeça.

Foi a vez de ela o estudar durante um demorado e constrangedor minuto. Ele sustentou seu olhar enquanto ela perscrutava o seu. Perscrutava-o até que a luz se fez.

"Foi o senhor quem disse a ele como me encontrar."

Joe não respondeu nada, contraindo e soltando o maxilar.

"Foi o senhor." Ela aquiesceu e baixou os olhos para a mesa. "O que o senhor tinha?"

Ela o encarou por mais um desconfortável intervalo antes de ele responder.

"Fotografias."

"E as mostrou para ele."

"Mostrei-lhe duas."

"E quantas o senhor tinha?"

"Dezenas."

Ela tornou a baixar os olhos para a mesa, girou a xícara no pires. "Nós vamos todos para o inferno."

"Eu não acho."

"Não?" Ela tornou a girar a xícara. "O senhor sabe que verdade eu aprendi nestes últimos dois anos que passei pregando, desmaiando e lançando minha alma em direção a Deus?"

Joe fez que não com a cabeça.

"Que o paraíso é *aqui*." Ela indicou a rua, o telhado acima de suas cabeças. "Estamos nele agora."

"Então por que ele se parece tanto com o inferno?"

"Porque nós fodemos tudo." Seu sorriso doce e sereno retornou. "O paraíso é aqui. E está perdido."

Joe ficou surpreso com a intensidade do seu próprio luto pela perda de fé de Loretta. Por motivos que foi incapaz de explicar, tinha esperanças de que, se alguém tinha uma linha direta com o Todo-Poderoso, esse alguém era ela.

"Mas, quando a senhorita começou, *realmente* acreditava, não é?", perguntou-lhe ele.

Ela o encarou de volta com olhos límpidos. "A certeza era tanta que tinha de ser inspirada por Deus. Parecia que todo o meu sangue fora substituído por fogo. Não um fogo ardente, apenas um calor constante que nunca arrefecia. Acho que eu me sentia assim quando era criança. Sentia-me segura, amada, e tinha *certeza* de que era assim que a vida sempre seria. Eu sempre teria meu papai e minha mamãe, e o mundo todo seria igualzinho a Tampa, e todos saberiam o meu nome e me desejariam coisas boas. Mas eu cresci e fui para o Oeste. E, quando todas essas crenças se revelaram mentiras, quando eu percebi que não era especial, que não estava segura..." Ela virou os braços para lhe mostrar as marcas de agulha. "Reagi mal à notícia."

"Mas, depois que voltou para cá, depois das suas..."

"Provações?", sugeriu ela.

"Sim."

"Eu voltei, e meu pai expulsou minha mãe de casa, tirou o demônio de dentro de mim na porrada e me ensinou a rezar de novo ajoelhada e sem desejar ganhos pessoais. A rezar como suplicante. A rezar como pecadora. E a chama voltou. De joelhos, junto à cama que eu dormia quando menina. Eu tinha passado o dia inteiro de joelhos. Tinha passado a maior parte da semana acordada. E a chama encontrou meu sangue, encontrou meu coração, e eu tive *certeza* outra vez. Sabe quanta falta eu sentira dessa certeza? Mais do que de qualquer droga, qualquer comida, talvez mais até do que o Deus que supostamente me proporcionava essa certeza. Certeza, sr. Coughlin. Certeza. É a mentira mais linda de todas."

Nenhum dos dois disse nada por um tempo, tempo suficiente para Carmen reaparecer com mais duas xícaras de café para substituir a que eles haviam esvaziado.

"Minha mãe faleceu na semana passada. O senhor sabia?"

"Não sabia, Loretta, eu sinto muito."

Ela descartou suas desculpas com um aceno e bebeu um pouco de café. "As crenças do meu pai e as minhas a expulsaram de nossa casa. Ela costumava lhe dizer: 'Você não ama Deus. Você ama a ideia de ser especial para ele. Quer acreditar que ele o vê'. Quando eu soube da sua morte, entendi o que ela queria dizer. Eu não estava buscando conforto em Deus. Eu não *conheço* Deus. Só queria minha mamãe de volta." Ela fez que sim diversas vezes para si mesma.

Um casal entrou no café, e a sineta acima da porta soou enquanto Carmen saía de trás do balcão para acomodá-los.

"Não sei se existe um Deus." Ela ficou mexendo na asa da xícara. "Com certeza espero que sim. E espero que ele seja bom. Não seria bacana, sr. Coughlin?"

"Seria, sim", respondeu Joe.

"Eu não acredito que ele condene as pessoas ao fogo eterno por terem fornicado, como o senhor assinalou. Nem por acreditarem em uma versão dele um pouco fora dos padrões. Eu acredito, ou melhor, eu *quero* acreditar, que ele considera os piores pecados aqueles que cometemos em seu nome."

Ele a olhou com muita atenção. "Ou aqueles que cometemos contra nós mesmos no desespero."

"Ah", disse ela, jovial. "Eu não estou desesperada. O senhor está?"

Ele fez que não com a cabeça. "Nem um pouco."

"Qual é o seu segredo?"

Ele deu uma risadinha. "Esta conversa está um pouco íntima demais para um café."

"Eu quero saber. O senhor parece..." Ela correu os olhos pelo café, e por um fugidio instante um abandono selvagem atravessou seus olhos. "O senhor parece inteiro."

Ele sorriu e balançou a cabeça várias vezes.

"Parece, sim", disse ela.

"Não."

"*Parece, sim.* Qual é o segredo?"

Ele ficou mexendo no pires por alguns instantes, sem dizer nada.

"Vamos, sr. Cough..."

"Ela."

"Como?"

"Ela", repetiu Joe. "Graciela. Minha esposa." Ele a encarou do outro lado da mesa. "Também espero que exista um Deus. Espero sinceramente. Mas, se não existir, Graciela me basta."

"Mas e se o senhor a perder?"

"Não pretendo perdê-la."

"Mas e se perder?" Ela se aproximou da mesa.

"Nesse caso, eu seria só cabeça, nenhum coração."

Ficaram sentados em silêncio. Carmen se aproximou e tornou a encher suas xícaras, e Joe pôs mais um pouco de açúcar no café, olhou para Loretta, e sentiu um impulso poderoso e inexplicável de lhe dar um abraço e dizer que daria tudo certo.

"O que vai fazer agora?", indagou.

"Como assim?"

"A senhorita é um pilar desta cidade. Caramba, enfrentou a mim no auge do meu poder e venceu. A Klan não tinha conseguido. A lei tampouco. Mas a senhorita conseguiu."

"Não me livrei do álcool."

"Mas acabou com o jogo. E antes de a senhorita chegar estava tudo acertado."

Ela sorriu, e logo em seguida escondeu o sorriso com as mãos. "Eu fiz isso, não fiz?"

Joe sorriu junto com ela. "Sim, fez. Milhares de pessoas seguiriam a senhorita precipício abaixo, Loretta."

Ela deu uma risada chorosa e ergueu os olhos para o telhado de zinco. "Não quero que ninguém *me siga* a lugar nenhum."

"Já disse isso a eles?"

"Ele não ouve."

"Irv?"

Ela aquiesceu.

"Dê tempo a ele."

"Ele amava tanto a minha mãe que me lembro de vê-lo tremer às vezes, quando chegava perto demais dela. Tamanho seu desejo de tocá-la, sabe? Mas ele não podia, porque nós crianças estávamos presentes e não se fazia. Agora ela morreu e ele nem sequer foi ao enterro. Porque o Deus que ele imagina teria desaprovado. O Deus que ele imagina não compartilha. Meu pai passa todas as suas noites sentado na cadeira lendo a Bíblia, cego de raiva porque outros homens tiveram permissão para tocar sua filha do modo como ele costumava tocar sua mulher. E coisa pior." Ela chegou mais perto da mesa e esfregou um grão solto de açúcar com o indicador. "Fica andando pela casa à noite sussurrando a mesma palavra sem parar."

"Que palavra?"

"*Penitência.*" Ela ergueu os olhos para ele. "Penitência, penitência, penitência."

"Dê tempo a ele", repetiu Joe, porque não conseguiu pensar em mais nada para dizer.

Poucas semanas depois disso, Loretta voltou a usar branco. Suas pregações continuaram a atrair multidões. Ela havia acrescentado alguns novos recursos, porém — truques, diziam alguns com desdém: glossolalia, espumar pela boca. E falava com uma voz duas vezes mais arrebatada e duas vezes mais alta.

Certa manhã, Joe viu uma foto sua no jornal, pregando diante de uma reunião de fiéis do Conselho Geral das Assembleias de Deus no condado de Lee, e no início não a reconheceu, embora ela estivesse igualzinha.

O presidente Roosevelt assinou a Lei Cullen-Harrison na manhã de 23 de março de 1933, legalizando a fabricação e venda de cerveja e vinho com teor alcoólico não superior a 3,2 por cento. Até o fim do ano, prometeu FDR, a Décima Oitava Emenda Constitucional seria uma vaga lembrança.

Joe foi encontrar Esteban no Tropicale. Chegou atrasado, algo que não era do seu feitio, mas que vinha acontecendo bastante nos últimos tempos porque o relógio de seu pai começara a atrasar. Na semana anterior, havia perdido regularmente cinco minutos por dia. Agora perdia em média dez, às vezes quinze. Joe vivia pensando em mandar consertá-lo, mas isso significaria abrir mão do relógio enquanto durasse o conserto e, mesmo sabendo que era um sentimento irracional, ele não conseguia suportar essa ideia.

Quando Joe entrou no escritório dos fundos, Esteban estava emoldurando mais uma foto tirada em sua última ida a Havana, dessa vez na inauguração da Zoot, sua nova boate na Cidade Velha. Mostrou a fotografia a Joe — era bem parecida com todas as outras: grã-finos bêbados e bem-vestidos com suas bem-vestidas esposas, namoradas ou acompanhantes e uma ou outra dançarina, posando junto à banda, todos de olhos brilhantes e ar alegre. Joe mal olhou para a foto antes de emitir o assobio elogioso de praxe, e Esteban a virou de cabeça para baixo sobre o *passe-partout* que a aguardava em cima do vidro. Serviu-lhes dois drinques que pôs sobre a mesa entre os pedaços da moldura e começou a colá-los; de tão forte, o cheiro da cola chegava a suplantar o cheiro de tabaco do escritório, algo que Joe teria julgado impossível.

"Sorria", disse ele em determinado momento, e ergueu o copo. "Estamos prestes a nos tornar homens riquíssimos."

"Se Pescatore me liberar", disse Joe.

"Se ele relutar", disse Esteban, "nós o deixamos comprar uma participação em um negócio honesto."

"Ele nunca vai mudar de ramo."

"Ele está velho."

"Ele tem sócios. Tem filhos, caramba."

"Eu sei muito bem quem são esses filhos: um é pederasta, o outro viciado em ópio, e o terceiro espanca a mulher e as namoradas porque na verdade prefere homens."

"Certo, mas não acho que chantagem vá funcionar com Maso. E o trem dele chega amanhã."

"Já?"

"Pelo que eu soube."

"Ora. Eu passei a vida inteira negociando com gente igual a ele. Vamos dobrá-lo." Esteban tornou a erguer o copo. "Você vale o esforço."

"Obrigado", disse Joe, e dessa vez bebeu.

Esteban voltou a trabalhar na moldura.

"Nesse caso, sorria."

"Estou tentando."

"É Graciela, então."

"Sim."

"O que tem ela?"

Os dois haviam decidido não contar a ninguém antes de a gestação dela se tornar aparente. Nessa mesma manhã, antes de sair para o trabalho, ela havia apontado para a pequena bala de canhão que despontava por baixo do vestido e afirmado ter quase certeza de que o segredo, de uma forma ou de outra, não iria passar desse dia.

Assim, foi com um alívio surpreendentemente grande de um peso oculto que ele disse a Esteban: "Está grávida".

Os olhos de Esteban ficaram marejados, ele bateu palmas, e então deu a volta na mesa e abraçou Joe. Deu vários tapas em suas costas, com muito mais força do que Joe o imaginava capaz.

"Agora sim você é um homem", falou.

"Ah", disse Joe. "É essa a condição?"

"Nem sempre, mas no seu caso..." Esteban fez um gesto de vaivém com a mão, Joe lhe desferiu um soco de mentira, e Esteban chegou perto dele e tornou a abraçá-lo. "Estou muito feliz por você, amigo."

"Obrigado."

"Ela está radiante?"

"Sabe de uma coisa? Está. É estranho. Não consigo descrever. Mas sim, tem uma *energia* que emana dela de um jeito diferente."

Os dois brindaram à paternidade enquanto do outro lado das venezianas de Esteban, para lá dos luxuriantes jardins verdes, das luzinhas nas árvores e dos muros de pedra, mais uma noite de sexta-feira em Ybor começava.

"Você gosta daqui?"

"O quê?", perguntou Joe.

"Quando chegou, era muito branquinho. Tinha aquele corte de cabelos horrível de presidiário, e falava *muito* rápido."

Joe riu, e Esteban riu junto com ele.

"Sente falta de Boston?"

"Sinto", respondeu Joe, porque às vezes sentia de fato uma imensa saudade.

"Mas a sua casa agora é aqui."

Joe aquiesceu, embora surpreso ao se dar conta disso. "Acho que sim."

"Sei como você se sente. Eu não conheço o resto de Tampa. Nem mesmo depois de tantos anos. Mas conheço Ybor como conheço Havana, e não tenho certeza do que faria caso tivesse de escolher."

"Acha que Machado vai..."

"Machado já era. Talvez leve algum tempo. Mas ele já era. Os comunistas acham que podem substituí-lo, mas os Estados Unidos jamais permitiriam. Meus amigos e eu temos uma solução maravilhosa, um homem muito moderado, mas não tenho certeza de que alguém esteja preparado para moderação hoje em dia." Ele fez uma careta. "Vai obrigá-los a pensar demais. Vai lhes dar dor de cabeça. As pessoas gostam de polos opostos, não de sutilezas."

Ele encaixou o vidro do porta-retratos na moldura, pôs o quadrado de rolha atrás e passou mais cola. Retirou o excesso com uma toalhinha e deu um passo atrás para avaliar o trabalho. Quando ficou satisfeito, levou seus dois copos vazios para o bar e serviu mais um drinque a cada um.

Entregou a Joe seu copo. "Está sabendo sobre Loretta Figgis?"

Joe pegou o copo. "Alguém a viu andando sobre as águas do rio Hillsborough?"

Esteban o encarou, com a cabeça totalmente imóvel. "Ela se matou."

Isso imobilizou o drinque a meio caminho da boca de Joe. "Quando?"

"Ontem à noite."

"Como?"

Esteban balançou a cabeça várias vezes e voltou para trás da escrivaninha.

"Como, Esteban?"

O cubano olhou para seu jardim lá fora. "É de se imaginar que ela tenha voltado a usar heroína."

"Tá bom..."

"Caso contrário, teria sido impossível."

"Esteban", insistiu Joe.

"Ela cortou fora os próprios órgãos genitais, Joseph. E depois..."

"Puta merda", disse Joe. "Ah, não, puta merda."

"Depois cortou a própria traqueia."

Joe enterrou o rosto nas mãos. Viu-a no café um mês antes, viu-a ainda menina subindo os degraus do quartel da polícia com sua saia xadrez, suas meinhas brancas e seus sapatos de boneca, cheia de livros debaixo do braço. E então apenas imaginou, mas de forma duplamente vívida — ela se mutilando dentro de uma banheira cheia do próprio sangue, com a boca aberta em um grito impossível de calar.

"Foi na banheira?"

Esteban franziu o cenho para ele, curioso. "O que foi na banheira?"

"Foi na banheira que ela se matou?"

"Não." Esteban balançou a cabeça. "Foi na cama. Na cama do pai."

Joe tornou a cobrir o rosto com as mãos e as manteve ali.

"Por favor, me diga que não está se culpando", disse Esteban depois de algum tempo.

Joe não disse nada.

"Joseph, olhe para mim."

Joe abaixou as mãos e soltou uma longa expiração.

"Ela foi para o Oeste, e, como acontece com tantas outras garotas que fazem isso, outras pessoas abusaram dela. Não foi você quem abusou dela."

"Mas foram homens da mesma profissão que a nossa." Joe pousou o copo na borda da escrivaninha e pôs-se a andar de um lado para o outro do tapete, tentando encontrar as palavras certas. "Cada compartimento dessa coisa que nós fazemos se alimenta um do outro. O lucro da birita paga pelas garotas, e as garotas pagam pelos narcóticos necessários para viciar outras garotas e fazê-las trepar com desconhecidos para nós podermos lucrar. E, se por acaso essas garotas tentam largar o vício ou deixam de ser dóceis, elas apanham, Esteban. Você sabe disso. Se elas tentam largar o vício, tornam-se vulneráveis a algum policial inteligente. Então alguém corta a garganta delas e as joga dentro de um rio. E nós passamos os últimos dez anos fazendo chover balas em cima da concorrência e uns dos outros. E em troca de quê? Da porra do dinheiro."

"É esse o lado feio de viver fora da lei."

"Ah, cacete", disse Joe. "Nós não somos fora da lei. Somos gângsteres."

Esteban sustentou seu olhar por algum tempo, então falou: "Não dá para conversar quando você está assim". Virou a fotografia agora emoldurada sobre a mesa e pôs-se a observá-la. "Nós não somos responsáveis pelos outros, Joseph. Na verdade, é uma ofensa aos outros supor que eles não sejam capazes de olhar por si."

Loretta, pensou Joe. Loretta, Loretta. Nós tomamos de você, tomamos tanta coisa de você, e pensamos que de algum jeito você fosse seguir em frente sem as partes que roubamos.

Esteban estava apontando para a fotografia. "Veja só estas pessoas. Estão dançando, bebendo, *vivendo*. Porque amanhã elas podem estar mortas. Nós também podemos estar mortos amanhã, você e eu. Se um desses festeiros aqui, este homem, digamos..."

Esteban apontou para um cavalheiro com cara de buldogue usando uma casaca branca e com um grupo de mulheres enfileirado atrás dele como se estivessem prestes a levantar o patife gordote nos ombros, todas reluzentes de paetês e lamê.

"... fosse morrer voltando de carro para casa por estar embriagado demais de Suárez Reserva para ver direito, por acaso seria culpa nossa?"

Joe pôs-se a observar todas as belas mulheres atrás do homem com cara de buldogue, a maioria latina, com cabelos e olhos da mesma cor dos de Graciela.

"Seria culpa nossa?", repetiu Esteban.

Exceto uma. Uma mulher mais baixa, com o rosto virado para longe da câmera olhando para algo fora do quadro, como se alguém tivesse entrado no recinto e chamado seu nome na mesma hora em que a câmera disparou. Uma mulher com cabelos cor de areia e olhos claros como o inverno.

"O quê?", indagou Joe.

"Seria culpa nossa?", repetiu Esteban. "Se algum *mamón* decidisse..."

"Quando esta foto foi tirada?", perguntou Joe.

"Quando?"

"É, é. Quando?"

"Na inauguração da Zoot."

"E quando foi essa inauguração?"

"No mês passado."

Joe olhou para ele do outro lado da mesa. "Tem certeza?"

Esteban riu. "O restaurante é meu. É claro que eu tenho certeza."

Joe engoliu a bebida de uma vez só. "Não existe a possibilidade de esta foto ter sido tirada em outro momento e confundida com a que foi tirada no mês passado?"

"O quê? Não. Que outro momento?"

"Há uns seis anos, digamos."

Esteban fez que não com a cabeça, ainda rindo, mas seus olhos escureceram de preocupação. "Não, não, não, Joseph. Não. Esta foto foi tirada há um mês. Por quê?"

"Porque esta mulher aqui", Joe pôs o dedo em cima de Emma Gould, "está morta desde 1927."

PARTE III

TODOS OS FILHOS VIOLENTOS
1933-5

23

O CORTE DE CABELO

"Tem certeza de que é ela?", perguntou Dion no dia seguinte, no escritório de Joe.

No bolso interno do paletó, Joe pegou a fotografia que Esteban havia tornado a tirar da moldura na noite anterior. Colocou-a sobre a mesa em frente a Dion. "Diga-me você."

Os olhos de Dion passearam pela foto, prenderam-se em um ponto, e por fim se arregalaram. "Ah, sim, é ela mesma." Ele olhou de relance para Joe. "Já contou para Graciela?"

"Não."

"Por que não?"

"Você por acaso conta tudo para as suas mulheres?"

"Não conto porra nenhuma, mas você é mais maricas do que eu. E ela está esperando um filho seu."

"Verdade." Ele ergueu os olhos para o teto revestido de cobre. "Não contei ainda porque não sei como contar."

"É fácil", disse Dion. "Basta dizer: 'Meu amor, meu bem, querida, lembra-se daquela garota por quem eu era apaixonado antes de você? Aquela que eu lhe disse que tinha morrido? Bom, ela está viva, mora lá na sua cidade, e continua bem apetitosa. Falando em apetite, o que vai ter para o jantar?'."

Sal, em pé junto à porta, baixou os olhos para esconder uma risadinha.

"Está se divertindo?", perguntou Joe a Dion.

"Como nunca", respondeu Dion, fazendo a cadeira se sacudir com sua corpulência.

"D", disse Joe, "nós estamos falando em seis anos de raiva, seis anos de..." Joe lançou as mãos para o alto, incapaz de verbalizar o que estava sentindo. "Foi essa raiva que me fez sobreviver a Charlestown, foi ela que me fez pendurar Maso pelo pescoço de uma porra de um telhado, expulsar Albert White de Tampa, caramba, eu..."

"Você construiu um império por causa dessa raiva."

"É."

"Então, quando a vir", disse Dion, "agradeça a ela por mim."

A boca de Joe estava aberta, mas ele não conseguiu pensar em nada para dizer.

"Olhe aqui", disse Dion, "eu nunca gostei daquela guria. Você sabe disso. Mas ela com certeza arrumou um jeito de inspirar você, patrão. Só perguntei se tinha contado a Graciela porque *dela* eu gosto. E muito."

"Eu também gosto muito dela", disse Sal, e ambos olharam para ele. Sal ergueu a mão direita, segurando a Thompson com a esquerda. "Desculpe."

"Nós temos certa liberdade porque costumávamos sair na mão quando éramos pequenos", disse-lhe Dion. "Para você, ele é sempre o patrão."

"Não vai se repetir."

Dion tornou a se virar para Joe.

"Nós não saíamos na mão quando éramos pequenos", disse Joe.

"É claro que saíamos."

"Não", disse Joe. "Era sempre você quem me surrava."

"Você me acertou com um tijolo."

"Para você parar de bater em mim."

"Ah." Dion passou alguns instantes calado. "Eu ia dizer alguma coisa."

"Quando?"

"Quando entrei pela porta. Ah, sim, precisamos falar sobre a visita de Maso. E você ouviu falar no que Irv Figgis fez?"

"Fiquei sabendo sobre Loretta, sim."

Dion fez que não com a cabeça. "Todos nós ficamos sabendo sobre Loretta. Mas sabia que ontem à noite Irv apareceu no bar de Arturo? Parece que foi onde Loretta comprou a última ampola de droga na noite de anteontem."

"Tá..."

"Bom, Irv quase matou Arturo de porrada."

"Não."

Dion assentiu. "Não parava de dizer: 'Penitência, penitência', e de baixar o sarrafo como se os punhos dele fossem duas porras de pistões. Arturo talvez perca um olho."

"Que merda. E Irv?"

Dion girou o indicador junto à têmpora. "Foi levado para dois meses em observação no manicômio de Temple Terrace."

"Meu Deus do céu, o que fizemos com essas pessoas?", indagou Joe.

O rosto de Dion escureceu até ficar escarlate. Ele se virou e apontou para Sal Urso. "Você nunca viu porra nenhuma aqui, entendeu?"

"Ver o quê?", indagou Sal, e Dion deu um tapa na cara de Joe.

Um tapa tão forte que Joe foi projetado contra a escrivaninha. Ele ricocheteou, e já voltou com o 32 apontado para a papada sob o queixo de Dion.

"Não vou ver você entrar em outro encontro de vida ou morte sabendo que está meio torcendo para morrer por causa de uma coisa com a qual não teve nada a ver", disse Dion. "Quer me matar com um tiro aqui e agora?", Dion abriu bem os braços. "Pode puxar a porra do gatilho."

"Acha que eu não vou puxar?"

"Não estou *nem aí* se puxar", disse Dion. "Porque não vou ver você tentar se matar uma segunda vez. Você é meu irmão. Está me entendendo, seu irlandês burro de merda? Você. Mais do que Seppi ou Paolo, que Deus os tenha. Você. E eu não posso perder mais um irmão. Não posso."

Dion segurou o pulso de Joe com força, dobrou o dedo

por cima do dedo de Joe que estava no gatilho, e enterrou o cano da pistola ainda mais fundo nas dobras do próprio pescoço. Fechou os olhos e retesou os lábios contra os dentes.

"A propósito, quando é que você vai para lá?"

"Para onde?"

"Para Cuba."

"Quem disse que eu vou para lá?"

Dion franziu o cenho. "Você acabou de descobrir que uma garota morta por quem era completamente doido está viva e morando uns quinhentos quilômetros ao sul daqui, e vai ficar aí *sentado em cima* dessa informação?"

Joe afastou a pistola e tornou a guardá-la no coldre. Reparou que Sal estava branco feito um lençol e molhado feito uma toalha de barbeiro. "Irei logo depois dessa reunião com Maso. Você sabe como o velho pode ser falastrão."

"Foi sobre isso que eu vim falar." Dion abriu o caderninho de capa de couro que carregava consigo por toda parte e folheou as páginas. "Tem várias coisas que não me agradam nessa história."

"Como por exemplo?"

"O fato de ele e os capangas terem reservado meio trem para descer até aqui. É uma comitiva e tanto."

"Ele é velho... a enfermeira tem de acompanhá-lo o tempo todo, talvez um médico também, e ele tem quatro guarda-costas em tempo integral."

Dion concordou. "Bom, ele está trazendo pelo menos vinte caras. Não devem ser vinte enfermeiras. Reservou o Hotel Romero na Oitava Avenida. O hotel inteiro. Por quê?"

"Por segurança."

"Mas ele sempre fica no Tampa Bay. E reserva só um andar. Isso basta para garantir a segurança dele. Por que reservar um hotel inteiro no centro de Ybor?

"Acho que ele está ficando mais paranoico", disse Joe.

Perguntou-se o que iria dizer a ela quando a visse. *Lembra de mim?*

Ou seria essa pergunta demasiado cafona?

"Patrão, escute o que estou dizendo por um segundo", disse Dion. "Ele não pegou o trem direto para cá. Primeiro pegou o Central de Illinois. Depois parou em Detroit, Kansas City, Cincinnati e Chicago."

"Certo. Onde ficam baseados todos os seus sócios no ramo do uísque."

"É também onde ficam baseados todos os patrões. Todos os que importam fora de Nova York e Providence, e adivinhe onde ele esteve quinze dias atrás?"

Joe olhou para o amigo do outro lado da escrivaninha. "Nova York e Providence."

"Exato."

"O que você está pensando, então?"

"Não sei."

"Acha que ele está consultando o país inteiro para pedir permissão para nos eliminar?"

"Pode ser."

Joe balançou a cabeça. "Não faz sentido, D. Em cinco anos, nós quadruplicamos os lucros da organização. Quando chegamos aqui, esta cidade era uma porra de uma zona rural. E no ano passado nós tiramos o quê, líquido? Onze milhões só de rum?"

"Onze e meio", corrigiu Dion. "E fizemos mais do que quadruplicar."

"Então por que detonar uma operação sadia? Eu não compro aquela história dele de 'Joseph, você é como um filho para mim', não mais do que você. Mas ele respeita os números. E os nossos números são de primeira categoria."

Dion aquiesceu. "Concordo que não faz sentido nos eliminar. Mas não estou gostando desses indícios. Não estou gostando da sensação que eles causam na minha barriga."

"Foi a *paella* que você comeu ontem à noite."

Dion lhe exibiu um sorriso débil. "Claro. Talvez seja isso."

Joe se levantou. Afastou as vezenianas e olhou para o

chão de fábrica lá embaixo. Dion estava preocupado, mas Dion era pago para se preocupar. Ou seja, estava fazendo seu trabalho. No final das contas, Joe sabia, todo mundo naquele ramo fazia o que podia para ganhar o máximo de dinheiro que pudesse ganhar. Era simples assim. E Joe ganhava dinheiro. Sacos e mais sacos de dinheiro subiam a Costa Leste junto com as garrafas de rum para rechear o cofre da mansão de Maso em Nahant. A cada ano, Joe produzia mais dinheiro do que no ano anterior. Maso era implacável, e tinha ficado um pouco menos previsível desde a piora em sua saúde. Mas era acima de tudo ganancioso. E Joe alimentava essa ganância. Mantinha a barriga de Maso aquecida e cheia. Não havia nenhum motivo lógico para Maso correr o risco de passar fome outra vez para substituir Joe. E por que substituir Joe? Ele não havia cometido transgressão alguma. Não havia roubado nada. Não representava nenhuma ameaça ao poder de Maso.

Joe se virou da janela. "Faça o que tiver de fazer para garantir minha segurança nessa reunião."

"Não posso garantir sua segurança na reunião", disse Dion. "É esse o meu problema. Ele vai fazer você entrar em um prédio onde comprou todos os quartos. Eles provavelmente estão passando o pente-fino lá neste exato instante, para eu não poder infiltrar ninguém nem poder esconder armas em lugar nenhum, nada. Você vai entrar às cegas. E nós vamos ficar do lado de fora, igualmente às cegas. Se eles decidirem que você não vai sair daquele prédio..." Dion bateu no tampo da escrivaninha várias vezes com o indicador. "Você não vai sair daquele prédio e pronto."

Joe passou um bom tempo observando o amigo. "O que deu em você?"

"Uma intuição."

"Intuição não é fato", disse Joe. "E os fatos são que me matar não rende nenhuma porcentagem. Não beneficia ninguém."

"Que você saiba."

* * *

O Hotel Romero ficava em um prédio de tijolos vermelhos de dez andares, na esquina da Oitava Avenida com a rua Dezessete. Sua clientela consistia em viajantes comerciais que não eram importantes o suficiente para que suas empresas os hospedassem no Hotel Tampa. Era um hotel perfeitamente razoável — todos os quartos tinham privada e pia, e os lençóis eram trocados dia sim, dia não; o serviço de quarto ficava disponível pela manhã e nas noites de sexta e sábado —, mas de forma alguma palaciano.

Joe, Sal e Lefty foram recebidos na porta da frente por Adamo e Gino Valocco, dois irmãos da Calábria. Joe já conhecia Gino da penitenciária de Charlestown, e os dois atravessaram o lobby conversando.

"Onde está morando agora?", indagou Joe.

"Em Salem", respondeu Gino. "Não é mau."

"Sossegou o facho?"

Gino aquiesceu. "Encontrei uma boa moça italiana. Já temos dois filhos."

"Dois?", comentou Joe. "Você trabalha depressa."

"Gosto de família grande. E você?"

Joe não iria revelar sua paternidade iminente para uma porra de um assassino de aluguel, por mais agradável que fosse a sua prosa. "Ainda estou pensando no assunto."

"Não espere demais", disse Gino. "Precisa de energia para quando eles forem pequenos."

Aquela era uma das coisas sobre aquele ramo que Joe sempre achara encantadora e absurda ao mesmo tempo: cinco homens andando até um elevador, quatro deles com metralhadoras na mão, todos armados com pistolas, e dois perguntando um ao outro sobre mulheres e filhos.

No elevador, Joe manteve Gino falando mais um pouco sobre os filhos enquanto tentava farejar alguma armadilha. Quando entraram no elevador, quaisquer ilusões que pudessem ter quanto a uma rota de fuga se extinguiram.

Mas não passavam disso: ilusões. Uma vez ultrapassada

a porta da frente, eles tinham aberto mão de sua liberdade. Aberto mão da própria vida caso Maso, por algum motivo demente que Joe não conseguia entender, quisesse acabar com elas. O elevador era apenas a caixa menor dentro da caixa maior. Mas o fato de que estavam dentro de uma caixa era indiscutível.

Talvez Dion estivesse certo.

E talvez Dion estivesse errado.

Só havia um jeito de saber.

Deixaram os irmãos Valocco para trás e entraram no elevador. O ascensorista era Ilario Nobile, permanentemente emaciado e amarelado pela hepatite, mas um mágico em se tratando de armas. Diziam que ele era capaz de acertar um tiro de fuzil no traseiro de uma pulga durante um eclipse solar, e de assinar o próprio nome no peitoril de uma janela usando uma Thompson sem quebrar uma só vidraça.

Enquanto subiam até o último andar, o papo de Joe com Ilario foi tão descontraído como o que tivera com Gino Valocco. No caso de Ilario, o truque era falar sobre seus cachorros. Ele criava *beagles* em sua casa de Revere, e tinha a reputação de produzir cães de temperamento dócil e orelhas extremamente macias.

Assim que a cabine começou a subir, porém, Joe tornou a se perguntar se Dion havia de fato farejado alguma coisa. Os irmãos Valocco e Ilario Nobile eram atiradores conhecidos. Não eram brutamontes nem homens inteligentes. Eram assassinos.

No saguão do nono andar, porém, a única outra pessoa que os aguardava era Fausto Scarfone, outro artífice das armas, sem dúvida, mas que estava sozinho, o que deixou a partida empatada durante a espera no corredor — dois homens de Maso contra dois de Joe.

O próprio Maso veio abrir a porta da Suíte Gaspiralla, a mais luxuosa do hotel. Deu um abraço em Joe e segurou seu rosto com as mãos ao beijar sua testa. Tornou a abraçá-lo, e lhe deu vários tapinhas com força nas costas. "Como vai, meu filho?"

"Muito bem, sr. Pescatore. Obrigado por perguntar."

"Fausto, veja se os homens dele precisam de alguma coisa."

"Tiro as armas dele, sr. Pescatore?"

Maso franziu o cenho. "É claro que não. Acomodem-se, cavalheiros. Não devemos demorar muito." Maso apontou para Fausto. "Se alguém quiser um sanduíche ou algo assim, ligue para o serviço de quarto. Peça qualquer coisa que esses rapazes desejarem."

Ele conduziu Joe para dentro da suíte e fechou as portas atrás deles. Uma sequência de janelas dava para um beco e para o prédio de tijolos amarelos contíguo, um fabricante de pianos que falira em 1929. Tudo o que restava era seu nome, HORACE R. PORTER, já meio apagado no tijolo, e uma porção de janelas lacradas com tábuas de madeira. As outras, porém, não tinham vista para nada que fizesse os hóspedes pensarem na Depressão. Davam para Ybor e para os canais que conduziam à baía de Hillsborough.

No meio da área de estar, quatro poltronas estavam dispostas em volta de uma mesa de centro de carvalho. Um bule de prata de lei e uma jarrinha de creme e açucareiro do mesmo feitio ocupavam o centro da mesa. Havia também uma garrafa de licor de anis e três copinhos já servidos com a bebida. O filho do meio de Maso, Santo, estava sentado à sua espera, com os olhos erguidos para Joe enquanto se servia uma xícara de café e pousava a xícara ao lado de uma laranja.

Santo Pescatore tinha trinta e um anos de idade e todos o chamavam de Digger, "escavador", embora ninguém se lembrasse mais do que tinha motivado o apelido, nem mesmo o próprio Santo.

"Santo, lembra de Joe?"

"Sei lá. Talvez." Ele meio que se levantou da poltrona e cumprimentou Joe com um aperto de mão flácido e úmido. "Pode me chamar de Digger."

"Prazer em revê-lo." Joe sentou-se de frente para ele, e Maso deu a volta na mesa e foi se sentar ao lado do filho.

Digger descascou a laranja e foi jogando a casca em cima da mesa. Seu rosto comprido exibia uma careta permanente de desconfiança envergonhada, como se ele houvesse acabado de escutar uma piada que não entendera. Tinha cabelos curtos encaracolados já meio ralos na frente, queixo e pescoço carnudos e os mesmos olhos do pai, escuros e pequeninos como pontas de lápis afiadas. No entanto, havia algo de opaco nele. Digger não tinha o mesmo charme nem a mesma astúcia do pai, pois nunca havia precisado deles.

Maso serviu uma xícara de café para Joe e a passou para ele por cima da mesa. "Como tem passado?"

"Muito bem. E o senhor?"

Maso moveu a mão de um lado para o outro. "Dias bons, outros ruins."

"Espero que mais bons do que ruins."

Maso ergueu um dos copinhos de licor de anis para brindar a isso. "Até agora, até agora. *Salud*."

Joe também ergueu um dos copos. "*Salud*."

Maso e Joe beberam. Digger jogou um gomo de laranja na boca e pôs-se a mastigar de boca aberta.

Joe pensou, não pela primeira vez, que para um negócio tão violento aquele contava com um número surpreendente de homens normais — homens que amavam as esposas, que levavam os filhos para passear no sábado à tarde, homens que consertavam seus carros, contavam piadas na lanchonete do bairro, preocupavam-se com o que suas mães pensavam sobre eles e iam à igreja pedir o perdão de Deus por todas as coisas terríveis que tinham de entregar a César de modo a pôr comida na mesa.

No entanto, era também um ramo povoado por um número equivalente de porcos. Broncos cruéis cujo principal talento era sentir por seus semelhantes o mesmo que sentiam por uma mosca agonizando no peitoril da janela ao final do verão.

Digger Pescatore pertencia ao segundo grupo. Como muitos da sua raça que Joe já conhecera, era filho de um dos pais fundadores daquela coisa à qual todos eles se viam entrelaçados, colados, subordinados.

Ao longo dos anos, Joe tinha conhecido todos os três filhos de Maso. Conhecera Buddy, o único filho de Tim Hickey. Conhecera os filhos de Cianci em Miami, de Barrone em Chicago e de DiGiacomo em Nova Orleans. Todos os pais eram homens temíveis que haviam construído a própria história. Donos de uma força de vontade inquebrantável, de alguma visão, e sem um pingo de compaixão. Mas todos homens, sem sombra de dúvida.

E todos os filhos, sem exceção, pensou Joe enquanto o barulho da mastigação de Digger dominava o recinto, eram um puta constrangimento para a raça humana.

Enquanto Digger comia sua laranja, depois uma segunda, Maso e Joe conversaram sobre a viagem de trem de Maso, sobre o calor, sobre Graciela e sobre o bebê que iria nascer.

Quando todos esses assuntos se exauriram, Maso sacou um jornal que estava enfiado na poltrona ao seu lado. Pegou a garrafa, deu a volta na mesa e sentou-se ao lado de Joe. Serviu mais duas doses de licor e abriu o *Tampa Tribune*. O rosto de Loretta Figgis os encarou de volta abaixo da manchete:

A MORTE DA MADONA

"Foi essa a garota que nos causou todos aqueles problemas no cassino?"

"Ela mesma."

"Então por que não a matou?"

"Teria causado repercussão demais. O estado inteiro estava de olho."

Maso separou um gomo de laranja da casca. "Verdade, mas não foi esse o motivo."

"Não?"

Maso fez que não com a cabeça. "Por que não matou o fabricante de bebida ilegal como mandei que matasse em 32?"

"Turner John?"

Maso confirmou.

"Porque nós chegamos a um acordo."

Maso balançou a cabeça. "Sua ordem não era chegar a um acordo. Sua ordem era matar o filho da puta. E o motivo pelo qual você não fez isso foi o mesmo pelo qual não matou essa *puttana pazzo*... porque você não é um assassino, Joseph. O que constitui um problema."

"Ah, é? Desde quando?"

"A partir de agora. Você não é um gângster."

"Está tentando não me magoar, Maso?"

"Você é um fora da lei, um bandido de terno. E agora ouvi dizer que está pensando em seguir as leis."

"Estou só pensando."

"Então não vai se importar se eu o substituir aqui?"

Por algum motivo, Joe sorriu. Deu uma risadinha. Encontrou seus cigarros e acendeu um. "Quando eu cheguei aqui, Maso, sabe quanto esta operação rendia, bruto? Um milhão por ano."

"Eu sei."

"E sabe quanto rende *desde* que eu cheguei aqui? Em média, quase onze milhões."

"Mas é quase tudo por causa do rum. Essa época está acabando. Você deixou pra lá as garotas e os narcóticos."

"Deixei pra lá o caralho", disse Joe.

"Como disse?"

"Eu me concentrei no rum porque era mais lucrativo, sim. Mas as nossas vendas de narcóticos subiram sessenta e cinco por cento. Quanto às garotas, nós abrimos quatro casas desde que vim para cá."

"Mas poderiam ter aberto mais. E as putas dizem que raramente apanham."

Joe se pegou baixando os olhos para a mesa e encarando o rosto de Loretta, depois tornando a erguê-los e baixando-os outra vez. Foi a sua vez de expirar ruidosamente. "Maso, eu..."

"Sr. Pescatore", disse Maso.

Joe não disse nada.

"Joseph", disse Maso, "nosso amigo Charlie quer fazer algumas mudanças na forma como estamos administrando nossa operação."

"Nosso amigo Charlie" era Lucky Luciano, de Nova York. O rei, em suma. O imperador vitalício.

"Que mudanças?"

"Levando em consideração que o braço direito de Lucky é um judeuzinho de merda, as mudanças são meio irônicas, injustas até. Não vou mentir para você."

Joe deu um sorriso tenso para Maso e esperou o velho prosseguir.

"Charlie quer os cargos mais altos ocupados por italianos, e só por italianos."

Maso não estava brincando; aquilo era o auge da ironia. Todos sabiam que, por mais inteligente que Lucky Luciano fosse — e ele era inteligente à beça —, nada seria sem Meyer Lansky. Judeu do Lower East Side, Lansky fizera mais do que qualquer outra pessoa naquela organização à qual todos eles pertenciam para transformar um ajuntamento de pequenos negócios em uma corporação.

A questão, porém, era que Joe não tinha o menor desejo de chegar ao topo. Estava feliz com sua pequena operação local.

Foi o que disse a Maso.

"Você é excessivamente modesto", disse este.

"Não sou, não. Eu domino Ybor. E o rum, sim, mas isso acabou, como o senhor disse."

"Você domina bem mais do que Ybor e bem mais do que Tampa, Joseph. Todo mundo sabe disso. Você domina a costa do golfo daqui até Biloxi. Domina as rotas de distribuição daqui até Jacksonville, e metade das que vão para o Norte. Eu conferi as contas. Você nos transformou em uma potência aqui no Sul."

Em vez de dizer *E é assim que o senhor me agradece?*, Joe disse: "Então, se eu não posso tocar a operação porque Charlie disse: 'Não aceitamos irlandeses', o que posso ser?".

"O que eu mandar." A frase foi de Digger, que havia terminado de comer a segunda laranja e estava limpando as palmas pegajosas nas laterais da poltrona.

Maso lançou a Joe um olhar de "não dê bola para ele" e disse: "*Consigliere.* Você fica com Digger para lhe ensinar os macetes, apresentá-lo às pessoas da cidade, quem sabe lhe ensinar a jogar golfe ou pescar".

Digger encarou Joe com seus olhos miúdos. "Eu já sei fazer a barba e amarrar os sapatos."

Joe quis responder: *Mas precisa pensar antes, não é?*

Maso deu um único tapinha no joelho de Joe. "Vai ter que dar um cortezinho de cabelo, em termos financeiros. Mas não se preocupe, vamos entrar no porto à força neste verão e dominar aquela porra toda, e vai haver muito trabalho, prometo."

Joe assentiu. "Que tipo de corte de cabelo?"

"Digger vai ficar com a sua parte", disse Maso. "Você forma uma equipe e fica com o que conseguir arrecadar, menos o nosso tributo."

Joe olhou para as janelas. Passou alguns instantes observando as que davam para o beco. Em seguida, as que davam para a baía. Contou lentamente de trás para a frente a partir de dez. "Está me rebaixando a chefe de bando?"

Maso deu outro tapinha em seu joelho. "É uma reorganização, Joseph. Por ordens de Charlie Luciano."

"Charlie disse: 'Substitua Joe Coughlin em Tampa'."

"Charlie disse: 'Nenhum não italiano no topo'." Sua voz continuava suave, bondosa até, mas Joe pôde ouvir uma certa frustração se insinuar no timbre.

Demorou alguns instantes para manter o controle sobre a própria voz, pois sabia a rapidez com que Maso era capaz de despir a máscara de velho cavalheiro cortês e revelar o canibal selvagem que havia por trás.

"Maso, acho que é uma ótima ideia fazer Digger usar a coroa. E nós dois juntos? Vamos dominar o estado, dominar até Cuba. Eu tenho contatos para fazer isso. Mas a minha parte precisa continuar *próxima* do que é hoje. Se eu for demovido a chefe de bando, quanto vou ganhar? Talvez um décimo do que ganho hoje. E como é que vou fechar meu mês com isso? Extorquindo sindicatos de estivadores e donos de fábricas de charutos? Não há poder nenhum nessas coisas."

"Talvez a ideia seja essa." Digger sorriu pela primeira vez, deixando à mostra um pedaço de laranja preso nos dentes de cima. "Já pensou nisso, espertinho?"

Joe olhou para Maso.

Maso o encarou de volta. "Eu construí isto aqui", disse Joe.

Maso aquiesceu.

"Tirei desta cidade dez ou onze vezes mais do que Lou Ormino estava ganhando para você, porra", disse Joe.

"Porque eu deixei", retrucou Maso.

"Porque o senhor precisava de mim."

"Ei, espertinho, ninguém *precisa* de você", disse Digger.

Maso fez um gesto de quem afaga o ar entre si e o filho, o tipo de gesto tranquilizador que se usa com um cão. Digger se recostou na cadeira e Maso se virou para Joe. "Nós podemos usar você, Joseph. Podemos, mesmo. Mas estou sentindo uma falta de gratidão."

"Eu também."

Dessa vez, a mão de Maso se imobilizou sobre seu joelho e apertou. "Você trabalha para mim. Não para si mesmo, nem para os cucarachos ou crioulos com os quais decidiu se cercar. Se eu o mandar limpar a merda que caguei na privada, adivinha o que você vai fazer?" Ele sorriu, e sua voz saiu mais branda do que nunca. "Se eu sentir vontade, mato aquela piranha da sua namorada e queimo sua casa até o chão. Você sabe disso, Joseph. Seus olhos ficaram um pouco maiores do que a barriga aqui no Sul, só isso. Não é a primeira vez que vejo isso acontecer." Ele retirou a mão do joelho de Joe e a usou para dar um tapinha em seu rosto. "Então, quer ser chefe de bando? Ou quer limpar a merda da minha privada em dia de caganeira? Estou com vagas abertas para os dois cargos."

Se Joe aceitasse, teria alguns dias de dianteira para conversar com todos os seus contatos, reunir suas forças e dispor corretamente as peças no tabuleiro de xadrez. Enquanto Maso e seus capangas estivessem a bordo do trem voltando para o Norte, Joe iria de avião a Nova York, falaria com o próprio Luciano, poria um balancete em cima de sua mesa e lhe mostraria o que Joe poderia arrecadar para ele em comparação com o que um retardado como Digger Pescatore iria perder. A probabilidade de Lucky ver a luz e de eles conseguirem superar aquela situação com um derramamento de sangue mínimo era excelente.

"Quero ser chefe de bando", disse Joe.

"Ah, meu garoto", disse Maso com um largo sorriso. Beliscou as bochechas de Joe. "Meu garoto."

Quando Maso se levantou da poltrona, Joe se levantou também. Os dois apertaram-se as mãos. Abraçaram-se. Maso beijou-lhe as duas faces nos mesmos pontos em que as havia beliscado.

Joe apertou a mão de Digger e lhe disse quanto estava animado para trabalhar com ele.

"*Para* mim", lembrou-lhe Digger.

"Certo, para você", disse Joe.

Encaminhou-se para a porta.

"Jantamos hoje?", perguntou Maso.

Joe parou junto à porta. "Claro. Que tal às nove no Tropicale?"

"Parece ótimo."

"Tá bom. Vou reservar a melhor mesa."

"Maravilha", disse Maso. "E cuide para que ele esteja morto até lá."

"O quê?" Joe tirou a mão da maçaneta. "Ele quem?"

"Seu amigo." Maso serviu-se uma xícara de café. "O grandão."

"Dion?"

Maso confirmou.

"Ele não fez nada", disse Joe.

Maso ergueu os olhos para ele.

"Estou esquecendo alguma coisa?", indagou Joe. "Ele tem arrecadado bastante e tem sido um ótimo atirador."

"Ele é um delator", disse Maso. "Há seis anos, delatou você. Isso significa que daqui a seis minutos, seis dias, seis meses, vai delatar de novo. Não posso ter um delator trabalhando para meu filho."

"Não", disse Joe.

"Não?"

"Não, ele não me delatou. Foi o irmão dele. Eu já lhe disse."

"Eu sei o que você me disse, Joseph. Sei também que você mentiu. Eu lhe autorizo uma mentira." Ele ergueu o indicador enquanto punha creme no café. "Você já contou a sua. Mate aquele monte de merda antes do jantar."

"Maso, escute", disse Joe. "Foi o irmão dele. Tenho certeza absoluta."

"Tem?"

"Tenho."

"Não está mentindo para mim?"

"Não estou mentindo para você."

"Porque sabe o que significa se estiver."

Meu Deus, pensou Joe, você veio até aqui roubar minha operação para o babaca inútil do seu filho. Roube logo.

"Eu sei o que significa", falou.

"Está insistindo na sua versão." Maso largou um torrão de açúcar dentro da xícara.

"Estou insistindo porque não é uma versão. É a verdade."

"Toda a verdade e nada além da verdade?"

Joe fez que sim. "Toda a verdade e nada além da verdade."

Maso balançou a cabeça devagar, com tristeza, e a porta atrás de Joe se abriu e Albert White adentrou o recinto.

24

COMO SE ENCARA O PRÓPRIO FIM

A primeira coisa que Joe percebeu em relação a Albert White foi quanto ele tinha envelhecido em três anos. Os ternos brancos e creme e as polainas de cinquenta dólares eram coisa do passado. Os sapatos que ele calçava eram pouco melhores do que o papelão usado pelas pessoas que moravam nas ruas e barracas agora espalhadas por todo o país. As lapelas do terno marrom estavam puídas, os cotovelos, gastos. Seu corte de cabelo era do tipo que se faz em casa, obra de uma esposa ou filha distraída.

A segunda coisa que Joe percebeu foi que ele segurava a Thompson de Sal Urso na mão direita. Reconheceu a arma de Sal pelas marcas da culatra. Sal tinha mania de ficar esfregando a culatra com a mão esquerda quando estava sentado com a Thompson no colo. Ainda usava a aliança de casado, muito embora a esposa houvesse contraído tifo em 1923, não muito antes de ele chegar a Tampa e começar a trabalhar para Lou Ormino. Quando Sal esfregava a Thompson, o anel arranhava o metal. Agora, depois de anos com aquela arma no colo, não restava mais quase nada do banho azul que o recobria.

Albert levou a metralhadora ao ombro enquanto atravessava a sala até Joe. Avaliou seu terno de três peças.

"Anderson and Sheppard?", indagou.

"H. Huntsman", respondeu Joe.

Albert aquiesceu. Abriu a aba esquerda do próprio paletó para Joe poder admirar a etiqueta: Kresge's. "Minha maré virou um pouco desde a última vez em que estive aqui."

Joe não disse nada. Não havia nada a dizer.

"Voltei para Boston. Quase virei mendigo, acredita? Porra, Joe, eu era vendedor de lápis. Mas então esbarrei com Beppe Nunnaro em um pequeno porão do lado norte da cidade. Beppe e eu éramos amigos antigamente. Muito antigamente, antes de toda essa série de mal-entendidos lamentáveis com o sr. Pescatore. E Beppe e eu começamos a conversar, Joe. O seu nome não surgiu na mesma hora, mas o de Dion sim. Beppe era vendedor de jornais com Dion e o irmão burro de Dion, Paolo. Sabia disso?

Joe assentiu.

"Então você decerto sabe o rumo que esta prosa vai tomar. Beppe disse que conheceu Paolo durante quase toda a vida, e que achava muito difícil acreditar que ele fosse capaz de trair alguém, ainda mais o próprio irmão e o filho de um capitão de polícia em um assalto a banco." Albert passou o braço pelo pescoço de Joe. "E *eu* então falei: 'Paolo não traiu ninguém. Quem traiu foi Dion. Eu sei, porque foi *para mim* que ele traiu'." Albert andou até a janela que dava para o beco e para o finado armazém de pianos de Horace Porter. Joe não teve escolha a não ser andar junto com ele. "Nessa hora, Beppe achou que poderia ser uma boa ideia eu conversar com o sr. Pescatore." Os dois pararam junto à janela. "E assim chegamos a este momento. Mãos para cima."

Joe obedeceu, e Albert o revistou enquanto Maso e Digger se aproximavam e iam se postar junto às janelas. Ele tirou o Savage 32 de trás das costas de Joe, o revólver de um tiro só de cima do tornozelo direito e o canivete de mola do sapato esquerdo.

"Algo mais?", perguntou Albert.

"Em geral isso basta", respondeu Joe.

"Engraçadinho até o último segundo." Albert passou o braço em volta dos ombros de Joe.

"A questão em relação ao sr. White, Joe, como você já deve ter entendido...", disse Maso.

"Que questão é essa, Maso?"

"É que ele conhece Tampa." Maso arqueou uma das grossas sobrancelhas para Joe.

"O que torna você bem menos 'indispensável'", disse Digger. "Seu puto imbecil."

"Olhe o palavreado", disse Maso. "É mesmo necessário?"

Todos se viraram de volta para a janela, como crianças esperando a cortina se abrir em um espetáculo de marionetes.

Albert ergueu a Tommy em frente a seus rostos. "Bela arma. Soube que você conhece o dono."

"Conheço." Joe ouviu a tristeza na própria voz. "Conheço, sim."

Ficaram de frente para a janela por cerca de um minuto até Joe ouvir o grito e a sombra despencar pela parede de tijolo amarelo à sua frente. O rosto de Sal passou voando pela janela, os braços se agitando desesperadamente no ar. E então ele parou de cair. Sua cabeça deu um tranco para cima e seus pés subiram em direção ao queixo na hora em que a corda partiu seu pescoço. O corpo bateu no prédio duas vezes, e então se pôs a rodopiar dependurado na corda. A ideia, imaginou Joe, devia ter sido enforcar Sal bem na sua frente, mas alguém havia calculado mal o comprimento da corda, ou quem sabe o efeito do peso de um homem na ponta. Assim, os quatro se pegaram olhando para o alto de sua cabeça quando o corpo ficou pendurado entre o nono e o oitavo andar.

Acertaram o tamanho da corda de Lefty, porém. Ele chegou sem gritar, as mãos livres segurando o nó da corda. Tinha uma expressão resignada, como se alguém houvesse acabado de lhe contar um segredo que ele nunca quisera escutar, mas que sempre imaginara fosse chegar a seus ouvidos. Como ele aliviou o peso da corda com as mãos, seu pescoço não quebrou. Ele surgiu na frente deles como algo materializado por um mágico. Deu alguns pulinhos para cima e para baixo, e então ficou pendurado. Chutou as janelas. Seus movimentos não eram desesperados nem frenéticos. Eram estranhamente precisos, atléticos, e a expressão de seu rosto nunca mudou, nem mesmo quando ele os viu olhando. Seguiu puxando a corda ao mesmo tempo que a cartilagem da traqueia fazia pressão por cima das bordas e que a língua escapava da boca por cima do lábio inferior.

Joe viu a luz se esvair de dentro dele, primeiro devagar, depois toda de uma vez. A luz abandonou Lefty como um passarinho hesitante. No entanto, depois de sair, voou bem depressa e bem alto. O único alento que Joe obteve de tudo aquilo foi que os olhos de Lefty, bem no final, se fecharam com um tremor.

Ele olhou para o rosto adormecido de Lefty e para o topo da cabeça de Sal e implorou a ambos o seu perdão.

Vamos nos ver em breve. Em breve irei ver meu pai. Verei Paolo Bartolo. Verei minha mãe.

E então:

Não tenho coragem suficiente para isso. Não tenho.

E então:

Por favor. Por favor, meu Deus. Eu não quero conhecer a escuridão. Farei qualquer coisa. Imploro sua misericórdia. Não posso morrer hoje. Não devo morrer hoje. Vou ser pai em breve. Ela vai ser mãe. Seremos bons pais. Criaremos um bom filho.

Não estou pronto.

Pôde ouvir a própria respiração quando eles o conduziram até as janelas que davam para a Oitava Avenida, as ruas de Ybor e a baía mais ao longe, e ouviu o barulho dos tiros antes de chegar lá. Lá do alto, os homens na rua que disparavam suas Thompsons, seus revólveres e fuzis automáticos Browning pareciam ter cinco centímetros de altura. Usavam chapéus, impermeáveis e ternos. Alguns usavam uniformes da polícia.

A polícia estava do lado dos homens de Pescatore. Alguns dos homens de Joe estavam caídos pela rua ou pendiam para fora de carros enquanto outros continuavam atirando, mas estavam batendo em retirada. Eduardo Arnaz levou uma saraivada bem no peito, e caiu contra a vitrine de uma loja de vestidos. Noel Kenwood levou um tiro nas costas e ficou caído na rua, aferrando as unhas no chão. Os outros Joe não conseguiu identificar ali de cima à medida que a batalha se deslocava para o oeste, primeiro por um quarteirão, em seguida por dois. Na esquina da rua Dezesseis, um de seus homens bateu com um Plymouth Phaeton em um poste. Antes de ele conseguir sair do carro, a polícia e uns dois homens de Pescatore o cercaram e esvaziaram nele suas Thompsons. Giuseppe Esposito tinha um Phaeton, mas lá de cima Joe não soube dizer se era ele ao volante.

Fujam, rapazes. Basta fugir.

Como se o tivessem escutado, seus homens pararam de revidar e se espalharam.

Maso levou uma das mãos à nuca de Joe. "Acabou, filho."

Joe não disse nada.

"Queria que tivesse sido diferente."

"Queria mesmo?", indagou Joe.

Carros de Pescatore e da polícia de Tampa passaram zunindo pela Oitava Avenida, e Joe viu vários deles rumando para norte ou para sul pela rua Dezessete, depois para o leste pela Nona ou Sexta Avenida de modo a cercar seus homens.

Mas os seus homens desapareceram.

Em um segundo um homem corria pela rua, no segundo seguinte havia sumido. Os carros de Pescatore se encontravam nas esquinas com os atiradores de arma em punho, desesperados, e voltavam à caça.

Abateram alguém na varanda da frente de uma *casita* na rua Dezesseis, mas esse pareceu ser o único membro da organização Coughlin-Suárez que conseguiram encontrar por ora.

Um a um, todos foram sumindo. Evaporaram-se no ar. Um a um, simplesmente não estavam mais lá. A polícia e os homens de Pescatore então se juntaram nas ruas, apontando e gritando uns com os outros.

"Onde caralho eles foram parar?", perguntou Maso para Albert.

Albert ergueu as mãos e balançou a cabeça.

"Joseph, diga-me você", ordenou Maso.

"Não me chame de Joseph", disse Joe.

Maso lhe deu um tapa na cara. "O que aconteceu com eles?"

"Sumiram." Joe encarou bem fundo os olhos fixos do velho. "Puf."

"Ah, é?"

"É", respondeu Joe.

Então Maso levantou a voz. Levantou-a até transformá-la em um rugido. E o som foi terrível. "Onde eles estão, *porra*?"

"Merda." Albert estalou os dedos. "São os túneis. Eles entraram nos túneis."

Maso se virou para ele. "Que túneis?"

"Os que passam por baixo desta porra deste bairro. É assim que eles trazem a birita."

"Então ponha homens nos túneis", disse Digger.

"Ninguém sabe onde a maioria fica." Albert indicou Joe com o polegar. "Foi ideia genial desse babaca aí. Não é verdade, Joe?"

Joe aquiesceu, primeiro para Albert, em seguida para Maso.

"Esta cidade é nossa."

"Bom, agora não é mais", disse Albert, e acertou a nuca de Joe com a coronha da Thompson.

25

POSIÇÃO VANTAJOSA

Joe acordou no breu.

Não conseguia ver nada nem conseguia falar. No início, temeu que alguém tivesse chegado ao ponto de costurar seus lábios um no outro mas, depois de um minuto ou algo assim, desconfiou que aquilo que fazia pressão na base de seu nariz talvez fosse fita adesiva. Quanto mais aceitava esse fato, mais lógica lhe parecia a sensação de aderência em volta dos lábios, como se sua pele estivesse coberta de chiclete.

Mas seus olhos não estavam colados. O que inicialmente havia se apresentado como uma escuridão total começou a dar lugar a formas ocasionais do outro lado de um denso véu de lã ou corda.

É um capuz, informou-lhe algo dentro do peito. Eles puseram um capuz na sua cabeça.

Suas mãos estavam algemadas nas costas. Com certeza não era corda que as prendia; era metal, sem a menor dúvida. As pernas pareciam amarradas, e não excessivamente apertadas, a julgar pelo quanto ele conseguia movê-las — uma folga que lhe pareceu de dois centímetros e meio antes de ele encontrar resistência.

Estava deitado sobre o lado direito do corpo, com o rosto encostado em madeira quente. Sentia cheiro de maré baixa. Cheiro de peixe e sangue de peixe. Deu-se conta de que já vinha escutando o motor havia algum tempo antes de identificá-lo como tal. Já estivera a bordo de um número suficiente de barcos ao longo da vida para saber o que aquele motor movia. E então as outras sensações se conjugaram e fizeram sentido — o bater das ondas no casco, o sobe e desce da madeira sobre a qual estava deitado. Não teve muita certeza, mas não conseguiu escutar nenhum outro motor, por mais que se concentrasse em isolar os vários ruídos à sua volta. Ouviu vozes masculinas, passos indo e vindo pelo convés e, depois de algum tempo, distinguiu a expiração seca e a expiração demorada de alguém próximo fumando um cigarro. Nenhum outro motor, porém, e o barco não se movia muito depressa. Pelo menos não parecia. O som não indicava que aquilo fosse uma fuga. O que significava que era plausível imaginar que ninguém os estivesse perseguindo.

"Alguém vá chamar Albert. Ele acordou."

Ele então sentiu que o levantavam — uma das mãos mergulhou através do capuz e agarrou seus cabelos, duas outras o seguraram pelas axilas. Ele foi arrastado pelo convés e largado em cima de uma cadeira, e pôde sentir o assento duro de madeira sob as nádegas e as duras ripas de madeira nas costas. Mãos deslizaram por seus pulsos, e as algemas foram destrancadas. Mal tiveram tempo de se abrir com um estalo antes de seus braços serem puxados para trás da cadeira e as algemas serem recolocadas. Alguém amarrou seus braços e peito à cadeira, amarrou-os com folga apenas suficiente para ele poder respirar. Então alguém — talvez o mesmo alguém, talvez outro — fez o mesmo com as pernas, amarrando-as tão apertado às da cadeira que se mexer estava fora de cogitação.

A cadeira foi inclinada para trás e ele gritou por trás da fita adesiva, escutando o som nos próprios ouvidos, pois eles o estavam empurrando pela borda do barco. Mesmo com o capuz a lhe cobrir a cabeça, cerrou os olhos com força, e pôde ouvir a própria respiração sair pelas narinas, desesperada e entrecortada. Se uma respiração fosse capaz de suplicar, a sua suplicou.

A cadeira parou de se inclinar ao atingir uma parede. Joe ficou ali sentado, a um ângulo de mais ou menos quarenta graus. Supôs que seus pés e as pernas dianteiras da cadeira estivessem a cerca de meio metro do convés.

Alguém tirou seus sapatos. Em seguida as meias. Em seguida o capuz.

A súbita volta da luz o fez bater as pálpebras em ritmo acelerado. E não era qualquer luz — aquilo era a luz da Flórida, infinitamente forte ainda que irradiada através de muitas camadas de nuvens cinzentas em movimento. Não viu nenhum sol, mas a luz conseguia se refletir em um mar cuja superfície parecia revestida de níquel. De alguma forma, a claridade vivia no cinza, nas nuvens, no mar, não forte o suficiente para que se pudesse apontar de onde vinha, só intensa o bastante para ele sentir seu efeito.

Quando ele conseguiu ver direito outra vez, a primeira coisa a entrar em foco foi o relógio do pai. Este se balançava diante de seus olhos. Então o rosto de Albert entrou em foco mais atrás. Ele deixou Joe ver quando abriu o bolso do paletó barato e largou o relógio lá dentro. "Eu próprio estava me contentando com um Elgin", comentou, e inclinou-se para a frente, com as mãos sobre os joelhos. Sorriu para Joe aquele seu pequeno sorriso. Atrás dele, dois homens chegaram arrastando algo pesado pelo convés na sua direção. Um metal preto de algum tipo. Com alças prateadas. Os homens chegaram mais perto. Albert deu um passo para trás com uma mesura e um floreio, e os homens fizeram o objeto deslizar até logo abaixo dos pés descalços de Joe.

Era uma banheira. Do tipo que se via em coquetéis durante o verão. Os anfitriões enchiam banheiras assim com gelo, garrafas de vinho branco e cerveja de boa qualidade. Só que agora não havia gelo nenhum dentro da banheira. Nem vinho. Nem cerveja de boa qualidade.

Apenas cimento.

Joe fez força contra as cordas que o prendiam, mas foi como tentar resistir a uma casa de tijolos que estivesse desabando em cima dele.

Albert foi até atrás dele, deu um tapa nas costas da

cadeira, e esta caiu para a frente, fazendo os pés de Joe mergulharem no cimento.

Albert ficou olhando Joe se debater — ou tentar se debater — com a curiosidade distante de um cientista. Praticamente a única coisa que Joe conseguia mexer era a cabeça. Assim que seus pés mergulharam na banheira, foi para ficar. As pernas já estavam amarradas com força, dos tornozelos aos joelhos, sem um centímetro de mobilidade possível. A julgar pela textura, o cimento fora misturado um pouco antes. Não estava líquido. Seus pés mergulharam nele como se mergulhassem nos orifícios de uma esponja.

Albert sentou-se no convés de frente para ele e ficou encarando Joe nos olhos enquanto o cimento começava a endurecer. A sensação de esponja foi substituída por algo mais firme sob a sola de seus pés, que começou a subir serpenteando pelos tornozelos.

"Leva um tempo para ficar duro", disse Albert. "Mais do que se poderia imaginar."

Joe se localizou ao ver à sua esquerda uma pequena ilha de coral bastante parecida com Egmont Key. Tirando isso, não havia nada em volta a não ser água e céu.

Ilario Nobile trouxe uma cadeira dobrável de lona para Albert e evitou encarar Joe. Albert se levantou do convés. Posicionou a cadeira de modo a evitar que o sol batesse no seu rosto. Inclinou-se para a frente e uniu as mãos entre os joelhos. Eles estavam a bordo de um rebocador. Joe e sua cadeira estavam apoiados na parede traseira da sala do leme, virados para a popa do barco. Era uma ótima escolha de embarcação, teve de admitir Joe: não dava para dizer só de olhar, mas os rebocadores eram velozes e capazes de mudar de direção em questão de segundos.

Albert passou um minuto girando o relógio de Thomas Coughlin na corrente, como um menino brincando com seu ioiô, fazendo-o subir pelos ares e em seguida voltar para a palma da mão com um estalo. "Ele está atrasado", disse ele a Joe. "Sabia?"

Mesmo se pudesse falar, Joe duvidava que fosse responder.

"Um relógio grande e caro como este, e não consegue nem marcar direito a porra do tempo." Ele deu de ombros. "Todo o dinheiro do mundo, não é, Joe? Todo o dinheiro do mundo, e algumas coisas simplesmente têm de acontecer." Albert ergueu os olhos para o céu cinzento e para o mar cinzento que os rodeava. "Esta não é uma corrida na qual se entra para tirar segundo lugar. Todos nós conhecemos os riscos. Se fizer merda, você morre. Se confiar na pessoa errada, se apostar no cavalo perdedor..." Ele estalou os dedos. "Fim de jogo. Se tiver esposa, filhos? Uma pena. Se estiver planejando uma viagem à velha Inglaterra no verão seguinte? Os planos acabaram de mudar. Achou que fosse estar respirando amanhã? Que fosse estar trepando, comendo, tomando banho de banheira? Não vai estar." Ele se inclinou para a frente e cutucou o peito de Joe com um dedo. "Vai estar sentado no fundo do golfo do México. E o mundo vai estar fechado para você. Caramba, se dois peixes subirem pelo seu nariz e alguns outros mordiscarem seus olhos, você não vai nem ligar. Vai estar com Deus. Ou com o diabo. Ou em lugar nenhum. Mas sabe onde você não vai estar, Joe?" Ele ergueu as mãos para as nuvens. "Aqui. Então pode dar uma boa última olhada. Respire fundo algumas vezes. Sugue bem o oxigênio." Ele tornou a guardar o relógio no colete, chegou mais perto, segurou o rosto de Joe com as duas mãos e beijou-lhe o alto da cabeça. "Porque agora você vai morrer."

O cimento estava duro. Apertava os dedos dos pés de Joe, seus calcanhares e tornozelos. Apertava tudo com tanta força que ele só podia supor que alguns dos ossos de seu pé estivessem quebrados. Talvez todos.

Encarou os olhos de Albert e movimentou os seus para o próprio bolso interno esquerdo do paletó.

"Ponham-no de pé."

"Não, olhe dentro do meu bolso", tentou dizer Joe.

"Hum! Hum! Hum!", arremedou Albert, com os olhos

esbugalhados. "Tenha um pouco de classe, Coughlin. Não suplique."

Eles cortaram a corda que amarrava o peito de Joe. Gino Valocco se aproximou com um serrote, ajoelhou-se e pôs-se a serrar as pernas dianteiras da cadeira, separando-as do assento.

"Albert", disse Joe através da fita adesiva, "olhe dentro deste bolso. Deste bolso. Deste bolso. Deste aqui."

Toda vez que ele dizia "deste", dava um safanão com a cabeça e movia os olhos em direção ao bolso.

Albert riu e continuou a imitá-lo, e alguns dos outros homens fizeram coro; Fausto Scarfone chegou a imitar um macaco. Pôs-se a fazer "uh-uh-uh" e a coçar as próprias axilas. Deu vários trancos para a esquerda com a cabeça.

A perna esquerda da cadeira se soltou do assento, e Gino pôs-se a serrar a direita.

"Essas algemas são boas", comentou Albert com Ilario Nobile. "Pode tirar. Ele não vai a lugar nenhum."

Joe viu que tinha conseguido atrair sua atenção. Albert queria ver o que havia no bolso de Joe, mas tinha de dar um jeito de fazê-lo sem parecer que estava cedendo aos desejos de sua vítima.

Ilario tirou as algemas e as jogou aos pés de Albert, pois Albert aparentemente não havia conquistado respeito suficiente para recebê-las em mãos.

A perna direita da cadeira se soltou do assento e os homens retiraram a cadeira de baixo de Joe, deixando-o em pé na banheira de cimento.

"Pode usar a mão uma vez só. Ou arranca essa fita da boca, ou então me mostra o que está tentando usar para salvar essa sua vidinha de bosta. Não pode fazer as duas coisas."

Joe não hesitou. Enfiou a mão no bolso. Pegou a fotografia e jogou-a aos pés de Albert.

Albert recolheu a foto do convés ao mesmo tempo que um pontinho surgia acima de seu ombro esquerdo, logo atrás de Egmont Key. Albert examinou a imagem com uma sobrancelha arqueada e aquele sorrisinho convencido no rosto, e não viu nela nada de especial. Seus olhos se desviaram outra vez para a extrema esquerda e ele recomeçou a movê-los lentamente para a direita, e então sua cabeça se imobilizou.

O pontinho se transformou em um triângulo escuro, movendo-se depressa por cima do mar cinza e parado — bem mais depressa do que o rebocador, por mais depressa que este conseguisse avançar.

Albert olhou para Joe. Um olhar incisivo, furioso. Joe viu claramente que ele não estava furioso por Joe ter descoberto o seu segredo. Estava furioso por ter sido enganado tanto quanto Joe.

Durante todo aquele tempo, ele também havia pensado que ela estava morta.

Meu Deus, Albert, quis dizer Joe, nisso estamos os dois completamente dominados por ela.

Mesmo com quinze centímetros de fita adesiva isolante sobre a boca, Joe soube que Albert pôde vê-lo sorrir.

O triângulo escuro era agora claramente uma embarcação. Uma pequena lancha a motor clássica, modificada para acomodar passageiros suplementares ou garrafas na popa. Mesmo dividindo a velocidade por três, ainda navegava mais depressa do que qualquer outra embarcação. Alguns homens no convés do rebocador apontaram e se cutucaram.

Albert arrancou a fita da boca de Joe.

O barulho da lancha chegou a seus ouvidos. Um zumbido, como um distante enxame de vespas.

Albert segurou a fotografia junto ao rosto de Joe. "Ela morreu."

"Está parecendo morta, você acha?"

"Onde ela está?" A voz de Albert saiu alterada o suficiente para alguns homens olharem na sua direção.

"Na porra da foto, Albert."

"Me diga onde a foto foi tirada."

"Claro, e tenho certeza de que se eu disser nada vai me acontecer", respondeu Joe.

Albert bateu com os dois punhos fechados nas orelhas de Joe, e o céu lá em cima rodopiou.

Gino Valocco gritou alguma coisa em italiano. Apontou para estibordo.

Uma segunda embarcação havia aparecido, outra lancha modificada e tripulada por quatro homens, que surgiu de trás de um banco de areia a uns trezentos e cinquenta metros de distância.

"Onde ela está?"

O assobio nos ouvidos de Joe parecia uma sinfonia de címbalos. Ele balançou a cabeça várias vezes.

"Adoraria dizer a você, mas caralho, também adoraria não me afogar mais", falou.

Albert apontou primeiro para uma das embarcações, depois para a outra. "Eles não vão nos deter. Por acaso você é idiota, porra? Onde ela está?"

"Ah, deixe-me pensar", respondeu Joe.

"*Onde*?"

"Na fotografia."

"É uma foto antiga. Você só fez dobrar uma velha..."

"É, no começo também pensei isso. Mas olhe bem para o babaca de smoking. O alto, no canto direito, apoiado no piano. Olhe para o jornal. O jornal perto do cotovelo dele. Leia a porra da manchete."

PRESIDENTE ELEITO ROOSEVELT
SOBREVIVE A TENTATIVA
DE ASSASSINATO EM MIAMI

"Isso foi no mês passado, Albert."

As duas lanchas estavam agora a pouco mais de trezentos metros.

Albert olhou para elas, olhou para os homens de Maso e tornou a olhar para Joe. Soltou uma longa expiração pelos lábios franzidos.

"Acha que eles vão resgatar você? Têm metade do nosso tamanho, e nós estamos em posição vantajosa. Você poderia mandar seis barcos para cá, e nós transformaríamos todos eles em fósforos." Virou-se para os homens. "Matem todo mundo."

Os homens se enfileiraram junto à amurada. Ajoelharam-se. Joe contou doze deles. Cinco a estibordo, cinco a bombordo, e Ilario e Fausto entrando na cabine à procura de alguma coisa. A maioria dos homens no convés estava armada com metralhadoras Thompson e alguns revólveres, mas nenhum deles tinha os fuzis necessários para desferir tiros a longa distância.

Ilario e Fausto eliminaram esse problema ao sair da cabine arrastando um caixote. Pela primeira vez, Joe reparou que havia um tripé de bronze chumbado ao convés junto à amurada, com uma caixa de ferramentas ao lado. Então percebeu que não era exatamente um tripé; era um suporte. Um suporte de armamento. E de um armamento grande para caralho. Ilario levou a mão até dentro do caixote e pegou dois pentes de munição com balas de calibre 30-06 que pôs ao lado do tripé. Ele e Fausto então levaram as mãos até dentro do caixote e tiraram uma Gatling 1903 com dez canos. Posicionaram-na em cima do suporte chumbado ao convés e começaram a prender a metralhadora.

O barulho das embarcações que se aproximavam ficou mais alto. Deviam estar agora a uns duzentos e cinquenta metros, o que as deixava quase cem metros além do alcance de qualquer arma que não fosse a Gatling. Uma vez presa ao suporte do convés, porém, aquela filha da puta era capaz de disparar até novecentos tiros por minuto. Uma única saraivada certeira em qualquer das duas embarcações, e tudo o que restaria seria comida para tubarões.

"Diga-me onde ela está e serei rápido", falou Albert. "Um tiro só. Você não vai nem sentir. Se tiver de forçar você, vou continuar arrancando pedaços seus bem depois de me dizer. Vou empilhar os pedaços no convés até as pilhas desabarem."

Os homens gritaram uns com os outros, mudando de posição à medida que as lanchas começavam a se mover aleatoriamente: a que estava a bombordo pôs-se a navegar em zigue-zague, enquanto a que estava a estibordo dava guinadas alternadas para a direita e para a esquerda, para a direita e para a esquerda, fazendo o barulho dos motores ficar mais agudo.

"Diga logo", disse Albert.

Joe fez que não com a cabeça.

"Por favor", pediu Albert, tão baixinho que ninguém mais escutou. Com os motores das lanchas e da montagem da Gatling, Joe mal conseguiu escutá-lo. "Eu a amo."

"Eu também a amava."

"Não, eu a *amo agora*", disse Albert.

Os homens terminaram de prender a Gatling ao suporte do convés. Ilario inseriu a fita de munição na fenda de alimentação e soprou para remover qualquer poeira que pudesse estar obstruindo o alimentador de munição.

Albert se inclinou para junto de Joe. Olhou em volta. "Eu não quero isto aqui. *Quem* quer isto aqui? Só quero sentir o que sentia quando a fazia rir, ou quando ela jogava um cinzeiro na minha cabeça. Nem me importo em trepar. Só quero vê-la tomar café vestida com um roupão de hotel. Ouvi dizer que *você* tem isso. Com a cucaracha."

"É, tenho", respondeu Joe.

"O que ela é, aliás? Crioula ou cucaracha?"

"Os dois", respondeu Joe.

"E isso não incomoda você?"

"Albert, por que cargas d'água iria me incomodar?", respondeu Joe.

Ilario Nobile, veterano da Guerra Hispano-Americana, posicionou-se para operar a manivela da Gatling enquanto Fausto se acomodava sentado abaixo da metralhadora, com a primeira das fitas de munição pousada no colo como o cobertor de uma avó.

Albert sacou o 38 cano longo e o encostou na testa de Joe. "Me diga."

Ninguém escutou o quarto motor antes que fosse tarde demais.

Joe encarou os olhos de Albert mais fundo do que nunca, e o que viu lá dentro foi a pessoa mais aterrorizada do que qualquer outra com quem já houvesse cruzado.

"Não."

O avião de Farruco Díaz surgiu do meio das nuvens a oeste. Surgiu bem lá em cima, mas mergulhou depressa. No banco de trás, a silhueta de Dion se destacava, bem alta, com a metralhadora presa ao suporte que fizera Farruco Díaz encher o saco de Joe durante meses até este permitir que ele o instalasse. Dion tinha uns óculos grossos no rosto e parecia estar rindo.

A primeira coisa em que Dion e sua metralhadora miraram foi na Gatling.

Ilario se virou para a esquerda, e as balas de Dion arrancaram sua orelha e rasgaram seu pescoço feito uma foice, e os ricochetes richochetearam na arma, depois no suporte chumbado e nos cunhos do convés antes de acertar Fausto Scarfone. Os braços de Fausto dançaram no ar ao redor de sua cabeça, e ele então desabou para a frente, cuspindo vermelho para todos os lados.

O convés também cuspia — madeira, metal, fagulhas. Os homens se protegiam atrás de algum objeto, agachavam-se e encolhiam-se em posição fetal. Gritavam e tentavam manejar as armas com gestos atabalhoados. Dois deles caíram do barco.

O avião de Farruco Díaz arremeteu e subiu em direção às nuvens, e os atiradores se recuperaram. Puseram-se em pé e começaram a disparar. Quanto mais alto o avião subia, mais verticais ficavam seus tiros.

E algumas das balas começaram a cair de volta.

Albert foi atingido no ombro por uma delas. Outro homem segurou a nuca e caiu no convés.

As embarcações menores estavam agora próximas o suficiente para serem alvejadas. Todos os atiradores de Albert, porém, haviam virado as costas para disparar contra o avião de Farruco. Os atiradores de Joe não tinham a melhor mira do mundo — estavam a bordo de barcos, e de barcos que se moviam freneticamente —, mas nem precisaram ter. Conseguiram acertar quadris, joelhos e barrigas, e um terço dos homens a bordo do rebocador desabou no convés e pôs-se a emitir os sons que os homens emitiam quando eram baleados nos quadris, joelhos e barriga.

O avião voltou para um segundo ataque. Homens atiravam das embarcações, e Dion operava a metralhadora como se esta fosse uma mangueira de incêndio e ele o chefe dos bombeiros. Albert se endireitou e apontou seu 32 cano longo para Joe enquanto a traseira do rebocador se transformava em um furacão de poeira, lascas de madeira e homens impotentes para escapar de uma fuzilaria de chumbo, e Joe perdeu Albert de vista.

Foi atingido no braço por um estilhaço de bala, e uma vez na cabeça por uma lasca de madeira do tamanho de uma tampa de garrafa. Esta lhe arrancou um pedaço da sobrancelha esquerda e acertou de raspão o alto da orelha esquerda antes de ir parar nas águas do golfo. Um Colt 45 aterrissou junto ao pé da banheira, que Joe empunhou e cujo pente liberou na mão por tempo suficiente para confirmar que restavam pelo menos seis balas antes de tornar a empurrá-lo para o lugar.

Quando Carmine Parone chegou até ele, o sangue que escorria pelo lado esquerdo de seu rosto parecia bem pior do que de fato era. Carmine passou uma toalha para Joe e, junto com um dos garotos novos chamado Peter Wallace, começou a quebrar o cimento com machados. Embora Joe tivesse suposto que o cimento já houvesse endurecido, na realidade isso não tinha acontecido, e bastaram umas quinze ou dezesseis machadadas e a ajuda de uma pá que Carmine encontrou na cozinha do rebocador para eles o liberarem.

Farruco Díaz pousou seu avião na água e desligou o

motor. O avião deslizou até eles. Dion subiu a bordo, e os homens se espalharam para liquidar os feridos.

"Como você está?", perguntou Dion a Joe.

Ricardo Cormarto foi atrás de um rapaz que se arrastava em direção à popa, com as pernas dilaceradas mas o restante do corpo parecendo pronto para uma noite de festa: terno bege e camisa creme, gravata vermelho-manga jogada por cima do ombro como se estivesse se preparando para tomar uma bisque de lagosta. Cormarto o acertou com uma rajada na coluna e o rapaz expirou um suspiro indignado, então Cormarto disparou outra rajada em sua cabeça.

Joe olhou para os corpos empilhados no convés e falou para Wallace: "Se ele estiver vivo no meio disso tudo, traga-o até mim".

"Sim, senhor. Sim, senhor", disse Wallace.

Tentou flexionar os tornozelos, mas a dor foi intensa demais. Segurou com uma das mãos a escada localizada sob a casa do leme e disse a Dion: "Qual foi mesmo a sua pergunta?".

"Como você estava."

"Ah, vou levando, você sabe", disse Joe.

Um cara junto à amurada implorou pela própria vida em italiano, mas Carmine Parone o alvejou no peito e o chutou para fora do barco.

Logo em seguida, Fasani virou Gino Valocco de costas. Gino manteve as mãos em frente ao rosto enquanto a lateral de seu corpo sangrava. Joe se lembrou da conversa que tinham tido sobre paternidade, sobre como nunca havia uma hora certa para se ter filhos.

Gino disse o que todos diziam. "Espere", disse. "Não faça..."

Mas Fasani lhe deu um tiro no coração e o chutou para as águas do golfo.

Joe olhou para o outro lado e viu Dion encarando-o com um olhar firme, atento. "Eles teriam matado todos nós até o último homem. Teriam nos caçado. Você sabe disso."

Joe respondeu que sim piscando os olhos.

"E por quê?"

Joe não respondeu.

"Não, Joe. Por quê?"

Joe continuou sem responder.

"Por ganância", disse Dion. "Não uma ganância sensata, não uma porra de uma ganância *sadia*. Uma ganância sem fim. Porque para eles nada nunca basta." Seu rosto estava roxo de tanta raiva quando ele chegou tão perto de Joe a ponto de os seus narizes se tocarem. "Nada *nunca* basta, porra."

Dion se afastou e Joe passou um bom tempo encarando o amigo, e durante esse tempo ouviu alguém dizer que não restava ninguém mais para matar.

"Nada nunca basta para nenhum de nós", falou. "Você, eu, Pescatore. O gosto é bom demais."

"Que gosto?"

"Da noite", disse Joe. "O gosto da noite é bom demais. Quando você vive de dia, respeita as regras deles. Então nós vivemos à noite e respeitamos as nossas. Só que, nós, D, na verdade não temos regra nenhuma.

Dion pensou um pouco. "Não muitas, de fato."

"Isso está começando a me cansar."

"Eu sei", disse Dion. "Dá para ver."

Fasani e Wallace chegaram arrastando Albert White pelo convés e o largaram em frente a Joe.

Faltava-lhe a parte de trás da cabeça, e no lugar em que deveria estar o coração havia apenas uma vala de sangue preto. Joe se ajoelhou junto ao corpo e pescou o relógio do pai do bolso do colete de Albert. Verificou-o rapidamente em busca de avarias, não encontrou nenhuma e o guardou no bolso. Tornou a se sentar no convés.

"Eu deveria tê-lo encarado nos olhos."

"Como assim?", indagou Dion.

"Deveria tê-lo encarado nos olhos e dito: 'Você achou que tivesse me pegado, mas porra, quem pegou você fui eu'."

“Você teve essa chance há quatro anos.” Dion baixou a mão até Joe.

“Queria outra.” Joe segurou a mão.

“Porra”, disse Dion, “ninguém no mundo tem esse tipo de chance duas vezes.”

26

DE VOLTA AO ESCURO

O túnel que conduzia até o Hotel Romero começava no Píer Doze do cais. Dali, percorria oito quarteirões por baixo de Ybor City e levava quinze minutos para ser percorrido caso não estivesse alagado pela maré cheia ou infestado de ratazanas noturnas. Para sorte de Joe e seus homens, quando eles chegaram ao píer era meio-dia, e a maré estava baixa. Levaram dez minutos para percorrer o túnel. Estavam queimados de sol, desidratados e, no caso de Joe, feridos, mas ele explicara muito bem para todo mundo durante o trajeto de volta de Egmont Key que, se Maso tivesse metade da inteligência que Joe sabia que tinha, teria estabelecido um limite de tempo dentro do qual deveria ter notícias de Albert. Caso imaginasse que tudo saíra errado, não perderia tempo deixando rastros.

O túnel terminava em uma escada. Esta subia até a porta da sala da fornalha. Logo depois da sala da fornalha ficava a cozinha. Depois da cozinha ficava a sala do gerente, e depois disso a recepção. Em cada uma dessas três últimas posições, eles poderiam ver e ouvir se algo os estivesse aguardando depois das portas, mas entre o alto da escada e a sala da fornalha havia um baita ponto de interrogação. A porta de aço ficava sempre trancada, pois durante a operação normal ela só se abria depois que uma senha era ouvida. O Romero nunca tinha sido atacado, pois Esteban e Joe pagavam os donos de modo que estes pagassem as pessoas certas para que olhassem para o outro lado, e também porque o hotel não chamava atenção.

Não tinha um bar clandestino movimentado; apenas destilava e distribuía.

Depois de alguns debates sobre como passar por uma porta de aço com três trincos e a extremidade errada do cilindro do seu lado da porta, decidiram que a melhor pontaria do grupo — no caso, Carmine Parone — daria cobertura do alto da escada enquanto Dion cuidava do trinco usando uma espingarda.

"Se houver alguém do outro lado dessa porta, vamos virar um alvo fácil", disse Joe.

"Não", discordou Dion. "Eu e Carmine vamos virar um alvo fácil. Caramba, não sei nem se vamos sobreviver aos ricochetes. Mas vocês, seus maricas? Porra." Ele sorriu para Joe. "Protejam-se."

Joe e os outros tornaram a descer pela escada até o túnel, e ouviram Dion dizer a Carmine: "Última chance", antes de disparar o primeiro tiro na dobradiça. O estrondo foi forte — metal contra metal dentro de um recinto feito de concreto e metal. Mas Dion não aguardou. Com o barulho dos estilhaços ainda a ressoar, disparou um segundo e um terceiro tiros, e Joe imaginou que, se ainda houvesse alguém dentro do hotel, estariam vindo ao seu encontro agora. Caramba, se só houvesse gente no nono andar, com certeza agora estavam a par da sua presença.

"Vamos, vamos!", gritou Dion.

Carmine não conseguira se salvar. Dion tirou seu corpo do caminho e o sentou contra a parede enquanto os outros subiam a escada. Um pedaço de metal — vindo só Deus sabe de onde — havia penetrado no cérebro de Carmine pelo olho, e ele os encarava com o olho intacto, um cigarro apagado ainda pendendo da boca.

Eles arrancaram a porta das dobradiças, entraram na sala das caldeiras e atravessaram-na até chegar à destilaria e à cozinha mais além. A porta entre a cozinha e a sala do gerente tinha uma janela circular no centro que dava para um pequeno corredor de acesso com piso de borracha. A porta do gerente estava entreaberta, e o escritório do outro lado exibia indícios de uma comemoração recente — papel-manteiga cheio de migalhas, copos de café, uma garrafa de uísque vazia, cinzeiros lotados.

Dion deu uma olhada e comentou com Joe: "Pessoalmente, nunca imaginei que fosse ficar velhinho".

Joe expirou pela boca e passou pela porta. Atravessaram a sala do gerente e saíram atrás da recepção, e a essa altura já sabiam que o hotel estava vazio. Não vazio por causa de uma armadilha, só vazio mesmo. O local para montar uma armadilha teria sido a sala das caldeiras. Se eles quisessem fazê-los avançar mais um pouco só para ter certeza de conseguir pegar todos os retardatários, a cozinha teria sido o melhor local. A recepção, contudo, era um pesadelo de logística — lugares demais para servir de esconderijo, fácil demais de se espalhar, e a dez passos da rua.

Mandaram alguns homens subir até o décimo andar de elevador e mais alguns pela escada, só para o caso de Maso ter bolado uma armadilha que Joe simplesmente fosse incapaz de prever. Os homens retornaram informando que o nono andar estava deserto, embora tivessem encontrado tanto Sal quanto Lefty deitados nas camas dos quartos 909 e 910.

"Desçam com eles", falou Joe.

"Sim, senhor."

"E mandem alguém trazer Carmine lá da escada, também."

Dion acendeu um charuto. "Não acredito que dei um tiro na cara de Carmine."

"Você não deu", disse Joe. "Foi ricochete."

"Grande diferença", falou Dion.

Joe acendeu um cigarro e deixou Pozzetta, que fora médico do Exército no Panamá, dar mais uma olhada em seu braço.

"O senhor precisa tratar isso, patrão", pronunciou ele. "Vou arrumar uns remédios."

"Nós temos remédios", disse Dion.

"Os remédios certos."

"Saia pelo fundos", instruiu Joe. "Vá me arrumar o que preciso, ou então chame o médico."

"Sim, patrão", respondeu Pozzetta.

Meia dúzia de agentes da polícia de Tampa comprados por eles foi chamada e chegou ao hotel. Um deles trouxe uma ambulância, e Joe se despediu de Sal, Lefty e Carmine Parone, que noventa minutos antes o havia desenterrado de uma banheira de cimento. O que mais o deixou abalado, porém, foi Sal; somente em retrospecto teve plena consciência de seus cinco anos juntos. Joe o havia convidado para jantar em sua casa incontáveis vezes, e ocasionalmente lhe levava sanduíches no carro durante a noite. Confiara-lhe a própria vida, a vida de Graciela.

Dion pôs uma das mãos em suas costas. "Esse é dureza."

"Duros fomos nós, com ele."

"O quê?"

"Hoje de manhã, no meu escritório. Você e eu. Nós fomos duros com ele, D."

"É." Dion meneou a cabeça algumas vezes, em seguida se benzeu. "Por que fizemos isso, mesmo?"

"Nem sei mais", respondeu Joe.

"Devia haver um motivo."

"Eu queria que significasse alguma coisa", disse Joe, e deu um passo para trás de modo que seus homens pudessem carregar os corpos na ambulância.

"Mas significa alguma coisa", disse Dion. "Significa que devemos acabar com a raça dos escrotos que o mataram."

Quando eles voltaram da plataforma de carregamento, o médico estava aguardando na recepção; limpou o ferimento de Joe e o costurou enquanto Joe recebia os relatórios dos agentes de polícia que mandara chamar.

"Os homens que ele pegou para trabalhar hoje", perguntou Joe ao sargento Bick, do terceiro batalhão, "ele os paga de forma permanente?"

"Não, sr. Coughlin."

"Eles sabiam que estariam atacando os *meus* homens na rua?"

O sargento Bick olhou para o chão. "Devo supor que sim."

"Eu também devo", disse Joe.

"Não podemos matar policiais", disse Dion.

Joe encarava Bick nos olhos quando perguntou: "Por que não?".

"É malvisto", respondeu Dion.

"Sabe de algum policial que esteja com Pescatore agora?", perguntou Joe a Bick.

"Todo mundo que participou do tiroteio hoje está escrevendo relatórios neste exato momento, senhor. O prefeito não está nada feliz. A Câmara de Comércio está furiosa."

"O prefeito não está feliz?", repetiu Joe. "Câmara de Comércio é o caralho!" Ele tirou o chapéu da cabeça de Bick com um tapa. "Quem não está feliz sou *eu*! Todo o resto do mundo que se foda! Quem não está feliz sou *eu*!"

Fez-se um silêncio estranho no recinto, e ninguém soube para onde olhar. Ninguém conseguia lembrar, inclusive Dion, de ter ouvido Joe levantar a voz uma vez sequer.

Quando ele tornou a falar com Bick, sua voz havia recuperado o volume normal.

"Pescatore não anda de avião. Tampouco gosta de barcos. Isso significa que só há duas maneiras de ele sair desta cidade. Das duas, uma: ou ele está em um comboio a caminho do Norte pela 41, ou então está no trem. Sendo assim, sargento Bick, cate a porra do seu chapéu e vá encontrá-lo."

Minutos mais tarde, na sala do gerente, Joe ligou para Graciela.

"Como você está?"

"Seu filho é um bruto", respondeu ela.

"*Meu* filho, é?"

"Não para de chutar. O tempo todo."

"Pense pelo lado positivo: faltam só quatro meses", disse Joe.

"Como você é engraçado", retrucou ela. "Queria ver você grávido da próxima vez. Queria ver você com a sensação de que a sua barriga está subindo pela garganta. E tendo que fazer xixi mais vezes do que pisca os olhos."

"Podemos experimentar." Joe terminou seu cigarro e acendeu outro.

"Fiquei sabendo sobre um tiroteio na Oitava Avenida hoje", disse ela, e sua voz soou bem mais baixa e bem mais dura.

"É."

"Acabou?"

"Não", respondeu Joe.

"Vocês estão em guerra?"

"Estamos em guerra", respondeu Joe. "Sim."

"Quando vão terminar?"

"Eu não sei."

"Algum dia?"

"Eu não sei."

Os dois passaram um minuto sem dizer nada. Ele a ouviu fumar do outro lado, e ela pôde ouvi-lo fumar do seu. Joe verificou o relógio do pai e viu que este agora tinha meia hora de atraso, apesar de tê-lo acertado no barco.

"Você não entende", disse ela por fim.

"Não entendo o quê?"

"Que está em guerra desde o dia em que nos conhecemos. E por quê?"

"Para ganhar a vida."

"Morrer é vida?"

"Eu não estou morto."

"Mas até o fim do dia de hoje talvez esteja, Joseph. Talvez esteja. Mesmo que você ganhe a batalha de hoje, a próxima batalha e a batalha depois dessa, tem tanta violência no que você faz que um dia essa violência vai ter, *vai ter* que vir atrás de você. Ela vai encontrá-lo."

Exatamente o que seu pai lhe tinha dito.

Joe ficou fumando, soprou a fumaça em direção ao telhado e a observou se evaporar. Não podia dizer que não havia alguma verdade nas palavras dela, da mesma forma como talvez tivesse havido alguma verdade nas palavras do pai. Só que ele não tinha tempo para a verdade agora.

"Não sei o que devo dizer agora", falou.

"Eu também não", disse ela.

"Ei", disse ele.

"O que foi?"

"Como você sabe que é menino?"

"Porque ele passa o tempo inteiro chutando as coisas", respondeu ela. "Igualzinho a você."

"Ah."

"Joseph?" Ela tragou seu cigarro. "Não me deixe criar o menino sozinha."

O único trem marcado para sair de Tampa naquela tarde era o especial Orange Blossom. Os dois trens regulares da Seaboard já tinham partido, e não havia nenhum outro previsto até o dia seguinte. O Especial Orange Blossom era um trem de passageiros de luxo que fazia o trajeto de ida e vinda até Tampa apenas durante os meses de inverno. O problema para Maso, Digger e seus homens era que o trem estava lotado.

Enquanto eles estavam ocupados subornando o condutor, a polícia apareceu. E não eram os agentes pagos por eles.

Maso e Digger estavam sentados na traseira de um Auburn sedã em um descampado, logo a oeste da estação ferroviária, onde tinham uma visão desimpedida do prédio de tijolos vermelhos e de seus detalhes brancos que lembravam glacê de bolo, além dos cinco trilhos que partiam dos fundos do prédio, trilhos cinza-chumbo de aço laminado a quente que se estendiam daquela pequena construção de tijolos e daquela região infinitamente plana para o norte, leste e oeste, espalhando-se qual veias país afora.

"Eu deveria ter entrado no ramo das ferrovias", disse Maso. "Nos anos 10, quando ainda tinha chance."

"Nós temos caminhões", disse Digger. "São melhores do que trens."

"Caminhões não vão nos tirar desta."

"Vamos de carro e pronto", disse Digger.

"Você acha que eles não vão reparar em um bando de carcamanos a bordo de carros de luxo e de chapéu preto na cabeça passando pelas porras dos laranjais?"

"Podemos viajar à noite."

Maso fez que não com a cabeça. "Barreiras na estrada. A essa altura, aquele irlandês filho da puta já mandou bloquear todas as estradas daqui até Jacksonville."

"Bom, de trem é que não vamos, pai."

"Vamos, sim", retrucou Maso.

"Posso conseguir um avião para decolar de Jacksonville daqui a..."

"Vá você voar em uma daquelas ratoeiras do caralho. Não me peça para ir junto."

"Aviões são seguros, pai. Mais seguros do que, do que..."

"Do que trens?", Maso apontou. Na mesma hora, um eco seco estourou no ar e uma fumaça se ergueu de um descampado a mais ou menos um quilômetro e meio dali.

"Caça ao pato?", perguntou Digger.

Maso olhou na direção do filho e pensou como era triste um homem burro daqueles ser o mais inteligente dos seus três descendentes.

"Você viu algum pato por aqui?"

"Então o que...?" Os olhos de Digger se estreitaram. Ele não conseguiu entender.

"Ele acabou de explodir os trilhos", disse Maso, olhando na direção do filho. "A propósito, você é retardado assim por causa da sua mãe. Ela não conseguia ganhar uma partida de damas nem de uma porra de uma tigela de sopa."

* * *

Maso e seus homens ficaram esperando junto a uma cabine telefônica na Platt Avenue enquanto Anthony Servidone seguia na frente até o hotel Tampa Bay com uma mala cheia de dinheiro. Uma hora mais tarde, telefonou para avisar que os quartos estavam providenciados. Não havia polícia no hotel, e nenhum gângster da região até onde ele conseguia constatar. Podiam mandar a equipe de segurança.

Assim fizeram. Não que restasse grande coisa da equipe depois do que havia acontecido naquele rebocador. Eram doze homens a bordo daquele barco, treze, levando em conta Albert White, aquele puto almofadinha. Assim sendo, o grupo encarregado da segurança contava agora com sete homens mais o guarda-costas particular de Maso, Seppe Carbone. Seppe vinha da mesma cidade em que Maso fora criado, Alcarno, no litoral noroeste da Sicília, embora fosse bem mais jovem, e portanto ele e Maso tivessem crescido lá em épocas diferentes. De qualquer forma, Seppe era um homem daquela cidade — impiedoso, destemido e leal até a morte.

Depois de Anthony Servidone ligar de volta confirmando que a equipe de segurança havia revistado o andar dos quartos e o saguão, Seppe conduziu Maso e Digger até a entrada dos fundos do hotel Tampa Bay e eles pegaram o elevador de serviço até o sexto andar.

"Quanto tempo?", quis saber Digger.

"Até depois de amanhã", respondeu Maso. "Ficamos escondidos até lá. Nem mesmo aquele irlandesinho de merda tem poder para manter as estradas bloqueadas por tanto tempo. Aí vamos até Miami e pegamos o trem de lá."

"Eu quero uma garota", disse Digger.

Maso deu um tapa bem forte atrás da cabeça do filho. "Que parte da palavra 'escondido' você não está entendendo? Uma garota? Caralho, uma *garota*? Por que não pede a ela para trazer umas amigas, quem sabe uns atiradores também, seu puto imbecil."

Digger esfregou a cabeça. "Um homem tem necessidades."

"Se vir um homem aqui por perto, aponte ele para mim", respondeu Maso.

Chegaram ao sexto andar, e Anthony Servidone estava esperando o elevador. Entregou a Maso a chave de seu quarto, e a Digger, a dele.

"Revistou o quarto?"

Anthony fez que sim com a cabeça. "Estão liberados. Todos eles. O andar inteiro."

Maso conhecera Anthony em Charlestown, onde todos eram leais a Maso porque o contrário significava morte. Seppe, por sua vez, viera de Alcarno com uma carta do patrão local Todo Bassina, e havia se destacado mais vezes do que Maso era capaz de contar.

"Seppe", disse ele então, "dê mais uma conferida no quarto."

"*Subito, capo. Subito.*" Seppe puxou a Thompson do impermeável e passou pelos homens reunidos em frente à porta da suíte de Maso, na qual entrou.

Anthony Servidone se aproximou. "Eles foram vistos no Romero."

"Eles quem?"

"Coughlin, Bartolo e um bando de cubanos e italianos que estão do lado deles."

"Coughlin, com certeza?"

Anthony aquiesceu. "Nenhuma dúvida."

Maso fechou os olhos só por alguns instantes. "Ele pelo menos sofreu algum arranhão?"

"Sim", respondeu Anthony depressa, animado em dar alguma notícia boa. "Um corte grande na cabeça, e levou um tiro no braço direito."

"Bom, acho melhor então esperarmos ele morrer de uma porra de uma infecção", disse Maso.

"Acho que não temos tempo para isso", falou Digger.

E Maso tornou a fechar os olhos.

Digger foi andando até seu quarto ladeado por dois homens enquanto Seppe tornava a sair da suíte de Maso.

"Liberado, patrão."

"Quero você e Servidone na porta. Quanto ao resto, é bom que se comportem como centuriões na fronteira com os hunos. *Capice?*"

"*Capice.*"

Maso entrou no quarto e tirou o impermeável e o chapéu. Serviu-se um drinque, mas da garrafa de licor de anis que haviam mandado subir. O álcool era legal outra vez. Enfim, a maior parte do álcool. E o que ainda não era viria a ser. O país havia tornado a escutar a voz da razão.

Uma pena do caralho, isso sim.

"Me sirva uma dose, pode ser?"

Maso se virou e viu Joe sentado no sofá junto à janela. Tinha a Savage 32 pousada sobre o joelho com um silenciador Maxim acoplado no cano.

Maso não ficou surpreso. Nem sequer um pouquinho. Apenas curioso em relação a uma coisa.

"Onde você estava escondido?" Serviu um copo de bebida para Joe e o levou até ele.

"Escondido?", Joe pegou o copo.

"Quando Seppe revistou o quarto?"

Joe usou a 32 para indicar uma cadeira a Maso.

"Eu não estava escondido. Estava sentado naquela cama ali. Quando ele entrou, perguntei se gostaria de trabalhar para alguém que fosse estar vivo amanhã."

"E isso bastou?", indagou Maso.

"O que bastou foi o senhor querer colocar uma porra de um débil mental feito Digger em uma posição de poder. Nós tínhamos uma ótima operação aqui. Ótima. Aí o senhor chega e consegue foder com tudo em um dia só."

"É a natureza humana, não é?"

"Consertar o que não está quebrado?", indagou Joe.

Maso aquiesceu. "Bom, cacete, não precisa ser assim", comentou Joe.

"Não", concordou Maso, "mas em geral é."

"Sabe quantas pessoas morreram hoje por causa do senhor e da porra da sua ganância? O senhor, o 'carcamano pé-rapado de Endicott Street'? Bom, isso o senhor não é."

"Algum dia talvez você tenha um filho, e então vai entender."

"Será que vou mesmo?", indagou Joe. "Entender o quê, exatamente?"

Maso deu de ombros, como se verbalizar o fato fosse conspurcá-lo. "E o meu filho, como vai?"

"A essa altura?" Joe balançou a cabeça. "Já era."

Maso visualizou Digger caído de bruços no chão do quarto ao lado com uma bala cravada na nuca e o sangue a empoçar no tapete. Ficou surpreso com a profunda e súbita tristeza que o dominou. Uma tristeza negra, muito negra, desesperançada e medonha.

"Eu sempre quis você como filho", disse ele para Joe, e ouviu a própria voz se embargar. Baixou os olhos para a própria bebida.

"Que engraçado, eu nunca quis o senhor como pai", disse Joe.

A bala entrou pela garganta de Maso. A última coisa que ele viu neste mundo foi uma gota do próprio sangue pingar em seu copo de licor de anis.

Então tudo voltou ao escuro.

Quando Maso despencou, deixou cair o copo e aterrissou de joelhos, e sua cabeça bateu na mesa de centro. Ficou deitada sobre a bochecha direita, com o olho vazio fitando a parede à sua esquerda. Joe se levantou e olhou para o silenciador que havia comprado na loja de ferragens por três pratas naquela mesma tarde. Segundo os boatos, o Congresso iria subir o preço da peça para duzentos dólares e depois proibi-la de vez.

Uma pena.

Joe deu um tiro no cocuruto de Maso, só para garantir.

No corredor, seus homens haviam desarmado os de Pescatore sem briga, como Joe desconfiava que fosse acontecer. Homens não gostavam de brigar por outro que dava tão pouco valor às suas vidas a ponto de pôr um idiota como Digger no comando. Joe saiu da suíte de Maso, fechou as portas atrás de si e olhou para todos em pé ao redor, sem saber ao certo o que iria acontecer agora. Dion saiu do quarto de Digger, e ficaram todos parados no corredor por alguns instantes, treze homens e algumas metralhadoras.

"Não quero matar ninguém", disse Joe. Olhou para Anthony Servidone. "Você quer morrer?"

"Não, sr. Coughlin, eu não quero morrer."

"Alguém quer?" Joe passeou os olhos pelo corredor e foi respondido por algumas negativas solenes. "Se quiserem voltar para Boston, vão com a minha bênção. Se quiserem ficar aqui, pegar um sol, conhecer umas belas damas, temos trabalho para vocês. Não tem muita gente oferecendo isso hoje em dia, então avisem se estiverem interessados."

Não conseguiu pensar em mais nada para dizer. Deu de ombros, e ele e Dion entraram no elevador e desceram até o lobby.

Uma semana mais tarde, em Nova York, Joe e Dion entraram em um escritório nos fundos de um cartório em Midtown, Manhattan, e sentaram-se de frente para Lucky Luciano.

A teoria de Joe segundo a qual os homens mais aterrorizantes eram também os mais aterrorizados caiu por terra. Não havia medo algum em Luciano. Na verdade, havia muito pouca coisa que se assemelhasse a emoção, tirando um leve toque de ira negra e infinita nas mais remotas profundezas de seu olhar de mar morto.

A única coisa que aquele homem sabia sobre terror era como infectar os outros com ele.

Estava vestido de forma impecável, e teria sido um homem bonito caso a pele não tivesse o mesmo aspecto de vitela amaciada com um batedor de carne. O olho direito ficara caído após um atentado fracassado sofrido em 1929, e as mãos, muito grandes, pareciam capazes de espremer um crânio até fazê-lo estourar feito um tomate.

"Vocês dois têm esperança de saírem vivos por aquela porta?", perguntou quando eles se sentaram.

"Sim, senhor."

"Então me digam por que devo substituir meu grupo que administra Boston."

Eles assim fizeram e, enquanto falavam, Joe não parou de procurar naqueles olhos negros alguma indicação de que ele estivesse concordando ou discordando das suas palavras, mas era como falar com um piso de mármore — a única coisa que você recebia de volta, se conseguisse o ângulo certo de luz, era seu próprio reflexo.

Quando terminaram de falar, Lucky se levantou e olhou para a Sexta Avenida pela janela. "Vocês fizeram um barulho e tanto lá no Sul. O que houve com aquela beata evangélica que morreu? O pai dela não era comandante de polícia?"

"Ele foi forçado a se aposentar", respondeu Joe. "Pelas últimas notícias que tive, estava em um sanatório de algum tipo. Não pode nos prejudicar."

"Mas a filha dele prejudicou. E você deixou. É por isso que dizem por aí que você é mole. Não um covarde. Eu não disse isso. Todo mundo sabe como você chegou perto de liquidar aquele capiau em 30, e aquele ataque ao navio exigiu colhões de ferro. Mas você não cuidou daquele fabricante de bebida em 31, e deixou uma mulher, uma porra de uma mulher, Coughlin, impedir o contrato do seu cassino."

"É verdade", disse Joe. "Não tenho desculpa."

"Não tem mesmo", disse Luciano. Olhou para Dion do outro lado da mesa. "O que você teria feito com o fabricante de bebida?"

Dion olhou para Joe, hesitante.

"Não olhe para ele", disse Luciano. "Olhe para mim e me diga a verdade."

Mas Dion continuou a olhar para Joe até Joe dizer: "Fale a verdade, D."

Dion se virou para Lucky. "Eu teria apagado o cara, sr. Luciano. E os filhos também." Ele estalou os dedos. "Teria apagado a família inteira."

"E a beata evangélica?"

"Nela eu teria dado um sumiço."

"Por quê?"

"Para dar às pessoas a alternativa de transformá-la em santa. Assim todos poderiam pensar que ela foi concebida imaculadamente para o céu, ou o que seja. Enquanto isso, saberiam muito bem que nós a cortamos em pedacinhos e demos de comer para os jacarés, de modo que nunca mais se meteriam conosco, mas no restante do tempo se reuniriam em seu nome e cantariam loas a ela."

"Você é o tal que Pescatore dizia que era delator", falou Luciano.

"Isso."

"Nunca fez sentido para nós." Ele se dirigiu a Joe. "Por que você confiaria por livre e espontânea vontade em um delator que mandou você para a prisão por dois anos?"

"Não confiaria", respondeu Joe.

Luciano assentiu. "Foi o que pensamos quando tentamos convencer o velho a desistir do ataque."

"Mas acabaram autorizando."

"Autorizamos *se* você se recusasse a usar nossos caminhões e nossas redes em seu novo negócio de bebidas."

"Maso nunca me falou sobre isso."

"Não?"

"Não, senhor. Ele só disse que eu deveria obedecer ao filho dele e que tinha de matar meu amigo."

Luciano passou um bom tempo encarando-o. "Muito bem, faça sua proposta", disse, por fim.

"Transforme ele em patrão." Joe indicou Dion com o polegar.

"*O quê?*", falou Dion.

Luciano sorriu pela primeira vez.

"E você fica como *consigliere*?"

"Isso."

"Esperem um instante", disse Dion. "Esperem aí."

Luciano olhou para ele, e o sorriso em seu rosto desapareceu.

Dion soube ler depressa a situação. "Eu ficaria honrado."

"De onde você é?", indagou Luciano.

"De uma cidade na Sicília chamada Manganaro."

As sobrancelhas de Luciano se arquearam. "Eu sou de Lercara Friddi."

"Ah, a cidade grande", disse Dion.

Luciano deu a volta na mesa. "É preciso mesmo vir de um cu de mundo feito Manganaro para chamar Lercara Friddi de 'cidade grande'."

Dion assentiu. "Por isso nós fomos embora."

"Quando? Levante-se."

Dion se levantou. "Eu tinha oito anos."

"Voltou lá?"

"Por que eu iria *voltar*?", indagou Dion.

"Para se lembrar de quem é. Não de quem finge ser. De quem você é." Ele passou um braço em volta do ombro de Dion. "E você é um patrão." Ele apontou para Joe. "E ele é um gênio. Vamos almoçar. Conheço um lugar incrível a alguns quarteirões daqui. Melhor molho de carne da cidade."

Os três saíram do escritório, e quatro homens os cercaram quando tomaram o caminho do elevador.

"Joe", disse Lucky, "preciso lhe apresentar meu amigo Meyer. Ele tem umas ótimas ideias sobre cassinos na Flórida e em Cuba." Dessa vez foi em volta de Joe que Luciano pôs o braço. "Você entende muita coisa de Cuba?"

27

UM NOBRE FAZENDEIRO EM PINAR DEL RÍO

Quando Joe Coughlin encontrou Emma Gould em Havana, no fim da primavera de 1935, fazia nove anos desde o assalto à mesa de pôquer no sul de Boston. Lembrava-se de como ela havia se mostrado calma, imperturbável, naquela madrugada, e de como essas características o tinham perturbado. Na ocasião, ele confundira essa perturbação com atração e atração com amor.

Fazia quase um ano que ele e Graciela estavam em Cuba; primeiro haviam morado na casa de hóspedes de uma das fazendas de café de Esteban, no alto das montanhas de Las Terrazas, a uns oitenta quilômetros de Havana. Pela manhã, acordavam com o cheiro de grãos de café e folhas de cacau enquanto a névoa acariciava e escorria das árvores. À noite, caminhavam pelo sopé das montanhas enquanto raios esgarçados da luz do sol cada vez mais fraca se prendiam às fartas copas das árvores.

A mãe e a irmã de Graciela apareceram para visitá-los em um fim de semana e nunca foram embora. Tomás, que nem sequer engatinhava quando eles haviam chegado, deu seus primeiros passos pouco antes de completar onze meses. As mulheres o mimavam sem o menor pudor, e alimentavam-no tanto que o menino acabou virando uma bola de perninhas grossas e coxas enrugadas. Depois de começar a andar, porém, ele logo passou a correr. Corria pelos campos, descia e subia ladeiras, e as mulheres o perseguiam, de modo que em pouco tempo ele deixou de ser uma bola e se transformou em um menino esguio com os mesmos cabelos claros do pai, mas os olhos escuros da mãe e uma pele cor de manteiga de cacau que era uma combinação dos dois.

Joe fez algumas viagens a Tampa a bordo do Ganso de Lata, um Ford Trimotor 5-AT que chacoalhava com o vento e tombava e mergulhava sem aviso. Desembarcou algumas vezes com os ouvidos tão tampados que passou o resto do dia sem conseguir escutar. As aeromoças lhe davam chicletes para mascar e algodão para enfiar nos ouvidos, mas mesmo assim era uma forma primitiva de viajar da qual Graciela queria distância. Assim, ele viajava sem ela, e constatava que sentia fisicamente a sua falta e a de Tomás. Acordava no meio da noite em sua casa de Ybor com uma dor de barriga tão forte que o deixava sem ar.

Assim que terminava de trabalhar, pegava o primeiro avião que conseguisse de volta a Miami. E de lá pegava o primeiro em direção a Cuba.

Não que Graciela não quisesse voltar a Tampa — ela queria. Só não queria ir de avião. E não queria voltar *agora*. (O que Joe desconfiava significar que na realidade não queria voltar.) Assim, ela e o filho ficavam nas montanhas de Las Terrazas, e a mãe e a irmã dela, Benita, foram seguidas por uma terceira irmã, Inés. Qualquer desavença que pudesse ter havido entre Graciela, a mãe, Benita e Inés parecia ter sido curada pelo tempo e pela presença de Tomás. Em uma ou duas ocasiões infelizes, Joe seguiu o som de suas risadas e as pegou vestindo Tomás de menina.

Certa manhã, Graciela perguntou se eles poderiam comprar uma casa ali.

"Aqui?"

"Bem, não precisa ser exatamente aqui. Mas em Cuba", respondeu ela. "Só um lugar em que pudéssemos nos hospedar."

"A gente estaria 'se hospedando'?", Joe sorriu.

"Sim", respondeu ela. "Preciso voltar ao trabalho em breve."

Não era verdade. Nas idas a Tampa, Joe fora verificar

a situação das pessoas a cujos cuidados ela confiara suas diversas instituições de caridade, e eram todas homens e mulheres de total confiança. Graciela poderia passar uma década inteira longe de Ybor que todas as suas organizações ainda estariam de pé — de pé não, caramba: prósperas — quando voltasse.

"Claro, boneca. O que você quiser."

"Não precisa ser um lugar grande. Nem luxuoso. Nem..."

"Graciela", disse Joe, "pode escolher a casa que quiser. Se vir alguma coisa que não estiver à venda, ofereça o dobro."

Não era algo incomum naquela época. Atingida com mais força pela Depressão do que a maioria dos países, Cuba dava passos hesitantes rumo à recuperação. Os abusos do regime de Machado tinham sido substituídos pela esperança do coronel Fulgencio Batista, líder da Revolta dos Sargentos que havia tirado Machado do poder. O presidente da República oficial era Carlos Mendieta, mas todos sabiam que quem dava as cartas era Batista e seu Exército. Esse arranjo fazia tanto sucesso que o governo americano havia começado a despejar dinheiro na ilha cinco minutos depois de a revolta embarcar Machado em um avião para Miami. Dinheiro para hospitais, estradas, museus e escolas, e para um novo bairro comercial ao longo do Malecón. O coronel Batista não amava apenas o governo americano, mas amava também o apostador americano, de modo que Joe, Dion, Meyer Lansky e Esteban Suárez, entre outros, tinham acesso irrestrito aos mais altos escalões do governo. Já haviam conseguido arrendamentos de noventa e nove anos para alguns dos melhores terrenos às margens do parque Central e no bairro do Mercado de Tacón.

Não havia como calcular o tanto de dinheiro que iriam ganhar.

Segundo Graciela, Mendieta era fantoche de Batista, e Batista era fantoche da United Fruit e dos Estados Unidos; iria saquear os cofres e explorar o país enquanto os Estados Unidos o mantivessem firme no lugar, pois os Estados

Unidos acreditavam que fosse possível dinheiro sujo produzir boas ações.

Joe não discutia. Tampouco assinalava que eles próprios haviam cometido boas ações com dinheiro sujo. Em vez disso, perguntava-lhe sobre a casa que ela havia encontrado.

Na realidade, era uma fazenda de tabaco falida logo depois da aldeia de Arcenas, oitenta quilômetros a oeste, na província de Pinar del Río. Tinha uma casa de hóspedes para a família dela e campos de terra preta a perder de vista para Tomás correr. No dia em que Joe e Graciela a compraram da viúva Domenica Gomez, esta lhes apresentou Ilario Bacigalupi em frente ao escritório do advogado. Caso tivessem interesse, explicou, Ilario lhes ensinaria tudo o que era preciso saber sobre cultivo do tabaco.

Joe olhou para o homem baixote e rotundo e seu bigode de bandido enquanto o motorista da viúva a levava embora em um Detroit Electric bicolor. Já vira Ilario algumas vezes na companhia da viúva Gomez, sempre no plano de fundo, e imaginara que ele fosse um guarda-costas em uma região na qual sequestros não eram infrequentes. Nesse dia, porém, reparou nas mãos avantajadas e cheias de cicatrizes, com ossos protuberantes.

Nunca havia pensado no que faria com toda aquela terra.

Ilario Bacigalupi, por sua vez, pensara bastante no assunto.

Em primeiro lugar, explicou ele a Joe e Graciela, ninguém o chamava de Ilario; todos o chamavam de Ciggy, apelido que nada tinha a ver com tabaco. Quando criança, ele não conseguia pronunciar o próprio sobrenome, e sempre tropeçava na segunda sílaba.

Ciggy lhes disse que, até há bem pouco tempo, vinte por centro da aldeia de Arcenas dependia da fazenda Gomez para trabalhar. Desde que o *señor* fazendeiro Gomez se entregara à bebida e em seguida caíra do cavalo e se rendera à loucura e à doença, não houvera mais trabalho.

Trabalho nenhum durante três colheitas seguidas, segundo Ciggy. Era por isso que muitas das crianças da aldeia não usavam calças. Camisas, quando bem cuidadas, podiam durar uma vida inteira, mas calças sempre cediam em algum ponto dos fundilhos ou dos joelhos.

Joe já havia reparado na prevalência de crianças de bunda de fora ao passar por Arcenas de carro. Caramba, quando não estavam de bunda de fora, estavam peladas. Situada no sopé das montanhas de Pinar del Río, Arcenas era mais um projeto de aldeia do que uma aldeia de verdade. Um aglomerado de casebres desmoronados, com telhados e paredes feitos com folhas de palmeira secas. Os dejetos humanos eram escoados por um trio de valões que ia dar no mesmo rio cuja água a aldeia usava para beber. Não havia prefeito nem nenhum tipo de liderança local. As ruas eram meras picadas de lama.

"Nós não entendemos nada de agricultura", disse Graciela.

A essa altura, os três estavam em uma cantina da cidade chamada Pinar del Río.

"Eu entendo", disse Ciggy. "Tanto entendo, *señorita*, que aquilo que esqueci não vale a pena ser ensinado."

Joe encarou os olhos esquivos e experientes de Ciggy e reavaliou a relação entre o administrador e a viúva. Antes pensava que a viúva mantinha Ciggy por perto para se proteger, mas agora percebia que Ciggy passara todo o processo da venda defendendo seu ganha-pão e garantindo que a viúva Gomez soubesse o que se esperava dela.

"Como o senhor começaria?", perguntou-lhe Joe, servindo a todos mais um copo de rum.

"Vocês vão ter de preparar as sementeiras e arar os campos. É a primeira coisa, *patrón*. A primeira. A estação começa no mês que vem."

"O senhor consegue não atrapalhar minha mulher enquanto ela estiver consertando a casa?"

Ele meneou a cabeça várias vezes para Graciela. "Claro, claro."

"De quantos homens vai precisar para isso?", indagou ela.

Ciggy explicou que precisariam de homens e crianças para semear e de homens para fazer as sementeiras. Precisariam de homens ou crianças para monitorar o solo em busca de fungos, pragas e mofo. Precisariam de homens e crianças para plantar, arar e revirar mais um pouco a terra, e para matar brocas, gafanhotos e percevejos. Precisariam de um piloto que não bebesse demais para pulverizar a lavoura.

"Meu Deus do céu, que trabalheira", disse Joe.

"E ainda nem conversamos sobre poda, desbrota ou colheita", disse Ciggy. "Depois é preciso amarrar as folhas, pendurá-las, curá-las, ter alguém para cuidar do fogo no galpão." Ele acenou com sua mãozorra para indicar a quantidade de trabalho.

"E quais são as contas?", quis saber Graciela. "Quanto vamos ganhar?"

Ciggy empurrou um papel com os números pela mesa na sua direção.

Joe tomou um gole de rum enquanto os conferia. "Quer dizer que, em um ano bom, se não houver mofo azul nem gafanhotos nem chover granizo, e se Deus fizer o sol brilhar continuamente sobre Pinar del Río, ganhamos quatro por cento em cima do nosso investimento." Ele olhou para Ciggy do outro lado da mesa. "É isso?"

"Sim. Porque o senhor só está usando um quarto da sua terra. Se investir nos seus outros campos, porém, e recuperá-los até a condição em que estavam há quinze anos, em cinco ficará rico."

"Nós já somos ricos", disse Graciela.

"Ficarão mais ricos."

"E se a gente não se importar em ficar mais ricos?"

"Então pensem da seguinte forma", disse Ciggy. "Se deixarem a aldeia morrer de fome, talvez um belo dia acordem e encontrem todos eles dormindo nas suas terras."

Joe se empertigou na cadeira. "Isso é uma ameaça?"

Ciggy fez que não com a cabeça. "Todos nós sabemos quem o senhor é, sr. Coughlin. O famoso gângster ianque. Amigo do coronel. Seria mais seguro um homem nadar até o meio do oceano e cortar a própria garganta do que ameaçar o senhor." Ciggy fez o sinal da cruz, solene. "Mas, quando as pessoas estão passando fome e não têm para onde ir, onde prefere que elas vão parar?"

"Não nas minhas terras", respondeu Joe.

"Mas as terras não são suas. São de Deus. O senhor está só alugando. Este rum aqui? Esta vida?" Ele bateu no próprio peito. "Nós todos só fazemos alugá-los de Deus."

A casa-grande precisou de quase tanta obra quanto a fazenda.

Enquanto a estação de plantio começava no exterior, a construção do ninho começou no interior. Graciela mandou refazer o gesso e repintar todas as paredes, e mandou arrancar e trocar o piso de metade da casa antes de eles chegarem. Originalmente havia apenas um banheiro; quando Ciggy iniciou o processo de poda, eram quatro.

A essa altura, as fileiras de tabaco estavam mais ou menos com um metro e vinte de altura. Certo dia de manhã, ao acordar, Joe sentiu no ar um cheiro tão doce e perfumado que o fez lançar no mesmo instante um olhar desejoso para a curva do pescoço de Graciela. Tomás dormia no berço quando os dois foram até a sacada admirar os campos. Quando Joe fora se deitar, eles estavam marrons, mas agora um tapete verde exibia brotos cor-de-rosa e brancos que cintilavam à luz suave da manhã. Joe e Graciela fitaram a vastidão de suas terras, que se estendiam da sacada de sua casa até o sopé da Sierra del Rosario, e os brotos cintilavam até onde a vista alcançava.

Em pé na sua frente, Graciela estendeu a mão para trás e tocou-lhe o pescoço. Ele a envolveu pelo ventre com os braços e levou o queixo ao vão de seu pescoço.

"E você não acredita em Deus", disse ela.

Ele respirou fundo, sorvendo seu perfume. "E você não acredita que o dinheiro sujo possa produzir boas ações."

Ela riu, e ele pôde sentir a risada nas mãos e no queixo.

Mais tarde nessa manhã, os trabalhadores chegaram com seus filhos e percorreram os campos, pé por pé, removendo os brotos. As plantas estendiam suas folhas como se fossem imensas aves, e na manhã seguinte, da janela, Joe já não conseguiu mais ver a terra nem um broto sequer. Sob a batuta de Ciggy, a fazenda continuava a funcionar sem nenhum percalço. Para a etapa seguinte, ele trouxe ainda mais crianças da aldeia, dezenas de crianças, e às vezes Tomás se punha a rir descontroladamente ao escutar seu riso nos campos. Joe passava algumas noites em claro, ouvindo os meninos jogarem beisebol em um dos campos em alqueive. Jogavam até o último resquício de luz deixar o céu, usando apenas uma vassoura e o que restava de uma bola encontrada sabe-se lá onde. O revestimento de couro de vaca e o recheio de lã já tinham sumido tempos antes, mas eles tinham conseguido salvar o núcleo de rolha.

Joe escutava seus gritos, as batidas do cabo na bola, e pensava em algo que Graciela tinha dito recentemente sobre encomendar um irmãozinho ou irmãzinha para Tomás em breve.

E pensou: por que parar no primeiro?

Reformar a casa foi um processo mais lento do que ressuscitar a fazenda. Certo dia, Joe foi a Havana Velha procurar Diego Alvarez, artista especializado na restauração de vitrais. Ele e o *señor* Alvarez acertaram um preço e uma semana conveniente para ele fazer a viagem de cento e cinquenta quilômetros até Arcenas e consertar as janelas que Graciela havia recuperado.

Depois do encontro, Joe foi visitar um joalheiro recomendado por Meyer na Avenida de las Misiones. O relógio do pai, que vinha atrasando havia mais de um ano, deixara de funcionar de vez um mês antes. O joalheiro, homem de meia-idade, rosto aquilino e olhos permanentemente semicerrados, pegou o relógio, abriu a parte de trás e explicou para Joe que, embora ele possuísse um belo artefato, o relógio mesmo assim precisava de manutenção mais de uma vez a cada dez anos. As peças, disse ele a Joe, está vendo todas estas pecinhas delicadas aqui? Elas precisam ser lubrificadas.

"Quanto tempo vai levar?", indagou Joe.

"Não tenho certeza", respondeu o homem. "Tenho que desmontar o relógio e examinar cada peça."

"Entendo", disse Joe. "Quanto tempo?"

"Se as peças precisarem só de lubrificação? Quatro dias."

"Quatro", repetiu Joe, e sentiu um aperto no peito, como se um passarinho houvesse acabado de atravessar voando a sua alma. "Não teria como ser mais rápido?"

O homem fez que não com a cabeça.

"E *señor*? Se tiver alguma coisa quebrada, uma única pecinha que seja... está vendo como as peças são pequenas?

"Sim, estou, sim."

"Nesse caso vou ter que mandar o relógio para a Suíça."

Joe passou alguns instantes olhando para a rua poeirenta pelas janelas empoeiradas. Tirou a carteira do bolso interno do paletó, sacou cem dólares norte-americanos e pôs as notas sobre o balcão.

"Volto daqui a duas horas. Tenha um diagnóstico até lá."

"Um o quê?"

"Diga-me se o relógio precisará ir para a Suíça."

"Sim, *señor*. Pois não."

Ele saiu da loja e se pegou passeando por Havana Velha, decadente e sensual. Em suas muitas idas à cidade ao longo do último ano, havia chegado à seguinte conclusão: Havana não era apenas um lugar; era o sonho de um lugar. Um sonho entorpecido sob o sol, que sucumbia ao próprio apetite insaciável por langor, apaixonado pelo ritmo sensual de seus estertores de morte.

Virou uma esquina, depois outra e uma terceira, e chegou à rua em que ficava o bordel de Emma Gould.

Já fazia bem mais de um ano que Esteban lhe dera o endereço, na noite anterior àquele dia sangrento com Albert White, Maso, Digger, o pobre Sal, Lefty e Carmine. Pensou que já sabia que iria até ali desde a véspera, quando saíra de casa, mas não tinha admitido o fato para si mesmo, pois ir até ali parecia tolo e frívolo, e hoje em dia quase já não havia frivolidade nenhuma em Joe.

Uma mulher estava em pé diante da casa, de mangueira na mão, esguichando da calçada o vidro quebrado da noite anterior. Empurrava os cacos e a sujeira para a sarjeta, e estes desciam pelo declive da rua de paralelepípedos. Quando ela ergueu os olhos e o viu, a mangueira pendeu em sua mão, mas não caiu no chão.

Os anos não tinham sido demasiado cruéis com ela, embora tampouco tivessem sido clementes. Seu aspecto era o de uma linda mulher cujos vícios não haviam retribuído seu amor, que fumara e bebera além da conta, e cujos hábitos haviam encontrado um jeito de se manifestar nos pés de galinha e rugas em volta da boca e abaixo do lábio inferior. Tinha as pálpebras inferiores caídas e os cabelos ressecados, mesmo com toda aquela umidade.

Ela levantou a mangueira e voltou ao trabalho.

"Diga o que tem a dizer."

"Quer olhar para mim?"

Ela se virou para ele, mas manteve os olhos na calçada, e ele teve de sair da frente para não molhar os sapatos.

"Quer dizer que você teve o acidente de carro e pensou: 'Vou tirar vantagem disso'?"

Ela fez que não com a cabeça.

"Não?"

Ela repetiu o gesto.

"Então *o que aconteceu?*"

"Quando os policiais começaram a nos perseguir, falei para o motorista que o único jeito de escaparmos era ele sair da ponte. Só que ele não quis escutar."

Joe saiu da trajetória de sua mangueira. "E aí?"

"Aí eu dei um tiro atrás da cabeça dele. O carro caiu na água, eu saí nadando e Michael estava me esperando."

"Quem é Michael?"

"O outro cara que eu estava cozinhando em banho-maria. Ele estava me esperando em frente ao hotel naquele dia."

"Por quê?"

Ela o fitou com uma careta. "Depois que você e Albert começaram com aquele papo de: 'Não consigo viver sem você, Emma. Você é minha vida, Emma', eu precisei de algum tipo de rede de segurança para o caso de vocês se engalfinharem. O que mais uma mulher podia fazer? Eu sabia que mais cedo ou mais tarde teria de escapar do jugo de vocês. Aquela sua lenga-lenga, meu Deus do céu..."

"Sinto muito por ter amado você", disse Joe.

"Você não me amou." Ela se concentrou em um pedaço de vidro particularmente obstinado, que havia se alojado entre dois paralelepípedos da rua. "Você só queria me *ter*. Como uma porra de um vaso grego ou um terno elegante. Para me mostrar a todos os seus amigos e dizer: 'Ela não é uma teteia?'." Ela finalmente o encarou. "Eu não sou uma teteia. Não quero *ser* de ninguém. Eu quero ter."

"Fiquei de luto por você", disse Joe.

"Que gracinha."

"Durante anos."

"Como conseguiu carregar uma *cruz dessas*? Puxa vida, que homem você é."

Ele recuou mais um passo para longe dela, muito embora ela houvesse apontado a mangueira na direção oposta, e pela primeira vez entendeu tudo, como um homem que tivesse sido enganado tantas vezes que a esposa não lhe permitia mais sair de casa a menos que deixasse o relógio e os trocados.

"Você pegou o dinheiro no guarda-volumes da estação, não foi?"

Ela esperou pela bala que temeu fosse acompanhar a pergunta, mas Joe ergueu as mãos para mostrar que estavam vazias e assim ficariam.

"Você me *deu* a chave, lembra?", falou.

Se existisse honra entre bandidos, então ela estava certa. Ele lhe entregara a chave; a partir desse momento, a chave era dela para fazer o que bem entendesse.

"E a garota morta? Aquela de quem eles encontraram os pedaços?"

Ela fechou a mangueira e se apoiou na parede de estuque de seu bordel. "Lembra-se de Albert dizer que tinha encontrado uma garota nova?"

"Não muito."

"Bem, assim foi. Ela estava no carro. Não cheguei a saber o nome dela."

"Você a matou também?"

Ela fez que não com a cabeça, em seguida deu um tapa na própria testa. "Ela bateu com a cabeça no banco da frente com a colisão. Não sei se morreu na hora ou depois, mas não fiquei lá para conferir."

Ele ficou plantado na rua se sentindo um trouxa. Um puta trouxa.

"Em algum momento você me amou?", quis saber.

Ela examinou seu rosto com uma irritação crescente. "Claro. Em alguns momentos, talvez. Nós nos divertimos, Joe. Quando você parava de me olhar com aquele ar de adoração e me fodia direito, era muito bom. Mas você teve que transformar aquilo no que não era."

"Ou seja?"

"Sei lá... uma coisa floreada. Que não se pode segurar na mão. Nós não somos filhos de Deus, não somos personagens de contos de fadas em um livro sobre o verdadeiro amor. Nós vivemos à noite, e dançamos depressa para a grama não brotar onde pisamos. É essa a nossa cartilha." Ela acendeu um cigarro, tirou um pedacinho de tabaco da língua e o dispensou ao vento. "Acha que eu não sei quem você é agora? Acha que eu não estava me perguntando quando iria dar as caras por aqui, no país dos nativos? Nós somos livres. Não temos mais nenhum irmão, irmã ou pai. Não temos mais nenhum Albert White. Somos só nós. Quer passar na minha casa? Ela está aberta." Ela atravessou a calçada até perto dele. "Nós sempre rimos muito juntos. Poderíamos rir agora. Passar o resto da vida nos trópicos e contar nosso dinheiro em lençóis de cetim. Livres como passarinhos."

"Eu não quero ser livre, cacete", disse Joe.

Ela inclinou a cabeça e pareceu confusa, quase genuinamente triste. "Mas isso é tudo que sempre quisemos."

"É tudo que *você* sempre quis", disse ele. "E puxa, agora conseguiu. Adeus, Emma."

Ela cerrou os dentes com força e se recusou a dizer a mesma coisa, como se não dizendo nada conservasse algum poder.

Era o tipo de orgulho turrão e rancoroso das velhas mulas e crianças muito mimadas.

"Adeus", repetiu ele, e foi embora sem olhar para trás, sem um pingo de arrependimento, sem nada ter ficado por dizer.

De volta à oficina do joalheiro, recebeu a notícia — com delicadeza e muito cuidado — de que o relógio teria de fazer a viagem até a Suíça.

Joe assinou o formulário de liberação e o pedido de conserto. Pegou o recibo escrupulosamente detalhado que o joalheiro lhe entregou. Guardou-o no bolso e saiu da oficina.

Ficou parado na rua antiga da Cidade Velha e, por alguns instantes, não conseguiu atinar para onde ir.

28

COMO ERA TARDE

Todos os meninos que trabalhavam na fazenda jogavam beisebol; alguns, porém, o faziam com uma paixão religiosa. Com a aproximação da colheita, Joe reparou que vários deles haviam protegido os dedos com esparadrapo cirúrgico.

"Onde arrumaram o esparadrapo?", perguntou a Ciggy.

"Ah, nós temos caixas e mais caixas desse esparadrapo", respondeu Ciggy. "Na época de Machado, eles mandaram uma equipe médica para cá com uns jornalistas. Para mostrar a todo mundo quanto Machado amava seus camponeses. Assim que os jornalistas foram embora, os médicos também foram. Vieram recolher todo o material, mas nós conseguimos ficar com um caixote desse esparadrapo para as crianças."

"Por quê?"

"O senhor já curou tabaco?"

"Não."

"Bom, se eu lhe mostrar por quê, vai parar de fazer perguntas idiotas?"

"Provavelmente não", respondeu Joe.

Os pés de fumo estavam agora mais altos do que a maior parte dos homens, as folhas mais compridas do que os braços de Joe. Ele não deixava mais Tomás correr pela plantação por medo de perdê-lo. Os trabalhadores da colheita — meninos mais velhos, em sua maioria — chegaram um dia de manhã e retiraram as folhas dos pés mais maduros. Estas foram empilhadas em carrinhos de madeira, e os carrinhos foram desatrelados das mulas e presos a tratores. Os tratores foram conduzidos até os galpões no extremo oeste da plantação onde as folhas eram curtidas, tarefa confiada aos meninos mais jovens. Certa manhã, Joe saiu para a varanda da casa-grande e viu um menino que não devia ter mais de seis anos passar por ele dirigindo um trator resfolegante, rebocando uma carroça carregada com uma pilha bem alta de folhas. O menino abriu um grande sorriso, acenou para Joe e seguiu seu caminho.

Em frente ao galpão de cura, as folhas eram tiradas das carroças e postas em bancos à sombra das árvores para serem amarradas. Os bancos usados para amarrá-las eram equipados com armações de madeira. Os responsáveis pela amarração e os que manuseavam as folhas — todos os jogadores de beisebol com esparadrapo cirúrgico nos dedos — punham uma vara em cima da armação e começavam a amarrar as folhas às varas com barbante até haver trouxas de folhas de uma ponta a outra da vara. Faziam isso das seis da manhã às oito da noite; nessas semanas não havia beisebol. O barbante tinha de ser bem apertado enquanto se pressionava a vara; este muitas vezes esfolava e queimava as mãos e os dedos. Daí a serventia do esparadrapo, explicou Ciggy.

"Quando isso terminar, *patrón*, e todo o tabaco estiver pendurado de ponta a ponta do galpão, esperamos cinco dias até as folhas curarem. Durante esse tempo, o único homem que trabalha é o que mantém o fogo aceso no galpão e os que verificam que não esteja úmido ou seco demais lá dentro. Já os meninos podem jogar beisebol." Ele tocou rapidamente o braço de Joe. "Se o senhor permitir."

Joe ficou diante do galpão vendo aqueles meninos amarrarem o tabaco. Mesmo com a armação de madeira, eles precisavam levantar e estender os braços para amarrar as folhas — levantá-los e estendê-los por praticamente catorze horas seguidas. Olhou para Ciggy com um ar de reprovação. "É claro que eu permito. Porra, meu Deus do céu, que trabalho insuportável."

"Eu fiz isso por seis anos."

"Como?"

"Não gosto de passar fome. O senhor gosta?"

Joe revirou os olhos.

"Sei. Mais um que não gosta de passar fome", disse Ciggy. "É a única coisa em relação à qual o mundo inteiro está de acordo... passar fome não tem a menor graça."

No dia seguinte, Joe encontrou Ciggy no galpão de cura, verificando se os penduradores haviam posicionado as folhas com o devido espaçamento. Joe lhe pediu que o acompanhasse, e juntos atravessaram as terras, desceram a encosta leste e pararam no pior de todos os campos da fazenda de Joe. Um trecho pedregoso, no qual montanhas e vegetação impediam o sol de entrar o dia inteiro, para deleite das minhocas e ervas daninhas.

Joe perguntou se Herodes, seu melhor motorista, tinha muito trabalho durante a cura do tabaco.

"Ele ainda está trabalhando na colheita, mas não tanto quanto os meninos", respondeu Ciggy.

"Ótimo", disse Joe. "Mande-o arar este campo."

"Não vai crescer nada aqui", disse Ciggy.

"Eu sei", retrucou Joe.

"Então por que arar?"

"Porque é mais fácil fazer um campo de beisebol em terreno plano, não concorda?"

No mesmo dia em que construíram o promontório do rebatedor, Joe estava passando pelo galpão com Tomás quando viu um dos operários, Perez, batendo no filho, simplesmente lhe dando sopapos na cabeça como se o menino fosse um cão que ele tivesse surpreendido devorando seu jantar. O menino não devia ter mais de oito anos. "Ei", disse Joe, e começou a avançar na sua direção, mas Ciggy se interpôs.

Perez e o filho de Perez olharam para Joe sem entender, e Perez deu mais um sopapo na cabeça do menino, seguido por várias palmadas no traseiro.

"Isso é mesmo necessário?", perguntou Joe a Ciggy.

Tomás, alheio a tudo, contorceu-se para ir no colo de Ciggy, a quem havia se afeiçoado recentemente.

Ciggy pegou Tomás do colo de Joe, ergueu o menino bem alto enquanto este ria, e falou:

"Acha que Perez gosta de bater no filho? Acha que ele acordou e disse: Eu quero ser um cara mau e ter certeza de que o menino vá me odiar quando crescer? Não, não, não, *patrón*. Ele acordou dizendo: Preciso pôr comida na mesa, preciso manter meus filhos aquecidos e secos, consertar a goteira do telhado, matar as ratazanas do quarto deles, mostrar-lhes o caminho certo, mostrar à minha mulher que a amo, ter cinco minutos que sejam para mim mesmo, e dormir quatro horas por noite antes de ter que acordar e voltar para os campos. E quando saio para os campos posso ouvir os menorezinhos chorando: 'Papai, estou com fome. Papai, acabou o leite. Papai, estou doente'." E ele volta para isso dia após dia, ouve isso dia após dia quando sai, e aí o senhor arruma um emprego para o filho dele, *patrón*, e é como se tivesse lhe salvado a vida. Porque talvez tenha salvado, mesmo. Mas se o filho não fizer direito o seu trabalho? *Coño*. Aí o filho apanha. Melhor apanhar do que passar fome."

"Em que o menino errou?"

"Ele tinha de ficar de olho no fogo do galpão. Mas pegou no sono. Poderia ter deixado a colheita inteira queimar." Ciggy devolveu Tomás a Joe. "Poderia ter morrido queimado."

Joe olhou então para o pai e para o filho. Perez estava com o braço em volta do menino enquanto este aquiescia, e o pai falou com uma voz branda e beijou o filho na lateral da cabeça várias vezes, depois de ensinada a lição. O menino, porém, não pareceu amolecer com os beijos. Então o pai afastou sua cabeça com um empurrão e os dois voltaram ao trabalho.

* * *

O campo de beisebol ficou pronto no mesmo dia em que levaram o tabaco do galpão para a casa de empacotamento. A preparação das folhas para serem vendidas era um trabalho que cabia principalmente às mulheres, que subiam o morro até a plantação pela manhã com expressões e punhos tão duros quanto os dos homens. Enquanto elas separavam e categorizavam o tabaco, Joe reuniu os meninos no campo e lhes deu de presente luvas, bolas novas e tacos Louisville que haviam chegado na antevéspera. Instalou as três bases e a base do rebatedor.

Foi como se tivesse lhes ensinado a voar.

No início da noite, Joe levava Tomás para assistir às partidas. Às vezes Graciela os acompanhava, mas a sua presença muitas vezes se revelava uma distração excessiva para alguns dos meninos que entravam na adolescência.

Tomás, uma daquelas crianças que não conseguem ficar paradas, era fascinado pelo jogo. Sentado quietinho, mãos unidas entre os joelhos, olhava para algo que não tinha como entender ainda, mas que exercia sobre ele o mesmo efeito da música e da água morna.

Certa noite, Joe disse a Graciela: "Tirando nós, aquela cidade não tem nenhuma outra esperança a não ser o beisebol. Os meninos amam".

"Que bom então, não é?"

"Sim, é ótimo. Pode falar mal dos Estados Unidos quanto quiser, amor, mas nós exportamos algumas coisas boas."

Os olhos castanhos dela chisparam para ele com ironia. "Mas vocês cobram por isso."

E quem não cobrava? O que fazia o mundo avançar senão o livre-comércio? Nós damos algo a vocês, e vocês nos dão algo em troca.

Joe amava a esposa, mas ela ainda parecia incapaz de

aceitar que seu país, embora inquestionavelmente dependente do de Joe, estava em situação muito melhor com esse arranjo. Antes de os Estados Unidos tirarem seus bens da fogueira, a Espanha os deixara padecendo em uma fossa de malária, estradas ruins e serviço médico inexistente. Machado não fizera nada para melhorar a situação. Agora, porém, com o general Batista, a infraestrutura de Cuba estava em pleno desenvolvimento. Havia esgoto e eletricidade em um terço do país e metade de Havana. Havia boas escolas e alguns hospitais decentes. A expectativa de vida tinha aumentado. Havia dentistas.

Sim, os Estados Unidos exportavam parte dessas benesses sob a mira de uma arma. Mas todos os grandes países que haviam feito a civilização progredir ao longo da história tinham feito a mesma coisa.

Além disso, no caso de Ybor City, o próprio Joe não tinha feito a mesma coisa? E a própria Graciela? Eles haviam construído hospitais com dinheiro obtido à custa de sangue. Haviam tirado mulheres e crianças da rua com o lucro obtido graças ao rum.

Desde que o mundo era mundo, dinheiro sujo muitas vezes havia produzido boas ações.

E agora, em uma Cuba louca por beisebol, em uma região na qual aqueles meninos estariam jogando com gravetos e mãos nuas, eles agora tinham luvas tão novas que o couro chegava a ranger e tacos claros como maçãs descascadas. E todas as noites, uma vez o trabalho terminado e o resto dos caules verdes retirado das folhas, uma vez a colheita empilhada e empacotada, quando o ar recendia a tabaco umedecido e alcatrão, ele se sentava em uma cadeira ao lado de Ciggy e via as sombras se esticarem no campo, e os dois conversavam sobre onde iriam comprar as sementes para a grama da parte externa do campo, de modo que este não fosse mais um descampado de terra batida e pedras soltas. Ciggy ouvira boatos sobre uma liga de beisebol por aquelas bandas, e Joe lhe pediu para se informar melhor, sobretudo para o outono, quando o serviço na fazenda estaria mais leve.

No dia do mercado, seu tabaco foi vendido pelo segundo preço mais alto do armazém; quatrocentos fardos pesando cada um em média 125 quilos foram comprados por um único cliente: a Robert Burns Tobacco Company, fabricante do Panatela, charuto que era a nova sensação americana.

Para comemorar, Joe pagou um bônus a todos os homens e mulheres que trabalhavam na fazenda. Doou à aldeia dois engradados de rum Coughlin-Suárez. Então, por sugestão de Ciggy, fretou um ônibus, e ele e Ciggy levaram o time de beisebol para assistir a seu primeiro filme no cinema Bijou de Viñales.

O noticiário só falava nas Leis de Nuremberg que estavam entrando em vigor na Alemanha — imagens de judeus aflitos fazendo as malas e deixando para trás apartamentos mobiliados rumo ao primeiro trem para fora do país. Joe recentemente lera relatos alegando que o chanceler Hitler representava uma real ameaça à frágil paz que vigorava na Europa desde 1918, mas duvidava que aquele homenzinho de aspecto gozado fosse muito mais longe com sua loucura, agora que o mundo havia acordado e se dado conta; simplesmente ninguém iria lucrar com isso.

Os curtas-metragens exibidos em seguida não tinham nenhum atrativo especial, embora os meninos da fazenda tenham rido bastante, com os olhos arregalados do tamanho das bolas de beisebol que Joe havia lhes comprado, e ele demorou alguns instantes para perceber que eles sabiam tão pouco sobre cinema que pensavam que as notícias sobre a Alemanha *fossem* o filme.

Veio então a atração principal — um faroeste chamado *Cavaleiros do cume ocidental*, estrelado por Tex Moran e Estelle Summers. Os créditos desfilaram depressa pela tela preta, e Joe, que para começo de conversa nunca ia ao cinema, estava pouco ligando para quem tinha sido responsável pelo filme. Na verdade, estava começando a baixar os olhos para conferir se o sapato direito estava bem amarrado quando o nome que surgiu na tela fez seus olhos se levantarem outra vez:

Roteiro
Aiden Coughlin

Olhou para Ciggy e para os meninos, mas ninguém tinha prestado atenção.

Meu irmão, quis contar a alguém. Meu irmão.

Na viagem de ônibus de volta a Arcenas, não conseguiu parar de pensar no filme. Um faroeste, sim, com tiroteios aos montes, uma donzela em perigo e uma perseguição de diligência por uma perigosa estrada de montanha; mas, para quem conhecia Danny, havia também algo mais. O personagem de Tex Moran era um xerife honesto em uma cidade que se revelava corrupta. Uma cidade onde os cidadãos mais proeminentes se reuniam certa noite para planejar a morte de um agricultor itinerante de pele escura que, segundo um deles, havia olhado com desejo para sua filha. No final, o filme se distanciava de sua premissa inicial radical — o povo da cidade percebia seu erro —, mas só depois de o agricultor de pele escura ser morto por um grupo de forasteiros de chapéu negro. A mensagem do filme, portanto, até onde Joe entendia, era que o perigo vindo de fora anulava o perigo vindo de dentro. Algo que, na sua experiência — assim como na de Danny —, era uma babaquice.

Fosse como fosse, contudo, a ida ao cinema foi uma tremenda diversão. Os meninos adoraram; passaram o trajeto inteiro de volta para casa falando em comprar pistolas de seis tiros e cintos de balas quando crescessem.

Mais tarde nesse verão, seu relógio chegou de Genebra pelo correio. Veio dentro de uma linda caixa de mogno forrada de veludo, todo reluzente depois do polimento.

Joe ficou tão feliz que demorou dias antes de admitir para si mesmo que o relógio continuava atrasando um pouco.

Em setembro, Graciela recebeu uma carta informando que o Comitê Supervisor da Região Metropolitana de Ybor a tinha elegido a Mulher do Ano pelo trabalho com os moradores carentes do bairro latino. O Comitê Supervisor da Região Metropolitana de Ybor era um grupo díspar de homens e mulheres cubanos, espanhóis e italianos que se reunia uma vez por mês para conversar sobre seus interesses comuns. No primeiro ano, o grupo se dissolvera três vezes, e a maioria das reuniões terminara em brigas que haviam ultrapassado os limites do restaurante em que ocorriam e saído às ruas. As brigas em geral eram entre espanhóis e cubanos, mas de vez em quando os italianos também davam um ou outro soco de modo a não se sentirem excluídos. Uma vez extravasada boa parte da antipatia, os membros do comitê conseguiram encontrar um terreno de interesse comum no seu exílio coletivo em relação ao resto de Tampa e transformaram-se em um grupo relativamente poderoso em bem pouco tempo. Se Graciela aceitasse, escrevia-lhe o comitê, gostariam de lhe entregar o prêmio em um evento de gala marcado para o primeiro fim de semana de outubro no Hotel Don CeSar, na praia de St. Petersburg.

"O que acha?", perguntou Graciela durante o café da manhã.

Joe estava grogue de sono. Vinha tendo variações do mesmo pesadelo nos últimos tempos. Estava acompanhado pela família em algum lugar desconhecido — sentia que era a África, mas não sabia dizer onde exatamente. Apenas que estavam rodeados por um mato alto e que fazia muito calor. Seu pai aparecia na periferia de sua visão, no outro extremo do matagal. Não dizia nada. Limitava-se a olhar enquanto os pumas saíam do mato alto, esguios e de olhos amarelos. Tinham o mesmo tom marrom-amarelado do capim, e portanto era impossível vê-los antes de já ser tarde demais. Quando Joe via o primeiro, gritava para avisar Graciela e Tomás, mas sua própria garganta já tinha sido arrancada pelo felino sentado em cima de seu peito. Reparava como o próprio sangue era vermelho em contraste com os grandes dentes brancos do animal, e então fechava os olhos enquanto este tornava a atacar.

Serviu-se de mais café e espantou o sonho da cabeça.

"Eu acho", respondeu a Graciela, "que já está na hora de você rever Ybor."

Para sua grande surpresa, a restauração da casa estava quase concluída. E na semana anterior ele e Ciggy haviam instalado os torrões de grama na parte externa do campo de beisebol. Nada os prendia a Cuba por enquanto exceto Cuba em si.

Partiram nos últimos dias de setembro, no final da estação das chuvas. Zarparam do porto de Havana, atravessaram os estreitos da Flórida e seguiram rumo ao norte pela costa oeste do estado, chegando ao porto de Tampa no fim da tarde do dia 29 de setembro.

Seppe Carbone e Enrico Pozzetta, que haviam galgado depressa os degraus da organização de Dion, foram recebê-los no terminal de passageiros, e Seppe explicou que a notícia de sua chegada havia se espalhado. Mostrou a Joe a página cinco do *Tribune*:

FAMOSO CHEFÃO DA MÁFIA DE YBOR REGRESSA À CIDADE

Segundo a matéria, a Ku Klux Klan tornara a fazer ameaças, e o FBI estava cogitando indiciá-lo.

"Meu Deus do céu, como é que eles conseguem inventar essas merdas?", comentou Joe.

"Quer me dar seu casaco, sr. Coughlin?"

Por cima do terno, Joe estava usando um impermeável de seda comprado em Havana. Era importado de Lisboa, e tão leve sobre seu corpo quanto uma camada de pele, mas a chuva não passava de jeito nenhum. Durante a última hora da viagem de barco, Joe vira as nuvens se adensando, o que não fora nenhuma surpresa — a estação chuvosa de Cuba podia ser até bem pior, mas a de Tampa também não era nenhuma brincadeira e, a julgar pelas nuvens, ainda não havia terminado.

"Vou ficar com ele", respondeu Joe. "Ajude minha mulher com as malas."

"Claro."

Os quatro saíram do terminal de passageiros e entraram no estacionamento, Seppe à direita de Joe, Enrico à esquerda de Graciela. Tomás ia sentado no quadril de Joe com os braços em volta de seu pescoço, e Joe estava olhando as horas quando ouviram o barulho do primeiro tiro.

Seppe morreu em pé — Joe já tinha visto isso acontecer várias vezes. Continuou segurando as malas de Graciela enquanto um buraco se abria bem no meio de sua testa. Joe se virou quando Seppe estava caindo e o segundo tiro seguiu o primeiro; ouviu o atirador dizer alguma coisa com uma voz calma e seca. Joe apertou Tomás contra o ombro e se jogou em cima de Graciela, e os três desabaram no chão.

Tomás deu um grito, mais de choque que de dor até onde Joe pôde constatar, e Graciela soltou um grunhido. Joe ouviu Enrico disparar sua arma. Olhou para ele, viu que Enrico fora atingido no pescoço e que o sangue vazava de seu corpo depressa demais e escuro demais, mas que ele disparava o Colt 45 de 1917, disparando-o para debaixo do carro mais próximo.

Joe então pôde ouvir o que o atirador estava dizendo. "Penitência. Penitência."

Tomás abriu o berreiro. Não de dor, mas de medo; Joe sabia a diferença. Perguntou para Graciela: "Tudo bem com você? Tudo bem?".

"Tudo", respondeu ela. "Fiquei sem ar. Pode ir."

Joe rolou para longe deles, sacou a 32 e foi se juntar a Enrico.

"Penitência."

Os dois se puseram a disparar para debaixo do carro, em direção a um par de botas e pernas de calças pardas.

"Penitência."

Na quinta tentativa de Joe, o seu tiro e o de Enrico acertaram o alvo ao mesmo tempo. O de Enrico abriu um rombo na bota esquerda do atirador, e o de Joe partiu ao meio seu tornozelo esquerdo.

Joe olhou para Enrico a tempo de vê-lo dar uma única tossida e morrer. Foi muito rápido, e ele expirou com a arma na mão ainda soltando fumaça. Joe pulou por cima do capô do carro que o separava do atirador e aterrissou no chão em frente a Irving Figgis.

O ex-comandante estava usando um terno pardo e uma camisa branca desbotada. Tinha um chapéu de palha de caubói na cabeça, e usou a pistola, uma Colt de cano longo, para se levantar apoiado no pé que não fora atingido. Ficou ali em pé no estacionamento de cascalho, vestido com seu terno pardo, o pé estraçalhado pendurado no coto do tornozelo assim como a pistola pendia da mão.

Encarou Joe nos olhos. "Penitência."

Joe manteve a própria arma apontada para o meio do peito de Irv. "Não estou entendendo."

"É preciso se penitenciar."

"Certo", disse Joe. "Para quem?"

"Para Deus."

"E quem disse que eu não me penitencio com Deus?" Joe deu um passo mais para perto dele. "O que eu não vou fazer, Irv, é me penitenciar com você."

"Então se penitencie com Deus na minha presença", disse Irv, com a respiração esgarçada e acelerada.

"Não", disse Joe. "Porque nesse caso ainda vai ser por sua causa e não por causa de Deus, não é?"

Irv estremeceu várias vezes. "Ela era a minha menininha."

Joe aquiesceu. "Mas não fui eu quem a tirou de você, Irv."

"Foram os da sua laia." Os olhos de Irv se abriram e se fixaram no corpo de Joe, em alguma coisa na região da cintura.

Joe baixou os olhos e não viu nada.

"Da sua laia", repetiu Irv. "Da sua laia."

"Qual é a minha laia?", perguntou Joe, e arriscou outra olhada para o próprio peito, mas continuou sem ver nada.

"Gente sem Deus no coração."

"Eu tenho Deus no coração", disse Joe. "Só não é o mesmo Deus que o seu. Por que ela se matou na sua cama?"

"*O quê?*" Irv agora estava chorando.

"Aquela casa tinha três quartos de dormir", disse Joe. "Por que ela se matou no seu?"

"Seu homem doente e solitário. Doente e solitário..."

Irv olhou para algo por cima do ombro de Joe e em seguida tornou a olhar para sua cintura.

E foi mais forte do que Joe. Ele deu uma boa olhada na própria cintura e viu uma coisa que não estava ali quando descera do barco. Algo que não estava em sua cintura; estava no seu casaco. *Aberto* no seu casaco.

Um buraco. Um buraco perfeitamente redondo na aba direita do impermeável, na altura do quadril direito.

Irv tornou a encará-lo, e em seus olhos havia uma grande vergonha.

"Eu sinto", disse Irv, "sinto tanto."

Joe ainda estava tentando entender aquilo direito quando Irv viu o que estava esperando e deu dois pulinhos de uma perna só para o meio da rua e para a frente de um caminhão de carvão.

O motorista acertou Irv e na mesma hora pisou no freio, mas tudo o que conseguiu com isso foi derrapar no chão de tijolo vermelho, e Irv foi parar debaixo de seus pneus e o caminhão quicou ao esmagar seus ossos e passar por cima dele.

Joe deu as costas para a rua, ouviu o motorista ainda derrapando, olhou para o buraco em seu impermeável e percebeu que a bala o havia atingido por trás. Passara direto pelo tecido, errando seu quadril por sabe-se lá quantos centímetros. A aba devia estar voando nessa hora quando ele protegeu a família. Quando ele...

Olhou por cima do carro, viu Graciela tentando se levantar e viu o sangue que lhe escorria da cintura, de toda a parte central de seu corpo. Mergulhou por cima do capô e aterrissou de quatro na sua frente.

"Joseph?", disse ela.

Pôde ouvir o medo na voz dela. Pôde ouvir a *certeza* na voz dela. Arrancou o impermeável. Encontrou o ferimento logo acima da virilha, pressionou o casaco embolado contra o corpo dela e disse:

"Não, não, não, não, não, não, não, não."

Ela não tentava mais se mexer. Decerto não conseguia.

Uma jovem se atreveu a pôr a cabeça para fora da porta do terminal de passageiros, e Joe berrou: "Um médico! Vá chamar um médico!".

A mulher tornou a entrar e Joe viu Tomás olhando para ele, com a boca aberta mas sem emitir nenhum som.

"Eu te amo", disse Graciela. "Sempre amei."

"Não", disse Joe, encostando a testa na dela. Apertou o casaco contra o ferimento com a maior força de que foi capaz. "Não, não, não. Você é minha... você é meu... Não."

"Psiu", disse ela.

Ele afastou a cabeça da sua enquanto ela ia se distanciando e não parava de se distanciar. "Meu mundo", disse ele.

29

UM HOMEM DA SUA PROFISSÃO

Ele permaneceu um grande amigo de Ybor, embora poucos o conhecessem. Ninguém, com certeza, o conhecia como fora conhecido quando ela estava viva. Nessa época, ele era agradável e surpreendentemente franco para um homem da sua profissão. Agora era apenas agradável.

Envelheceu depressa, diziam alguns. Tinha um andar hesitante, como se mancasse, embora não mancasse.

Às vezes levava o menino para pescar. Em geral no pôr do sol, horário em que os robalos e vermelhos tinham mais propensão a morder a isca. Sentavam-se na mureta do cais, onde ele havia ensinado o menino a amarrar o anzol, e de vez em quando ele punha o braço à sua volta, falava baixinho em seu ouvido e apontava para Cuba.

Agradecimentos

Minha imensa gratidão:

A Tom Bernardo, Mike Eigen, Mal Ellenburg, Michael Koryta, Gerry Lehane, Theresa Milewski e Sterling Watson, pelas primeiras leituras e impressões.

Ao pessoal do Museu Henry B. Plant e do Don Vicente de Ybor Inn, em Tampa.

A Dominic Amenta, do Regan Communications Group, por responder às minhas perguntas sobre o Hotel Statler, em Boston.

E um especial obrigado a Scott Deitche, por fazer comigo o tour da Máfia da Cidade do Charuto por Ybor City.

Série Policial

Réquiem caribenho
Brigitte Aubert

Bellini e a esfinge
Bellini e o demônio
Bellini e os espíritos
Tony Bellotto

Uma longa fila de homens mortos
Bilhete para o cemitério
O ladrão que achava que era Bogart
O ladrão que pintava como Mondrian
Punhalada no escuro
O ladrão que estudava Espinosa
Os pecados dos pais
Quando nosso boteco fecha as portas
O ladrão no armário
Na linha de frente
Lawrence Block

O destino bate à sua porta
Indenização em dobro
A história de Mildred Pierce
Serenata
James Cain

Corpo de delito
Desumano e degradante
Cemitério de indigentes
Lavoura de corpos
Post-mortem
Restos mortais
Causa mortis
Contágio criminoso
Foco inicial
Alerta negro
A última delegacia
Mosca-varejeira
Vestígio
Predador
Livro dos mortos
Em risco
Patricia Cornwell

Edições perigosas
Impressões e provas
A promessa do livreiro
Assinaturas e assassinatos
O último caso da colecionadora de livros
John Dunning

Máscaras
Passado perfeito
Ventos de Quaresma
Leonardo Padura Fuentes

Tão pura, tão boa
Correntezas
Frances Fyfield

O silêncio da chuva
Achados e perdidos
Vento sudoeste
Uma janela em Copacabana
Perseguido
Berenice procura
Espinosa sem saída
Na multidão
Céu de origamis
Fantasma
Luiz Alfredo Garcia-Roza

Neutralidade suspeita
A noite do professor
Transferência mortal
Um lugar entre os vivos
O manipulador
Jean-Pierre Gattégno

Continental Op
Maldição em família
A chave de vidro
Dashiell Hammett

Ripley debaixo d'água
O talentoso Ripley
O jogo de Ripley
Ripley subterrâneo
O garoto que seguiu Ripley
Patricia Highsmith

Pecado original
Uma certa justiça
Morte no seminário
Morte de um perito
A torre negra
Sala dos Homicídios
O enigma de Sally
O farol
Mente assassina

Trabalho impróprio para uma mulher
Paciente particular
O crânio sob a pele
Mortalha para uma enfermeira
Causas nada naturais
Morte em Pemberley
P. D. James

Música fúnebre
Morag Joss

Sexta-feira o rabino acordou tarde
Sábado o rabino passou fome
Domingo o rabino ficou em casa
Segunda-feira o rabino viajou
O dia em que o rabino foi embora
Segunda-feira o rabino viajou
Harry Kemelman

Um drink antes da guerra
Sobre meninos e lobos
Apelo às trevas
Sagrado
Gone, baby, gone
Paciente 67
Dança da chuva
Coronado
Estrada escura
Os filhos da noite
Dennis Lehane

Morte no Teatro La Fenice
Morte em terra estrangeira
Vestido para morrer
Morte e julgamento
Acqua alta
Enquanto eles dormiam
O fardo da nobreza
Remédios mortais
Donna Leon

Raylan
Elmore Leonard

É sempre noite
Léo Malet

Assassinos sem rosto
A leoa branca
Os cães de Riga
O homem que sorria
O guerreiro solitário
A quinta mulher
Henning Mankell

O diabo vestia azul
Walter Mosley

Informações sobre a vítima
Vida pregressa
Joaquim Nogueira

Revolução difícil
Preto no branco
No inferno
George Pelecanos

Morte nos búzios
Reginaldo Prandi

Questão de sangue
Os ressuscitados
O enigmista
Denúncias
Ian Rankin

A morte também freqüenta o Paraíso
Colóquio mortal
Lev Raphael

O clube filosófico dominical
Amigos, amantes, chocolate
Alexander McCall Smith

Clientes demais
Cozinheiros demais
Aranhas de ouro
Mulheres demais
Ser canalha
Milionários demais
Serpente
A confraria do medo
A caixa vermelha
A voz do morto
A segunda confissão
Rex Stout

Fuja logo e demore para voltar
O homem do avesso
O homem dos círculos azuis
Relíquias sagradas
Um lugar incerto
O exército furioso
Fred Vargas

A noiva estava de preto
Casei-me com um morto
A dama fantasma
Janela indiscreta
Cornell Woolrich

ESTA OBRA FOI COMPOSTA PELO GRUPO DE CRIAÇÃO EM GARAMOND E
IMPRESSA PELA GEOGRÁFICA EM OFSETE SOBRE PAPEL PAPERFECT
DA SUZANO PAPEL E CELULOSE PARA A EDITORA SCHWARCZ
EM NOVEMBRO DE 2013